KB084037

1

나쁜 시녀들

자야 장편소설

아시아

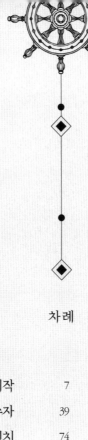

차례

1
다시, 시작

추위에 익숙한 산사람도 여행을 꺼린다는 겨울의 마지막 날, 눈보라를 뚫고 나타난 한 무리의 기사들이 있었다. 시커먼 갑옷에 은빛 털 가죽 망토, 칼바람을 맞아 붉어진 얼굴엔 성에가 끼었다.

"추워 뒈지겠네."

수염 덥수룩한 기사 하나가 냅다 욕설을 내뱉었다. 어찌나 추운지 걸걸한 목소리가 염소처럼 떨렸다.

"눈보라가 그칠 생각을 안 합니다. 그러게 며칠만 더 쉬었다가 출발하자고 했잖습니까."

기사가 그의 사령관을 흘겨보며 말했다. 날씨 풀린 뒤에 나들이 가듯 떠나도 되었을 여정인데, 시간 낭비를 싫어하는 사령관은 기어이 이 추운 새벽에 산맥을 넘고야 말았다.

"아, 카루스 님!"

"닥쳐."

카루스 란케아는 악명 높은 사령관이었다. 나이는 젊은데 그다지 친근한 성격이 아니었고, 딱히 인간적이지도 않았다. 그래도 그의 부하들에겐 최고의 상관이었다. 강했으니까. 무혈 제독이라는 별명은 괜히 생긴 게 아니었다.

"거의 다 왔다."

카루스가 머리를 덮고 있던 망토를 끌어 내렸다. 하얀 얼굴에 대비되는 검은 머리카락, 새카만 눈동자와 붉은 입술이 드러났다. 눈매가 깊고 눈썹이 짙어 남자다우면서도 신기하리만치 매혹적인 얼굴이었다.

"다 왔다는 말은 출발할 때부터 했잖습니까? 안 믿어요."

"닥치라고."

"저 여기서 총각으로 얼어 죽으면 원귀가 되어 평생 쫓아다닐 겁니다. 언젠가 카루스 님이 결혼하면 첫날밤 이불 안에 제가 먼저 들어가 있을지도 몰라요. 아, 거긴 따뜻하겠지?"

"닥치라고 했다."

카루스가 낮은 소리로 경고했다.

투덜거리던 부하가 입술을 부루퉁하게 내밀자, 여기저기에서 기사들이 염소 목소리로 웃었다. 그들은 제국의 황제에게서 비밀스러운 임무를 받아, 그걸 수행하기 위해 남부 오르테가 왕국으로 가고 있는 기사단이었다.

앞서 걷던 정찰조가 한 손을 번쩍 들어 올리더니 고함을 질렀다.

"사령관님! 여기 사람이 있습니다!"

말 위에서 온몸을 웅크리고 있던 기사들이 동시에 고개를 들어 올렸다.

"사람이라니?"

건장한 기사들이 단단히 채비하고도 견디기 어려울 만큼 추운 날씨였다. 눈보라는 이틀 전부터 내내 이어지고 있었고.

"죽은 사람?"

한 기사가 소리쳐 물었다.

죽었을 거야. 죽었겠지. 기사들이 수군거렸다. 이 추위에 눈 속에 파묻힌 사람이라니. 분명 꽁꽁 얼어붙은 채 시퍼렇게 죽어 있을 거라고. 그런데 믿을 수 없는 일이 일어났다.

"살아 있어요! 사령관님, 아직 살아 있습니다!"

카루스가 말에서 훌쩍 뛰어내렸다. 그의 망토가 펄럭이며 크게 휘날렸다.

정찰조가 사람을 발견한 곳은 갈림길 한쪽 커다란 나무 아래에 세워진 작은 마차였다. 그 안에 한 여자가 죽은 듯 고요히 잠들어 있었다.

"이봐요! 정신 차려, 잠들면 안 돼! 눈 뜨라고!"

몸을 흔들고 뺨을 때려도 소용없었다. 여자는 좀처럼 미동이 없었다. 얼어 죽어가는 주제에 고요하기 짝이 없는 얼굴. 속눈썹 사이사이 맺혀 있던 얼음이 가루처럼 떨어졌다. 아름다우면서 동시에 소름 끼치는 모습이었다. 생기라곤 하나도 없이 인형처럼 창백한 얼굴이 기사들의 눈에 박혔다.

카루스는 어찌할 바 모르는 부하들을 제치고 앞으로 나아가, 장갑을 벗고 여자의 얼굴에 손바닥을 댔다.

차가웠다.

가까운 인가가 어디더라. 카루스의 머릿속에 인근 지도가 펼쳐졌다. 말을 타고 달려도 반나절 가까이 걸릴 텐데, 이곳은 산중이고 눈보라까지 몰아쳤다.

"근처에 누가 있습니다."

추워 죽겠다고 투덜거리던 기사였다. 그가 말에서 내려 카루스의 곁으로 다가오더니 속삭이듯 말했다.

"하이에나입니다. 세 명, 실력은 제법 있어 보입니다."

하이에나는 돈을 받고 사람을 처리해주는 암살자를 일컫는 은어였다. 암살자가 붙어 있는 여자라니. 카루스가 조용히 명령했다.

"하나만 잡고 나머진 죽여라."

기사들은 사령관의 명령을 충실히 이행했다.

"잡아!"

짧은 창이 하늘을 날았다. 석궁도 활도 없는데, 창이 화살처럼 쐐액 소리를 내며 멀리 나무 뒤에 숨어 있던 하이에나를 관통했다. 놈들은 빠르게 달아났다. 그러나 카루스의 부하들은 그런 놈들을 사슴 사냥하듯 잡아 왔다.

둘은 죽고, 하나만 살았다.

"너희 뭐야!"

생포된 하이에나가 물었다.

카루스는 자신의 망토를 벗어 여자의 몸을 꽁꽁 동여맨 뒤 번쩍 들어 품에 안았다. 그러곤 대수롭지 않게 말했다.

"카루스 란케아. 황제 폐하의 두 번째 기사이며, 리바이어던 기사단의 단장이다."

당황한 하이에나가 입을 떡 벌렸다.

"왜, 왜 제국군이 여기……."

"이 여자가 목표였던 모양인데, 이유가 뭐지?"

카루스는 한 손으로 여자를 단단히 받쳐 안고, 다른 손으로 부하들에게 손짓했다. 그러자 가장 가까이에 있던 기사가 다가와 하이에나의 팔을 잡고 손가락을 뒤틀었다. 동료가 창에 꿰뚫려 죽을 때도 동요하지 않았던 하이에나가 몸부림치며 비명을 삼켰다.

"아프냐, 이 새끼야? 인간 도살자 주제에, 아픈 것도 알아?"

기사가 아니라 뒷골목 시정잡배 같은 말투였으나, 카루스는 조금도 신경 쓰지 않았다.

"마, 마조람 후작가의 집사가 시켰습니다! 그 여자는 후작가에서 후원받던 고아인데, 주제도 모르고 도련님을 유혹해서 결혼을 약속했다고."

"뭐?"

기사들이 모두 황당하다는 얼굴로 서로를 바라보았다. 뭐 대단한 사연이라도 있는 줄 알았더니, 고작 귀족 도련님의 불장난 상대였단 말인가.

"둘이 같이 달아나기로 약속했다고 들었습니다. 도련님이야 그쪽에서 알아서 할 테고, 저는 여자만 처리하면……."

"죽여라."

카루스가 더 들을 가치도 없다는 얼굴로 돌아섰다.

하이에나는 격렬하게 몸부림쳤지만 이내 마지막 단말마만 남기고 숨이 끊어지고 말았다.

시체를 처리하는 건 어렵지 않았다. 기사들은 익숙한 듯 자연스럽게 움직였다. 죽은 하이에나들을 여자가 타고 있던 마차 안에 집어넣고 절벽 밑으로 밀어 떨어뜨렸다.

"이제 어떻게 할까요?"

기사들이 다가와 물었다.

카루스가 여자를 품에 안은 채 말에 올랐다.

"우리도 좀 쉴 때가 됐지. 최대한 빠르게 인가로 내려간다. 뒤처지는 놈은 알아서 따라와."

여자는 쉽게 의식을 되찾지 못했다. 인가로 내려온 뒤 몸을 녹이고 치료사를 데려와 돌보게 했는데도 도통 눈을 뜰 생각을 하지 않았다.

치료사는 어쩌면 여자가 이대로 죽을 수도 있다고 말했다. 심장이 너무 느리게 뛴다는 것이다.

"어떻게 하실 겁니까?"

"두고 간다. 치료사한테 금화나 몇 개 쥐여줘. 눈보라까지 맞아가면서 서둘렀는데, 이 여자 때문에 발이 묶일 순 없지."

"덕분에 좀 쉬나 했더니……."

"영원히 쉬게 해줄까?"

"아니, 나 참. 뭔 말을 못 하게 하시네."

투덜거리는 부하를 무시한 카루스가 여자가 안고 있던 짐을 풀어 테이블 위에 올려놓았다. 그러곤 하나씩 뒤적거렸다.

가진 게 없는 여자였다. 돈은 거의 없다시피 했고, 여행자라기엔 여분의 옷이나 노숙용 장비도 없었다.

"죽으려고 작정한 여잔가?"

"아닐걸."

"네놈이 어찌 알아?"

"멍청한 놈아. 죽으려고 작정한 사람이 갈림길 표지판 앞에 있겠냐? 분명 도련님이 오기만을 밤새도록 기다렸던 거겠지. 그리고 손가락 봐. 저거 더럽게 비싼 반지 같은데."

"도련님이 증표로 줬나 보네."

부하들이 쯧쯧 혀를 찼다. 갑자기 여자를 향한 동정 여론이 조성되었다.

가엾다. 안쓰럽다. 그 추운 데서 얼어 죽을 때까지 정인이 오기만을 기다렸을 텐데. 남자가 개새끼네. 별의별 욕이 쏟아졌다.

여자는 그때 깨어났다.

"……!"

작은 입이 벌어지더니 소리 없이 비명을 질렀다. 창백한 얼굴엔 여전히 핏기가 없었다. 두 눈을 한계까지 부릅뜨고, 여자는 이불을 쥐어뜯듯 움켜쥐었다.

"어, 어어!"

부하들이 치료사를 불러오겠다며 밖으로 달려 나갔다. 카루스는 그 자리에 선 채 여자를 물끄러미 바라보았다.

"정신이 드나."

여자에겐 아직 카루스의 목소리가 닿지 않는 것 같았다. 눈꼬리를 타고 맑은 눈물이 쉴 새 없이 흘렀다. 목에선 울음도 비명도 나오지 않고, 그저 바람 새는 소리만 흘러나올 뿐이었다.

카루스는 여자가 대답하지 않아도 상관없다는 태도로 해야 할 말을 했다.

"산맥 갈림길에서 얼어 죽어가는 너를 발견했다. 암살자가 셋이나 붙었더군. 부하들이 모두 죽여 없었지만, 다시 오지 않으리란 보장이 없어."

흐으. 여자가 크게 숨을 몰아쉬었다. 이불을 움켜쥔 손이 경련하듯 떨렸다.

"우리는 내일 아침 일찍 떠날 거다. 네가 내 보호 아래에서 정신을 차릴 수 있는 시간은 그때까지야."

냉정했지만 어쩔 수 없는 일이었다. 할 말을 마친 카루스는 여자에게 쉬라는 말을 남기고 돌아서려고 했다. 그런데 여자가 그를 붙잡았다.

"……잠시만요."

갈라지고 터지고, 피가 날 것 같은 목소리였다. 꺼질 듯 위태로운 촛불 같기도 했다. 그런데도 묘하게 상대를 잡아끄는 힘이 있어, 카루스는 걸음을 멈추고 그녀를 내려다보았다.

"암살, 자는……."

"마조람 후작가의 집사가 고용한 자였다. 거기까지만 확인하고 죽여 버려서 다른 정보는 없어."

자세히 보니 여자의 눈동자는 초록색이었다. 한여름 녹음처럼 짙은 초록. 혹은 수심 깊은 남쪽 바다처럼 푸른 초록. 그 위에 빗살처럼 드리워진 속눈썹은 길고 숱이 많았다.

물기 어린 눈동자에 초점이 돌아오기가 무섭게, 여자가 카루스를 바라보았다. 고작 시선이 마주쳤을 뿐인데 오싹하게 숨통이 조이는 느낌이 들었다.

눈빛이 좋은 여자로군. 카루스는 속으로 그런 생각을 했다.

여자가 한결 명확해진 목소리로 감사 인사를 건넸다.

"구해주셔서 고맙습니다."

"됐다. 지나는 길이었을 뿐이니까."

"여기……."

"갈림길 남쪽 아래에 있는 마을이다. 너는 오르테가를 떠나려고 한 모양인데, 우리 목적지는 오르테가라서."

여자가 느리게 두 눈을 깜박였다. 굵은 눈물 줄기가 한 번 더 흘러내렸다. 카루스는 되도록 여자와 눈을 마주치지 않으려 했다. 떨리는 입술을 비집고 흘러나오는 증오 섞인 신음도 못 들은 척했다.

차가운 초록, 그 안에서 수많은 감정이 소용돌이치고 있었다.

사실 그로서는 이해할 수 없는 사정이었다.

귀족이란 족속들은 오직 권력에 집착해서 살아가기 때문에, 결혼은 가장 훌륭한 정치 수단으로 이용되곤 했다. 그러니 귀족 도련님과 평민 여자의 사랑이 이루어질 리 없는 것이다.

그는 사랑을 도박과도 같다고 생각해 왔다. 순간의 감정, 욕망에 취해 삶을 대가로 거는 게 도박이 아니고 무엇이겠는가.

"카루스 님."

그때 여자가 알려준 적도 없는 그의 이름을 불렀다. 목 조르듯 이불을 쥐고 있던 손은 어느새 가지런히 정리돼 있었다.

회복이 빠른 여자였다. 괜찮아진 건지, 아니면 괜찮은 척하는 건지는 알 수 없었지만.

"저주를 믿으세요?"

카루스는 이번에도 방을 나서지 못하고 발목을 잡혔다.

"저주? 미신이나, 신화 같은 것 말인가?"

"네."

"믿지 않는다."

그는 군인이며, 기사였다. 부하들의 목숨을 책임지는 사령관이기도 했다. 전쟁터에서 그따위 것에 기대 살다간 비명횡사하기 마련이라고 늘 생각했다.

뜬금없는 질문에는 이유가 있을 터였다. 카루스는 이번이 마지막이라고 생각하며 여자와 말을 섞었다.

"그런 건 왜 묻지?"

여자는 어느새 울음까지 그친 뒤였다. 맑게 갠 눈동자에 독이 퍼지듯 어둠이 드리워졌다. 이윽고 작은 입술이 벌어지더니 그 안에서 믿을 수 없는 이야기가 흘러나왔다.

"저는 죽지 못하는 저주를 받았어요."

"뭐?"

"아홉 번이에요. 죽은 줄 알았는데…… 항상 이날로 돌아오죠. 당신은 매번 똑같이 말해요."

여자는 카루스를 똑바로 바라보고 있었다.

"'산맥 갈림길에서 얼어 죽어 가는 너를 발견했다. 암살자가 셋이나 붙었더군. 부하들이 모두 죽여 없앴지만, 다시 오지 않으리란 보장이 없어.'"

말을 하면 할수록 목소리가 단단해졌다. 죽음의 문턱에 다녀온 사람치고는 지나치게 담담한 태도였다.

원래 미친 여자인가. 미친 척하는 여자인가. 연인에게 버림받은 불쌍한 평민이라더니, 전혀 그렇게 보이지 않았다.

"카루스 란케아."

여자가 말했다.

"이대로 내려가면 당신 부하들은 모두 죽어요."

말도 안 되는 소리였다.

"산맥을 완전히 벗어나기 전에 습격이 두 번 있을 거예요. 레인저들이 덫을 놓고 기다리고 있으니, 약초꾼들이 사용하는 골짜기 길로 우회해서 가세요."

"뭐라고?"

"산비탈을 따라 내려가다 보면 은사시나무 군락이 나타나요. 거기서 한 번, 산맥 어귀 여행자들의 마을 입구에서 한 번."

"지금 습격이라고 했나?"

"피하세요. 부하들을 잃고 싶지 않다면."

내 말대로 하지 않으면 당신은 살더라도 부하들이 다 죽을 것이다. 여자가 경고했다.

"미친 여자의 헛소리라고 생각하셔도 상관없어요. 정 못 믿겠다면 절 방패 삼아 끌고 가셔도 괜찮아요."

카루스의 눈가에 짙은 살기가 꼈다.

그는 여자가 한 말을 믿지 않았다. 그렇다고 완전히 흘려듣지도 않았다. 의심이 몸집을 키워 또 발목을 잡았다.

━━◆◆◆━━

율리아 아르테는 저주받았다.

그녀가 그 사실을 처음 깨달은 건 두 번의 삶이 허망하게 끝난 뒤였다. 스물한 살, 미친 듯이 사랑했던 후작가의 도련님에게 배신당한 그녀는 연인을 기다리다가 눈보라 속에 갇혀 얼어 죽었다. 그게 첫 번째 죽음이었다. 그런데 눈을 떠보니 카루스 란케아라는 이름의 제국군 사령관에게 구출된 뒤였다.

그녀는 그때 자신이 한 번 죽었다는 사실조차 깨닫지 못했다.

율리아는 마조람 후작가로 돌아가 연인에게 물었다. 그토록 사랑한다면서 왜 날 버렸느냐고, 왜 그 추운 곳에서 밤새 기다리게 했느냐고 따졌다.

그러다 살해당했다. 후작가에 고용된 하이에나에 의해서.

두 번째 죽음이었다. 이번에는 고통이 선명했다.

그녀의 목을 조르던 살수의 손, 할퀴고 긁고 몸부림쳤으나 무력했던 자신. 의식이 멀어지는 건 한순간이었고, 율리아는 그제야 죽음을 실감했다.

그런데 눈을 떠보니 눈보라 속에 갇혀 죽어가고 있던 그녀를 카루스 란케아라는 이름의 제국군 사령관이 구출한 뒤였다.

같은 날, 같은 곳, 같은 사람.

믿을 수가 없었다. 처음엔 자신이 질 나쁜 꿈을 꾸고 있다고 생각했다. 혹은 죽은 뒤의 삶이란 게 인간의 가장 불행했던 순간을 반복하게 하는 것인가, 하는 의구심이 들었다.

세 번째 삶, 율리아는 이번엔 자신을 위해 살아보기로 했다.

그때까지만 해도 그녀는 삶에 대한 희망의 끈을 놓지 않은 상태였다. 마조람 후작가의 영향력이 미치지 않는 먼 곳으로 가서 평범하게 살면 행복해질 수 있으리라고 믿었다. 하지만 하이에나들은 율리아를 포기하지 않았다. 마조람 후작은 그녀의 시체를 확인해야만 직성이 풀릴 모양이었다.

왕국 밖까지 따라온 하이에나들의 손에 또 한 번 죽음을 맞게 되었을 때, 율리아는 마침내 복수를 결심했다.

세 번 죽었으니, 세 번 죽여야 직성이 풀릴 것 같았다.

네 번째부터는 복수하기 위해 살았다.

그녀는 마조람을 무너뜨리기 위해 수단과 방법을 가리지 않았다. 더럽고 비열한 짓도 많이 했다. 처음에나 어렵지, 하다 보니까 점점 무뎌졌다.

어쩌면 그녀는 미쳐가고 있었는지도 모른다.

그렇게 다섯 번, 여섯 번, 일곱 번, 여덟 번을 살았다.

율리아는 귀족의 정보를 모아 사고파는 장사꾼이 되어 보기도 했고, 마조람 후작가와 반목하는 가문으로 들어가 승냥이처럼 살아보기도 했다.

"실패하고, 또 실패하고, 성공할 뻔했다가 실패하고…… 배신당하고."

율리아가 제 과거라면서 풀어놓은 이야기는 솔직히 놀라웠다.

미친 여자인 걸 모르고 들었다면 솔깃했을지도 모른다. 실제로 카루스는 방을 나서긴커녕 의자에 도로 앉아 그녀의 말을 끝까지 들어주고 있었다.

"율리아 아르테라고."

"네."

"그럼 이제 후작가의 후계자는 사랑하지 않는 건가?"

그가 물었다.

그러자 의무를 이행하듯 술술 잘만 흘러나오던 율리아의 목소리가 우뚝 멈췄다. 그녀는 카루스가 그런 걸 물어볼 줄은 몰랐다는 듯, 눈썹을 움찔 떨었다.

"그걸 왜……."

"말해봐."

카루스는 반드시 대답을 들어야겠다며 율리아를 재촉했다.

"네 말대로라면 몇 번을 죽어가면서도 떨쳐내지 못했던 연인이잖아. 집요하게 복수에 매달렸던 것도 너무 사랑했기 때문이 아닌가."

그의 말 속엔 비웃음이 배어 있었다.

"비극적인 사랑 이야기만큼 인간의 심금을 울리는 것도 없지. 좋은 소설이 될 뻔했군."

율리아는 쉬이 대답하지 않았다. 검은색에 가까워진 녹색 눈동자가 탐색하듯 카루스를 응시했다.

"당신이 제 말을 믿지 않는다는 건 알고 있어요."

"그래?"

"제가 어떻게 반응하는지 보려고 일부러 조롱하는 건가요? 안 그러셔도 됩니다. 이건 그냥…… 고해 같은 거니까."

"그 고해의 대상이 왜 하필 나인지 그건 좀 궁금한데. 난 사제가 아니야."

"제 목숨을 계속해서 구해주고 있으니까요."

카루스가 날카롭게 웃었다. 기가 막혀 내뱉은 헛웃음이었지만 그의 어두운 분위기 때문에 살벌하게만 보였다.

"변덕이었다."

"알고 있어요."

"널 발견한 건 내 부하들이었어. 눈 속에 파묻힌 마차에서 널 꺼낸 것도 내 부하들이었고."

"그래서 이렇게 말씀드리는 거예요. 그분들을 구하려고."

내가 왜 너랑 이런 얘길 계속하고 있는지 모르겠다고, 카루스가 중얼거렸다. 율리아도 이번에는 아무 말도 하지 않고 가만히 입을 다물었다.

"하나만 더 묻지."

"네."

"그 이전의 삶에서도 내 부하들을 구하려고 애썼나? 약초꾼들이 쓰는 산길로 우회해서 가라고 날 설득했어?"

아니요. 율리아는 대답하지 않았으나, 카루스는 그녀의 침묵에서 대답을 읽어냈다.

"율리아 아르테."

카루스가 의자에서 몸을 일으켰다. 미친 여자의 헛소리가 길어지자 흥미를 잃어버린 그의 얼굴에선 이제 아무 감정이 느껴지지 않았다.

"자정에 출발하겠다. 너도 우리와 함께 간다."

"……네."

"내게 한 말이 거짓이라면 그 대가로 너는 열 번째 삶으로 가게 되겠지."

카루스는 율리아를 죽이겠다고 말하고 있었다.

그녀는 두려워하지 않았다. 남의 일인 양 무덤덤하게 고개를 끄덕일 뿐이었다. 그를 향한 시선을 거두지도 않았다.

이상한 여자. 율리아 아르테는 정말 이상한 여자였다.

선악을 모두 품은 그녀의 얼굴엔 사악한 소녀와 정의로운 학살자가 공존하고 있었다. 뾰족할 정도로 선명하게 솟은 입술 산은 산호색에 가까웠다.

부하들이 치료사를 데려올 때까지, 카루스는 결국 그녀의 시선에서 벗어나지 못했다.

해가 떨어지자마자 열이 오르기 시작했다. 몸은 무거운데 정신은 붕 떠올라 어지러웠다. 그래도 율리아는 약을 먹지 않았다. 치료사가 주고 간 가루약은 침대 옆 쓰레기통에 처박힌 지 오래였다.

잠들면 안 된다. 정신을 바짝 차려야 했다. 말 한마디, 행동거지 하나가 모두 중요하다.

카루스 란케아는 움직이기 어려운 상대였다. 그는 남의 말보단 자신의 판단을 믿었다. 직감이나 소문보다는 한 자루의 칼이 낫다고 여기는 자였다. 그러니까 조금도 빈틈을 보여선 안 된다.

이 모든 게 그를 위한 것이라 해도 마찬가지였다.

"이봐, 아가씨. 혹시……."

카루스의 부하가 들어와 말을 걸었다. 그러곤 가쁘게 숨을 몰아쉬는 그녀를 보고 얼굴을 콱 찡그렸다.

"뭐야, 치료사 불러다 줄까?"

"괜찮아요."

"하나도 안 괜찮아 보이는데."

"괜찮습니다. 그런데……."

카루스의 부하는 무슨 일이냐고 묻는 율리아의 질문엔 대답하지 않고, 침대로 성큼 다가와 커다란 손으로 그녀의 이마를 짚었다.

"이 미친, 왜 이렇게 뜨거워?"

그는 당장 밖으로 달려가 또 치료사를 불러올 태세였다.

율리아가 손을 뻗어 그의 팔뚝을 붙잡았다. 그러곤 숨을 짧게 들이쉬고 분명하게 말했다.

"사령관님이 곧 출발한다고 했어요. 폐 끼치고 싶지 않습니다. 단순히 열이 조금 나는 것뿐이에요."

"이봐, 아가씨. 바깥에 날씨 봤어? 아직도 눈보라가 미친놈처럼 난리라고. 이대로 데리고 나갔다가는 어렵게 살린 목숨 뚝 끊어지는 걸 눈 뜨고 봐야 할 판인데, 우리는 뭐 꿈자리 안 뒤숭숭할 줄 알아?"

"괜찮아요."

"난 안 괜찮아. 가서 치료사 데려올 테니까 기다려봐. 도대체 카루스 님은 널 왜 데리고 가겠다는 건지."

"그게 아니라, 눈보라는 곧 그칠 거예요. 금방 맑아질 테니까 걱정하지 마세요."

"그걸 아가씨가 어떻게 알아? 뭐…… 점술사 뭐, 그런 건가?"

그런 건 아니지만, 안다. 율리아가 고개를 저으며 몸을 일으켰다. 산발한 머리카락을 단정히 모아 묶고 망토를 머리까지 뒤집어쓴 그녀는 테이블 위에 어지러이 흩어져 있는 자신의 짐을 바라보았다.

"내 이름은 바바슬로프야."

카루스의 부하가 한숨을 내쉬며 말했다. 율리아는 짐을 한데 모아 쓰레기통에 처박은 뒤, 그에게 대답했다.

"율리아예요."

"아가씨는 나랑 같이 말을 타고 가야 해. 내가 막내거든."

"네."

"약초꾼한테 물어보니까 샛길로 내려가는 건 조금 위험할 수도 있다던데. 괜찮겠어?"

"상관없어요."

"나 참……."

바바슬로프는 할 말이 많아 보였다. 그로서는 이 정신 나간 여자 때문에 일정이 바뀐 게 불만이었을 것이다. 하지만 그는 그 사실을 지적하는 대신 율리아에게 자신의 털장갑을 쥐여주는 쪽을 택했다.

"냄새는 좀 고약하지만 따뜻할 거야. 비싸게 주고 산 거거든."

"……고맙습니다."

그가 장담한 대로 장갑은 따뜻했다. 손을 넣자마자 손끝이 간질거리는 느낌이 들었다. 율리아는 그 자리에 선 채 커다란 장갑을 멀거니 응시했다. 그녀의 입술 끝이 살짝 올라가 작은 미소를 만들어냈다.

"가자."

바바슬로프가 먼저 걸어가 문을 열어주었다.

율리아는 그에게 고개를 살짝 숙여 감사를 표하고 집 바깥으로 나갔다.

—•◆•—

바람이 높은 소리를 내며 울었다. 겨울의 마지막 날을 기점으로 이 시기 산맥에는 늘 강추위와 함께 눈보라가 찾아왔다. 그러다 며칠이 지나면 봄의 시작과 함께 거짓말처럼 사라지는 것이다.

카루스와 그의 부하들은 떠날 채비를 모두 마치고 길목 어귀에 모여 있었다.

율리아가 나타나자 그들 모두의 시선이 한꺼번에 쏟아졌다.

미친 여자를 바라보는 동정심 가득한 시선이라니.

비련의 여주인공이 따로 없었다. 연인에게 버림받고 미쳐버린 여자만큼 안쓰럽고 불편한 존재가 또 있을까.

어쩐지 웃음이 날 것 같았다.

마조람 후작가의 후계자를 목숨보다 사랑했던 과거는 첫 번째 삶으로 완전히 끝났다. 그런데 계속 같은 순간으로 돌아오니 더는 그를 사랑하지 않는다는 걸 증명할 길이 없다.

"이봐, 말 탈 줄 알아?"

바바슬로프가 율리아를 자신의 말이 있는 곳으로 이끌었다.

"진짜 이 어두운 밤에 출발합니까? 해 뜬 뒤에 가도 될 텐데, 굳이 ……."

안내를 맡은 약초꾼 둘이 볼멘소리를 했다. 기사들이 무서워서 싫다고 거절은 못 하고, 의미 없이 신세 한탄이나 하는 것이다.

율리아가 그들에게 다가갔다.

"이거 받아요."

장갑을 벗은 그녀가 약지에 끼고 있던 반지를 쑥 빼더니 약초꾼에게 내밀었다. 미련이라곤 한 톨도 없어 보이는 행동이었다.

"이, 이게 뭡니까?"

"수고비예요."

"그게, 음. 기사님들한테 금화도 받았고요. 거, 괜찮소이다."

일단 거절하긴 했는데, 반지를 바라보는 약초꾼들의 눈동자에 아쉬움이 가득했다. 율리아가 내민 건 그들의 눈에도 무척 값비싸 보이는 반지였다.

"알려지지 않은 길로 안내해주세요. 큰길에서 절대 보이지 않는 산길이요. 위에선 아래를 볼 수 있고, 반대로 아래에선 위를 볼 수 없어야 해요."

"예? 아니, 뭐."

"우리가 떠난 뒤에 누가 와서 묻거든 모른다고 하세요. 당분간 산맥을 떠나 있으면 더 좋고요."

율리아가 반지의 대가를 제시하자 약초꾼들의 얼굴에 두려움이 깃들었다. 보통 수상한 의뢰가 아니었기 때문이다. 그러나 먼 두려움보다는 눈앞에 있는 보석이 우선이었다. 저들끼리 눈빛을 주고받은 그들이 율리아가 내민 반지를 챙겨 주머니에 넣었다.

"약초나 캘 겸 멀리까지 다녀오죠, 뭐."

고개를 끄덕인 율리아가 바바슬로프의 말에 먼저 올랐다. 승마를 배울 일이 없는 평민 여자치고는 날렵한 몸놀림이었다.

카루스는 여전히 율리아를 관찰하고 있었다. 그의 시선이 그녀의 차림새와 장갑을 훑고, 마지막으로 약초꾼들이 가져간 반지에 머물렀다.

"출발한다."

그러곤 냉랭한 목소리로 출발 명령을 내렸다.

—•◆•—

낭만주의자들은 가끔 오르테가 왕국과 바이칸 제국을 구분 짓는 산맥을 티타니아라고 불렀다. 겨울과 봄의 경계, 중앙 대륙과 남부의 경계, 산맥은 냉혹하면서 사랑스러운 요정 티타니아와 닮았다는 것이다.

이른 아침이었다. 노련한 약초꾼들만 안다는 산길을 따라 밤새 산맥을 넘은 카루스와 기사들은 멀리 동이 트는 하늘을 바라보며 헛웃음을 흘렸다.

"귀신이 곡할 노릇이네."

그토록 매섭게 몰아치던 눈보라가 흔적도 없이 사라졌다. 눈은 고사하고, 두꺼운 구름 사이로 파란 하늘과 흰 햇살이 쏟아지고 있었다. 겨울과 봄의 경계, 그 말이 이토록 잘 어울릴 수가 없었다.

"진짜 눈이 그쳤잖아!"

바바슬로프는 자신의 품에 안기다시피 기대어 말을 타고 있는 율리아를 신기해 죽겠다는 얼굴로 힐긋거렸다.

그녀의 말은 모두 사실이었다.

산맥 어귀 은사시나무 군락지에 가까워졌을 때였다. 일행은 약초꾼들의 안내를 받아 본래의 경로보다 한참 높은 샛길로 향했다. 그렇게 가파른 절벽을 오른쪽에 끼고 조심스레 전진하던 그들은 절벽 아래에서 정체불명의 레인저 부대를 발견했다.

"카루스 님."

정찰조가 조용히 아래를 가리켰다. 눈 덮인 은사시나무 사이마다 위장한 레인저들이 몸을 낮추고 석궁을 조준하고 있었다.

"정말 다행입니다. 그냥 맞닥뜨렸다면 크게 당할 뻔했어요."

이쪽은 서른이 채 안 되는데, 저쪽은 백여 명이었다. 카루스의 부하들이 아무리 뛰어난 기사라고 해도 이런 곳에서는 기습에 대비하기 어렵다.

카루스의 강렬한 시선이 율리아를 샅샅이 훑고 지나갔다.

두 번째도 마찬가지였다. 여행자들의 마을이 얼마 남지 않아 확인해보니, 수상해 보이는 자들이 지나가는 사람을 일일이 검문하고 있었다.

"너희는 이제 가봐도 좋다."

카루스가 길 안내를 맡던 약초꾼들을 보내 주었다. 산맥을 거의 벗어났으므로 이제는 그들이 필요 없어진 까닭이었다.

"바바슬로프."

"예."

"여자를 깨워라."

"예? 간신히 잠들었는데⋯⋯."

율리아는 산길을 내려오는 동안 몇 번이나 까무러쳤다. 어찌나 열이 심하게 오르는지, 바바슬로프가 일부러 장갑을 벗어 손을 차갑게 만든 뒤 이마를 식혀주었을 정도였다.

한데 매정하기 짝이 없는 사령관 카루스가 겨우 잠든 율리아를 깨우라고 말했다.

"조금만 더 재우죠. 이러다 죽어요."

"깨우라고 말했다."

카루스는 율리아를 봐줄 생각이 전혀 없어 보였다. 바바슬로프가 걱정스럽게 율리아를 내려다보았다. 그런데 잠든 줄 알았던 율리아가 천천히 눈을 뜨더니 희게 질린 얼굴로 카루스를 바라보고 있었다.

"너는 내게 두 번의 습격이 있을 거라고 말했지. 첫 번째 습격은 은사시나무 군락지, 두 번째는 여행자들의 마을 입구라고."

"⋯⋯네."

"솔직하게 털어놓을 기회를 한 번만 주겠다. 율리아 아르테."

"저는 첩자가 아니에요."

율리아는 카루스가 무슨 질문을 할지 다 알고 있었다.

"왕국을 팔아먹으려고 제국군에 붙은 기생충은 더더욱 아니고요."

"증명해봐."

뭘 어떻게 증명해야 할까. 율리아는 자신이 아홉 번이나 다시 살고 있다는 걸 이미 다 말했다. 그녀의 말을 믿지 않는 건 카루스의 선택이었다.

예언이라도 해야 하나.

"일주일 뒤에 봄비가 올 거예요. 낮에 짧은 소나기가 한 번, 그리고 밤새도록 내릴 겁니다. 비가 그친 뒤에는 오르테가 왕궁 앞에서 해방군 청년들이 첫 공개 시위를 할 거고요."

율리아의 말에는 한숨이 섞여 있었다. 이렇게 말하면 저들이 자신을 어떻게 바라보게 될지, 이미 잘 알고 있었기 때문이다.

"마, 마녀냐?"

역시나. 바바슬로프가 어깨를 움찔거리면서 물었다. 그는 자신이 마녀와 함께 말을 타고 있는 건 아닌지 걱정하고 있었다.

기사들이 수군대는 가운데, 카루스 혼자 무덤덤했다. 그는 율리아의 말을 천천히 곱씹어보더니 다시 물었다.

"날씨 읽는 법을 배웠나? 바다가 가까운 지방이니 그렇다 치고…… 해방군이라. 오르테가에 하찮은 불온 세력이 있다는 소식은 들었지."

"제 말을 믿고 안 믿고는 당신의 자유예요."

물론 그에 따른 결과는 당신의 책임이겠지만.

카루스는 율리아가 생략한 말까지 모두 알아듣고는 칼날 같은 웃음을 흘렸다.

"그럼 이것도 대답해봐."

"네."

"우릴 습격하려는 자들은 누구의 지시를 받은 거지?"

수군거리던 기사들이 입을 딱 다물고 모두 이쪽을 바라보았다.

율리아가 갈라진 입술을 움찔 떨었다. 감추려고 노력해도 흘러나오는 저들의 살기 때문이었다. 카루스 란케아는 읽어내기 어려운 남자였다. 그가 이 상황을 흥미로워하고 있는 건지, 아니면 분노를 억누르고 있는 건지, 그녀는 알 수가 없었다.

"제가 여기서 그걸 말하면 믿어주실 건가요?"

"뭐?"

카루스가 눈썹을 꿈틀거렸다.

"믿어만 준다면 뭐든 대답해 드릴 수 있어요. 그런데…… 당신은 답을 이미 알고 계신 것 같은데요."

이번에는 기사들의 시선이 율리아를 떠나 카루스에게 닿았다.

"사령관님."

무리 중 가장 덩치가 큰 기사가 물었다. 우묵한 눈매에 살기가 넘실거렸다. 감히 황제의 기사들을 습격하려 하다니. 당장 적의 목을 베러 가자고 말할 기세였다.

카루스는 여전히 율리아를 응시하고 있었다.

"데네브라 황비겠지."

그러곤 제국에서 그와 반목하던 황족의 이름을 입에 담았다. 기사들은 그럴 줄 알았다는 얼굴이었다. 지긋지긋한 분노와 경멸의 말이 쏟아졌다.

율리아는 그 광경을 차분히 지켜보았다.

"율리아."

카루스가 그녀를 이름으로 불렀다. 처음 있는 일이었다. 놀란 율리아의 눈동자가 조금 확장되었다.

"당분간 우리와 함께 간다."

"네. ……알겠습니다."

"몸을 추슬러라. 내 부하가 시체 치우는 일을 하지 않도록."

"명심할게요."

카루스는 율리아의 대답을 기다리지도 않고 말머리를 돌렸다. 그가 먼저 출발하자 나머지 기사들도 그를 따라 움직이며 말을 몰았다.

하아. 율리아가 조그맣게 한숨을 내쉬었다.

"저기…… 마녀 아니지? 차라리 요정이라고 해줄래? 나 그런 거 진짜 무서워하거든?"

율리아의 귓가에 바바슬로프의 목소리가 자장가처럼 들렸다. 그녀는 웃으면서 고개를 끄덕이다가 간신히 잠에 빠져들었다.

수도로 향하는 길, 일행은 좁은 강을 끼고 있는 구릉지에서 밤을 보내게 되었다.

이틀 만에 열이 내린 율리아는 기사들과 함께 부지런히 돌아다니며 마른 나뭇가지를 구해 왔다. 그녀의 초콜릿색 머리카락이 바람을 타고 이리저리 흩날렸다.

"아픈 사람한테 일 시키는 건 좀 그렇지 않냐. 우리가 그렇게까지 정 없는 인간들은 아니야."

바바슬로프가 율리아에게 차라리 강으로 가서 낚시나 하라고 권했다. 그건 가만히 앉아 있으면 되니까. 하지만 사냥도 낚시도 이미 다른 기사들이 다 해버려서, 율리아는 결국 모닥불 가에 앉아 불씨를 지키는 처지가 됐다.

"마차를 하나 구하는 게 낫지 않겠습니까? 짐을 덜어내면 말들도 피로가 덜할 거고."

"상인을 만나면 마차를 빌리도록 해. 빈 마차면 더 좋고."

바바슬로프와 카루스가 나누는 대화를 들으면서, 율리아는 앞으로의 계획을 되새겼다.

이전의 삶에선 언제나 카루스의 부하들이 습격으로 죽었다. 그는 늘 혼자 살아남았다. 크게 분노한 카루스는 오르테가로 향하던 걸음을 돌려, 다시 제국으로 돌아갔다. 부하들의 복수를 하기 위해서였다.

그리고 정확히 1년 뒤, 다시 기사단을 꾸려 오르테가로 왔다.

'1년이 빨라졌어. 카루스는 황제의 명령을 따르겠지.'

황제는 카루스와 그의 기사들에게 남부 함대가 왜 해적 따위를 상대로 고전하고 있는지 이유를 조사해오라고 했다. 그러려면 그 함대가 주둔하고 있는 오르테가에 대한 정보는 필수였다. 제국에서 태어나 한 번도 오르테가에 와본 적 없는 저 기사들은 남부의 귀족들이 어떤 족속인지 모른다.

'나는 정보를 팔고, 그는 내게 힘을 실어주고.'

괜찮은 관계가 될 것 같다. 의심하고 감시한대도 괜찮았다. 자신이 그에게 도움되는 존재라는 걸 증명하기만 하면 된다.

뭐가 좋을까. 율리아의 머릿속에서 수많은 정보가 떠올랐다가 가라앉았다. 몇 번이나 다시 살게 되니 이즈음에 일어났던 일이 가장 선명했다. 그중엔 바이칸 제국과 관련된 것도 많았다.

'뭐든 괜찮아. 실패하면 다시 시작하면 되지.'

모닥불 불씨를 노려보듯 응시하던 율리아가 적절한 때에 장작 두 개를 보탰다. 불씨는 안정적으로 타오르고 있었다. 바바슬로프가 빌려준 털장갑을 품에 안고, 율리아는 카루스가 서 있는 방향을 바라보았다.

눈이 마주쳤다. 그도 마침 율리아를 보고 있었다.

냉소적인 눈빛이었다. 부하들의 목숨을 구하게 해줬으니 은인이라고 불러야 마땅하지만, 첩자가 아니라는 보장이 없기 때문이다. 그녀는 그의 심정을 이해했다.

어디 한번 뒤흔들어볼까.

"카루스 님."

율리아가 그를 보고 슬며시 웃었다. 꿍꿍이가 느껴지는 미소였다. 카루스의 미간이 서서히 찌푸려졌다.

"제국군 남부 함대랑 해적들이 붙어먹고 있다는 거, 아세요?"

화살처럼 쏟아진 진실이 율리아의 입을 통해 잔인하게 흘러나왔다.

"미친."

바바슬로프가 들고 있던 장작을 우르르 떨어뜨렸다. 가까이에 있던 기사들은 숨도 쉬지 않은 채 율리아를 바라보고 있었다. 소란스럽던 야영지가 불편한 침묵으로 가득 찼다.

카루스가 저벅저벅 소리를 내며 율리아에게 다가왔다.

"지금 뭐라고 했지?"

"오르테가 항구에 소금물 묻은 돈이 엄청 풀려 있어요. 해적의 돈이죠. 그 돈세탁을 누가 해주고 있을까요?"

"귀족들이 하겠지."

"마조람이에요."

율리아의 미소는 이제 서리 칼날처럼 차가워져 있었다.

"당신은 마조람의 목을 쳐야 할 거예요."

소녀처럼 앳된 얼굴에 포악한 짐승의 미소라, 카루스는 그녀에게서 시선을 뗄 수가 없었다.

일주일 뒤, 비가 왔다.

낮에는 짧은 소나기가, 밤에는 꽤 많은 양의 비가 계속 내렸다.

굵은 빗줄기가 쏟아지는 새벽이었다. 카루스와 그의 부하들이 오르테가 왕국의 수도 검문소에 들어섰다.

"어디서 오시는 분들입니까?"

"티타니아를 넘어서 왔는데."

"어이구, 힘든 시기에 산맥을 넘으셨네. 들어가쇼. 여관 골목은 저쪽에 있소이다."

개방적인 성향의 국가답게 그들은 검문이랄 것도 없이 통과되었다. 바바슬로프는 커다란 짐마차를 몰고 있었는데, 곁에서 말을 타고 있는 카루스에게 능글거리며 말을 걸었다.

"율리아가 알려준 대로 하니까 그냥 통과해버리네요. 진짜 신기하지 않습니까."

"뭐가."

"그냥요. 복덩이가 굴러들어 왔나, 싶기도 하고."

으흐흐. 바바슬로프가 어깨를 떨며 웃었다. 카루스는 그런 자신의 부하를 한심하다는 얼굴로 노려보았다.

"오르테가는 반도 국가다. 산맥을 넘어오는 자들은 기껏해야 보따리상인, 약초꾼, 제국으로 돈 벌러 간 용병들일 뿐이야. 검문은 당연히 해적이 판을 치는 바닷가에서나……."

"아이고, 알겠습니다. 누가 그걸 몰라요? 그냥 율리아가 불쌍해서 편 좀 들어봤습니다."

"불쌍할 것도 많군."

"비 왔잖아요. 소나기 온 다음에 주룩주룩 왔잖아요. 이따 왕궁 앞에서 그 해방군인지 훼방꾼인지 하는 놈들이 시위 하나 안 하나 제가 가서 보고 올 거라니까요?”

“바바슬로프.”

카루스가 경고하듯 낮은 소리로 그를 불렀다. 움찔한 바바슬로프가 슬그머니 먼 산을 바라보았다. 그런데 마차 안에서 카루스와는 전혀 다른, 맑고 높은 목소리가 들렸다.

“바바슬로프.”

바바슬로프가 만면에 화색을 띠고 뒤를 돌아보았다.

“응? 왜?”

“이거 먹어요.”

마차 천막 사이로 작은 손이 튀어나왔다. 율리아였다. 그녀가 동그랗고 깊은 잔에 희뿌연 음료를 반쯤 담아 내밀었다.

“이건 또 뭐야?”

“우유에 꿀이랑 술을 섞은 거예요. 밖에서 마차 모느라 고생했잖아요.”

“네 몸이나 추스르라니까, 참.”

말은 그렇게 하면서도, 바바슬로프는 율리아가 만들어 준 음료를 빼앗듯 가져와 얼른 마셨다. 달콤하고 부드러우면서도 배 속이 뜨끈해지는 맛이었다. 부족한 듯 입맛을 쩝쩝 다시던 바바슬로프가 슬그머니 카루스의 눈치를 보았다. 그러곤 율리아에게 말했다.

“율리아, 한 잔만 더 만들어 봐. 사령관님이 노려보고 있어.”

“그럴까요?”

천막이 획 걷어지더니 율리아가 고개를 빼꼼 내밀었다.

아파서 다 죽어갈 때는 감정도 없고 재미도 없는 여자인 줄 알았데, 기운을 차린 뒤부터는 묘하게 신경에 거슬리는 행동을 많이 했다.

"드릴까요."

율리아가 카루스에게 물었다.

"맛있는데."

기사들도 그를 어려워해서 바바슬로프를 제외하곤 농담을 잘 건네지 않는데, 율리아는 그런 카루스가 무섭지도 않은지 태연한 얼굴로 말을 걸어댔다.

카루스는 대꾸하지 않고 말을 몰아 앞으로 갔다.

매번 무시당하다 보면 시무룩해질 법도 한데, 율리아는 여전히 태연한 기색이었다.

강적이다. 강적이야. 바바슬로프가 그런 생각을 하며 설레설레 고개를 저었다. 그때 덩치 큰 기사가 슬그머니 다가와 율리아에게 말을 건넸다.

"나도 좀."

"잠깐만요."

천막 밖으로 머리만 내밀고 있던 율리아가 안으로 쏙 들어가더니 오래 지나지 않아 음료를 한 잔 더 들고나왔다.

"고맙다."

"다 카루스 님이 사주신 건데요, 뭐. 제가 감사받을 일이 뭐가 있나요. 이 마차도 따지고 보면 기사님들 짐 실으려고 빌린 건데, 제가 그냥 뻔뻔하게 얻어 타고 있는 거고요."

"그건 그렇지."

덩치 큰 기사가 피식 웃더니 음료를 단번에 비우고 컵을 내밀었다.

"우린 아직 너를 믿지 않아."

"알고 있어요."

"그래도 이따가 오르테가 왕궁 앞에는 가보려고 한다."

날씨를 예상한 건 우연일 수 있다. 간혹 신통한 농부나 어부들도 날씨를 곧잘 읽어내곤 하니까. 하지만 습격을 예고한 것도 모자라 해방군 시위까지 맞힌다면, 기사들은 앞으로 율리아의 말을 무시할 수 없게 될 것이다.

"카루스 님한테 여행자 여관으로 가지 말고 붉은 선원 모자가 그려진 여관으로 가라고 해주세요."

"왜?"

"몰래 들어온 거잖아요. 해적도 손님으로 받아주는 여관으로 가야 입이 무거운 주인과 종업원들을 만날 수 있죠."

바바슬로프가 율리아의 어깨를 두드리며 감탄사를 내뱉었다.

"어이구, 이 복덩이 자식."

"그 이상한 말 좀……."

"야, 인마. 너도 그 마조람인지 뭔지 그놈들한테 쫓기는 몸이라며. 하이에나가 언제 나타날지 모르니까 어떻게든 카루스 님한테 잘 보여서 우리 옆에 붙어 있어. 그래야 시체 안 치우지."

"그놈의 시체 좀 그만 치워요. 대장이나 부하나…… 왜 그렇게 남의 시체를 자꾸 치워준대."

"치우지 마?"

"버려요, 그냥."

죽은 다음에 시체 거둬서 좋을 일이 뭐가 있냐고, 율리아가 대수롭지 않게 말했다.

어차피 죽으면 열 번째로 가게 될 테니 별로 상관없었다.

그날 오후, 붉은 선원 모자가 그려진 여관에서 휴식을 취하던 카루스는 묘하게 흥분한 바바슬로프의 방문을 받았다. 그리고 그를 통해 오르테가 왕궁 앞에서 한 무리의 해방군이 기습 시위를 벌였다는 사실을 전해 들을 수 있었다.

2
복수자

마조람 후작을 무너뜨리기 위해선 바이칸의 힘이 필요하다.

율리아는 여덟 번의 삶을 살고 나서야 그 사실을 깨달았다.

마조람 후작은 개인이 아니었다. 수많은 가문과 그들 사이의 이해관계, 그리고 온갖 권력자들이 얽혀 있는 하나의 덩어리였다. 그리고 그 꼭대기엔 국왕이 있었다.

'그래서 계속 실패했던 거야.'

후작을 무너뜨려도 왕이 건재한 이상 아무 소용 없었다. 그녀는 개인이었고, 상대는 왕국이었다.

'바이칸 제국의 힘을 이용하려면, 카루스 란케아를 손에 넣어야만 해.'

율리아는 계속 생각했다. 자신의 목표를 이루면서 카루스에게도 도움이 되는 길을 찾고자 애썼다.

그를 이용하고 버리는 방법도 있었다. 하지만 율리아는 다른 건 몰라도 그를 배신하는 짓만은 하고 싶지 않았다. 카루스 란케아는 매번 자신의 목숨을 구해주는 은인이기 때문이었다. 그게 의도하지 않은 우연이라 해도 상관없었다.

자정에 가까운 밤이었다. 율리아는 카루스의 방문 앞에 서 있었다.

"카루스 님."

다른 기사들은 고된 여정으로 쌓인 피로를 푸느라 낮부터 깊은 잠에 빠졌지만, 그녀는 아직 맑은 정신을 유지하고 있었다.

"드릴 말씀이 있어요."

카루스는 대답하지 않았다. 깊이 잠들어서 그런 것 같지는 않았다.

"카루스 님은 없어."

바바슬로프였다. 그가 복도 한쪽에서 어슬렁어슬렁 걸어왔다.

"들어가, 인마. 밤이 늦었다."

"그쪽은 왜 깨어 있어요?"

율리아가 물었다.

어슴푸레한 등잔불이 복도를 밝혔다. 바바슬로프는 그 아래에 서서 난처한 듯 턱을 매만졌다.

"율리아, 난 네가 좋아."

"저도 바바슬로프가 좋아요."

"네가 하는 말도 믿어."

"고마워요."

율리아가 냉큼 대답했다. 적당히 미소도 지었다. 하지만 바바슬로프는 마주 웃어주지 않았다.

"그래도 있잖아. 너무 수상쩍은 행동은 안 하는 게 좋아."

그는 진심으로 율리아를 걱정하는 것 같았다.

"네가 마녀이건, 혹은 예언자이건…… 목숨을 구해준 은인인데 가둬놓고 심문하고 싶진 않아. 그건 좀 많이 야만적이거든. 내 말 알아듣지?"

"……네."

"가서 자. 내일 아침에 맛있는 거나 시켜 먹자."

그러곤 어색한 손짓으로 율리아를 방으로 이끌었다. 무척 조심스러운 태도였다.

율리아가 설핏 웃으며 그에게 말을 걸었다.

"저기, 바바슬로프. 미안해하지 않아도 돼요."

"어?"

"당신이 저를 감시하고 있다는 건 처음부터 알고 있었어요. 그래도 저는 당신이 싫지 않아요. 진짜예요."

"나도 그래."

그러니까 그 칼, 감출 필요 없다고 율리아가 속삭였다.

의심받고 있다는 건 처음부터 알고 있었고, 그런 거로 서운해할 만큼 머릿속이 꽃밭인 것도 아니라고.

바바슬로프가 얼굴을 구기면서 웃었다.

"눈치 빠른 여잔 무서운데."

그의 허리춤엔 중간 길이의 검이 절묘하게 숨겨진 채였다.

율리아는 바바슬로프가 그 칼로 자신을 죽인다고 해도 원망하지 않을 자신이 있었다. 그건 그가 그녀에게 따뜻한 털장갑을 건네줬을 때부터 정해진 일이었다.

율리아가 여관 복도에서 바바슬로프에게 붙잡혀 있을 때, 카루스는 유흥가 골목에 있는 한 허름한 전당포에 와 있었다.

"이게 누구신가."

전당포 주인이 안쪽에서 문을 열고 튀어나왔다. 비쩍 마른 몸에 눈까지 내려온 더벅머리, 낡은 안경을 쓴 남자였다.

"카루스 님!"

"맥스웰."

카루스가 남자의 이름을 불렀다. 그러자 그가 입으로만 활짝 웃으며 양팔을 벌렸다.

"우리 포옹할까요?"

"닥치고 앉아라."

"매정하기도 하지."

맥스웰은 킬킬 웃으면서도 카루스에게 허리를 숙여 인사했다. 그러곤 철창 안쪽 사무실로 들어가 의자에 앉았다.

"알고 싶은 게 있어서 왔다."

"무엇이든지요! 맥스웰은 모르는 게 없답니다. 제가 오르테가에 기생한 지도 벌써 십 년이나 되었으니, 이 나라 왕족의 불륜 상대가 몇 명이고 사생아가 몇 명인지도 다 알지요."

"율리아 아르테."

"뭔…… 테?"

"조사해와."

맥스웰이 레몬색에 가까운 노랑머리를 벅벅 긁었다. 그러곤 율리아 아르테라는 이름을 반복해서 중얼거렸다.

"율리아 율리아 아르테 아르테 율리아 아르테 율리아……."

"모르는 모양이군."

"아, 기억났다!"

맥스웰이 벌떡 일어났다가 다시 앉았다. 그러곤 이해할 수 없다는 듯 카루스를 향해 얼굴을 바짝 들이밀고 물었다.

"의외의 이름이어서 그랬죠. 최근에 오르테가에서 제일 유명한 평민 여자 이름이 사령관님 입에서 나올 줄 몰랐달까."

"유명하다고?"

"굉장히요. 후작가의 후원으로 살던 고아가 그 집 귀한 도련님을 꾀어내서 사랑의 도피를 하려고 했거든요. 배은망덕하고 요사스러운 여자라고 소문이 자자했는데…… 근데 그 여잔 왜 알고 싶으십니까?"

"그건 나도 알아."

"그 여자를 죽이려고 후작이 하이에나를 고용했는데, 그 여자도 실종되고 하이에나도 실종되었지요."

"그것도 알아."

카루스가 눈썹을 찌푸리며 말했다.

"내가 아는 것 말고는 아무 정보가 없나? 그림자 정보상이란 별명이 울겠군."

맥스웰이 씩 웃었다. 그러곤 의자에 앉아 팔짱을 낀 채로 몸을 뒤로 물렀다. 핏기 없는 입술이 비죽거리며 얄미운 소리를 내뱉었다.

"저는 뭐 식은 밥인 줄 아십니까? 양념을 쳐줘야지요!"

맥스웰은 특별한 상인이었다. 그에게 정보를 사고 싶으면, 두 배의 돈을 내거나 그에 상응하는 정보를 팔아야만 했다. 그리고 그 정보의 무게는 언제나 맥스웰이 마음대로 정했다. 하지만 그것도 카루스 란 케아에게는 그다지 통하지 않는 규칙이었다.

"기사단으로 복귀하고 싶나?"

카루스가 물었다. 가볍고 무심한 어투였다. 하지만 맥스웰에게는 청천벽력 같은 소리로 들렸다.

"싫어요, 제가 왜요! 저한테 칼 쓰는 것보다 더 잘하는 일을 하라고 하셨을 때는 언제고!"

"나한테 장사하려고 하니까 괘씸하잖아. 그냥 기사단으로 와."

"알았어요, 알았어. 뭔 말을 못 해, 진짜!"

더벅머리를 벅벅 긁던 맥스웰은 그제야 제대로 된 정보를 풀어놓기 시작했다.

"율리아 아르테는 남부 항구 보육원 출신입니다. 마조람 후작이 후원하는 여러 고아 중 하나였는데, 애가 영리해서 열여섯 살에 최고 수준의 아카데미에 들어갔어요. 그리고 다음 해부터 4년 동안 2등을 했죠."

"2등?"

"그러다 후작가 후계자랑 정분이 났는데, 하필이면 그걸 들켜서 보복을 거하게 당했습니다."

"무슨 보복?"

"후작이 보육원 후원을 끊어버렸어요. 마조람 정도 되는 가문에서 그렇게 나오니까, 다른 귀족들도 모두 그 보육원을 외면했죠. 가난한 원장은 오래 버티지 못하고 애들을 배에 팔았어요."

맥스웰이 쯧쯧쯧 경박하게 혀를 차며 말했다.

"그리고 뭐, 일꾼이랑 강제로 결혼을 시키려고 했다던가? 그래서 도망쳤다고 알고 있습니다."

기구한 사연이었다. 바바슬로프가 이 자리에 있었다면 불쌍해서 못 봐주겠다고 중얼거렸을 만큼. 하지만 카루스에게는 아무런 감흥을 주지 못했다. 그가 정말 궁금해하는 건 따로 있었다.

"점술가나 예언, 혹은 사기꾼이라거나. 그런 쪽으로 일한 적이 있나?"

"예?"

"마조람에서 은밀하게 정보를 다루는 끄나풀로 썼다거나."

"그럴 리가요. 그랬다면 그렇게 무력하게 당하고 도망치지도 않았겠죠."

그건 맥스웰의 생각이 옳았다. 원하던 정보를 얻지 못한 카루스가 맥스웰에게 명령을 내렸다.

"조사해."

"그 여자요? 왜요?"

"싫으면 기사단으로 돌아와도 좋고."

"발바닥 주름까지 조사해 오겠습니다."

맥스웰은 당장이라도 율리아 아르테에 대해 조사하러 뛰쳐나갈 기세였다. 의자에 앉은 채 엉덩이를 들썩거리는 그를 한심하다는 듯 지켜보던 카루스가 다시 입을 열었다.

"남부 함대가 해적이랑 붙어먹고 있다는 말이 사실인지도 알아와."

"예에? 그게 진짜예요? 미쳤어! 그 미친놈들이 감히, 그랬다고? 등신이 아니고서야!"

"정보상이라는 놈이 사기꾼보다도 정보가 느리군."

도대체 네놈을 어디다 써야 할지 모르겠다고 말하면서, 카루스가 전당포를 나섰다.

깊은 잠을 자고 일어났더니 머리가 맑았다. 따뜻한 물에 샤워한 덕에 여독까지 다 풀린 느낌이다.

율리아는 창밖에 높이 떠오른 해를 보고 지금이 정오에 가까운 시간이라는 걸 알았다.

"왜 이렇게 많이 잤대."

"내 말이 그 말이다."

바바슬로프가 불쑥 나타나 말했다. 문가에 서 있던 그가 입을 쩍 벌리며 하품을 했다.

"잘 잤어요?"

"악몽 꿨어."

"유령 꿈?"

"네가 나한테 평생 총각으로 늙어 죽을 거라고 예언을……."

율리아는 그에게 그럴 리가 없다고, 면도하니까 열 살은 어려 보인다는 칭찬을 해주고, 같이 아침을 먹겠냐고 물었다. 그런데 바바슬로프가 무거운 한숨을 내쉬며 말했다.

"안 돼. 카루스 님이 너 데려오래. 나 혼자 먹을 거야."

"저는요?"

"종업원이 올려다줄 거야. 체하지 않게 천천히 먹어. 우리 사령관이랑 겸상하면 체한다?"

율리아는 황제랑 겸상해도 체하지 않을 자신이 있었지만, 그냥 웃으면서 고개를 끄덕였다.

카루스의 방으로 갔더니 그가 문을 열어놓고 율리아를 기다리고 있었다.

"부르셨어요?"

"들어와."

율리아는 노크할 필요도 없이 안으로 들어가 문을 닫았다.

사령관의 방은 넓고 쾌적했다. 부지런한 종업원이 율리아가 오기도 전에 식사를 모두 올려다놓고 갔는지, 테이블 위엔 2인분의 식사가 푸짐하게 차려져 있었다.

율리아의 시선이 음식을 한차례 훑었다. 늦게까지 잤더니 배 속이 텅 비어서 꼬르륵 소리가 우렁차게 들렸다.

"먹어라."

카루스가 율리아에게 쟁반을 밀어주었다.

마음 같아서야 주린 배부터 채우고 싶었지만, 율리아는 가만히 의자에 앉아 그가 용건을 꺼내기만을 기다렸다.

율리아의 눈동자를 탐색하듯 바라보던 카루스가 천천히 입을 열었다.

"우린 네게 목숨을 빚졌다."

"신경 쓰지 않으셔도 돼요."

"신경 쓰여."

카루스가 율리아의 말을 막았다. 그는 그녀에게 목숨 빚을 갚아야 한다고 생각하는 듯했다.

따지고 보면 카루스가 율리아를 여덟 번이나 살려준 셈이지만, 그녀는 그냥 입을 다물고 그의 말을 들었다.

"너를 그냥 보내줄 수도 없어. 산맥에서의 일도 그렇고, 남부 해군이 해적들과 내통하고 있다는 걸 확인하기 전까지는."

"카루스 님."

"그렇다고 너를 데리고 있을 수도 없다. 마조람 후작은 계속해서 하이에나를 보내 너를 쫓을 테고, 그러면 우리 임무에 방해가 될 게 뻔하니까."

카루스와 그의 기사들은 당분간 신분을 감추고 활동할 계획이었다. 그러니 율리아 때문에 마조람에 정체가 탄로 나기라도 하면 큰일이었다.

카루스가 날카로운 눈으로 율리아를 바라보았다.

"말해봐라. 내가 어떻게 해야 하는지."

"네?"

"그동안 네가 했던 말과 행동들을 보건대, 여기까지 예상하지 못했다면 그게 더 말이 안 돼."

그는 율리아가 했던 말을 모두 신뢰하지는 않았지만, 그중 대부분이 실제로 일어났으며 확인해볼만한 정보라고 판단했다.

율리아가 설핏 웃으며 말했다.

"제가 말하면, 그대로 해주시는 거예요?"

"봐서."

카루스의 복잡한 상황을 이해한다. 그는 그렇게 생각하지 않겠지만, 율리아는 누구보다 그가 처한 상황을 이해한다고 자부했다.

'수상한 여자'에서 '믿을 만한 정보원'으로 승급하려면 그가 짊어지고 있는 짐을 하나쯤은 덜어주는 편이 좋겠지.

"제 사소한 부탁을 몇 가지만 들어주세요. 그러면 카루스 님께 유용하면서, 동시에 당신이 저를 감시할 수 있는 곳에 제 발로 들어갈게요."

"말해봐."

"사흘 뒤, 브레웨 아카데미 졸업시험이 있어요. 제가 하이에나들에게 잡히지 않고 무사히 그 시험을 치르고 돌아올 수 있게 도와주세요."

"이유는?"

"졸업시험에서 수석을 차지한 자에게는 브레웨 훈장을 수여해요. 저는 그 훈장이 꼭 필요하고요."

카루스가 눈썹을 슬쩍 찡그리더니 뭔가를 떠올렸다. 그러곤 하, 하고 짧게 웃었다.

"그렇군."

왜 그러지? 율리아가 의아해하는 얼굴로 그를 바라보았다.

"신경 쓸 것 없다. 계속 말해봐."

"평민이 그 훈장을 받으면 왕궁에 들어갈 수 있어요. 왕궁 시녀는 명예직이거든요. 귀족들도 욕심내는 자리죠. 그때 카루스 님은 제 후원자가 되어주시면 돼요."

"뭐?"

카루스도 이건 예상치 못했다는 듯 놀라 되물었다. 지금까지는 적당히 그러려니 하며 듣고 있던 그가 의자 팔걸이에 걸치고 있던 팔을 움직여 팔짱을 꼈다.

그러곤 율리아를 똑바로 노려보며 물었다.

"왕궁 시녀가 되려는 이유는?"

"왕족의 손으로……."

율리아는 웃고 있었다.

"마조람의 목을 치기 위해서."

또 그 미소였다. 칼처럼 선득하고, 아교처럼 끈적끈적한 미소. 앳된 얼굴에 걸맞은 순수함과 꼭 그만큼의 잔혹함이 공존하는 웃음. 죽어도 상관없다는 태도, 죽음 따위 두렵지 않다는 눈빛, 죽는대도 포기하지 않겠다는 의지.

카루스가 충고했다.

"그렇게 웃지 마라."

"네?"

"난 너와 비슷한 사람을 몇 알아. 평범한 사람들은 이해할 수 없는, 칼날 위의 삶을 선택한 사람들."

"그 사람들은 어떻게 살고 있는데요?"

"슬프고, 불행하게 살지."

그런데도 웃는다. 그들의 미소는 보는 사람을 불편하게 만드는 재주가 있었다. 공허한 심장과 지독한 염증을 감추고자 만들어낸 웃음이기 때문이다.

율리아가 두 손을 모아 무릎 위에서 깍지를 꼈다.

그녀는 마조람을 무너뜨리기 위해서 오르테가 왕궁에 들어가겠다고 말했다. 그리고 그건 카루스에게도 몹시 도움이 될 터였다.

"카루스 님."

시선을 살짝 내리자 빗살 같은 속눈썹이 가지런히 드리워졌다. 붉은 입술이 벌어지며 동그란 앞니가 살짝 보였다.

"저는요. 마조람이 숨 쉬는 땅에선 아무것도 자라지 않게 할 거예요."

맑은 목소리가 종처럼 울렸다.

"마조람의 성을 가진 자가 단 한 사람도 남지 않을 때까지 멈추지 않을 거고요. 마조람이 이루고자 했던 모든 꿈을 빼앗아 시궁창에 던져 버릴 거예요. 그들이 우리에게 저질렀던 잘못을 열 배, 스무 배로 돌려줄 수만 있다면……."

아홉 번이 아니라, 아흔 번을 다시 살 수도 있다.

"복수는 이렇게 하는 거 아닌가요?"

율리아가 물었다.

슬프고 불행한 삶이라고 누가 장담하는가. 복수라는 달콤한 열매가 저 앞에 있는데, 손을 뻗지 않으면 그게 비정상인 거지.

"맞다."

카루스가 대답했다.

"복수는 그렇게 하는 것이지."

각오를 확인했으니, 일단은 네 부탁을 들어주겠다. 카루스가 고개를 끄덕였다.

◆ • • • ◆

바바슬로프가 걱정했던 것과는 달리, 율리아는 카루스와 함께 식사하고도 전혀 체하지 않았다. 오히려 긴 식사 시간 동안 그와 꽤 많은 대화를 나누었고, 식사를 마친 뒤엔 새 옷을 사라며 금화까지 받았다.

사흘은 금세 지났다.

율리아는 바바슬로프와 함께 브레웨 아카데미로 향했다.

도톰한 원피스에 작은 모자를 쓰고 긴 머리를 땋아 올린 그녀는 여느 부잣집 아가씨와 다를 바 없어 보였다.

"너무 긴장할 거 없어. 시험이라는 게 말이다. 될 대로 돼라! 이렇게 생각하면 잘되기 마련이거든?"

"긴장 안 해요."

"난 했어. 내가 했다고. 시험은 네가 보는데 왜 내가 잠까지 설치고 지랄인지."

마차에 오르기 전, 율리아보다 더 긴장한 바바슬로프가 같이 먹자며 따뜻한 초콜릿을 두 잔 사 왔다. 작은 컵에 담긴 초콜릿은 달콤하고 진했다. 율리아는 두 손으로 컵을 잡고 아주 조금씩 천천히 먹었다. 마차의 흔들림과 초콜릿이 주는 평온함에 취한 그녀가 오래전의 일을 떠올렸다.

언제였더라.

보육원 출신 평민인 율리아가 아카데미에서 두 번이나 수석을 차지했을 때였다. 시험을 앞두고 있던 율리아에게 원장이 찾아와 말했다.

"미안하다. 얘야. 이번 연말 평가에서는 꼭 마조람 후작 영애가 1등을 해야 해. 너 때문에 2등으로 밀렸으니, 영애가 그동안 얼마나 자존심이 상했겠니. 평민인 네가 그분을 이겨봤자 득 될 게 하나도 없어. 귀족들은 자존심이 강해. 너도 알잖아."

원장은 율리아를 붙잡고 몇 번이나 말했다. 너만 입을 다물면 모든 일이 잘 풀릴 거라고. 그때 자신은 뭐라고 대답했더라. 얌전히 고개를 끄덕였었나.

"물론 공짜는 아닐 거야. 후작님은 배포가 크신 분이지. 네가 좋은 데서 일하면서 편하게 살 수 있도록 뒤를 봐주실 거고."

배포가 커서 그 후로 4년이나 계속 대리 시험을 치르게 했나.

"알겠지? 네 시험지에 크리스틴 마조람이라고 적는 거야. 영애는 네 이름을 적을 거고. 두 사람이 이름을 바꿔 쓴 걸 아무도 알아선 안 돼. 그러니까 문제를 조금 일찍 풀더라도, 다 끝날 때까지 기다렸다가 다른 애들이랑 같이 제출해."

귀족의 자존심이라는 건 평민에게 대리 시험까지 시켜가면서 1등을 유지하는 거였나. 그 후 율리아는 크리스틴 마조람에게 아카데미 4년 연속 수석이라는 명예를 안겨주었다.

어쩌면 이번 졸업시험도 비슷했을 것이다. 율리아가 없으면 크리스틴이 1등이다. 율리아보다 못했을 뿐이지, 크리스틴은 다른 학생들보다는 뛰어난 편이었으니까.

그런데 이를 어쩌나.

나는 이제 네가 그 작은 명예를 가져가는 것조차 참아줄 수가 없는데.

초콜릿을 다 마신 율리아가 컵을 꽉 쥔 채 슬쩍 웃었다.

"바바슬로프."

"응?"

"어디 가지 말고 시험장 앞에서 기다려주세요. 부탁드려요."

"알았다, 알았어. 하이에나 따위는 이 바바슬로프한테 맡겨."

바바슬로프가 걱정하지 말라는 듯 율리아의 어깨를 가볍게 두드려주었다.

도착한 시험장엔 올해 졸업시험을 치르는 학생들이 미리 자리를 잡고 앉아 있었다. 율리아는 눈에 띄지 않게 조용히 들어가 맨 뒷자리에 앉았다.

"시험을 시작합니다."

감독관이 빈 노트를 돌리자마자 여섯 개의 문제가 공개되고, 졸업예정자들의 입에서 앓는 소리가 흘러나왔다.

이 해의 졸업시험은 문제가 어렵기로 유명했다. 율리아는 빈 노트에 정답과 의견, 해석을 빠르게 적어 넣었다. 얇은 펜이 춤을 추었다. 사각사각 소리가 시험장을 가득 채웠다.

"시간이 절반 남았습니다."

감독관이 시간을 많이 흘렀음을 알려주었다. 학생들은 아직도 1, 2번 문제에서 끙끙거리고 있었다.

율리아 혼자 6번까지 막힘없이 술술 답을 적었다.

그녀는 마지막으로, 이름을 적어 넣는 곳에 펜을 올렸다.

'율리아 아르테.'

고풍스러우면서 시원시원한 필체였다. 율리아는 크리스틴 마조람이 아니라, 자신의 이름을 꽉 차게 써넣었다.

"시간이 거의 다 되었습니다."

감독관이 마지막으로 시간을 알려 주었다. 학생들의 입에서 또 한번 앓는 소리가 흘러나왔다.

드르륵 의자 끌리는 소리가 났다. 시험을 마친 율리아가 일어나는 소리였다.

시간이 아직 남아 있는데 벌써 노트를 제출하려는 학생이 있다니. 놀란 학생들의 시선이 모두 율리아에게 향했다. 감독관도 마찬가지였다.

율리아는 당당하게 걸어가 감독관에게 노트를 내밀었다.

그녀의 얼굴을 알아본 감독관이 노트를 펼쳐 보았다. 그러곤 그 안에 빽빽하게 적힌 정답과 해석을 보고 작은 감탄사를 내뱉었다.

율리아는 그에게 묵례하고 시험장 밖으로 걸어 나갔다.

"……율리아?"

그때 빠르게 복도를 걸어가던 율리아를 누군가 불러 세웠다.

크리스틴 마조람이었다.

얄궂은 일이었다. 물론 마주칠지도 모른다고 생각하긴 했다. 그렇게 되면 모른 척하고 바바슬로프와 함께 여관으로 돌아와야지, 다짐하기도 했다.

그런데 자신을 바라보는 크리스틴을 발견한 순간, 아주 심술궂은 마음이 들었다.

크리스틴은 경악한 얼굴이었다. 너무 놀라서 무슨 말을 해야 할지 모르는 모양이었다.

율리아는 크리스틴의 눈동자에서 순간마다 스쳐 지나가는 감정의 정체를 알았다.

반가움. 안도. 그리고 두려움.

크리스틴은 아직 어렸다. 후작이나 후작 부인처럼 독하게 단단해지지 않았다. 제 부모가 얼마나 사악한 인간들인지도 자세히는 몰랐다.

율리아는 생각했다.

너는 나를 보고 뭐라고 말할까. 살아 있어서 다행이라고? 그동안 걱정했다고? 너희 부모의 잘못을 사과한다고?

그럴 리가. 아니었다. 크리스틴은 이렇게 말할 것이다.

시험을 치른 거냐고.

"졸업시험…… 보러 온 거야?"

1등을 빼앗길까 두려워서.

"네 이름으로……?"

그러면 그렇지. 너희는 왜 이렇게 예상에서 한 치도 빗나가질 않을까. 갑자기 이 상황이 못 견디게 우스워졌다. 율리아가 크리스틴을 똑바로 바라보면서 웃음을 터뜨렸다.

"아하하하!"

때마침 시험 시간이 끝났음을 알리는 종소리가 아카데미 전체에 울려 퍼졌다. 시험장마다 많은 수의 졸업 예정자들이 쏟아져 나왔다.

"하하하…… 아하하하!"

율리아는 계속 웃었다. 그러면서 크리스틴을 향해 걸었다. 입을 꽉 다문 채 굳어 있는 크리스틴을 지나치면서, 율리아가 그녀의 귓가에 속삭였다.

"내가 미치지 않고서야 이번에도 네 이름을 써줬겠어?"

"너……."

한때는 크리스틴을 부러워하기도 했다. 왕국 제일이라는 귀족 가문의 외동딸. 그 지독한 후작 부부가 눈에 넣어도 안 아프게 생각한다는 어여쁜 아가씨. 그 아가씨의 작은 명예를 지키기 위해 처리되어야만 했던 평민 율리아 아르테는 이미 오래전에 죽고 없었다.

크리스틴은 아무 말도 하지 못한 채 빠르게 멀어지는 율리아의 뒷모습을 바라보고만 있었다.

"야! 너 왜 그래?"

미친 여자처럼 깔깔 웃으며 걸어오는 율리아를 보고, 바바슬로프가 재빨리 다가와 그녀의 모자를 내려 얼굴을 가렸다.

"아이고, 우리 애가 가끔 정신이 오락가락해서."

사람들의 시선을 피해 빠르게 마차에 오른 바바슬로프가 율리아에게 은근슬쩍 물었다.

"시험 잘 봤어? 1등 할 수 있을 거 같냐?"

그제야 웃음을 그친 율리아가 크게 고개를 끄덕였다.

율리아 아르테가 아직 살아 있고, 수도로 돌아와 아카데미 졸업시험을 치렀다는 소식이 마조람 후작가에 전해졌다. 후작은 집사에게 일 처리를 어떻게 하는 거냐고 짜증스레 물었고, 후작 부인은 하이에나들에게 금화를 두 배 주겠다고 전달했다.

크리스틴 마조람은 자신의 방에 틀어박혔다. 브레웨 아카데미 수석 졸업생에게 주어지는 명예로운 훈장이 율리아의 것이 된다고 생각하자, 자존심이 상해 견딜 수가 없었다. 그건 크리스틴의 오랜 꿈이었기 때문이다. 동시에 그런 자신이 혐오스러웠다. 자존심이 상했던 이유 역시 율리아를 도저히 이길 자신이 없기 때문이기도 했다.

마지막으로 율리아의 생존 소식을 들은 건 마조람의 고귀한 후계자이며, 한때 그녀의 연인이었던 바실리 마조람이었다.

"바실리 마조람?"

봄비가 추적추적 내리는 저녁, 외출에서 돌아온 카루스가 율리아에게 다가와 물었다.

"네?"

율리아는 바바슬로프와 함께 식사중이었다. 커다란 닭 다리가 두 사람의 손에 사이좋게 하나씩 들려 있었다.

"그 남자인가? 너를 눈보라 속에서 얼어 죽게 내버려뒀다던 녀석 말이다."

"그건 왜 물으세요?"

"바실리 마조람이 곧 왕의 딸과 결혼할 거라는 소문이 무성해."

"흐음."

율리아가 알 수 없는 비음을 내며 닭다리를 물어뜯었다. 기름진 고기에 작은 잇자국이 남았다. 그녀는 그리 기분이 나빠 보이지 않았다. 그렇다고 카루스의 말을 아예 무시하는 것도 아니었다.

"아무렇지도 않나?"

"제가 어떤 반응을 보이길 바라세요?"

카루스의 차가운 시선이 율리아의 얼굴을 꼼꼼하게 훑었다. 그녀는 그의 시선을 피하지 않았다. 두 사람 사이에 차갑고 뜨거운 기운이 부딪치며 긴장을 부추겼다.

"내가 체할 것 같아."

바바슬로프가 중얼거렸다.

율리아를 관찰하는 걸 포기한 카루스가 의자에 앉아 말했다.

"인원을 나누어 여관을 옮길 생각이다. 너를 찾는 하이에나들의 숫자가 늘었어. 하이에나가 아닌 자들도 너를 찾고 있고."

그건 아마 바실리 마조람이 따로 고용한 용병일 것이다. 율리아가 그렇게 말하자, 카루스가 미묘하게 얼굴을 찡그리며 고개를 끄덕였다.

"미련이 남은 건가?"

"그 남자는 저를 버리지도 못하고, 구하지도 못하고, 무시하지도 못하는 등신일 뿐이에요."

"뭐?"

"집사가 하이에나를 고용했다는 건 후작이나 후작 부인에게서 금화가 나왔다는 거고, 하나뿐인 후계자가 그 사실을 알고도 막지 못했다는 건 그 자식이 등신이라는 증거……."

"쉿."

카루스가 낮게 경고했다.

그들은 여관 1층 식당에서 식사하고 있었다. 그런데 열린 문밖에서 서너 명의 용병들이 여관 주인에게 금화를 건네며 뭔가를 묻고 있었다.

"율리아."

카루스가 눈짓으로 테이블을 가리켰다.

율리아는 되물을 것도 없이 재빨리 몸을 낮춰 테이블보 아래로 들어갔다. 율리아가 먹던 음식과 식기들은 바바슬로프에 의해 어느새 카루스 앞으로 옮겨져 있었다.

입이 무거운 여관 주인은 천연덕스러운 얼굴로 아무것도 모르겠다고 대답했고, 용병들은 여관 식당으로 들어와 홀을 꽉 채운 손님들을 눈으로 한 바퀴 둘러보았다.

"이봐. 어디서 온 자들이냐?"

용병 하나가 카루스와 바바슬로프에게 다가와 물었다. 율리아가 먹던 닭다리를 집어 그녀의 작은 잇자국을 없애버린 카루스가 고기를 우물거리며 말했다.

"그건 알아서 뭐 하게?"

"우리는 귀족 나리에게 고용된 용병……."

"여기에 귀족 나리한테 고용 안 당해본 용병이 있나?"

카루스의 말에 여관을 채우고 있던 남자들이 껄껄 웃었다. 그들 중엔 사복을 입고 정체를 감춘 기사단도 있었고, 해적이나 용병도 있었다.

"신분을 밝혀라. 안 그러면 좋지 않은 일을 겪게 될 거야."

"귀찮아 죽겠군."

카루스가 망토를 펄럭이며 안쪽 주머니에서 신분증을 꺼내 테이블 위에 던졌다. 그건 그가 바이칸 제국의 전쟁 용병임을 증명하는 패였다.

"전쟁터에 다녀왔나?"

카루스의 신분증을 확인한 용병들의 눈동자에 작은 경외의 빛이 어렸다. 바이칸의 전쟁터에서 살아 돌아온 자들은 용병들 사이에서도 존경을 받았다.

"실례가 많았군. 푹 쉬게."

그들은 바바슬로프가 낑낑거리며 신분증을 꺼내주려고 하자 됐다고 손사래를 치며 물러났다.

"왜 내 건 안 봐? 야! 지금 사람 차별하는 거야?"

손님들이 다시 웃음을 흘렸다. 율리아는 테이블보 밑에서 기어 나와 카루스의 옆자리에 앉았다.

냅킨으로 입을 닦은 카루스가 자리에서 일어나더니 식당 곳곳에 흩어져 있던 기사들에게 눈짓했다.

"여관 주인에게 사례하고, 인원을 나눈다. 누가 고발할지 모르니 서둘러."

"알겠습니다."

카루스가 약속을 지키기 위해 움직였다. 그는 율리아가 무사히 왕궁에 들어갈 수 있도록 최선을 다해서 하이에나로부터 그녀를 지킬 셈이었다.

빠르게 짐을 챙겨 밖으로 나온 기사들은 마치 모르는 사이처럼 각자 다른 방향으로 흩어져 걸었다.

아홉 번째 삶을 시작하면서 율리아는 몇 가지 계획을 세웠다.

그중 하나가 카루스의 부하들을 살려 그가 자신과 손을 잡도록 하는 것이고, 또 다른 하나는 브레웨 아카데미 훈장을 받아 왕궁 시녀가 될 수 있는 자격을 얻는 것이었다.

"율리아, 어느 왕족의 시녀로 들어갈 생각이지?"

카루스가 물었다. 그다지 곤란한 질문은 아니었는지, 율리아가 냉큼 대답해주었다.

"오르테가 왕궁에서 마조람을 가장 싫어하는 사람이요."

"뭐야. 그럼 우리 편이네?"

바바슬로프가 히죽 웃었다. 율리아가 그를 따라 웃었다.

"졸업식만 끝나고 나면 당신이 저 때문에 귀찮을 일은 없을 거예요. 시녀가 되어 왕궁으로 들어간 뒤엔 마조람도 함부로 저를 죽이려

시도하지 못할 테고요.”

“귀찮다니? 인마, 서운하다. 우리 중에 그렇게 생각하는 사람 아무
도 없어. 그나저나 왕궁은 안전한 거야? 마조람이 그렇게 대단한 귀
족 놈들이면 왕궁도 위험할 수 있는 거 아냐?”

바바슬로프가 눈꼬리를 축 늘어뜨리며 물었다. 걱정이 묻어나는
눈빛이었다. 율리아가 안심하라는 듯 그의 어깨를 두드렸다.

“걱정하지 마요. 왕자님이 저를 지켜줄 거예요.”

“왕자님?”

카루스가 되물었다. 오르테가엔 여러 명의 왕족이 있었고, 그중엔
왕자라 불리는 자도 세 명이나 되었다.

“어느 왕자?”

“2왕자 레위시아 오르테가.”

율리아의 말에 의하면 레위시아는 오르테가 왕궁에서 마조람을
가장 경멸하는 왕족이었다.

어느 정도냐 하면 후작가의 후계자인 바실리와 마주치기만 하면
빈정거리고 싸우기 일쑤에, 크리스틴이 예의상 건네는 인사는 늘 무
시로 일관하고, 후작 부부만 보면 저 병균 같은 것들 때문에 인간 세
상은 곧 멸망할 거라고 악담을 흘리고 다녔다.

율리아는 그래서 그를 골랐다.

“마조람의 뒤통수를 후려칠 수만 있다면 시녀가 아니라 연인으로
삼아 달라고 해도 그러자고 할걸요.”

그 외에도 중요한 이유가 있었지만, 지금은 이렇게만 말해두는 편
이 좋았다.

카루스가 물었다.

"레위시아 왕자는 왜 마조람을 그토록 싫어하는 거지?"

"뭐 이것저것 있지만…… 제일 큰 이유는 그거겠죠."

"그거?"

"왕자님의 친모가 왕의 애첩이기 때문이에요. 마조람 후작에게는 다음 대의 왕위 후보가 중요하지, 애첩의 아들 같은 건 거추장스러운 식충이에 불과하니까요."

마조람 후작이 왕자인 레위시아를 천시하니까 경멸로 갚아줬다는 이야기였다.

"레위시아 왕자의 영향력이 어느 정도기에?"

"알려진 것보단 강해요."

"마조람으로부터 너를 지킬 수 있을 만큼은 되나?"

카루스가 묻자, 율리아가 고개를 끄덕이며 대답했다.

"그렇게 만들어야죠."

만족할 만한 대답이 아니었는지, 카루스는 굳은 얼굴을 풀지 않았다.

그들은 브레웨 아카데미를 향해가고 있었다. 흔들리는 마차 안에서 창밖을 살피던 율리아는 정면에서 느껴지는 따가운 시선에 고개를 돌렸다.

카루스가 자신을 뚫어지게 바라보고 있었다.

"또 궁금한 게 있으세요?"

"그것도 너의 그 과거 때문에 알게 된 것 중 하나인가?"

카루스는 율리아가 죽지 못하는 저주에 걸려 아홉 번이나 다시 살고 있다는 말을 믿지 않았다. 하지만 지금까지 그녀가 예측한 일들이 평범한 이유로는 설명되지 않는다는 것 또한 인정하고 있었다.

아카데미에 도착했다는 마부의 목소리를 듣고, 율리아가 몸을 일으키며 말했다.

"오늘 바실리 마조람이 졸업식에 올 거예요. 저를 보고 이렇게 말할 거고요."

문을 열자, 바깥엔 이미 많은 사람으로 가득 차 있었다.

"'살아 있어서 다행이다. 내 아가씨, 얼마나 찾았는지 알아? 왜 나한테 오지 않았어?'"

"하!"

카루스가 입가에 조소를 머금었다. 그는 바실리를 몹시 같잖게 여기고 있었다.

"따귀라도 날릴 생각인가?"

"그보다 더한 거요."

단호히 말하고 마차에서 내린 율리아가 인파 속으로 나아갔다.

━━ • ◆ • ━━

성대한 졸업식이었다. 오르테가 최고의 학술기관인 브레웨 아카데미가 1년 만에 졸업생을 배출하는 날이었기 때문이다.

수석 졸업생에게 수여하는 브레웨 훈장은 엄청난 가치가 있었다. 그래서 교육열에 불타는 귀족들은 조금만 똑똑한 자식이 태어나면 넌 언젠가 브레웨 훈장의 주인이 될 거란 말을 입에 달고 살았다.

"올해의 수석 졸업생은……."

높은 단상, 수많은 사람의 시선이 집중된 곳에 학장이 서 있었다. 그는 한 손으로 훈장을 높이 들어 올리고, 부리부리한 눈으로 누군가를 찾았다.

율리아는 학생들 사이에 당당하게 서 있었다.

학장이 율리아를 찾았다. 눈이 마주치자, 그가 웃었다. 착각이 아니었다. 늙은 학장의 얼굴에 아이처럼 짓궂은 미소가 걸리는가 싶더니, 졸업식장 가득 쩌렁쩌렁한 목소리가 울려 퍼졌다.

"율리아 아르테입니다!"

충격과 의문, 감탄이 터져 나왔다. 모두가 이번 해의 수석 졸업생은 크리스틴 마조람일 거라고 믿고 있었기 때문이다.

"율리아라고?"

"진짜야? 크리스틴이 아니라?"

율리아가 움직였다. 놀란 학생들이 주춤거리며 길을 터주었다.

율리아는 빽빽하게 붙어 서 있던 학생들 사이를 뚫고 당당하게 걸어 단상 앞으로 왔다.

평민. 고아. 후작가의 후계자를 유혹해서 도망치려던 여자.

그리고 브레웨 훈장의 주인.

"올해는 레위시아 왕자 전하께서 졸업식에 특별히 참석하신 바, 치하의 말씀을 듣겠습니다."

웅성거리는 소리가 더욱 커졌다. 평민이 수석을 차지한 것도 놀라운데 왕족까지 행차하다니. 그것도 아름다운 외모로 젊은이들 사이에서 인기가 많은 레위시아 2왕자였다.

레위시아가 단상 위에 나타났다. 왕자가 미소를 짓더니 단상 아래를 향해 한 손을 내밀었고, 율리아는 그의 손을 잡고 무릎을 굽혀 인사했다.

"율리아 아르테."

레위시아의 목소리가 넓은 졸업식장을 가득 채웠다.

"너의 노력에 경의를 표한다. 오르테가의 왕족으로서, 선물을 주고 싶구나."

율리아와 레위시아의 눈이 마주쳤다.

어디 한번 원하는 걸 말해보라며 의무적인 미소를 띠고 자신을 내려다보는 왕자에게, 율리아가 말했다.

"왕자 전하의 시녀가 되고 싶습니다."

"뭐?"

레위시아가 당황해서 두 눈을 크게 떴다. 그러더니 눈동자를 굴려 율리아의 왼쪽, 어느 방향을 바라보았다. 본다기보다는 가리키는 것 같았다.

율리아는 그곳에 바실리 마조람이 있다는 사실을 알았다.

그녀를 발견한 바실리가 이쪽으로 빠르게 다가오고 있었다. 성급하고 불규칙한 걸음이었다. 이 수많은 사람 중에도 오직 그의 존재만은 가시처럼 불쾌하게 걸리적거렸다.

"율리아!"

바실리가 그녀를 불렀다. 조급한 걸음과 떨리는 목소리에서 그의 분노와 불안이 여실히 느껴졌다.

마침 나타나줘서 고맙네.

율리아는 한쪽 입꼬리를 올려 비웃음을 머금고, 레위시아를 향해 분명하게 말했다.

"저는 레위시아 왕자님의 시녀가 되고 싶습니다."

바실리가 걸음을 우뚝 멈췄다.

자신을 보며 미심쩍어하는 왕자에게 조금 더 몸을 가까이 내밀고,

율리아가 작은 목소리로 속삭였다.

"후회하지 않으실 거예요."

"어째서?"

"저를 시녀로 들이면 바실리 마조람이 후회하고 변명하고, 매달리고 무너지는 걸 가까이에서 보실 수 있거든요."

"그래?"

레위시아가 곧바로 흥미를 드러냈다.

"너는 놈을 내치고 모욕하고, 조롱할 건가?"

"네."

"좋다."

레위시아가 환하게 웃었다. 악의적이고 짓궂은 미소였다.

왕족에게 평민 시녀 하나 들이는 건 일도 아니었다. 여차하면 언제든 내칠 수도 있었다. 그러나 마조람의 후계자가 망가지는 꼴을 가장 좋은 자리에서 구경할 기회는 흔치 않았다.

레위시아는 소원을 말한 율리아가 아니라, 충격받은 얼굴로 이쪽을 노려보는 바실리를 바라보며 선언했다.

"율리아 아르테. 너는 나의 측근 시녀가 될 것이다."

예상했던 대로였다. 레위시아는 바실리를 엿 먹일 수만 있다면 이정도 모험쯤은 얼마든지 받아 줄 용의가 있는 사람이었다.

"고맙습니다."

율리아가 굽혔던 무릎을 폈다.

와아아아!

학생들이 환호성을 내질렀다.

후작가의 도련님에게 버림받았지만 당당하게 이겨내고 자신의 능력으로 훈장을 쟁취한 뒤, 왕족의 측근 시녀가 된 여자.

아마 한동안 오르테가에서 가장 유명한 평민은 율리아 아르테일 것이다.

졸업식이 끝난 뒤, 율리아가 인파를 헤치며 아카데미를 빠져나가려던 때였다.

바실리가 빠른 속도로 다가오며 그녀를 불렀다.

"율리아!"

그는 흡사 달려오기라도 할 것처럼 보였다. 깔끔한 얼굴에 드러난 것은 놀랍게도 기쁨과 안도라, 율리아는 지긋지긋한 심정이 되었다.

"율리아, 살아 있어서 다행이다. 내 아가씨, 얼마나 찾았는지 알아? 왜 나한테 오지 않았어?"

거봐. 이렇게 말할 줄 알았다니까. 율리아는 재미없는 연극을 보듯 무감한 얼굴이었다.

뒤에서 걷던 카루스가 하, 하고 짧게 비웃었다.

"이리 와, 내 아가씨."

바실리가 팔을 들어 율리아의 어깨를 감싸안으려고 했다. 그 행동이 너무 자연스러워, 사람들의 눈엔 두 사람이 아직 사이좋은 연인인 것처럼 보였다. 그런데 율리아가 그에게서 한 걸음 크게 떨어졌다.

바실리가 애써 웃더니 거칠게 머리카락을 쓸어 올렸다.

"화났구나. 그래, 그렇겠지. 이해해. 근데 나 그날 네게 가려고 했어. 감시당하고 있었지만 그래도 네게 가려고 최선을 다했어. 조금만 …… 조금만 더 날 기다려줬으면 좋았을 텐데."

"바실리."

율리아가 자신을 피하자 당황한 바실리가 빠르게 해명했지만, 그녀에게선 조그만 마음의 틈도 느껴지지 않았다.

"정말이야, 믿어줘. 내가 어떻게 너를 혼자 보내. 그건 있을 수 없는 일이잖아. 난 절대 널 배신하지 않아. 진짜야. 정말 가려고 했어. 작위, 가문, 이런 거 다 버리고…… 너랑 행복하게 살고 싶어서."

"나 혼자 죽어 행복해지라고?"

율리아가 눈동자를 굴려 주위를 한 바퀴 둘러보았다.

마조람 후작가의 고귀한 후계자와 평민 여자의 금지된 사랑. 파국으로 치달은 두 사람의 결말을 구경하기 위해 모여든 사람들이 이쪽을 향해 눈과 귀를 활짝 열어두고 있었다.

율리아가 차갑게 입을 열었다.

"그냥 내버려뒀으면 혼자 알아서 얼어 죽었을 텐데, 하이에나까지 고용하느라 고생 많으셨겠네요. 그런데 아쉬워서 어떡하죠? 내가 이렇게 멀쩡하게 살아 있어서."

"율리아……."

"사랑한다면서 죽게 내버려두고, 기다리라면서 암살자를 보내놓고, 이제는 왜요. 직접 목이라도 조르시게?"

율리아의 말엔 칼날이 있었다. 감정이 없는 칼날이었다. 말하는 그녀는 무감하고 권태로운데, 듣는 사람에게는 끔찍하고 자극적인 이야기이기도 했다.

사람들이 충격받은 얼굴로 바실리를 바라보았다. 진짜냐고 묻는 듯했다. 입을 가린 채 비명을 삼키는 여자도 있었고, 욕설과 함께 헛웃음을 터뜨리는 남자도 있었다.

"율리아! 지금 무슨 말을 하는 거야. 아니야. 절대 아니야. 어떻게 그런…… 어떻게 그렇게 말해!"

"오빠, 그만해."

있는 줄도 몰랐던 크리스틴이 뒤에서 바실리의 팔을 잡아당겼다. 자존심 상해 나타나지 않을 줄 알았는데, 용케 졸업식에 참석했다 싶었다.

"율리아, 너도 그만해."

"자존심 상하셨겠네요, 크리스틴 아가씨."

크리스틴이 이를 꽉 깨물고 율리아를 노려보았다.

"이거, 갖고 싶었을 텐데."

율리아가 훈장을 꺼내 손에 들고, 아무렇지도 않게 만지작거렸다.

"율리아, 너 왜 이래. 응? 꼭 다른 사람처럼……. 내가 어떻게 해야 할까. 뭐든지 할게. 부탁이야, 내 아가씨. 이러지 말고 내 얘길 좀 들어……."

바실리의 말이 길어질수록 모여든 시선이 많아졌다. 동시에 크리스틴의 얼굴도 깨질 듯 위태로워졌다.

율리아가 웃으며 속삭였다.

"뭐든지 하겠다고?"

"그래, 뭐든지 할게."

"그럼 도련님도 죽어보세요."

바실리와 크리스틴, 그녀의 뒤에 서 있는 카루스에게만 들릴 법한 목소리였다.

"율리아!"

"혼자 눈보라 치는 산맥에 갇혀 덜덜 떨면서, 손발이 얼어붙는 걸 느끼면서, 오지 않을 사람을 기다리며 울고 절망하고, 그러다 암살자들의 손에 죽어보라고."

한 서너 번쯤? 그러면 혹시 모른다. 이 비루한 평민이 귀한 도련님을 용서해드릴지도. 율리아는 바실리를 보고 흥분하지 않았다. 소리를 지르거나 악다구니를 쓰지도 않았다. 그녀는 그를 한없이 업신여길 따름이었다.

사랑했던 과거가 그저 추억으로 남지 않아 다행이다.

짓밟히고 무너지고, 배신당하고 죽기까지 했던 여덟 번의 과거가 차곡차곡 쌓여 단단한 대지가 되더니 그녀의 영혼을 우뚝 세웠다. 무너지지 않는 성이 되었다.

"비켜요, 길 막지 말고."

율리아가 걸음을 옮기자 그들을 중심으로 둥글게 모여 있던 사람들이 천천히 길을 내주었다.

"율리아, 잠깐만!"

바실리는 그를 잡아 세우는 크리스틴을 뿌리치고 율리아에게 오려고 했다. 그는 가증스럽게도 율리아의 말에 상처라도 받은 것처럼 보였다.

하지만 카루스가 그를 막았다. 그가 율리아의 뒤에 슬쩍 끼어들어 넓은 등으로 바실리의 접근을 막았다.

카루스뿐만이 아니었다. 주위에 있던 사람 중 상당수가 율리아를 위해 바실리의 접근을 막았다. 바실리는 그저 인파에 갇힌 채 멀어지는 율리아를 바라볼 수밖에 없었다.

그날 저녁, 저택으로 돌아온 크리스틴은 달리듯 자신의 방으로 들어가 손에 잡히는 모든 것을 집어 던졌다. 비명을 지르고 울며 몸부림치는 딸을 보고 놀란 후작 부부가 달려왔지만, 크리스틴을 달랠 수는 없었다.

"그러게 왜 대리 시험 같은 걸 시켰어요? 왜요! 내가 그 애보다 못할 게 뻔하니까? 그래서 그랬어요? 4년 동안 내내 자존심 짓밟혀 가면서 남의 이름으로 시험 보게 하더니, 이게 뭐예요! 그 훈장을 얼마나 갖고 싶었는데!"

"크리스틴, 애야."

"이게 다 엄마 아빠 때문이에요! 그냥 처음부터 내 실력으로 했으면 결국엔 율리아를 이길 수 있었을 거라고요! 그러면 적어도 그동안 율리아가 나 때문에 2등을 해준 게 아니냐고 수군거리는 소리는 듣지 않아도 됐겠죠!"

그렇게 말하면서도 크리스틴은 그런 자신이 혐오스러워 견딜 수가 없었다.

율리아는 저가 가져가야 할 마땅한 명예를 챙겼을 뿐인데, 그게 이렇게까지 화가 나다니. 자신이 역겨워 진절머리가 났다.

"오빠가 오늘 밖에서 무슨 짓을 당했는지 알아요? 그 많은 사람 앞에서 엄마 아빠가 율리아에게 암살자를 보냈다고, 평민 여자를 가지고 놀다가 죽이려고까지 한 파렴치한 귀족이라고 폭로를 당했다고요!"

"뭐라고? 그게 정말이냐?"

후작이 짙은 눈썹을 크게 우그러뜨렸다. 딸을 달랠 때는 한없이 자상해 보이던 후작의 얼굴이 순간 괴물처럼 보였다.

"잘난 귀족의 위신 세우려다가…… 나는 이렇게 창피를 당하고, 오빠는 이제 얼굴도 들지 못하고 다니게 됐어요. 만족하세요? 만족하시나구요!"

"걱정하지 마라, 얘야. 그 평민 아이가 뭐라고 지껄였건 사람들은 금방 잊어. 결국엔 귀족의 편이 된단다."

"공주님도 과연 그렇게 생각할까요?"

크리스틴이 물었다.

후작이 신음하며 한 손으로 얼굴을 쓸어내렸다.

그의 아들 바실리 마조람은 조만간 왕의 딸과 약혼식을 치르게 되어 있었다. 이 일이 자존심 강한 공주의 귀에 들어가면 일이 틀어질지도 몰랐다.

"나가세요. 혼자 있고 싶어요. 오빠한테나 가서 정신 차리라고 전해주세요. 율리아는 이제 오빠를 증오하는데…… 오빠는 아직도 그 애를 사랑하는 것 같으니까."

바보같이.

침대 위에 엎드린 크리스틴이 큰 소리로 울음을 터뜨렸다.

3
코델리아 힌치

　과거, 두 번째 삶에서 율리아는 바실리의 같잖은 변명을 믿고 싶어하는 또 다른 자신이 제 안에 있다는 걸 알게 되었다. 그건 사랑이라기보다는 두려움에 가까웠다. 내가 멍청하게 이딴 놈을 사랑이라고 착각하다니, 그 실패로 인한 자괴감이 두려웠다. 그래서 차라리 바실리의 변명을 믿어버릴까도 했다.

　율리아를 사랑한다면서 공주와 결혼하겠다는 그는 변명도 참 가관이었다.

　"율리아, 그건 내 힘으로 어쩔 수 없는 일이야. 내 마음은 전부 너를 향하고 있지만…… 나는 마조람의 아들로 태어났어. 가문에 책임과 의무가 있잖아. 이해하지? 공주님은 그냥 내 껍데기와 결혼하실 뿐이야. 우리 사이는 아무것도 변하지 않아."

우스웠다. 그걸 말이라고 하느냐고 묻고 나서, 그게 그의 진심이라는 것도 알았다. 바실리는 자기합리화의 천재였다. 또 지독하게 이기적이었다. 율리아는 그제야 자신의 선택이 최악이었음을 인정했다.

"공주랑 결혼? 웃기는 소리 하지 마. 네가 가엾은 평민을 가지고 놀다버린 뒤에, 공주랑 결혼하기 위해 그 여자를 죽여 없애려했다고 폭로할 거야. 네 가문의 비리 장부를 만든 것도 모자라, 네 여동생을 위해 4년 동안이나 대리 시험까지 쳐준, 충성스러운 평민을!"

"율리아!"

"나는 너 때문에 괴물이 되었는데…… 그런 나를, 뭐라고?"

"제발 어리석은 짓 좀 하지 마."

"어디 또 죽여보시지!"

바실리는 제 손으로 율리아를 죽이지는 못했다. 하지만 그녀가 달아나지 못하게 감금시킬 수는 있었다. 그는 율리아를 사랑하는 자신의 마음이 진짜라고 믿었다. 실제로 괴로워하기도 했다. 그러나 그 자신의 명예나 자존심보다 사랑하지는 않았다.

율리아는 바실리에 의해 감금되었고, 얼마 지나지 않아 하이에나의 손에 죽었다.

◄━ ◆ ◆ ◆ ━►

"마음이 죽어서요."

널 버린 남자 앞에서 어떻게 그렇게 차분할 수 있었냐고 묻는 바바슬로프에게, 율리아가 대답했다.

"이 세상에서 내 마음을 제일 잘 죽일 수 있는 건 나인 것 같거든요. 상처 위에 상처가 생기고, 덧나기 전에 또 상처가 생기고, 피 흐르고 살점이 떨어져 나가도 계속 외면하다 보면 그렇게 돼요."

바바슬로프는 황당해했다.

"그건 그냥 그 자식이 나쁜 새끼라서 그런 거잖아. 바보야. 넌 아무 잘못이 없어. 상처받은 건 넌데, 왜 네 마음을 괴롭혀?"

"그래야 편하니까?"

"뭐래. 엉엉 울고 욕을 퍼부은 다음, 잘난 새 남자로 갈아치워버려. 그렇게 네댓 번 갈아치우고 나서 다시 말해."

"그냥 그런 생각이 들더라고요. 내가 했던 게 사랑이 맞긴 할까? 혹시…… 어리고 멍청한 마음에 덕지덕지 꾸며 놓은 환상은 아니었을까."

"뭔 소리야, 그게."

"그런 거 있잖아요. 유니콘이나 뿔 달린 악마 같은, 세상에 없는 것들. 내 사랑은 그렇게 특별하다고 착각했는데, 실은 아주 흔하고 시시한 비극이었던 거예요."

내용은 신랄한데 얼굴은 웃고 있다. 심지어 그게 제 이야기인데도 자기 연민 같은 건 느껴지지 않았다.

"너……."

바바슬로프는 뭔가 할 말이 많아 보이는 얼굴로 율리아의 이야기를 듣고 있었는데, 입술을 몇 번이나 우물거리다가 결국엔 아무 말도 못 하고 도와달라며 카루스를 노려보았다.

"왜."

"뭐라고 좋은 말 좀 해봐요."

"네놈이 못하는 걸 왜 나한테 하래."

"율리아가! ……저는 말재주가 없잖습니까."

"내가 더 없어."

그건 그래. 바바슬로프가 혼잣말로 중얼거렸다. 카루스는 그런 그를 한번 노려보더니 이렇게 말했다.

"넌 그냥 남자 보는 눈이 없던 거다. 없어도 아주 더럽게 없었어."

"아니, 무슨 말을 해도 그렇게 사람 기분 나쁘게……. 참 그것도 재주입니다, 진짜."

바바슬로프가 슬그머니 율리아의 눈치를 보았다. 물론 그녀는 아무렇지도 않은 얼굴이었다.

"걱정해 줘서 고마워요. 바바슬로프는 정말 다정한 사람인 것 같아요. 나중에 결혼하면 분명 아내한테 사랑받을걸요."

"진짜?"

율리아에게 칭찬을 들은 바바슬로프가 몸 둘 바를 모르고 쑥스러워했다.

졸업식이 끝나고 하루가 지났다. 일행은 여관 식당에 앉아 헤어짐을 준비하고 있었다.

두 사람의 대화엔 관심 없다는 듯 메뉴판만 응시하던 카루스가 율리아를 흘긋 보더니 지나가는 투로 말했다.

"어제 있었던 일…… 마조람 후작의 귀에 다 들어갔을 텐데, 대비책은 생각해뒀나?"

"일단은 괜찮을 거예요."

"어째서?"

"마조람 후작이 암살자를 보냈다는 증거가 없으니까요. 제가 할 수 있는 건 그냥 바실리가 나쁜 놈이라고 소문내는 정도인데, 그걸 가지고 후작이 직접 나서면 보기에 안 좋죠."

"그 하이에나들을 다 생포할 걸 그랬군."

카루스가 메뉴판을 내려놓으며 여관 직원을 불렀다. 이제나저제나 그의 부름만 기다리던 직원이 재빠르게 다가와 메뉴를 받아 적었다.

"이거랑 이거, 이것도. 음료는 됐고, 맥주와 물을 많이."

"네, 알겠습니다. 다른 건요?"

"오늘 떠날 예정이니까 미리 계산하지."

카루스가 직원에게 돈을 내밀었다. 그러곤 계산을 마친 뒤 율리아에게 다시 물었다.

"내가 그때 하이에나들을 잡아다가 네 손에 넘겨주었으면, 네 그 복잡한 복수도 한 번에 끝나는 거였나?"

"네? 그럴 리가요."

율리아가 조그맣게 소리를 내어 웃었다.

"하이에나들이 제 손에 있었다면 후작가의 진짜 병력이 움직였을 걸요. 그러면 저는 졸업시험을 치르긴커녕 지금쯤 시체 조각조차 남지 않고 남부 해안의 물고기 밥이 되었겠죠."

"그런가."

카루스가 선선히 고개를 끄덕였다. 율리아의 말이 옳다고 생각하기 때문이었다.

이번엔 바바슬로프가 물었다.

"바실리인가 파슬리인가 그 새끼는 이제 와 왜 그러는 건데? 나 같

으면 미안하고 죄스러워서 얼굴 들고 나타날 엄두도 못 낼 것 같은
데.”

“그야 바실리는 바바슬로프가 아니니까…… 그리고 그거, 진심일
걸요.”

“뭐가?”

“절 사랑한다고 하는 거요. 진짜로 집을 떠나 너와 도망치려고 했
다. 그런데 감시를 당하고 있어서 어쩔 수가 없었다. 우리에게 시간이
조금만 더 있었다면, 분명 행복해졌을 거다.”

“제정신이 아니고서야.”

바바슬로프는 도저히 바실리를 이해할 수 없다고 말했다. 율리아
는 그냥 저도 그래요, 라고 맞장구를 쳐주었다.

식사를 마친 뒤엔 각자 짐을 쌌다. 율리아가 왕성에 들어가게 되었
기 때문에, 카루스와 바바슬로프도 여관을 떠나 본래의 목적을 위해
움직일 예정이었다.

“서운해.”

“저도요.”

바바슬로프가 훌쩍 코를 마시더니 굵은 손가락을 꿈지럭거리며
율리아를 힐긋거렸다.

“너 인마, 잘 들어. 왕궁은 그냥 신분 높고 화려한 사람들이 매일 연
회나 하고 노는 그런 곳이 아니야. 눈 뜬 사람 코도 베어 가고, 귀도 베
어 가고, 혀도 잘라 가는 데라고. 알았지? 조심하고 또 조심해.”

“알았어요.”

율리아에겐 짐이랄 게 거의 없었다. 그래서 바바슬로프의 짐을 함
께 싸고 있었는데, 그가 자꾸만 그녀의 뒤를 졸졸 따라다니며 쉬지 않

고 잔소리를 해 댔다.

"무엇보다! 남자 조심하고, 응? 바실리인가 그 자식처럼 저밖에 모르는 등신은 다시는 상종하지 말고. 알았어?"

"명심할게요."

"또 찾아와서 지랄하면 가운데를 발로 뻥 차버려."

율리아가 이번에는 소리를 내서 웃었다. 그러다 귀족 폭행죄로 감옥에 간다고 말하기도 했다.

"넌 애가 똘똘하긴 한데 왜 이렇게 떼어놓기가 불안하냐."

"제가 왜요?"

"그냥 좀 위태로워……."

그때, 여관 밖에서 웅성거리는 소리와 함께 목청 좋은 남자의 외침이 들렸다.

"레위시아 오르테가 2왕자 전하의 명입니다! 율리아 아르테는 왕자 전하의 측근 시녀로서 입궁할 채비를 갖추시오!"

율리아가 벌떡 일어나 창밖을 확인했다. 화려한 마차와 여섯 명의 병사, 그 앞엔 시종으로 보이는 자가 여관 입구에 커다란 상자를 내리고 있었다.

"뭐, 뭐야?"

"세상에……."

"뭔데, 왜 그래?"

"왕자 전하께서 저를 데려오라고 사람을 보내셨나 봐요. 두 분은 2층에 계세요. 저 혼자 내려갈게요."

율리아는 서둘러 움직였다. 바바슬로프의 방에서 복도로 나가자, 마침 카루스가 자기 방에서 나오고 있었다.

“카루스 님.”

“알고 있다.”

도대체 무슨 생각을 하는 건지, 카루스는 잠시 말없이 율리아를 쳐다보기만 했다. 그러다 그녀에게 가까이 다가와 귓가에 속삭이듯 입을 열었다.

“율리아.”

“네.”

“필요한 게 있으면 맥스웰을 찾아라. 그가 널 도와줄 거야.”

율리아가 놀란 눈으로 카루스를 바라보았다. 묻고 싶은 게 많았지만, 아래층에서 왕자가 보낸 시종이 그녀를 찾고 있었다.

“어서 가 봐.”

카루스가 율리아의 등을 부드럽게 밀었다. 그러곤 바바슬로프와 함께 계단 난간 위에 서서 그녀의 모습을 지켜보았다.

“율리아 님?”

왕자의 시종이 계단 밑에서 율리아를 향해 손을 내밀었다. 천천히 계단을 내려가 시종이 내민 손을 잡고, 율리아는 왕자가 보냈다는 상자 앞에 섰다.

“레위시아 왕자 전하께서 율리아 시녀님께 선사한 것입니다.”

그 안엔 눈이 부시도록 아름다운 빛깔의 크림색 드레스가 있었다.

연회용 드레스는 아니지만, 그만큼의 정성이 보였다. 요란한 장식이나 보석은 없었으나 달빛처럼 창백한 레이스가 물결처럼 흘렀다. 단아하면서 우아하고, 고급스러우면서도 세련된 옷이었다.

크게 숨을 들이마신 율리아가 배 위로 두 손을 모았다. 그러곤 무릎을 살짝 굽혔다 펴고 말했다.

"준비하겠습니다."

평민 소녀가 왕자의 측근 시녀가 되는 명예로운 순간을 목격하게 된 여관 주인이 싱글벙글 웃으며 비싼 방을 내어 주었다.

율리아는 그 안에 들어가 혼자서 드레스를 입었다.

큰 상자엔 드레스, 작은 상자엔 구두, 더 작은 상자엔 브로치가 들어 있었다.

방으로 들어갈 땐 수수하고 평범한 소녀였는데, 밖으로 나올 땐 고아한 왕궁 시녀님이 되어 있었다.

"가시죠."

시종이 내민 손을 잡고, 율리아가 마차에 오르기 위해 움직였다.

계단 위에서 그녀를 바라보던 카루스가 살짝 고개를 끄덕였다. 율리아는 그를 향해 느리게 눈을 깜박였다. 두 사람의 시선이 서로에게 살짝 닿았다가, 밀어내듯 멀어졌다.

"와아아아!"

거리엔 이미 많은 사람이 모여 있었다.

시녀는 명예직이었다. 신분 높은 귀족의 딸들도 왕족의 측근 시녀가 되려면 아주 많은 시간과 노력을 들여야만 했다. 그런 자리에 평민이 당당하게 들어가게 됐으니, 한동안 많은 사람의 입에 오르내릴 일이었다.

화려한 마차 문이 열리고, 율리아가 그 안으로 들어갔다.

— ◆ · ◆ · ◆ —

'저주라.'

카루스 란케아는 저주나 마법 기물, 주술 같은 걸 믿지 않는 편이었다. 바이칸 제국에도 비슷한 전설이나 소문이 종종 있었지만, 한 번도 그것들에 대해 진지하게 생각해 본 일이 없었다. 그가 믿는 건 전쟁터에서 인간은 칼과 창, 화살 앞에 무력하다는 것이고, 때로는 사람의 목숨이 실력보다 행운으로 좌우된다는 정도였다.

그런데 그는 요즘 율리아 아르테를 떠올릴 때마다 답을 알 수 없는 수수께끼를 마주한 기분이 들어 답답했다.

율리아가 꺼내놓는 그 많은 정보는 그녀가 맥스웰 같은 그림자 정보상이라서 가능한 게 아닐까, 이런 의심도 했다. 그러나 그렇다고 하기엔 그녀의 행보가 너무 이상했다. 애초에 가진 정보가 많다고 해서 미래를 예측할 수 있을 리도 없었다.

'내 이름을 알고 있었어.'

카루스가 율리아의 말에 귀를 기울이게 된 시발점이 바로 그것이었다. 오르테가의 평민 여자가 저 먼 제국군 기사단장의 얼굴과 이름을 어떻게 알고 있었을까.

율리아는 습격과 날씨, 해방군 시위를 예고했다. 또 레위시아 2왕자에 대해 알고 있었다. 그 어렵다는 브레웨 훈장을 받았으며, 바실리마조람이 무슨 말을 할지 그것까지 모두 알고 있었다.

만약 율리아가 말한 대로 제국군 함대가 해적의 돈을 유통하고 있다는 것까지 확인되면, 그때는 어떻게 해야 할까.

'일단은 감시해야겠지.'

카루스는 아무리 생각해도 답이 나오지 않으리란 걸 알았다. 그럼 차라리 오르테가 왕궁에 사람을 심어 놓고 가까이에서 감시하는 편이 나았다.

의심스러운 것과는 별개로 카루스는 율리아가 아까웠다. 제국에서 만났다면, 어쩌면 제 사람으로 삼았을지도 모르겠다. 아무도 모르는 곳에 들여놓고 가장 비밀스러운 일에 썼을 것이다. 숨 쉬듯 자연스럽게 사람을 조종하는 능력은 발군이고, 누구든 대화할 때 그 어두운 녹색 눈동자에 사로잡히면 시야가 좁아져 불리한 입장에 서게 된다.

그녀는 겁이 없는 정도가 아니라, 하루살이처럼 내일이 없는 듯 살았다.

"진짜였습니다."

율리아가 왕궁에서 보낸 마차를 타고 간 뒤, 여관을 떠나려는 카루스에게 맥스웰이 찾아왔다. 표정을 숨기는 것만큼은 여느 배우 못지않게 철두철미하던 녀석이 잔뜩 긴장한 기색으로 입을 열었다.

"제길, 진짜였다고요. 대체 어떻게 아셨습니까? 우리 제국군 함대가 바다 위에서 해적의 금화를 대신 실어다가 항구에 내려준답니다."

"뭐?"

"돈을 세탁하는 건 이 나라 귀족들인 모양인데, 워낙 많은 사람이 연루되어 있어서……."

카루스의 눈빛에 스산한 기운이 맴돌았다. 그는 창밖 저 너머 어딘가에 있을 바다를 떠올리며 짐승 같은 미소를 지었다.

"하! 바이칸의 해군이 고작 해적 놈들의 돈 심부름이나 하고 있단 말이지."

"카루스 님."

"폐하께서 진노하시겠군."

카루스가 중얼거리자, 맥스웰의 얼굴이 해쓱해졌다. 황제의 진노도 무섭지만 당장은 눈앞에 있는 그의 상관이 더 두려웠기 때문이다.

"증거는 찾았나?"

"아뇨. 놈들이 어찌나 철두철미하게 관리하는지, 오르테가 사람 중엔 그에 대해 증언하겠다는 놈이 하나도 없었습니다. 그렇다고 의심만으로 남의 나라 귀족을 납치, 고문할 수도 없잖습니까."

"그럼 제국군을 치면 되겠군."

우린 바이칸의 기사들이니까, 바이칸의 해군을 치는 건 괜찮겠지. 카루스가 이상한 논리로 저 자신을 설득하더니, 맥스웰에게 말했다.

"난 부하들과 함께 바다로 가겠다. 넌 오르테가 왕궁으로 들어가서 레위시아 왕자의 측근 시녀가 된 율리아 아르테를 전력으로 도와."

"예?"

"그냥 뒤만 좀 봐줄 생각이었는데…… 일이 이렇게 된 이상, 확실하게 아군으로 만들어두는 편이 좋겠지."

맥스웰이 그게 무슨 소리냐고 물었지만 카루스는 설명해주지 않았다. 그 대신 그는 맥스웰의 손에 엄청난 액수의 어음을 쥐여주고, 이렇게 말했다.

"원하는 모든 것을 지원해줘라. 물건이건, 사람이건. 가리지 말고 전부."

"전부요?"

"그래. 전부. 율리아 아르테에게 엄청난 배경이 있다고, 은막의 후원자가 그녀를 위해선 뭐든 내어줄 준비가 되어 있다고 모두가 느낄 수 있도록."

도대체 율리아 아르테가 무엇이기에? 더벅머리 아래 맥스웰의 두 눈이 가느스름해졌다.

같은 시각, 율리아도 카루스를 생각하고 있었다.

'소문하곤 달라.'

카루스 란케아는 바이칸 제국에서 이름보다 별명으로 더 유명한 사람이었다. 그는 리바이어던 기사단의 통솔자이며, 같은 이름을 가진 함대의 제독이고, 황제의 두 번째 기사라는 특별한 호칭까지 가지고 있었다. 그중 가장 많이 알려진 것이 함대의 사령관이란 지위여서, 사람들은 그를 '무혈 제독'이라고 불렀다.

몸 안에 더운 피가 흐르지 않는 것처럼 냉혈한이어서 그런 별명이 생긴 건지, 아니면 그가 피 흘리는 모습을 본 자가 아무도 없어서 그런 건지는 몰랐다.

'둘 다겠지.'

율리아는 그 소문이 조금 잘못되었다고 생각했다.

카루스가 신중한 지휘관이며 대단한 기사라는 것은 알겠으나, 냉혈한이라는 말은 틀렸다. 그건 그녀가 몇 번이나 겪었던 과거에서 카루스가 부하들의 죽음에서 벗어나지 못해 복수자의 길을 걸었던 것만 봐도 알 수 있는 사실이었다.

카루스 란케아는 적과 아군의 구분이 확실한 사내일 뿐이었다. 적에겐 한없이 무정하고 잔혹하지만, 아군에겐 마냥 든든하고 믿을 수 있는 사람.

'그의 적이 되어선 안 돼.'

고작 십여 일을 함께 보냈을 뿐인데도 율리아는 카루스와 그의 부하들에 대해 꽤 많은 것을 알 수 있었다.

수많은 전장을 헤치며 생사고락을 함께한 그들 사이에는 타인이 침범할 수 없는 견고한 유대가 있었다. 그건 상관의 권위나 부하들의 충성심만으로는 설명하기 어려운 것이었다.

'형제 같았어.'

율리아는 그 안에 속해 있던 지난 며칠간 전에 없던 평안함을 느꼈다. 죽었다가 다시 시작할 때마다 하이에나들에게 쫓기며 불안해했던 그녀는 카루스와 바바슬로프의 보호 아래서 매일 밤 아주 깊은 잠을 잤다.

카루스 란케아는 성공할 것이다. 황제가 내린 임무를 완수하는 것뿐만 아니라, 그 안에 도사리고 있는 권력자들의 부적절한 협력 관계를 파악하게 되리라.

율리아는 아직 그에게 해야 할 말이 많이 남아 있었다. 미래에 대한 정보는 귀하지만, 서로에게 신뢰가 쌓이지 않으면 무용지물이 될 수도 있다.

'괜찮아. 바이칸의 해군이 해적들과 내통하고 있다는 걸 확인하고 나면, 그는 반드시 날 찾아오게 될 거야.'

마조람의 목을 치기 위해선 여러 개의 무기가 필요하다.

심장을 찌를 화살, 목을 자를 검, 든든한 방패와 묵직한 창. 치명적인 독이 필요할 수도 있고, 막대한 금화가 들어갈 수도 있다. 왕족이란 신분, 무리를 이룬 귀족, 어쩌면 도둑이나 사기꾼이 필요해질 수도 있다.

율리아는 그 모든 걸 차근차근 준비해놓고, 마조람의 모든 것을 빼앗을 생각이었다.

'내겐 카루스가 필요해. 그러려면 내가 먼저 그에게 필요한 사람이 되어야만 한다.'

카루스 란케아는 율리아가 찾은 최고의 무기였다. 그는 무엇이든 될 수 있었다.

그리고 또 한 사람.

율리아가 반드시 찾아야 할 인연이 왕궁에 있었다.

"시녀님, 곧 왕자 전하의 궁에 도착합니다!"

마차 밖에서 시종이 우렁차게 외쳤다. 율리아는 알았다고 대답하며 드레스와 머리카락을 정돈했다.

마차는 왕성 정문을 통과한 뒤 넓은 정원을 가로질렀다. 그러곤 오르테가 왕궁을 대표하는 다섯 개의 성을 지나 한 아름다운 건물 앞에 멈춰 섰다.

레위시아 오르테가 2왕자의 궁이었다. 율리아를 마중 나왔던 시종이 마차 문을 열며 넉살 좋게 말을 걸었다.

"레위시아 왕자 전하께서는 오늘 자리에 안 계십니다. 제가 율리아 시녀님의 방을 안내해드리고, 짐 정리도 도와드리겠습니다."

"저는 짐이 별로 없어요. 정리는 안 도와주셔도 됩니다. 그래도 고마워요."

율리아는 최대한 겸손한 태도로 말했다.

그녀는 왕궁에서 일하는 시종들에게 잘 보일 필요가 있었다. 하녀나 하인도 마찬가지였다. 왕족의 측근 시녀가 되었으나 신분상 평민인 그녀의 애매한 위치 때문이었다.

시종은 그런 그녀가 마음에 들었는지, 조금 더 친근한 미소를 띠고 손을 내밀었다.

"그럼 그 가방이라도 들어다 드리겠습니다. 이리 주세요."

"고맙습니다."

레위시아 왕자의 궁은 전통을 중시하는 오르테가 왕궁에서 가장 느슨한 분위기를 가진 곳이었다. 다들 자유분방한 왕자의 성격이 묻어나는 거라고 말했지만, 율리아는 그가 왕위 후계 싸움에서 한 걸음 떨어져 있는 애첩의 아들이기 때문이라고 생각했다.

"아시는지 모르겠지만 저희 궁엔 시녀장이 안 계십니다. 시녀님도 원래 한 분뿐이었는데, 이번에 율리아 시녀님이 오시면서 두 분이 되었어요."

시종은 율리아에게 최대한 많은 걸 알려주고 싶어했다. 왕궁 생활에 익숙지 않을 그녀를 위한 배려였다.

"그 시녀님은 어떤 분인가요?"

율리아가 조심스레 물었다.

그녀의 눈동자가 반짝반짝 빛났다. 입가엔 어느새 작은 미소가 걸려 있었다. 누가 봐도 선배와 잘 지내고 싶어하는 신입처럼 보이는 모습이었다.

조금 망설이던 시종이 목소리를 낮추어 대답했다.

"코코 시녀님은 어려운 분입니다. 나쁜 사람이란 말은 절대 아니에요. 레위시아 왕자님도 그렇게 말씀하셨고요. 다만…… 좋고 싫은 게 워낙 명확한 분이어서."

칭찬인지 염려인지 모를 말이었다. 그래도 율리아는 작게 웃으며 고개를 끄덕였다.

시종의 안내를 받아 궁 안으로 들어가니 화사하게 꾸며진 실내가 눈에 들어왔다. 흰 벽에 나무색 장식, 싱그러운 생화가 곳곳에서 향기를 뿜냈다.

아름다운 궁이었다. 창문을 통해 쏟아진 햇살이 화려한 샹들리에를 타고 반짝이며 부서졌다. 커튼과 장식용 테이블, 화병에 이르기까지 어울리지 않는 것이 없었다. 그 모든 게 과하지 않게 조화로워 주인의 품격을 대신하고 있었다.

"어……."

율리아가 안으로 들어서자 복도를 오가던 하녀들이 당황해 멈칫거리며 섰다. 그녀에게 인사를 해야 할지 말아야 할지 혼란스러워하는 얼굴이었다.

본래 하녀들은 왕자의 측근 시녀와 마주치면 공손히 인사해야 하는데, 율리아의 신분이 그들과 같은 평민이라 어떤 방식의 인사를 해야 할지 모르겠는 모양이었다.

율리아는 그들의 고민을 덜어주기로 했다.

"안녕하세요."

머리를 숙이지는 않되, 부드럽고 겸손해 보이도록.

왕족의 시녀는 왕족의 얼굴을 대신하는 존재이기에 필요 이상으로 자신을 낮추어서는 안 되었다. 그래서 먼저 인사를 건네면서도 머리를 숙이지는 않았다.

그런데 하녀들이 더 큰 혼란에 빠지고 말았다.

"코코 시녀님한테 하듯이 인사해야 하는 거야?"

"몰라, 내가 어떻게 알아?"

"코코 시녀님은 백작 가문 영애잖아. 달라야 하는 거 아냐? 똑같이 인사했다가 코코 시녀님이 기분 나빠하면 어떡해?"

저들끼리 속닥거리느라 대충 인사하고 넘어갈 수 있는 적당한 때를 놓쳐버린 하녀들이 쭈뼛거리며 율리아를 바라보았다.

시녀, 코코는 그때 나타났다.

"치마 잡아."

높고 단단한 목소리였다. 정 없이 차가운 말투인데, 발음이 정확하고 끝이 부드럽게 떨어져 묘하게도 우아하게 들렸다.

"치마를 잡거나 고개를 숙여서 인사해. 전하를 대할 때처럼 무릎을 굽히거나 허리를 숙이는 말고. 나한테 하듯이 하란 말이야. 나 참 …… 내가 이런 것까지 알려줘야 하니?"

"코코 시녀님!"

"내가 그깟 인사에 기분 나빠할 만큼 속이 좁고 싸가지가 없는 사람인 줄은 또 몰랐네. 너희가 평소에 날 어떻게 생각하는지도 잘 알았고."

"그런 거 아니에요."

쭈뼛거리던 하녀들이 코코에게 슬그머니 다가가 섰다. 재밌는 광경이었다. 하녀들을 혼내고 있는 건 코코인데, 이 어색한 상황에서 그쪽으로 도망간다는 건 그들이 그녀를 믿고 의지하고 있다는 뜻이었으니까.

몰래 웃음 짓던 율리아가 코코에게 먼저 인사를 건넸다.

"안녕하세요. 처음 뵙겠습니다. 율리아 아르테입니다."

코코가 율리아를 바라보았다.

양귀비를 연상시키는 진한 주홍색 머리카락과 눈동자, 귀밑에서 짧게 자른 단발은 모양 좋게 말려 동글동글 어여뺐다.

코코는 율리아가 입은 것과 크게 다르지 않은 크림색의 드레스를 입고 있었는데, 소매와 장식이 좀 더 화려하고 치마가 짧아 발목이 보였다.

"코델리아 힌치. 다들 코코라고 부르고 있으니까 너도 코코라고 불러."

"네, ……코코."

코코가 어서 가보라며 손짓하자 하녀들이 밝은 얼굴로 복도 저편으로 사라졌다.

율리아는 그들의 뒷모습을 바라보다가 코코에게 물었다.

"왕자 전하께서는 언제 돌아오시나요?"

"몰라."

코코가 앞장서고, 율리아가 그녀의 뒤에서 걸었다. 그리고 그 뒤엔 율리아의 짐 가방을 든 시종이 따라왔다.

"기본적인 건 다 알고 온 거겠지? 모르는 게 있으면 물어봐도 되지만 너무 귀찮게는 하지 마."

"네."

"왕궁 가까운 곳에 집이 있다면 출퇴근해도 상관없어. 왕자님은 시녀를 달고 다니는 걸 좋아하지 않는 편이라서, 꼭 필요할 때만 있어준다면 나머지 시간엔 하고 싶은 걸 해도 되고."

"꼭 필요할 때가 언제인데요?"

율리아가 묻자, 앞서 걷던 코코가 홱 뒤를 돌아보았다. 인형처럼 무표정한 얼굴에 처음으로 감정이 떠올랐다.

"몰라서 묻는 거니?"

"네, 말씀해주세요."

"바실리 마조람을 내치고 모욕하고, 조롱해야지. 네가 여기 들어올 수 있었던 건 브레웨 훈장의 주인이어서가 아니야. 마조람 후작가와의 관계 때문이지."

코코의 얼굴에 떠오른 건 선명한 비웃음이었다. 율리아를 비웃는 건지, 아니면 그런 유치한 이유로 시녀를 들인 왕자를 비웃는 건지, 그것도 아니면 바실리를 비웃는 건지는 알 수 없었다. 율리아는 기분 나빠하지 않았다. 오히려 희미하게나마 미소를 짓기까지 했다.

코코는 그런 율리아를 탐색하듯 째려보더니 흥미가 식었는지 다시 획 고개를 돌렸다.

"네가 쓸 방은 2층……."

율리아가 코코를 따라 2층으로 올라가기 위해 첫 번째 계단에 발을 디뎠을 때였다. 궁 바깥에서 어수선함이 느껴졌다. 누군가 또 2왕자의 궁을 방문한 모양이었다. 병사들이 용건을 묻는 소리가 들리고, 약간의 실랑이가 있었다.

곧이어 문이 열리더니 두 명의 관리와 한 명의 시녀가 안으로 들어왔다.

"궁내부에서 왔습니다. 이번에 들어온 시녀가 누굽니까?"

불친절하고 성의 없는 태도였다. 그들은 인사는커녕 이름을 밝히지도 않았다. 2왕자의 궁에 좋은 일로 방문한 게 아니라는 걸 누구라도 알 수 있을 법했다.

율리아는 단정하게 서서 그들에게 말했다.

"제가 이번에 2왕자 전하의 시녀가 된 율리아 아르테입니다."

"아, 그쪽이군."

관리가 수염 아래서 입술을 꾹 다물더니 율리아를 위아래로 쓱 훑어보았다. 꼭 상인이 물건을 고르는 듯한 시선이었다.

"따라오너라. 왕궁에서 일하려면 신상 조사를 거쳐야 하니."

그들은 율리아를 데리고 궁내부로 가려고 했다. 율리아가 의아함을 느끼고 물었다.

"신상 조사라니요? 저는 왕자 전하께서 직접 임명하신⋯⋯."

"말이 많구나. 평민이 왕족의 시녀가 되려면 신원이 확실한지, 출신이나 과거에 불온함이 없는지 꼼꼼하게 살펴야 한다. 나 참, 내가 이딴 걸 일일이 설명하기나 하고⋯⋯."

그의 말은 율리아의 신분이 평민인 데다 수치스러운 과거가 있는 여자이기 때문에 수상쩍은 구석이 없는지 데려가 조사해보겠다는 것이었다.

따라가야 하나.

율리아는 고민했다. 오르테가 왕궁 역사에 평민이 왕족의 측근 시녀가 된 사례가 거의 없어 이러는 것 같았다. 보통 왕족의 시녀가 된 평민은 그의 애첩이거나 애인이었다.

"네가 누군가의 사주를 받고 왕궁에 숨어든 첩자일 수도 있지 않으냐. 우리는 그런 것을 모두 알아야 한다. 그러니까 잔말 말고 궁내부로 가서 관리직 시녀님께 신체검사부터 받아라."

"신체검사요? 지금⋯⋯ 제 몸을 검사하겠다는 말씀인가요?"

율리아가 고요히 물었다. 그녀의 목소리에 은은히 깃든 노여움을 읽었는지, 관리가 울컥 역정을 냈다.

"우리는 뭐 한가해서 이러는 줄 아느냐? 네 몸에 불길한 사교도의 문신이 있지는 않은지, 병에 걸린 건 아닌지, 여자 행세를 하고 들어온 남자는 아닌지, 알아야 할 거 아니냐. 그러게 왜 너 같은 평민 계집이 시녀가 되겠다고 나서서는⋯⋯!"

관리가 언성을 높여 율리아를 윽박질렀다. 동시에, 계단 위에서 그걸 지켜보던 코코의 가느다란 인내심도 뚝 끊어졌다.

"듣자 듣자 하니까 아주 웃기고자빠졌네."

율리아보다 몇 계단 위에 올라서 있던 코코가 완전히 이쪽으로 돌아서서 아래를 내려다보고 있었다.

코코의 주홍색 눈동자가 평소보다 붉었다. 그 안에 가득 차오른 짜증이 우르르 쏟아졌다.

"궁내부 관리들이 왕족의 시녀를 데려가서 죄인 다루듯 조사하고, 옷을 벗겨 몸까지 검사하는 줄은 몰랐네? 언제 그런 절차가 생겼어? 내가 왕궁에서 생활한 지가 10년이 다 되어가는데, 처음 듣는 얘기거든?"

"코코 시녀님."

관리들이 한숨을 내쉬었다. 코코가 이 일에 끼어들 줄은 몰랐는지, 그녀를 설득하려 입을 열었다.

"레위시아 왕자님은 아직 미혼입니다. 평민 여자, 그것도 이런저런 소문까지 달고 다니는 여자가 별안간 왕자 전하의 측근 시녀가 되었는데, 어떻게 저희가 아무 조사도 하지 않을 수 있겠습니까."

"그걸 왜 그쪽에서 해."

"이게 궁내부의 소관이 아니면 무엇입니까. 저 애가 시녀가 된 이상, 왕궁 내의 일인 것을요."

"아하."

코코가 입술을 비틀었다. 하얀 얼굴에 조소가 가득했다. 우아했던 말투가 이제는 완전히 비아냥으로 들렸다.

"레위시아 전하께서 직접 임명한 시녀가 불온한 년인지 의심스러우니, 궁내부 관리님께서 친히 데려가 조사해주시겠다는 거네? 심지어 브레웨 학장이 올해의 훈장을 수여한 애를?"

"코코 시녀님, 말씀이 좀."

"하물며 신체검사? 저기서 일하는 하녀 애들한테도 한 적 없는 신체검사? 내가 제대로 들은 게 맞지, 지금?"

"그, 그거야 당연히 관리직 시녀님께서……."

"나도 벗겨서 검사하라 그러지 그래?"

"예?"

"내 몸에 흉악한 사교도 문신이 있을지 알 게 뭐야, 안 그래? 전염병 발진이 있을 수도 있고, 내가 전하를 해치러 들어온 하이에나인데 시녀 행세를 하고 있을 수도 있는 거잖아? 그쪽 말이 그렇잖아, 지금?"

코코의 목소리가 갈수록 커졌다. 이제는 아예 궁이 쩌렁쩌렁 울리도록 고함을 지르는 수준이었다. 멀찌감치 숨어서 이쪽을 살피던 하녀들이 창백하게 질린 얼굴로 발을 동동 굴렀다.

코코, 코델리아는 힌치 백작의 무남독녀 외동딸이었다. 게다가 그녀는 왕궁 내에서 악마 시녀라 불릴 만큼 악명이 높았다.

분위기가 살벌해지자, 율리아는 이쯤에서 코코를 말려야겠다고 생각했다.

"코코, 저는 괜찮아요."

"뭐?"

"제가 조사만 받고 오면 되는 일이니까……."

"닥쳐, 율리아 아르테. 너는 레위시아 전하의 측근 시녀야. 그분의 명예를 함께 짊어지고 지켜야 할 의무가 있어."

코코의 엄한 목소리가 율리아의 어깨에 묵직하게 내려앉았다.

"왕족의 시녀가 가져야 할 첫 번째 덕목은 충성심이요, 둘째가 품위이다. 모르고 들어온 건 아니겠지? 시녀는 왕족의 일상을 함께 하기에, 스스로 드높이되 책임을 진다!"

코코는 율리아를 가르치는 것처럼 말하고 있었지만, 그건 사실 관리들을 질책하는 말이었다. 궁내부 관리들이 얼굴을 찡그린 채 시선을 주고받았다. 그들은 코코가 여기 버티고 있는 이상 율리아를 강제로 데려갈 수 없다는 사실을 알았다.

그러자 지금까지 관리들의 뒤에 서서 조용히 사태를 관망하던 노년의 시녀가 뒤늦게 한 걸음 앞으로 나와 입을 열었다.

"코코 시녀님, 이게 그렇게 분노하실 일은 아니에요. 신체검사는 당연히 제가 할 거고, 율리아 시녀가 불편해한다면 다른 사람으로 교체할 수도 있습니다."

"저기요, 관리직 시녀님."

"신원 조사도 그래요. 간단한 질문 몇 개만 대답하면 되는 일이에요. 저희도 정말 이러고 싶지 않았답니다."

관리직 시녀가 코코를 부드럽게 달랬다. 하지만 그게 꼭 철부지 어린애를 타이르는 것 같은 말투여서, 어찌 들으면 상당히 기분 나쁠 수도 있었다.

관리직 시녀는 모시던 왕족이 죽었을 때, 가문으로 돌아가지 않고 왕가에 충성하기 위해 남은 자들이 주로 가는 자리였다.

"여기 관리들한테도 잘 말해둘게요. 율리아 시녀는 이제 레위시아 왕자 전하의 사람이니, 제대로 대우하라고요."

그렇게 말하니까 꼭 그쪽에서 양보하는 것 같은 모양새가 연출되었다. 율리아는 저 노년의 관리직 시녀가 꼭 능구렁이 같다고 생각했다. 이제는 정말 싸우면 안 된다. 자칫 잘못했다간 일이 커져 코코에게 불똥이 튈 수도 있었다.

"코코, 저는 정말 괜찮아요."

율리아가 코코에게 한 걸음 다가가 그녀의 소매를 살짝 잡았다가 놓았다. 그러곤 고개를 들고 희미하게 웃어 보였다. 코코는 그게 더 짜증 나는 모양이었다. 잔뜩 치뜬 눈으로 관리들을 한 번씩 노려보더니, 붉은 입술을 꽉 깨물었다가 놓았다. 그러곤 관리직 시녀를 향해 말했다.

"신원 조사가 됐건, 신체검사가 됐건…… 다 여기서 하시죠. 제가 보는 앞에서요. 죄인도 아닌 사람을 무작정 궁내부로 끌고 가게 둘 수는 없으니까."

"그렇게 하지요."

관리직 시녀가 부드럽게 웃으며 앞으로 걸어 나왔다.

율리아는 왕자의 궁에 있는 작은 방에서 관리들과 마주 앉아 몇 가지 질문에 대답했다. 출신 보육원과 마조람 후작에게 후원을 받았던 일, 브레웨 아카데미에 관련된 질문이 대부분이었다.

궁내부 관리들은 율리아와 바실리 마조람의 관계라거나 두 사람이 함께 도망치려 했던 일에 관해 묻고 싶어했다. 하지만 앞에서 팔짱을 낀 채 서슬 퍼런 시선을 보내는 코코 때문에 그것까지 물어보지 못했다.

신체검사는 더 빨리 끝났다.

관리들을 모두 내보낸 뒤, 관리직 시녀가 율리아에게 속옷만 남기고 옷을 벗으라고 말했다.

코코는 그때에도 나가지 않고 방을 지키고 서 있었다.

율리아가 드레스를 벗고 자리에 섰다. 관리직 시녀는 그녀의 주위를 한 바퀴 돌며 문신이나 병이 없는지 확인했다.

율리아는 전체적으로 선이 가늘고 사슴처럼 목이 길었다. 자세가 단정하고 곧아, 등과 허리에서 다리까지 쭉 뻗은 모양새가 아름다웠다. 가까이에 서면 코코보다 한 뼘 정도 키가 컸는데, 팔다리가 가늘어 몸이 커 보이지는 않았다.

"고생했어요."

신체검사가 끝난 뒤, 관리직 시녀가 웃으며 율리아의 어깨를 두드렸다. 그러곤 벗어 두었던 드레스를 입는 것까지 도와주었다.

"오랜만에 보는 진짜 미인이네요. 그동안 화려하고 매력적인 분들이야 많았지만, 이렇게 선이 우아하고 고전적인 얼굴이 진짜 미인이라고 나는 생각하거든요."

관리직 시녀의 칭찬이 이어지자, 율리아가 대수롭지 않게 감사 인사를 했다.

"고맙습니다."

그런데 코코는 그것조차 불만이었는지 짧게 코웃음을 쳤다.

"걔는 시녀예요. 전하의 애인이 아니라."

"아무렴요, 코코 시녀님."

"하고 싶은 조사 다 끝나셨으면 돌아가세요. 그 평민 시녀는 왕자 전하의 궁에 도착하자마자 제 방이 어딘지도 모른 채 끌려와서 조사받고 있었으니까."

나이 많은 관리직 시녀는 코코의 앙칼진 반응에도 아랑곳하지 않고 부드럽게 웃으며 고개를 끄덕였다. 그러곤 율리아에게 기분 나빠 하지 말고 앞으로 궁 생활 잘하라는 덕담까지 해 주고 나서야 궁내부로 돌아갔다.

"따라와."

이제야 율리아의 방을 안내해줄 수 있게 된 코코가 문을 쾅 소리가 나도록 세게 열었다.

방 안내야 하녀나 시종을 시켜도 되었을 일인데, 굳이 궁내부의 신원 조사가 끝날 때까지 기다린 이유가 무엇일까.

율리아가 코코에게 말을 걸었다.

"코코, 하고 싶은 말이 있으면 하세요."

"야, 너 집으로 돌아가."

그러자 코코가 우뚝 걸음을 멈추더니 기다렸다는 듯 와르르 말을 쏟아내었다.

"이러고 여기서 살고 싶니? 브레웨 훈장의 주인이라며. 그럼 어딜 가든 먹고사는 데 큰 지장 없을 거 아냐."

"전 갈 데가 없어요. 집도 없고, 가족도 없어요."

"그렇다고 왕궁엘 들어와? 정신 좀 차려. 너 같은 평민 시녀를 저 사람들이 어떻게 바라보고, 어떻게 대하는지 방금 겪었으니 알겠지. 저건 아무것도 아냐. 앞으로는 저것보다 훨씬 더 더럽고 짜증 나는 일뿐일 텐데."

"괜찮아요."

"괜찮다고? 뺨을 맞아도 괜찮고, 채찍으로 맞아도 괜찮다고 할 셈이니?"

괜찮다는 말은 거짓이 아니었다. 율리아에게 이 정도는 상처도 아니었다. 그저 귀찮고 짜증 나는 정도일 뿐이었다. 지금까지 그녀가 겪었던 과거와 비교하면, 이 정도는 애교였다.

코코는 그렇게 생각하지 않는 모양이었지만.

"마조람의 후계자를 꾀어낸 요사스러운 여자라는 말도 모자라서, 이번에 레위시아 왕자를 유혹하려고 왕궁까지 들어간 탐욕스러운 계집이라고 할 텐데, 그런 말까지 들어가면서 왕궁에 있어야 할 이유가 뭐야?"

"죽기 싫어서요."

율리아가 살짝 웃었다. 차분하고 담담한 태도였다.

"마조람 후작가에서 고용한 하이에나들이 제 목숨을 노리고 있거든요. 어디로 도망가든 끝까지 절 쫓아올 거예요."

"차라리 다른 귀족한테 몸을 의탁하거나……."

"오르테가 왕국에 마조람 후작의 영향력이 미치지 않는 곳이 있나요? 저는 잘 모르겠어요."

코코가 눈을 천천히 깜박였다. 생각에 빠진 얼굴이었다. 율리아에 대한 소문은 코코도 익히 들었을 테니, 아마 그 일에 대해 생각하는 것이리라.

"그럼…… 바실리 마조람 그 자식은 널 가지고 놀다가 버린 것도 모자라서, 죽게 내버려두고…… 이 지경이 되도록 아무것도 못 했다는 말이네?"

"네."

"남자 보는 눈이 없어도 아주 더럽게 없구나, 너."

코코가 무슨 말을 하든 시종일관 담담한 태도로 듣기만 하던 율리아가 처음으로 눈동자를 동그랗게 치떴다. 조금 놀란 얼굴이었다.

"왜, 기분 나빠? 그러라고 한 말이야. 남자를 골라도 어쩜 그렇게 한심하고 이기적인 놈을 골랐니? 눈이라는 게 달려 있으면 좀 제대로 보지 않고."

"아뇨, 그게 아니라."

율리아가 슬그머니 웃었다.

"똑같은 말을 들은 적이 있어서."

"뭐 이런 애가 다 있어?"

질색하며 앞서 걷던 코코가 율리아를 데려다주고 휙 사라졌다.

율리아는 왕자궁 2층의 넓은 방을 배정받았다. 옷방과 욕실이 딸린 방이었다.

본래 다른 시녀들은 가문에서 전속 하녀를 두 명 정도 데려온다는데, 평민인 그녀는 시중들어 줄 사람을 부를 여유가 없었다. 그래서필요할 때에만 왕자궁 하녀들의 도움을 받기로 했다.

"그, 너무 기분 나빠하지 마십시오. 저래 봬도 걱정하시는 겁니다. 율리아 시녀님이 상처받는 일이 생길까 봐서……."

궁내부 관리들이 돌아갈 때까지 기다렸다가 가방을 들어다 준 시종이 율리아를 달래기 위해 말을 걸었다. 코코의 뾰족한 태도 때문에율리아가 의기소침할지도 모른다고 생각하는 것 같았다.

"좋은 분인 것 같아요."

"예?"

"아까 하녀들이 저 때문에 불편해하니까 나서서 정리해 주신 거잖아요. 처음부터 좋은 분인 것 같다고 생각했어요."

"예에?"

"제가 평민이라서, 궁내부까지 따라갔다가 해코지라도 당할까 봐걱정해주신 것도 알아요."

시종의 얼굴이 이상하게 일그러졌다. 친절하게 웃는 얼굴 그대로 굳어서 율리아의 말을 믿어야 할지 말아야 할지 고민하는 듯했다.

"걱정하지 마세요. 저는 코코 시녀님을 아주 좋아하니까요."

"그…… 네, 알겠습니다. 그럼 편히 쉬세요. 왕자님은 내일 오실 예정이니까, 도착하시면 알려드리겠습니다."

율리아는 시종에게 고맙다 인사한 뒤 그를 내보내고, 옷 방으로 들어가 두 벌뿐인 원피스를 탁탁 털어 걸었다. 바바슬로프가 과자 사 먹으라고 준 금화가 들어 있는 지갑도 잘 챙겨서 서랍에 넣었다. 그러곤 창가로 걸어가 창문을 활짝 열었다.

얇은 커튼이 바람에 날려 장막처럼 펼쳐졌다. 창밖에서 변덕스러운 봄바람이 불었다. 파릇파릇하게 초록 옷을 입은 정원이 펼쳐지고, 저 멀리 높이 솟은 성탑이 보였다. 대륙에서 가장 아름답다는 오르테가 왕궁. 창틀에 두 손을 올린 율리아가 천천히 왕궁의 전경을 눈에 새겼다.

해가 지고 있었다. 유난히 붉은 노을이 어두워진 저녁 하늘을 물들였다. 코코의 주홍색 눈동자를 연상케 하는 노을이었다.

'코코.'

이번엔 바깥에서 싸우지 않겠다. 왕궁 안에서, 계단을 오르듯 하나씩 해치울 것이다.

그렇게 하기로 약속했으니까.

율리아의 얼굴에 그린 듯이 매끄러운 미소가 걸렸다.

'또 만났네요.'

코델리아 힌치. 그녀는 율리아가 여덟 번째 삶을 살았을 때, 마조람을 상대로 끝까지 함께 싸웠던 동료였다.

힌치 백작의 무남독녀 외동딸이며, 왕궁 내에서는 주로 악마 시녀라는 별명으로 불리었고, 오랫동안 레위시아 왕자의 가장 든든한 아군이었던 사람.

　"야, 너 이번에도 다시 살게 되면 꼭 날 찾아와. 2왕자궁으로 오란 말이야. 알아들어?"

　"왜요."

　"왕궁에서 시작해. 시녀가 되라고. 브레웨 훈장, 그거 원래 네 거라며."

　"싫어요. 시녀 같은 건 해서 뭐 해요. 매일 연회나 끌려다니고, 비싼 향수나 찻잎 구별하는 게 무슨 대단한 무기라고. 설마 왕족의 애첩이 되어서 나라를 막장으로 만들라는 얘기는 아니죠? 난 그런 거 못 해요. 차라리 왕을 독살하고 도망치는 게 낫지."

　"이게 아무것도 모르면서 막말하네. 너 왕족의 시녀가 무슨 일을 하는 사람들인지 알아?"

　"드레스 입고 왕족이랑 어울려 다니면서 친구인 척하는 거요."

　"왕족을 주무르고 조종하고, 키울 수 있는 사람이야. 왕족을 무대 위에 세우기도 하고, 무대 아래로 끌어 내릴 수도 있는 사람. 누구보다 권력에 가까운데 눈에 띄지는 않고, 거취는 자유롭지."

　"말도 안 돼."

　"네가 레위시아 오르테가의 측근 시녀가 된 날부터 마조람 후작은 꿈자리가 뒤숭숭해지기 시작할 거야. 뭔가 불쾌한 예감이 들겠지. 하찮은 평민 계집이 왕궁으로 들어가 무슨 소릴 지껄이고 다닐지 몰라서 촉각을 곤두세우게 될 거라고."

그때 율리아에게 레위시아 2왕자를 고르라고 조언한 것도 코코였다.

"넌 왜 모든 일을 혼자서 하려고 해? 이 나라에 마조람 후작을 원수로 여기는 사람이 너 하나뿐이리라고 생각하니? 그 나쁜 새끼들이 그 오랜 시간 동안 너 하나만 괴롭혔을 것 같아? 절대 아냐."

"그게 왕자님이라고요?"

"레위시아 왕자는 국왕의 애첩이 낳은 자식이지. 근데 그거 알아? 그 애첩이라는 분이 지금의 왕비보다 먼저 국왕을 만났다는 거."

"……몰랐어요."

"가난한 남작 가문의 딸이었지만 원래는 왕비가 되실 분이었어. 마조람이 좀 더 높은 신분의 다른 왕비를 그 자리에 앉히지 않았다면, 어쩌면…… 신분 차이를 극복하고 왕비가 되셨을 수도 있다고. 마조람은 그분에게 애첩이라는 부적절한 호칭을 붙여서는 안 되는 거였어."

"코코, 난 왕족들의 복잡한 사생활 같은 건 관심 없어요. 누가 누구를 배신했건, 누가 누구의 친자식이건…… 알 게 뭐야. 나한테 필요한 건 마조람을 물고 찢어줄 늑대예요."

"카루스 란케아가 늑대라면, 레위시아 오르테가는 독수리야. 너는 그 두 사람을 모두 손에 넣어야 해. 내가 도와줄게."

"다시 살게 되면 어차피 코코는 날 기억하지 못할 텐데, 그게 다 무슨 소용이에요. 당신 성격에 날 뭐라고 생각하겠어요? 겁 없는 하루살이라거나 정신 나간 계집애라고…… 욕이나 안 하면 다행이지."

"내 호감을 얻을 수 있는 아주 쉬운 방법을 알려주면 되잖아."

"그게 뭔데요."

"일단 시녀로 들어와."

그때 코코의 표정이 어땠더라.

율리아는 그날의 일을 그림으로 그릴 수도 있었다. 그 떨떠름한 얼굴. 코코는 앙칼지고 도도한 인상이었지만 의외로 표정이 풍부했다.

"난 좀 재수 없는 편이었는데, 너 괜찮겠어? 내가 막말한다고 도망치거나 토라지면 안 돼."

"뭐래. 내가 그걸 몰라요?"

"하긴, 내가 누굴 걱정해."

코코는 율리아가 저주에 걸려 계속 다시 살고 있다는 사실을 처음으로 믿어준 사람이었다. 그리고 율리아가 복수에 거의 성공할 뻔했을 때, 가장 가까이에서 도움을 준 사람이기도 했다.

그러니 코코를 좋아한다고 말했던 건 사실일 수밖에 없었다.

율리아는 코코가 좋았다. 코코가 과거의 인연을 다 잊었대도 상관없었다.

━ •••• ━

하루가 지났다. 밤새 생각을 정리하느라 잠을 설친 율리아는 평소보다 조금 늦은 시간에 눈을 떴다. 왕궁에 들어온 첫날부터 늦잠이라니. 자신의 무신경함에 헛웃음을 흘리며 식당으로 내려갔더니, 하녀들이 율리아를 보고 깜짝 놀라 물었다.

"시녀님, 왜…… 벌써 일어났어요?"

"이게 일찍 일어난 거예요?"

"코코 시녀님은 아침을 점심에 드시는데…… 왕자님도 별로 다르지 않으시고요."

그렇구나. 늦게 일어나는 습관은 이때도 다르지 않았구나.

율리아는 원래 일찍 일어나는 편이라고 둘러댄 뒤, 하녀들과 함께 아침을 먹었다. 신분은 같아도 위치가 다르다 보니 관계가 굉장히 애매했지만, 율리아는 적당하게 예의를 차릴 줄 알았고, 절묘하게 거리를 둘 줄도 알았다. 식사 한 번에 그녀의 마성에 홀린 하녀들이 조금 편안해진 얼굴로 디저트를 챙겨주었다.

그날은 평화롭고 무료하게 지나갔다. 궁내부에서 시비를 걸러 오지도 않았고, 코코는 정말 늦은 시간에 일어나 오후에야 얼굴을 비추었다.

레위시아 왕자는 언제쯤 돌아오는 것일까.

사람을 보내 데려올 때는 언제고, 궁에 나타나지도 않는 왕자에 대해 율리아가 고민하고 있을 때였다.

"율리아 시녀님, 레위시아 왕자 전하께서 돌아오셨습니다."

밖에서 시종이 부르는 소리가 들렸다.

해가 지고 있었다. 저녁 시간이 다 되었는지 오가는 하녀들의 발소리가 분주해졌다.

율리아는 자리에서 일어나 드레스를 정돈한 뒤, 복도로 나가 시종을 따라 걸었다.

"언제 도착하셨나요?"

"이제 막 마차에서 내리셨습니다. 저, 그런데…….."

"왜 그러세요?"

"마조람 후작가의 바실리 도련님께서 찾아와 계십니다."

시종은 잘못한 것도 없으면서 꼭 죄지은 사람처럼 그녀와 시선을 맞추지 못했다. 율리아는 왕자궁에서 일하는 모든 사람이 자신의 사연에 대해 알고 있을 거라고 확신했다.

"어휴, 하필 왕자 전하께서 도착하기 직전에 찾아오셔서 저희로서는 막을 방도가 없었습니다. 그래도 걱정하지 마세요. 이제 전하께서 돌아오셨으니 그만 가라고 말씀하시겠지요."

"그러지 않을걸요."

"예?"

"아무것도 아니에요."

레위시아 왕자는 바실리를 쫓아내지 않을 것이다. 이 좋은 구경거리를 놓칠 사람이 아니니까.

그나저나 의외였다. 죽었다 깨어난 율리아가 차갑게 밀어낼 때마다 바실리는 매달리고 변명하길 주저하지 않았지만, 이렇게까지 성급하게 구는 경우는 처음이었다. 아무래도 율리아가 레위시아 왕자의 측근 시녀가 된 게 그를 크게 자극했던 모양이었다.

율리아는 계단을 내려가 레위시아가 바실리를 데리고 들어갔다는 응접실로 향했다.

활짝 열린 문 안에서 두 남자가 서로를 노려보고 서 있었다.

"전하."

율리아가 레위시아를 불렀다. 드레스 자락을 살짝 잡고 무릎을 구부려 인사하는 것도 잊지 않았다.

레위시아와 바실리가 동시에 율리아를 바라보았다.

"어서 와, 율리아."

레위시아가 한 손을 내밀며 말했다.

"기다리고 있었어. 네 손님이 와 있더라고? 그래서 내가 같이 저녁이나 먹자고 했거든."

어때, 잘했지. 레위시아가 율리아를 보며 웃었다. 아름다운 얼굴 가득 악의적인 웃음이 피어났다.

율리아는 레위시아가 내민 손을 살짝 잡고, 그의 곁에 섰다.

바실리는 몹시 기분이 나빠 보였다. 화내지 않으려고 노력하는 게 겉으로 드러날 정도였다.

"율리아, 얘기 좀 해."

율리아는 그런 그의 모습을 감상하듯 건조하게 바라보았다.

"저는 율리아와 할 얘기가 있습니다. 그녀의 손을 놓아주십시오, 왕자 전하."

바실리가 다시 말했다. 이번에도 대답은 율리아가 아니라 레위시아가 했다.

"이봐, 바실리. 내가 얼마나 후회했는지 알아? 브레웨 아카데미 졸업식이 끝나자마자 왕궁으로 돌아오지 말고 율리아 옆에 남아 있을 걸. 그랬으면 그 많은 사람 앞에서 네놈이 망신당하는 꼬락서니를 코앞에서 구경했을 텐데."

"전하!"

"여긴 내 집이야. 율리아는 내 시녀고, 네놈은 허락도 없이 나타난

불청객이란 소리지. 그러니까 할 말이 있으면 내가 보는 앞에서 해. 집주인은 구경할 권리가 있으니까."

어때, 잘했지. 레위시아가 또 율리아를 쳐다보고 웃었다. 이번에는 악의뿐 아니라 약간의 후련함까지 머금은 미소였다.

마음 같아서는 잘했다고 칭찬이라도 해주고 싶었지만, 율리아는 현명하게 짧은 미소로 대답을 대신했다. 그러곤 바실리에게 말했다.

"마조람의 후계자께서 제게 무슨 볼일인지 모르겠습니다."

"할 말이 있다고 했잖아. 율리아, 너 도대체 무슨 생각으로 왕궁에 들어온 거야?"

"제가 그걸 후작 영식께 말씀드려야 할 이유라도 있나요?"

"밖으로 나가서 얘기하자. 네가 원하는 건 뭐든지 다 들어줄 테니까⋯⋯."

"무례하시네요."

율리아의 차가운 일갈에, 바실리가 얼굴을 굳혔다. 반대로 레위시아 왕자의 얼굴엔 더욱 진한 웃음기가 피어올랐다.

"무례하다니?"

"저는 레위시아 오르테가 2왕자 전하의 측근 시녀입니다. 고귀한 왕족의 명예를 함께 짊어지고 지켜야 할 의무가 있는 시녀이지요. 후작 영식께서는 예의와 절차를 갖춰 약속을 잡는 게 좋겠습니다."

"하!"

마지막에 웃은 사람은 레위시아였다. 손끝에 살짝 올려 두기만 했던 율리아의 손을 꽉 당겨 잡고, 레위시아가 큰 소리로 웃음을 터뜨렸다.

"하하하하!"

"전하."

"왕궁 경연이 시작된다고 해서 온종일 기분 더러웠는데, 이 순간을 위한 인내였나. 내가 시녀 하나는 참 잘 골랐지."

레위시아는 바실리의 시선이 그가 잡은 율리아의 손에 머물러 있다는 사실을 알았다. 그래서 더 놓기가 싫어졌다. 보란 듯이 당겨 잡고 서 있었더니, 바실리가 레위시아를 한 대 때리기라도 할 기세로 노려보았다. 율리아는 그걸 다 알면서도 시치미를 뚝 뗀 채 레위시아에게 말했다.

"저 때문에 전하께서 저녁 시간을 방해받게 되었어요. 죄송합니다. 제가 후작 영식을 잘 설득해서 보내도 될까요?"

"그래? 흠…… 그래."

레위시아는 이대로 셋이서 함께 저녁을 먹어도 재밌을 것 같다고 생각했지만, 이쯤에서 율리아의 말을 듣는 쪽을 택했다.

첫날부터 너무 심하게 몰아붙이면 바실리가 다시는 찾아오지 않을지도 모른다는 생각이 들었기 때문이었다. 재밌는 구경은 아껴서 오래오래 해야 한다.

"오늘은 너를 환영하는 의미에서 다 함께 식사할 생각이니까, 빨리 쫓아내고 식당으로 와."

레위시아가 율리아의 손을 놓고 바실리에게서 몸을 돌렸다. 바실리는 레위시아에게 인사하려 고개를 숙였으나, 왕자는 그의 인사를 받아주지 않았다.

레위시아가 응접실 밖으로 나가자마자 바실리가 율리아를 향해 거칠게 다가왔다.

"도대체 무슨 짓이야."

"뭐가."

"내가 2왕자를 얼마나 싫어하는지 알잖아. 우리 부모님도, 하다못해 크리스틴까지 저 레위시아와는 상극인데……."

"잘 아네."

"뭐?"

"내가 왜 여기 들어왔는지 잘 안다고. 그렇게 잘 알면서 왜 물어보는 거야?"

율리아는 그저 귀찮은 기색이었다. 몇 번이나 바실리의 이런 태도를 겪어 왔던 그녀는 빨리 이 순간이 지나갔으면 하고 바랄 뿐이었다. 물론 그런 사실을 전혀 모르는 바실리는 율리아가 하루 사이에 다른 사람이 된 것처럼 혼란스럽기만 했다.

"나한테 이러는 이유가 뭐야? 너를 해치려고 하이에나를 고용한 건 집사지, 내가 아니야. 율리아, 내 아가씨. 그걸 알았다면 내가 가만히 있었을 리 없잖아."

"가만히 있어도 돼."

"율리아!"

"그 '내 아가씨'라는 말 좀 그만해. 징그럽고 역겨우니까. 그리고 이런 식으로 찾아와서 했던 말 또 하는 것도 그만해. 지겨우니까."

바실리는 어찌해야 할지 몰랐다. 그가 아는 율리아는 언제나 남에게 친절하게 말하려 애쓰는 사람이었다. 하물며 연인인 바실리에게는 아무리 피곤해도 웃어주던 사랑스러운 여자였다.

"율리아, 내가 다 잘못했어. 뭐든 다 보상해줄게. 부모님이 모르는 곳에 집을 사자. 네가 하고 싶어했던 공부도 다 해. 아니, 차라리 바이칸 제국으로 유학을 보내줄까? 1, 2년 정도 머리를 식힐 겸……."

"바실리."

율리아가 바실리의 말을 끊었다.

할 수만 있다면 지난 여덟 번의 삶 동안 자신이 마조람에 의해 얼마나 많은 고통을 겪었는지 다 말해주고 싶었다. 하지만 그게 복수에 아무 도움 되지 않을 걸 알기에, 그녀는 그냥 바실리에게 진실을 하나 알려주기로 했다.

"당신은 나를 사랑한 게 아니야. 사랑한다고 착각한 거지."

"그게 무슨 소리야. 내가 널 얼마나 오랫동안……."

"오랫동안 기만했지."

율리아의 짙은 초록색 눈동자가 바실리를 꿰뚫어 보았다.

"빵 하나에 구원을 받은 것처럼 기뻐하는 결핍 덩어리. 당신에게는 아무것도 아닌 금화 하나가, 내게는 삶을 이어갈 수 있는 빛이었어. 그걸 하나씩 던져주면서 당신은 마치 신이 된 것 같은 기분이 들었을 거고."

"아니야. 그렇지 않아."

"고아 따위가 똑똑하면 얼마나 똑똑하겠어. 그런 호기심을 가지고 만났는데, 당신을 볼 때마다 천사라도 영접한 것처럼 우러러 바라보니, 얼마나 행복했겠어. 그렇지?"

바실리는 율리아의 말을 부정했다. 절대 그렇지 않다고, 네가 뭔가 착각하고 있는 거라고 화를 냈다. 하지만 율리아는 바실리 자신보다 그에 대해 더 잘 알았다.

"평민 고아와 운명적으로 사랑에 빠진 고귀한 귀족. 사람들은 당신을 낭만적이고 선한 도련님이라고 칭찬했을 거야. 그런 자신에게 취한 나머지, 날 이용하는 줄도 모르고 사랑이라고 착각해온 거고."

"나한테 화가 난 건 알겠는데, 아무것도 모르면서 그런 식으로 말하지 마. 내가 널 얼마나 원했는데…… 가문을 버리고 너와 함께 살아가겠다고 말했던 거, 잊었어?"

"날 버리고 가문을 택했잖아."

"갇혀 있었어!"

바실리가 버럭 소리를 질렀다.

"갇혀 있었다고! 네게 가려고 했으니까! 아버지가 날 방에 가둬놓고 아무 데도 못 가게 했다고 했잖아. 제발 날 좀 이해해줘. 율리아, 나가자. 여기서 당장 나가. 레위시아 왕자는 좋은 사람이 아니야. 널 이용하고 도구처럼 쓰다가 버릴 거라고."

"잘됐네. 그러려고 들어온 거거든."

"율리아!"

"나한테 그따위 변명할 시간이 있으면, 너희 그 잘난 가문에 돌아가서 집사한테 물어봐. 날 죽이라고 하이에나를 고용할 때 뭐라고 했는지."

"뭐?"

"'건방진 평민 계집애가 주제도 모르고 도련님을 꾀어냈으니, 그 요사스러운 얼굴을 망가뜨린 뒤에 목을 잘라서 가져오너라.'"

율리아의 목소리가 차가웠다. 차갑다 못해 시리고 아팠다. 바실리는 어찌할 바를 몰라 몇 번이나 얼굴을 문지르고 머리카락을 쓸어 올렸다.

"내가…… 알아볼게. 집사가 그랬을 리 없지만, 그래도."

마조람 후작이 지시했을 거라고도 말해줄까 했지만, 율리아는 그냥 거기서 입을 다물었다. 전에는 바실리가 이렇게 괴로워하는 걸 볼 때마다 얼음을 삼킨 것처럼 뱃속이 시원했는데, 이제는 그것도 무뎌져 그때처럼 통쾌하지 않았다.

작별 인사 같은 건 필요 없었다. 잘 가라고 하고 싶지 않았다. 잘 있으란 말도 하고 싶지 않았다. 율리아는 바실리와 그의 가족들이 잘 있는 걸 바라지 않았다.

"사랑해."

냉정하게 돌아서는 율리아에게 바실리가 마지막으로 말했다. 애절한 목소리였다. 그의 눈동자가 발갛게 달아올라 있었다.

율리아는 그런 바실리를 한동안 물끄러미 바라보았다.

그러곤 짧게 허탈한 웃음을 터뜨리고, 그에게 말했다.

"그럼 파혼해보세요."

"……뭐?"

"곧 있으면 공주님하고 약혼한다면서요. 파혼해보세요. 날 사랑한다는 도련님의 말이 진심이라면, 그 정도는 할 수 있어야지 않겠어요?"

못 하겠지만.

바실리와 대화가 길어져 왕자를 기다리게 했다는 생각에 서둘러 식당으로 향한 율리아는 그곳에서 생각지도 못했던 광경을 목격했다.

"왔어?"

레위시아 왕자와 코코가 창문에 달라붙어 바실리가 떠나는 모습을 구경하고 있었다.

"두 분, 뭐 하세요?"

"엿듣고, 엿봤지."

레위시아는 기분이 좋아 보였다. 아까 바실리 앞에서도 그랬는데, 지금은 그때보다 훨씬 더 좋아 보였다. 코코는 엿봤다는 사실을 들켜서 부끄러웠는지, 새침한 얼굴로 자기 자리에 앉았다.

"앉아. 율리아 아르테. 내 궁에 온 걸 환영하는 의미에서 만찬을 대접하지."

"고맙습니다."

"바실리 자식이 똥 마려운 개처럼 끙끙거리는 걸 보여줬으니, 내일은 드레스라도 한 벌 사 줄까? 코코가 괜찮은 옷가게를 많이 알거든."

"괜찮습니다, 전하."

"아니, 안 돼. 뭔가 보상을 줘야 앞으로도 그런 걸 많이 보여줄 거 아니야. 드레스가 싫으면 돈은 어때? 갖고 싶은 게 있으면 말해봐."

아무래도 레위시아는 듣던 것보다 훨씬 더 바실리를 싫어하는 모양이었다. 잠시 고민하던 율리아가 코코를 한번 슬쩍 바라보고, 다시 왕자에게 말했다.

"전하, 왕궁 경연에 저를 데려가주셨으면 합니다."

"야."

레위시아는 아무 말도 하지 않았는데, 코코가 그를 대신해서 입을 열었다.

"미쳤니? 거기가 어디라고 따라간다는 거야. 왕궁 경연이 뭔지는 알고 하는 말이야?"

"왕족, 그리고 유력 귀족 가문의 자제들이 모여서 실력과 인성을 평가받는 자리라고 들었어요. 공정한 경쟁을 통해 미래의 지도자들이 좀 더 높은 성취를 이룰 수 있도록……."

"헛소리."

"네?"

"거긴 미래의 지도자들이 미리 패싸움을 배우는 곳이야."

작은 전쟁터지. 코코가 냉소적인 미소를 띠고 말했다.

"평민 시녀가 겁도 없이 끼어들었다가는 가루가 되도록 짓밟힐 거라는 말이고."

"코코."

"멍청하게 그런 곳에 따라갔다가 울고 돌아오지나 마. 우는 소리는 질색이니까."

레위시아도 코코의 말에 동감하는지 두어 번 고개를 끄덕였다.

율리아는 그런 두 사람을 보며 가만히 입을 열었다.

"경연장에서 모두가 보는 앞에서 마조람을 끌어내리는 게, 지나가다 우연히 마주쳐서 따귀 한 대 때리는 걸 구경하는 것보다 훨씬 재밌으리라고 생각하지 않으세요?"

율리아의 목소리는 조금도 들떠 있지 않았다. 그냥 그 일은 반드시 일어날 거라고 예언하듯 차분하기만 했다.

"야."

코코가 붉은 눈을 크게 치뜨더니 율리아를 손가락으로 가리키며 중얼거렸다.

"너…… 좀 더 분명하게 말해 줘야겠구나. 왕궁이 그렇게 만만한 곳인 줄 알아? 그렇게 건방지게 굴었다가는 어느 날 갑자기 쥐도 새도 모르게 죽어 사라질 수도 있어."

"얌전히 시중만 들 거예요. 새 시녀가 들어왔는데 아예 안 데리고 다니는 것도 이상하잖아요. 경연장에 제가 나타나기만 해도 바실리는 신경이 쓰여서 어쩔 줄을 모를 텐데, 그것만으로도 전하께 도움이 되겠죠."

코코가 코웃음 치며 다시 뭐라고 하려는 찰나, 레위시아가 슬그머니 끼어들었다.

"율리아."

"네, 전하."

"이번 왕궁 경연에는 크리스틴 마조람도 나오게 되어 있어. 아카데미를 졸업했으니까, 그쪽도 이제 자격이 되지. 물론 알고 하는 말이겠지?"

율리아가 살짝 웃었다.

"네, 전하."

"난 널 보호해주지 않을 거야. 다 큰 왕자가 어디 갈 때마다 시녀를 줄줄이 달고 다니는 것만큼 꼴불견인 게 없다고 생각해왔거든. 그것도 알고 하는 말이겠지?"

"알고 있습니다."

"좋아, 첫 경연 때 같이 가지."

"전하!"

코코가 날카롭게 소리쳤다. 하지만 레위시아는 빙글빙글 웃으면서 의자에 등을 기대고 냅킨을 펼쳤다.

"자그마치 브레웨 훈장의 주인이라고. 크리스틴 마조람이 이길 수 없었던 단 한 사람이란 말이야. 그러니까 율리아, 경연장에서도 당연히 그렇게 해주겠지?"

"물론입니다."

율리아가 자신만만하게 답했다. 레위시아는 그런 그녀를 보며 느슨하게 웃었다.

“날 실망하게 하면 안 돼. 그럼 넌 바로 여기서 쫓겨나게 될 거야. 왕족의 측근 시녀가 되는 건 명예로운 일이지만, 들어오자마자 쫓겨나면 평생 조롱거리가 되겠지.”

“명심하겠습니다.”

살벌한 경고와 함께 식사가 시작되었다. 왕족의 궁에서 치러지는 환영의 만찬답게 온갖 종류의 산해진미가 식탁을 가득 채웠다. 오르테가는 식사 예절이 복잡한 편이었지만, 율리아는 물 흐르듯 자연스러운 태도로 식사를 시작했다. 걱정스레 그녀를 바라보던 코코가 주홍색 눈을 빠르게 깜박이더니 몰래 한숨을 내쉬었다.

드레스를 사주겠다던 레위시아의 말은 진심이었다. 코코가 그에게 평민인 율리아는 왕궁에서 입고 다닐만한 드레스를 마련할 돈이 없을 거라고 귀띔했기 때문이었다.

그런데 다음 날이 되자마자 율리아 앞으로 십여 개의 커다란 상자가 배달되었다.

“이게 다 뭐니?”

코코가 물었다. 율리아는 모르겠다고 대답했다. 상자를 가져온 건 왕궁 밖에서 온 일꾼들이었는데, 그들은 누가 벌써 값을 다 치렀다며 이렇게 말했다.

“후원자께서 보내셨습니다.”

“후원자요?”

“네, 필요한 게 있을 때는 무엇이든 사라고 하셨습니다.”

“아.”

후원자. 카루스 란케아였다. 헤어지던 날, 여관에서 율리아를 바라보던 그의 눈빛이 떠올랐다.

코코가 수상쩍다는 얼굴로 상자를 바라보았다. 보육원 출신 평민 시녀를 이렇게까지 후원해주는 사람이 누군지 궁금한 모양이었다. 하지만 아직은 말해줄 수 없었다. 무엇보다, 율리아도 카루스가 이런 행동을 할 거라곤 전혀 예상치 못했다.

일꾼들은 상자를 내려놓자마자 서둘러 왕궁을 빠져나갔다. 상자를 방까지 옮겨준 건 왕자궁에서 일하는 시종들이었다. 율리아는 그들에게 일일이 고맙다고 인사하고 방으로 돌아왔다.

상자 속엔 눈부신 드레스가 여러 벌 들어 있었다. 모두 왕궁 시녀임을 나타내는 우아한 크림색의 드레스였다.

겨울이 지나 봄으로 넘어가는 계절이라 적당히 도톰한 옷부터 조금 가벼운 것까지, 세심하게 신경 쓴 티가 났다. 심지어 드레스만 들어 있는 것도 아니었다. 구두와 장갑, 외투에 작은 손가방까지 없는 게 없었다. 옷과 구두는 꼭 맞춘 것처럼 그녀에게 딱 맞았다. 율리아는 저도 모르게 실소를 흘리고 말았다.

헤어지기 전, 카루스가 말했다.

"필요한 게 있으면 맥스웰을 찾아라. 그가 널 도와줄 거야."

찾기도 전에 나타난 카루스의 부하가 율리아에게 값비싼 선물을 안겨주었다.

이건 경고일까, 아니면 호의일까. 그가 가까이에서 지켜보고 있다는 걸 암시하는 선물인 것은 알겠는데, 거기 담겨 있는 의미가 무엇인지 아직 확실치 않았다.

'어쩌면……'

율리아는 지금쯤 카루스와 그의 부하들이 제국군 함대가 해적들의 금화를 운반하고 있다는 사실을 확인한 건 아닐까 생각했다.

━ •••• ━

왕궁에서 매해 치러지는 경연은 왕족보다는 귀족 가문의 자제들에게 더 중요한 행사였다. 어느 왕족에게 줄을 설 것인지, 어느 왕족이 그들에게 부귀영화를 가져다줄 능력 있는 지도자인지, 어느 가문이 어느 왕족의 편에 서는지, 그런 것들을 미리 파악할 수 있었기 때문이다.

또 한편으로는 자신의 특기나 능력을 공식적으로 뽐낼 기회의 장이기도 했다. 누군가는 학문과 식견을, 누군가는 상재를, 누군가는 예술을, 또 다른 누군가는 검술을 자랑으로 내걸었다.

세 명의 왕자와 한 명의 공주, 그리고 수십 명에 달하는 귀족 가문의 자제들은 올해의 첫 경연 종목이 무엇일지 무척 궁금해하고 있었다. 어차피 매번 바뀌기 때문에 미리 준비할 수는 없었으나, 그래도 하루라도 빨리 알고 싶어서 안달하는 자가 많았다.

"작문이에요."

"뭐?"

"바이칸 제국의 황제에게 바칠 신년사를 써 오라고 할 거예요."

물론 율리아는 그것마저 다 알고 있었기에, 레위시아에게 먼저 알려줄 수 있었다.

"그걸 네가 어떻게 알아?"

"올해는 오르테가 왕국이 바이칸 제국의 보호를 받게 된 지 20년이 되는 해고, 황제가 얼마 전부터 정복 전쟁을 멈추고 내실을 다지고 있기 때문이에요."

"그게 그거랑 무슨 상관이야."

"황제는 속국의 왕에게 충성심을 요구할 텐데, 오르테가는 바다에 제국군 함대를 주둔시키는 거로 상납금을 대신하고 있잖아요. 그러니까 충성심을 표현할 신년사라도 써 오라고 하겠죠."

"그걸 부왕께서 직접 쓰면 자존심이 상하니까…… 우리 같은 애새끼들한테 대신 쓰게 하겠다는 건가."

레위시아는 눈치가 빨랐다. 영리한 편이기도 했다. 율리아는 그의 추측이 옳다는 의미로 크게 고개를 끄덕여주고, 하던 말을 이었다.

"전하께서 하실 일은 첫 경연의 승자가 되어 황제에게 신년사를 바치는 게 아니에요. 어차피 어떻게 써도 선택받지 못할 테니까요."

"그럼?"

"친제국파를 공격해서 오르테가의 독립을 원하는 젊은 귀족들의 마음에 불을 지피는 것이죠."

국왕은 중립을 표방하고 있었지만 실은 친제국파였고, 마조람은 오르테가의 대표적인 친제국파였다.

1왕자와 바실리는 아버지인 국왕과 후작의 분신이나 다를 바 없었다. 그러니 황제에게 바치는 신년사를 쓸 때도 최대한 황제의 심기를 어지르지 않기 위해 노력할 것이다.

율리아가 원하는 건 레위시아가 그들과는 달리 고고하고 독립적인, 오르테가의 자존심을 지키려는 왕족임을 드러내는 것이었다.

"중립, 좋죠. 그런데 그것만으론 부족해요. 오르테가는 바이칸 제국의 식민지가 아니에요. 속국이라 불리고 있긴 하지만, 엄밀히 따지면 보호 동맹이고."

"그게 속국이잖아."

"다른 사람은 다 그렇게 말해도 왕족인 전하는 그렇게 말하면 안 된다는 거예요. 승리를 축하하고 평화를 지지하되, 절대 비굴하게 굴지 마세요."

"그러다 황제가 그걸 보고 기분이 나빠져서 오르테가를 정복해야겠다고 생각하면 어떻게 할 거야? ……라고 날 공격하겠지."

"황제는 그런 거 신경 안 써요. 그리고 전하께서 아무리 완벽한 신년사를 적어 내도, 선택받는 건 어차피 저쪽 파벌일 거예요."

레위시아는 거울 앞에서 옷매무새를 다듬고 있었다. 진한 회색 정장에 붉은 스카프가 세련되게 어울렸다.

그가 거울을 통해 율리아를 보고 말했다.

"신년사는 네가 쓰도록 해."

"제가요?"

"어차피 저쪽에선 크리스틴이 쓰게 되어 있잖아. 바실리는 문장력이 약하고, 1왕자는 그런 걸 손수 하는 성격이 아니니까, 당연히 크리스틴이 해야겠지. 나도 내 시녀 솜씨 좀 보고 싶고."

"알겠습니다."

율리아가 선선히 고개를 끄덕였다. 어차피 함께 가기로 했으니 그 정도는 문제없었다.

"마음 단단히 먹어."

채비를 마친 레위시아가 뒤돌아섰다. 투명하리만치 흰 피부에 연한 갈색 눈동자, 긴 금발이 곱게 어우러졌다.

레위시아는 사람들이 그의 아름다운 외모를 좋아한다는 사실을 알고 있었다. 권력도 세력도 없는 애첩의 아들이지만, 그는 그 외모 덕에 제법 인기가 있는 편이었다.

"갈까, 율리아."

"네, 전하. 모시겠습니다."

코코의 모습은 보이지 않았다. 왕자와 함께 궁을 나서던 율리아가 잠시 뒤를 돌아보았지만, 코코의 방 창문은 굳게 닫힌 채였다.

경연장은 왕궁에서 두 번째로 큰 건물에 마련되어 있었다. 그곳은 한때 왕족의 후원을 받기 위해 화가나 배우, 가수들이 찾아와 재주를 뽐냈던 실내 극장이었다. 검은 벨벳 위에 구름처럼 풍성한 회색 커튼, 그 위에 덮인 새하얀 레이스가 밝은 조명을 받아 은은하게 빛났다.

율리아는 레위시아의 등 뒤에 서서 그를 따라 경연장 안으로 들어갔다.

귀족들은 대부분 무리를 짓고 서 있었다. 1왕자와 바실리 마조람이 있는 곳에 가장 많은 사람이 모여 있고, 그다음은 1왕녀의 파벌이었다. 나머지는 친분에 따라 무리를 오가며 이야기를 나누었다.

"여기서 기다려."

레위시아는 경연장 입구에 율리아를 남겨둔 채 몇 안 되는 자신의 친구들을 향해 움직였다.

작은 전쟁터라더니.

경연장을 둘러보던 율리아의 시선이 차분하게 가라앉았다. 멀리서 보니 더 확실하게 느껴졌다. 귀족들은 왕족을 중심으로 파벌을 나누고, 그 사이에서 인맥을 넓히려 기를 쓰고 있었다.

4왕자는 아직 어려 경연에 참여하지 못했고, 두 명의 왕자와 한 명의 공주가 친분을 가장해 접근하는 무리를 적당히 받아주고 내치면서 경연을 준비했다.

레위시아는 인기와는 별개로 파벌이 없었다. 그가 왕위 후계로 거론되지 않는 애첩의 아들이기 때문이었다. 그러다 보니 경연장에서는 권력 싸움에 관심이 없는 몇몇 귀족들과 주로 어울렸다.

그때 구석에 서서 분위기를 살피느라 여념이 없는 율리아에게 누군가 다가왔다.

크리스틴 마조람이었다.

"율리아, 너…… 네가 여기 왜 있어?"

크리스틴은 한껏 치장한 모습이었다. 두 명의 귀족 영식과 한 명의 귀족 영애가 그녀의 뒤를 따라 걸어왔다.

율리아는 눈동자를 거의 움직이지 않고 그들 모두의 얼굴을 머릿속에 새겼다.

"대답해."

"왕자님의 측근 시녀로서 전하를 보필하러 왔습니다."

"네가?"

이번에 말한 건 크리스틴이 아니었다. 구불거리는 갈색 머리카락에 기름을 발라 뒤로 넘긴 청년이었는데, 율리아는 그의 인상착의를 재빨리 살피곤 그가 마조람 후작가의 방계 친척 중에 하나라는 사실을 떠올렸다.

"이 경연장에 평민 따위가 입장할 수 있었던가? 나는 그런 말은 듣지 못했는데. 왕족과 귀족, 그리고 기껏해야 왕족의 수행 비서 정도 아니었어?"

율리아는 눈앞의 청년이 왜 이렇게 유치한 시비를 거는지 그 이유를 알고 있었다. 그의 가문은 마조람이 던져주는 먹이가 없으면 살아갈 수가 없는 가축이나 다름없기 때문이었다. 그러니 마조람의 공주라 불리는 크리스틴을 위해서라면 평민 시녀 하나쯤은 엉엉 울게 만들어 내쫓아야 한다.

"그러게. 레위시아 왕자님도 참 짓궂어. 어차피 쫓겨날 게 뻔한데, 놀리려고 데리고 다니시는 걸까? 원래 이렇게 예쁜장하고 도도한 애들이 놀리는 맛이 있잖아."

"평민이 도도해봤자……."

그들이 서로를 보며 웃음을 나누었다. 율리아는 이번에는 청년의 말을 받아준 여자를 살펴보았다. 낯이 익었다. 아카데미에서 몇 번 본 기억이 났다. 어떤 교수의 딸이었을 것이다. 아카데미를 다니는 내내, 율리아는 그 교수가 학생인 크리스틴에게 쩔쩔매는 모습을 몇 번이나 보았다.

"율리아."

무슨 생각을 하는 건지, 입을 꼭 다물고 서 있던 크리스틴이 말을 걸었다. 율리아는 어디 한번 하고 싶은 말이나 해보라는 뜻에서 고분고분하게 크리스틴을 바라보았다.

"경연장에서 나가. 널 위해서 하는 말이야. 여긴 네가 있을만한 곳이 아니거든. 레위시아 왕자님이 무슨 생각을 하신 건진 몰라도……."

역시 쓸데없는 말이었다. 율리아는 더 들어줄 것도 없다는 듯 크리스틴의 말을 단호하게 잘라냈다.

"마조람의 영애께서 무슨 권리로 제게 명령을 내리는지 모르겠네요."

"뭐?"

"저는 레위시아 2왕자 전하의 시녀입니다. 마조람 영애의 하녀가 아니라."

크리스틴은 율리아를 거의 쏘아보다시피 바라보고 있었다. 화가 난 것 같기도 하고, 서운해하는 것 같기도 했다. 사실 어느 쪽이건 상관없었다. 율리아는 크리스틴과의 악연이 참 질기다고 생각했다.

크리스틴의 곁에 있던 귀족들이 그녀를 대신해서 율리아에게 화를 냈다.

"이봐! 왕궁 시녀가 무슨 대단한 작위라도 되는 줄 아는 모양인데, 그게 왜 명예직인 줄 알아? 남는 게 아무것도 없어서 그렇게 부르는 거야."

"평민이라 그런가? 왕궁 땅 한번 밟아보고, 왕족의 궁에서 하룻밤 자보고…… 그런 게 하고 싶었던 모양이지? 가엾게도."

"됐어. 그만두자. 우리만 우스워질 뿐이야."

꼴이 우습다는 건 아는 모양이지. 율리아는 그 순간에도 무심히 그런 생각을 하고 있었다. 그런데 그런 그녀의 반응이 거슬렸는지, 그만두자던 귀족 청년이 코앞으로 다가와 율리아의 이마를 손가락으로 툭툭 건드리며 이죽거렸다.

"바실리 님을 유혹하는 데 성공한 몸이니, 이번에는 레위시아 전하인가? 참 너 같은 계집애들은 왜 그렇게 하는 짓이 비슷한지 모르겠어. 신분 높은 남자한테 기생충처럼 붙어서 피나 빨아먹고……."

처음엔 그냥 툭툭 건드리는 수준이었는데, 갈수록 힘이 세지더니 율리아의 몸이 흔들리는 지경에 이르렀다. 그래도 율리아의 무표정은 흔들리지 않았다. 그녀는 그 순간에도 이 남자를 어떻게 시궁창으로 끌어들일지, 그걸 고민하고 있었다.

누명을 씌울까, 사기를 쳐 줄까. 빈털터리로 만들어서 고기잡이배에 팔아버릴까.

실랑이가 길어지자 여기저기서 시선이 모여들더니 분위기가 어수선해졌다. 주목을 받자 기세등등해진 남자의 손놀림이 아까보다 더 거칠어졌다.

그냥 경연장 밖으로 나가서 기다려야 하나, 율리아가 그런 고민을 하고 있을 때였다.

"그 손 떼."

코코가 나타났다.

"손가락 뜯어버리기 전에."

조명을 받아 선명하게 빛나는 주홍색 눈동자에서 살벌한 기운이 쏟아졌다.

율리아의 이마를 툭툭 치던 청년이 순간 몸을 움찔 떨었다. 그는 코코에게 겁먹었다는 사실이 자존심 상했던지, 손을 내리면서도 주먹을 꽉 움켜쥐었다.

"코코?"

율리아가 놀란 얼굴로 코코를 불렀다. 그런데 코코는 율리아에게 대답은 해주지 않고, 남자를 보면서 사납게 말했다.

"감히 레위시아 2왕자 전하의 측근 시녀를 모욕했겠다? 왕족의 시녀를 건드리면, 왕족의 명예에 누가 되는 거라고 배우지 못했니? 아, 그런 거 배울 만큼 아직 자라지 못했나? 몇 살이니, 일곱 살?"

"그게 무슨…… 코델리아 힌치 영애, 말을 삼가시죠."

"너나 삼가시지. 어디 마조람의 발닭개 나부랭이가 감히 왕자 전하의 측근에게 막말을 지껄여? 그 입을 꿰매줄까, 찢어줄까? 아예 지져버릴까?"

크리스틴과 패거리의 얼굴에서 점점 혈색이 빠져나갔다. 율리아는 이쯤에서 코코를 말려야겠다고 생각했다. 코코는 평소엔 그냥 정 없이 차가운 사람처럼 보이지만, 화가 나면 상대의 영혼이 쪼그라들 때까지 물고 늘어지는 경향이 있었다.

"코코, 그만해요."

"마조람 영애는 왜 가만히 있는 거야? 율리아가 아니라 그쪽 집안 남자 형제가 매달리는 거라고 정정해줘야지. 자존심 상해서 그래? 바실리 마조람은 절차고 나발이고 싹 다 무시하고 왕자궁에 쳐들어오더니, 여동생은 여럿이서 한 사람 괴롭히는 것밖에 할 줄을 모르나?"

코코의 목소리가 컸다. 이제는 경연장의 거의 모든 사람이 이쪽을 바라보고 있었다.

이런 식의 싸움은 좋지 않았다. 누구에게도 아무 도움이 되지 않는다. 그렇게 생각한 율리아가 코코의 한쪽 팔을 부드럽게 잡아끌었다.

"코코, 저는 괜찮으니까……."

"사과할게요."

크리스틴이 말을 꺼냈다.

"우리가 말을 심하게 한 건 인정해요. 나는 율리아가 걱정이 되어서 한 말이었는데…… 오해의 소지가 있었죠. 사과할게요."

크리스틴다운 사과였다. 그녀는 언제나 자신이 정의의 편이라고 믿었다.

"하지만 코델리아 힌치 영애도 예의를 좀 지키셔야 할 것 같네요.

귀족이, 그것도 왕자 전하의 측근 시녀님이 천민이나 쓸법한 말을 써서 되겠어요?"

"뭐라고?"

코코가 기막혀 하더니 율리아를 바라보았다. 율리아는 가만히 고개를 저으며 더 상대하지 말라는 의사를 전했다. 여기서 싸워봤자 빌미만 주게 될 것이다.

코코가 입꼬리를 한쪽만 올려 웃더니, 율리아의 손을 콱 움켜쥐고 세게 잡아끌었다.

"뭐래. 사과를 애한테 해야지, 왜 나한테 하는 거야."

혼잣말인데, 다 들리는 혼잣말이었다.

크리스틴의 얼굴이 설핏 굳었다. 먼저 사과함으로써 품위를 지키고자 했는데, 코코가 또 다른 곳에서 정곡을 찔러 버렸기 때문이었다.

"가자."

코코는 어찌할 바를 모르고 서 있는 크리스틴을 경멸하듯 쏘아보곤 율리아를 데리고 그 자리를 떠났다.

"여긴 여전히 기분 나쁘네. 가문의 힘이 자기 힘인 줄 알고 으스대는 멍청이들이 한가득해."

"안 오실 줄 알았어요."

율리아가 은근슬쩍 말을 꺼내자, 버럭 화를 내려던 코코가 얼굴을 찡그리더니 짧게 혀를 찼다.

"거봐. 내가 뭐랬니. 너 같은 애가 여기 따라와봤자, 가루가 되도록 까이고 울면서 돌아올 거라고 했잖아."

울면서 돌아가진 않았을 것 같지만, 율리아는 그냥 입을 다물고 고개만 끄덕였다.

이전 삶에서 만났던 코코는 이 시기의 자신을 '천하에 재수 없는 애'라고 표현했지만, 율리아가 보기엔 별로 그렇지 않았다. 코코는 언제나 약자에게 약했다. 약하고 불쌍한 애들이 핍박을 이겨내려고 애쓰는 모습을 보면 도와주지 않고는 못 배기는 성격이었다.

말투가 곱지 않아서 늘 오해를 받았으나 코코야말로 진짜 정의로운 사람이라고, 율리아는 생각했다.

"다 싸웠어?"

가까이 지내는 귀족들과 인사를 마친 레위시아 왕자가 율리아의 곁으로 돌아왔다. 그는 율리아 곁에 새침한 얼굴로 서 있는 코코를 보더니, 그럴 줄 알았다며 피식 웃었다.

"이제 발표할 거야. 어디…… 새해 첫 경연이 뭔지 볼까."

레위시아가 눈으로 웃었다. 그가 가리키는 곳을 보니 한 중년의 남자가 극장의 무대였던 경연장 중앙으로 걸어 나오고 있었다.

"부왕의 수행 비서 중 한 사람이야. 첫 경연의 심사관이기도 하고."

중앙에 선 국왕의 수행 비서가 누군가를 찾듯 시선을 굴렸다. 그는 1왕자의 곁에 나란히 서 있는 마조람 후작가의 남매를 확인한 뒤에야 첫 경연에 대해 발표했다.

"올해는 우리 오르테가 왕국과 바이칸 제국이 보호 동맹을 맺은 지 정확히 20년이 되는 해입니다. 여러분은 그를 기념하여 바이칸의 황제께 바칠 신년사를 써 오시기 바랍니다."

"허."

레위시아가 놀란 얼굴로 율리아를 돌아보았다.

"진짜네?"

율리아는 그냥 웃었다.

이후엔 각자의 공간으로 흩어져 신년사를 작성했다.

1왕자를 따라 반대편 방으로 들어가던 바실리가 끈질기게 율리아를 바라보았지만, 그녀는 단 한 번도 그와 시선을 마주치지 않았다.

율리아는 준비된 방으로 들어오자마자 왕자에게 양해를 구하고 의자에 앉아 거침없이 신년사를 써 내려갔다. 아무 고민 없이 마구 쓰는 것 같은 엄청난 속도에, 레위시아와 코코가 율리아의 어깨너머에 서서 테이블 위에 놓인 종이를 내려다보았다.

"하…… 하하."

레위시아가 기가 막힌다는 듯, 한숨과 함께 웃음을 흘렸다.

율리아가 쓴 신년사에는 격식과 재치가 있었다. 제국의 승리를 축하하고 황제의 마음이 평화에 기울었음을 재확인하면서도, 절대 비굴함을 내보이지 않았다. 단어 선택도 신통하기 그지없었다. 교묘하게 표현을 바꿔 가면서 오르테가는 바이칸 제국의 동맹국이지만 그게 주종 관계를 뜻하는 건 아니라는 걸 은연중에 드러냈다. 위엄 있고 당당하되, 공격적이지는 않았다.

마지막 문장까지 완벽하게 마치고 펜을 놓는 율리아에게 레위시아가 물었다.

"크리스틴 마조람은 어때?"

"네?"

"아카데미에서 1, 2등을 다투었다며. 문장 실력이 비슷하다는 뜻인가?"

율리아가 종이를 레위시아에게 내밀었다.

"아뇨."

"응?"

"크리스틴은 단 한 번도 저를 이긴 적이 없습니다, 전하."

그 말을 들은 레위시아와 코코의 얼굴에 약간의 놀라움이 번졌다. 그들은 크리스틴이 4년 동안 브레웨 수석을 차지해왔다는 걸 알고 있었다.

율리아의 말은, 그게 대리 시험의 결과이거나 혹은 그녀가 그동안 크리스틴에게 일부러 져줬다는 걸 뜻했다.

━ • • • ━

시간이 짧아 신년사를 제대로 완성한 사람은 많지 않았다. 국왕의 수행 비서는 경연장 중앙에 칸막이를 세워놓고, 그 위에 왕족과 귀족들이 제출한 신년사를 걸어놓았다.

경연에 참석한 모든 사람이 그걸 읽었다.

대부분은 비슷비슷했다. 황제의 업적을 찬양하고, 제국에 충의를 다하겠다는 내용이었다. 지극히 속국다운 충성 맹세이기도 했다.

그런데 유일하게 그렇지 않은 신년사가 하나 있었다.

레위시아 오르테가 2왕자의 것이었다.

젊은 귀족 중 몇몇이 그 앞에 서서 움직이질 않았다. 그들은 신년사를 몇 번이고 다시 읽어보더니 레위시아를 뚫어지게 바라보고, 이내 깊은 생각에 빠져들었다. 그들은 어느 파벌에도 속해 있지 않은 유력 가문의 후계자이거나, 혹은 자신의 능력이 뛰어나 이미 차세대 주역으로 꼽히는 자들이었다.

"레위시아 전하, 언제 식사 한번 하시죠."

"그럴까."

"전하의 궁이 그렇게 아름답다던데, 한 번도 방문한 적이 없네요. 언제 한번 초대해주시겠어요?"

"……그럴까."

그들은 오르테가 왕국을 사랑하는 젊은 혈기이며, 왕국이 제국으로부터 독립해서 우뚝 서기를 바라는 자들이기도 했다. 그러니 왕족 중에서 유일하게 비굴하게 굴지 않고 오르테가의 자존심을 지킨 레위시아에게 호감을 느끼는 것이다.

"바이칸에 보낼 신년사는 마조람의 것으로 하겠습니다."

국왕의 수행 비서는 율리아가 예상했던 대로 크리스틴이 쓰고 1왕자가 제출한 신년사를 골랐다. 어차피 승자가 정해진 싸움이었기에, 아쉬워하는 사람은 아무도 없었다.

시선이 느껴져 돌아보니, 크리스틴이 율리아를 바라보고 있었다.

자신이 쓴 신년사가 선택을 받았는데도 크리스틴은 조금도 기뻐 보이지 않았다. 앞으로 포섭해야 할 귀족들이 모두 레위시아 2왕자의 곁에 있었기 때문이었다.

크리스틴은 레위시아가 제출한 신년사가 율리아의 작품이라는 것을 알았다. 모를 수가 없었다. 지난 4년 동안 지겹도록 베껴야 했던 과제와 논문 속 율리아의 습관이 글에 고스란히 드러나 있었다. 지독한 열등감이 심장을 타고 독처럼 퍼져 나갔다. 머리는 뜨거운데 온몸이 차가웠다.

크리스틴은 할 수만 있다면 4년 전으로 돌아가고 싶었다. 졸업시험 전으로 돌아가고 싶었다. 그럼 이길 수 있을 것 같았다.

율리아는 그녀의 시선을 피하지 않았다.

'너는 이번에도 졌어.'

말하지 않아도 닿았을 것이다.

'왜, 또 이름 바꿔서 써줄까?'

율리아가 한쪽 입꼬리를 천천히 들어 올리자, 드레스 자락을 꽉 움켜쥔 크리스틴이 달리듯 경연장을 빠져나갔다.

그날 저녁, 기분이 좋아진 레위시아가 율리아에게 상을 주겠다고 말했다. 전속 하녀를 배정해주겠다는 것이었다. 하지만 율리아는 그 제안을 거절했다. 평민인 자신이 왕자궁에서 일하던 하녀까지 거느리게 되면 자칫 위화감을 조성할 수도 있다고 말했다.

"그럼 뭐가 갖고 싶은데?"

"보석이요."

괜찮으니 말만이라도 고맙다고 할 줄 알았는데, 레위시아가 얼떨떨해하며 고개를 끄덕였다.

"무슨 보석?"

"진주 장식 티아라요."

"구체적이네?"

"취향이에요."

왕자궁엔 보석이 많았다. 국왕의 애첩이 낳은 유일한 아들이다 보니, 다른 건 몰라도 돈과 보석은 넘쳐났다.

율리아는 레위시아가 상이라며 던져준 값비싼 진주 장식 티아라를 들고, 곧장 코코의 방으로 갔다.

"뭐야?"

코코는 드레스보다 더 화려한 잠옷을 입고 잘 준비를 하고 있었다. 율리아가 문 앞에 서서 웬 조그만 상자를 내밀자, 코코가 받지는 않고 멀뚱히 서서 그게 뭐냐는 눈을 했다.

"사례예요."

"무슨 사례?"

"아까 별안간 나타나서 절 구해줬잖아요. 해코지당할까 걱정돼서 따라와줬고요. 첫날엔 궁내부 관리들도 혼내줬고."

"야, 너 착각하지 마. 네가 어디 가서 얻어터지고 오면 전하의 명예에 상처가 나니까 짜증 나서 간 거야. 이게 뭐…… 네가 뭐라고, 내가 왜 널 구해줘?"

"그냥 받아주세요. 어차피 저한테는 안 어울리는 거니까."

"싫어. 내가 왜 가난한 평민한테 선물을 받니?"

"안 받으면 버릴 거예요."

율리아는 이상한 애였다. 코코가 아무리 뾰족하게 굴어도 기분 나빠하긴커녕 대수롭지 않게 받아넘겼다. 오히려 코코가 막말을 할 때마다 자꾸 웃음을 흘리는 게, 꼭 그래 주기를 바라는 것 같기도 했다.

"진짜 버릴 거예요."

허락하지도 않았는데 성큼성큼 걸어 코코의 방에 들어온 율리아가 벽난로 앞에 서서 팔을 내밀었다. 그녀의 손에 들려 있는 조그만 상자가 불 위에서 아슬아슬하게 흔들렸다.

"왜 버려, 그걸!"

"코코가 안 받아주면……."

"아!"

코코가 잠옷을 휘날리며 달려와 상자를 낚아챘다. 그 바람에 뚜껑이 열리며 그 안에 있던 진주 장식 티아라가 밖으로 튀어나왔다. 코코는 그걸 두 손으로 받쳐 들고 홀린 듯이 바라보았다.

율리아가 웃으며 속삭였다.

"좋아하잖아요, 진주."

왕궁 사람들은 코코가 없는 곳에서 그녀를 악마 시녀라고 부르곤 했다. 그래서 코코는 율리아가 자신 때문에 상처 받을까 봐 걱정했다. 하지만 율리아가 보기에 그녀는 달라진 게 거의 없었다.

　"코코한테 어떻게 접근해요?"

　"그냥 불쌍한 척해. 아니다. 불쌍한 척은 더 안 해도 되겠다. 고아에 평민에, 귀족 놈한테 버림받아서 죽었다 살아나기까지 했으면…… 이미 충분해. 왕궁 어디에서나 평민이라고 시비 걸리고 구박받을 텐데, 난 아마 네가 안쓰럽고 신경이 쓰여서 어쩔 줄을 모를 거야."

　"하여간 오지랖은……."

　"네가 왕궁에서 모두의 구박데기가 되면 어떡하나 걱정돼서 아예 내 선에서 쫓아내려고 할 수도 있어."

　"그거 병이에요."

　"야, 나도 알아! 그래도 일단 견뎌. 그리고 왕자님이 상을 준다고 하거든, 진주 장식 티아라를 달라고 해."

　"왜 하필…… 그게 그렇게 갖고 싶었어요?"

　"그게 아니라! 너처럼 불쌍한 애가 그 값비싼 걸 나한테 선물하면 내가 얼마나 빚진 기분이 들겠어! 어떻게든 열 배로 보상하려 하겠지! 그걸 노리란 말이야."

　"갖고 싶었으면서."

　"그야 이왕이면 좋아하는 걸 받아야지. 다음 생엔 너 때문에

137

내 운명이 뒤집힐 텐데."

그건 나만 기억하는 다음 삶이 될 거라고, 코코는 아무것도 모른 채 이용만 당하는 거라고 말해도 소용없었다. 그러면 좀 어떠냐고, 쓸모가 있으면 써먹으라며 웃기도 했다.

삶을 거듭하면서 만났던 수많은 이들 중 유일하게 '내 편'이라는 말을 주저 없이 쓸 수 있었던 사람.

"이거 되게 건방진 소리로 들릴 수도 있는데…… 있잖아. 내가 너처럼 계속 다시 살고 있다면, 아마 나는 우리가 친구가 되었다는 사실만으로도 이번 삶은 실패하지 않았다고 생각했을 거야. 아, 닭살 돋으니까 새겨듣진 마! 그냥…… 너도 그랬으면 좋겠다고."

나도 그랬어요.

만약 이번에도 죽어서 다시 또 살게 된다면, 그때는 당신의 친구로만 살다가 죽어도 후회하지 않을 것 같아.

율리아는 망설이는 코코의 손에서 티아라를 빼앗아 들고, 그녀의 머리에 직접 씌워주었다.

4
사랑놀이인지 소꿉놀이인지

율리아와 카루스가 헤어진 지도 일주일이 지났다.

남부의 태양이 강렬하게 내리쬐는 오후, 카루스와 그의 부하들은 어떤 배에 올라 있었다. 망망대해, 위용을 과시하듯 느리게 움직이는 군함 위에 백여 명에 이르는 병사들이 무릎을 꿇은 채 고개를 숙였다. 누가 재채기만 해도 칼이 날아올 것 같은 긴장감이 갑판을 지배하고 있었다. 병사들은 식은땀을 흘리며 제발 이 시간이 빨리 지나가기만을 빌었다.

"위대한 바이칸의 해군이."

뚜벅뚜벅. 묵직한 부츠가 갑판을 두드리듯 거칠게 밟았다. 가죽 갑옷 위에 검은 망토를 걸친 카루스가 빠르게 걸었다.

"해적 놈들의 심부름꾼이 되었다는 소문을 들었다."

그의 웃음기 없는 목소리에 병사들의 심장이 한없이 졸아들었다.

왜 하필이면 카루스 란케아인가. 왜 하필이면 무혈 제독이냔 말이다. 저 피도 눈물도 없는 남자는 선상 반란이 일어났을 경우, 그에 가담한 자를 자비 없이 바닷물에 처넣기로 유명했다.

그리고 해군과 해적의 내통은 선상 반란에 필적하는 죄였다.

"배 위에선 모자 쓴 놈이 왕이 된다는 말이 있었지."

배 위에선 법이나 제도보다 선장의 명령이 우선이라는 말이었다.

하지만 그건 바이칸의 해군에게는 통하지 않았다.

"너희 선장은 죽었다."

카루스가 들고 있던 함장의 모자를 병사들 앞에 툭 떨어뜨렸다. 끈적끈적한 핏물로 축축해진 모자였다. 그걸 바라보던 병사들이 흠칫 몸을 떨었다.

"이제부터 내 부하들이 너희를 두 부류로 나눌 것이다. 지금 죽여야 할 놈과 나중에 죽여야 할 놈으로."

카루스가 갑판 중앙에 놓인 의자에 다리를 꼬고 앉았다. 그의 곁에 선 바바슬로프가 칼에 묻은 피를 툭툭 털어내고 있었다.

"그러니 증명해라. 쓸모가 있는 놈은 살릴 것이고, 그렇지 않은 놈은 모두 남부 해안의 물고기 밥이 되겠지."

그렇게 말하던 카루스가 갑자기 미간을 모았다. 율리아가 떠올랐기 때문이었다.

남부 해안의 물고기 밥이라니.

율리아가 했던 말을 자기도 모르게 따라 한 그는 쯧, 혀를 찬 뒤에 바바슬로프에게 말했다.

"샅샅이 뒤져라. 증거를 찾으면 내게 가져오고, 없으면 만들어서라도 가져와."

"없는데 어떻게 가져옵니까?"

"이놈들을 하나씩 바다에 던지다 보면 나오겠지."

"아……. 율리아가 여기 있었어야 했는데."

바바슬로프가 혼잣말하듯 중얼거렸다. 카루스가 그게 무슨 소리냐는 얼굴로 쳐다보자, 입술을 부루퉁하게 내밀고 투덜거렸다.

"그렇잖아요. 그 똘똘한 애가 여기 있었으면 우리한테 이것저것 알려줬을 거고……."

"그 정체 모를 여자가 하는 말을 다 믿고 따르겠다는 거냐?"

"아니, 우리 율리아가 언제 또 정체 모를 여자가 됐대……."

"바바슬로프, 네놈의 상관은 도대체 누구냐."

"그야 카루스 님입니다."

"그 여자가 그렇게 그리우면 오르테가 왕궁으로 들어가. 거기서 굽신거리며 시종 노릇이나 하면서 살면 되겠군."

아주 잘 어울릴 거라고, 카루스가 비웃었다. 투덜거리면서도 그의 눈치를 살피던 바바슬로프가 슬그머니 다가와 작은 소리로 물었다.

"그래도 임무 마치고 나면 가는 길에 한번 들르실 거죠? 우리 생명의 은인인데, 왕궁에서 잘 먹고 잘살고 있는지 확인은 해야 할 것 아닙니까. 예?"

"닥쳐."

때마침 덩치 큰 기사가 죽은 함장의 시체를 짊어지고 나타나 바다에 집어 던졌다. 갑판에 풍덩 소리가 살벌하게 울려 퍼지자, 병사들이 너도나도 입을 열고 소리를 질렀다.

"살려주십시오! 제독님, 제발!"

"저희는 그냥 시키는 대로 한 죄밖에 없습니다. 돈을 챙긴 건 함장이에요! 정말입니다!"

비명과 애원, 온갖 변명이 쏟아졌다. 간혹 쓸만한 정보를 내뱉는 놈이 있으면 카루스의 부하들이 데려와 따로 분류했다.

"다음엔 남부 함대 사령관의 배를 직접 친다."

카루스가 말했다. 군함을 하나씩 치는 건 시간이 너무 오래 걸렸다. 그사이에 사령관이 증거를 인멸하고 도주할 우려도 있었다.

"카루스 님, 함장실에 증거가 될만한 건 아무것도 없었습니다. 바닥에 감춰둔 금고까지 모두 뒤졌지만…… 금화와 어음 몇 장이 전부인데, 상인연합에서 발행한 거라 추적이 어려울듯합니다."

"그래, 이렇게 쉽게 찾을 수 있을 거라곤 생각 안 했어."

카루스가 중얼거렸다.

그냥 다 죽여버릴까. 그의 분위기가 스산하게 가라앉자, 잡혀 있던 병사들의 발악이 거세졌다.

"저, 저는 해적들의 항로를 모두 외웠습니다. 남부에서 제일 오래된 항로라 아는 사람이 많지 않을 겁니다!"

"해적들이 제 얼굴을 압니다! 놈들에게 접근하기 위해선 제가 꼭 필요하실 겁니다!"

"사령관이 오르테가에 둔 애인이 누군지 압니다!"

무관심해 보였던 카루스가 그제야 고개를 돌렸다. 그러곤 마지막에 소리친 병사를 향해 손가락을 까딱거렸다.

"데려와."

카루스가 기억하기로 남부 함대 사령관은 바이칸 제국에서 아주 영향력이 센 여성의 남편이었다. 그런 그가 오르테가에 따로 애인을 두고 있다면, 알아둬서 나쁠 게 없었다.

"나머지도."

해적들이 쓰는 항로를 안다는 병사와 해적들과 자주 어울렸다는 병사도 함께 끌려 나왔다.

그때 함장실을 뒤지던 부하들이 금고에서 찾은 나무 상자를 끌어다 카루스 앞에 내려놓았다. 그 안엔 번쩍거리는 금화가 가득 들어 있었다.

"해적의 금화로군."

"해적에게서 압수한 거라고 우기겠죠. 어떻게 하실 겁니까?"

글쎄. 이걸 어떻게 할까.

금화를 손에 쥔 카루스가 멀리 있는 육지를 바라보았다. 정확히는 오르테가 왕궁이 있는 방향이었다.

카루스 란케아가 바다 위에서 제국을 배신한 해군을 벌하고 있을 때, 왕궁에서 마조람 저택으로 돌아온 바실리는 깊은 고민에 빠져 있었다. 그는 요즘 잠을 제대로 이루지 못해 몹시 피곤했다. 율리아와 티타니아 산맥 갈림길에서 만나기로 했던 날부터 지금까지 계속 지독한 불면증에 시달렸다.

'율리아.'

감금되어 있었다던 변명은 반쯤은 진짜였다. 후작의 명령을 받은 집사가 병사를 시켜 그를 감시케 했다. 그래서 율리아에게 달려갈 수 없었다. 묶여 있다거나 문이 잠긴 건 아니었지만, 나가지 못하게 지키는 사람이 있었으니까 감금이었다. 심지어 처음엔 집사가 하이에나를 고용한 줄도 몰랐다.

'알았다면 구하러 갔을 텐데.'

율리아가 어떻게 살아 돌아왔는지는 몰랐다. 하지만 그녀가 무사해서 얼마나 기뻤는지 모른다. 가문을 버리고 도망가려던 건 좋은 생각이 아니었다. 차라리 여기 남아서 율리아를 받아들이게끔 부모님을 설득하는 편이 좋으리라.

'도대체 어떻게 된 거지.'

그런데 돌아온 율리아가 바실리를 거부했다. 꼭 다른 사람이 된 것처럼, 차갑고 무감정한 눈으로 그를 보았다. 밀어내는 것으로도 모자라, 그를 모욕하고 멸시했다.

그녀는 꼭 다른 사람이 된 것 같았다.

"집사는 어디 있지?"

바실리가 지나가던 하녀를 붙잡고 물었다. 하녀는 집사가 뒤뜰에 있다고 알려주었다. 최근 뒤뜰 조경에 질린 후작 부인이 꽃의 종류를 바꾸라고 명령했기 때문이었다.

"내 방으로 오라고 해라."

"네, 도련님."

방에서 집사를 기다리는 동안에도 바실리는 율리아를 생각했다. 그는 정말로 그녀를 이해할 수 없었다. 아무리 화가 났다고 해도 어떻게 레위시아 2왕자의 시녀가 될 수 있단 말인가. 하물며 그 많은 사람 앞에서 크리스틴을 망신 주기까지 했다.

바실리는 제 부모님이 크리스틴을 얼마나 끔찍하게 아끼는지 잘 알고 있었다. 그래서 후작 부부가 이번 일로 율리아를 용서치 않으리란 것도 알았다.

"도련님, 부르셨습니까."

"율리아에게 하이에나를 보낼 때 뭐라고 했는지 말해."

"예?"

"집사가 율리아를 처리하기 위해 하이에나를 고용했잖아. 뭐라고 명령했는지 말해보라고."

바실리가 분노를 꾹꾹 눌러 담아 말했다. 집사가 그의 연인인 율리아를 죽이려 했다는 것에도 화가 났지만, 아버지가 집사를 건드리지 말라고 명령했기 때문에 더 화가 났다.

"도련님의 마음을 어지럽힌 여자를 멀리 치우라고 말했을 뿐입니다. 기분 나쁘셨다면 죄송합니다."

집사는 공손했다. 그리고 뻔뻔했다. 잘못한 것도 없으면서 사과한다는 투였다. 바실리는 그것조차 마음에 들지 않았다.

"내가 하이에나를 불러서 확인을 해봐야 제대로 말할 건가?"

"도련님, 그들은 결국 실패했습니다. 이제 와 도대체 왜 이러시는지……."

집사는 바실리에게 곧이곧대로 말할 생각이 없었다. 그 명령은 사실 후작의 입에서 나온 것이기 때문이었다. 바실리가 후작가의 귀한 도련님이긴 하지만, 집사에겐 후작의 명령이 우선이었다.

"집사, 내가 기어이 하이에나를 만나봐야겠어? 만약 집사가 진짜…… 그렇게 말했다면, 나는 너를 고발할 거야."

"바실리 도련님!"

"하이에나도 다 고발할 거야. 형장에 나란히 세워놓으면 누구라도 입을 열겠지."

"이러지 마십시오. 전부 도련님을 위해 한 일들입니다! 잘 아시지 않습니까. 보십시오. 그 요사스러운 계집이 결국 무슨 짓을 저질렀습니까? 도련님과 아가씨께 감히 배은망덕하게……."

"뭐라고 했는지만 말해. 그러면 더 문제 삼지 않을 테니까."

"잊어버렸습니다."

"살인 교사로 감옥에 가고 싶은가 보군."

집사가 그제야 초조한 기색을 보이기 시작했다. 바실리보다 후작이 우선이기는 해도, 이대로 고발당하지 않으리란 법도 없었다.

집사가 보기에 바실리는 진심으로 율리아를 사랑하고 있었다.

"솔직하게 말해줘. 나는 그냥 사실을 확인하려는 것뿐이야."

"……얼굴을 망가뜨려 머리를 잘라오라고 했습니다."

집사가 사실대로 털어놓자, 바실리의 표정이 무너졌다. 비틀거리던 그가 의자에 털썩 앉았다. 그러곤 두 손으로 머리를 감싸 쥐고 중얼거렸다.

"어떻게 그럴 수가."

"잊으십시오. 율리아 아르테는 도련님 인생에 오점이 될 여자입니다. 고작 여자 하나 때문에 가문의 이름에 먹칠하실 셈입니까? 물론제가 잔인한 짓을 했다는 건 압니다. 하지만 그렇게 하지 않으면 도련님께서……!"

"시끄러워!"

벌떡 일어난 바실리가 집사에게 주먹을 휘둘렀다. 싸움 같은 건 해본 적 없는 도련님이었기에, 그가 휘두른 주먹은 그다지 위력적이지 않았다. 하지만 집사는 피하지 않고 그의 주먹을 맞아 주었다. 쓰러진 집사의 입술에 피가 맺혔다.

"후회할 게 분명한 일은 만들지 마세요. 저는 당신이 후작님의 뒤를 이어 마조람의 가주가 되기를 바랍니다. 그러니까 이 일은 여기서 묻으세요. 소꿉놀이는 어린 시절에 끝내는 겁니다."

그러니까 그 여자도 금방 잊을 수 있을 거라고, 차라리 유흥가로 나가 돈을 주고 여자를 사라고, 집사는 그렇게 말하며 일어섰다. 멀리서 후작의 마차가 저택으로 들어오는 모습이 보였다. 바실리의 시선이 마차를 따라 움직였다.

문득 율리아가 했던 말이 떠올랐다.

너는 나를 사랑하는 게 아니라, 사랑한다고 착각하고 있는 거라고. 궁핍했던 그녀에게 푼돈을 베풀며 우월감에 취한 나머지 자기 자신을 신처럼 여기고 있을 뿐이라고.

허탈한 웃음이 새어 나왔다. 바실리는 그럴 리가 없다고 생각했다. 만약 율리아의 말이 사실이라면, 레위시아 왕자가 그녀의 손을 잡는 걸 보며 이토록 뜨거운 질투에 사로잡히지는 않았을 테니까.

"집사."

"네, 도련님."

"당장 부모님께 가서 말씀드려. 난 공주와 결혼하지 않을 거라고."

바실리가 선언하듯 말했다.

◆━ •◆• ━◆

새해 첫 경연에서 레위시아 왕자가 인상적인 활약을 보인 뒤, 두 명의 젊은 귀족이 그의 궁에 방문 요청을 했다. 파벌이 없는 유력 가문의 후계자와 가진 능력이 뛰어나서 누구에게도 잘 보일 필요가 없는 자들이었다.

"신통방통해."

늦은 아침을 먹던 레위시아가 손가락으로는 율리아를 가리키고,

눈으로는 코코를 바라보며 말했다. 코코가 흥, 코웃음을 치더니 식탁에 놓인 스테이크를 조각조각 잘라 먹었다.

율리아는 조금 떨어진 자리에서 그런 두 사람을 보며 차를 마셨다.

"말해봐. 바실리 마조람은 구제 불능의 멍청이인가? 어떻게 너 같은 여자를 놓칠 수가 있어? 뭐…… 나처럼 치명적인 매력이 있는 건 아니지만, 네 얼굴도 그 정도면 나쁘지 않잖아. 게다가 이렇게 신통방통한데."

율리아가 애매하게 웃었다. 뭐라고 대답해야 할지 모르겠다는 얼굴이라, 레위시아가 시원스레 대신 말해주었다.

"대답할 필요 없어. 그냥 바실리를 욕하고 싶었을 뿐이니까."

"네, 전하."

"그래도 이건 좀 궁금한데. 그 신년사는 미리 생각해둔 거야? 밤새 써서 외웠어?"

"아뇨."

"그럼 그 자리에서 즉흥적으로 썼어? 말도 안 돼. 내가 봤을 땐 네가 부왕의 문장가보다도 더 잘 쓰는 것 같았는데?"

율리아가 또 애매하게 웃었다. 그러자 이번에는 코코가 레위시아를 대신해서 말했다.

"대답할 필요 없어. 저걸 인정하면 네가 국왕 전하의 문장가보다 글을 잘 쓴다고 잘난 척하는 거고, 아니라고 겸손 떨면 그건 그것대로 왕자 전하의 안목이 틀렸다고 말하는 것이니까."

"세상에, 코코."

레위시아가 포크로 코코를 가리키며 짐짓 엄한 얼굴을 했다.

"난 내 시녀를 칭찬하지도 못해?"

"네, 하지 마세요."

"왜?"

"놀리려고 그러는 거잖아요."

정곡을 찔린 레위시아가 입맛이 떨어졌다며 포크를 내려놓았다. 코코가 그를 한심하다는 얼굴로 쏘아보았다.

율리아는 그런 두 사람의 모습을 관찰하다가 조용히 말했다.

"문장에 익숙한 건 마조람 후작 덕분이에요."

"그게 무슨 소리야?"

"아카데미에 다니는 동안, 후원금을 받는 대가로 대필을 했어요. 후작 가문 정도 되면 별로 중요하지 않은 서신에도 답을 해야 할 일이 많으니까요. 주로 후작 부인과 크리스틴 마조람의 사교용 초대장과 원로들에게 보내는 정기적인 안부 편지를 썼어요."

코코와 레위시아가 동시에 입을 떡 벌렸다가, 동시에 욕을 했다. 율리아는 살짝 웃으며 다시 말했다.

"나중에는 왕족께 보내는 의무적인 안부 서신도 대신 쓰게 시키더라고요."

"뭐야? 그럼 내가 지금까지 받아온 마조람 후작가에서 보낸 연하장이 전부 네가 쓴 거였단 말이야?"

"아마도요."

"……읽어볼걸."

레위시아가 중얼거린 말에 율리아가 가볍게 웃음을 터뜨리고 말았다.

"안 읽으셨어요?"

"읽긴 뭘 읽어. 전부 박박 찢어서 불태워버렸을걸. 마조람이 묻었다면서 손 씻고 후추도 뿌렸겠지. 재수 옴 붙었다고."

코코가 비아냥거리자 레위시아가 그 정도는 아니었다며 주섬주섬 변명을 주워 삼켰다. 그러더니 포도주를 물 마시듯 벌컥벌컥 마시다가 갑자기 눈을 크게 뜨고 벌떡 일어났다.

"코코!"

"왜요."

"너 그거 어디서 났어?"

무슨 소리지. 율리아와 코코가 동시에 레위시아를 바라보았다. 그가 뭔가를 손가락으로 가리키고 있었다. 자세히 보니, 코코의 머리에서 반짝거리며 비싼 자태를 뽐내고 있는 진주 장식 티아라였다.

"그거 내가 어제 율리아 준 건데, 너 그거 어디서 났어? 설마 뺏었어? 아무리 선배 시녀가 후배 잡는 건 왕궁 불문율이라고 하지만 ······ 어떻게 내 궁에서 텃세를 부릴 수가 있어? 코델리아 힌치, 그렇게 안 봤는데."

"뭐라고 하시는 거예요, 진짜."

코코가 왈칵 신경질을 냈다.

"뺏긴 누가 뺏어요. 율리아가 나한테 고맙다고 준 거예요."

"뺏은 게 아니고?"

"왕자님은 나랑 그렇게 오랜 시간을 함께 지냈으면서 아직도 날 몰라요? 내가 이깟 머리 장식 하나 돈 주고 못 살 사람이에요? 그리고, 괴롭힐 생각이었으면 첫날 바로 쫓아냈을 거예요. 내가 그 정도도 못할 사람으로 보여요?"

말다툼으로 번지기 일보 직전이었다. 코코의 목소리가 점점 높아지고 있었다. 율리아는 이쯤에서 두 사람을 말려야 하나 고민하기 시작했다. 그런데 레위시아가 만족스럽게 웃으며 말했다.

"역시 코코는 놀리는 맛이 있다니까."

"뭐……."

레위시아는 눈웃음까지 치면서 기분 좋게 웃고 있는데, 코코의 얼굴은 싸늘하게 굳어만 갔다.

이러다 그녀가 진짜로 화를 낼 것 같았는지, 레위시아가 서둘러 자리에서 일어나더니 율리아에게 말했다.

"오늘 손님이 있다고 했지? 경연장에서 만났던 두 사람."

"네, 전하. 가볍게 차를 마시는 자리일 거예요. 저희는 가까이에서 대기하고 있겠습니다."

"그래, 필요하면 부를게."

레위시아가 냅킨으로 입을 닦고 몸을 돌렸다. 그런 그의 뒤통수에 대고 코코가 짜증 섞인 목소리로 말했다.

"너무 멋 부린 차림새는 안 돼요. 적당히 차려입되 편안해 보여야 하니까, 재킷과 스카프는 빼고 조끼를 걸치세요. 그 치렁치렁한 긴 머리도 좀 묶고요. 담배를 권하거든 시녀들이 잔소리해서 끊었다고 하시고, 고급 포도주를 대접하세요."

"알았어, 코코 엄마."

"전하!"

레위시아가 하하 큰 소리로 웃으며 식당을 떠났다.

율리아는 코코가 한 손으로 이마를 짚으며 입술로 욕하는 모습을 가만히 지켜보았다.

"두 분 사이가 좋아 보여요."

"너 미쳤니?"

코코는 진심으로 기분 나빠 보였다.

율리아는 시녀가 모시는 왕족과 사이가 좋아 보인다는 말이 그렇게 기분 나쁠 일인가 싶었지만, 코코가 레위시아 왕자를 말 안 듣는 남동생처럼 여기고 있다는 걸 알기에 그냥 입을 다물었다.

첫 경연 이후 열흘이 지났다. 오르테가의 국왕은 크리스틴이 쓰고 1왕자가 제출한 신년사를 몇 개의 공물과 함께 제국으로 보냈다.

율리아는 2왕자궁에서의 생활에 금세 익숙해졌다. 하녀들은 이제 복도에서 율리아와 마주쳐도 당황하지 않았고, 그녀의 겸손한 태도에 미소를 돌려주기도 했다.

곧 새해맞이 연회가 열릴 예정이었다. 매년 봄에 왕비의 주최로 열리는 이 행사는 오르테가 왕국의 주력 귀족들이 모두 참석하는 아주 큰 연회였다.

레위시아와 코코는 그 연회에 파트너로 누굴 데려가야 할지 고민 중이었다. 율리아는 평민이라 어차피 초대받지 못할 것이기에, 그런 두 사람을 느긋하게 구경했다.

'모든 일에는 순서가 있어.'

생각이 많았다. 왕궁 안에서 그녀가 목표로 했던 것들을 이루려면 조급하게 굴어선 안 되었다. 지금은 주연 배우들이 각자 배역에 몰입하도록 한걸음 떨어진 곳에서 유도하는 게 중요했다. 아직은 시간이 좀 더 필요했다. 기다리는 건 지루하지만, 그리 오래 걸리지 않을 걸 알기에 참을 수 있었다.

늦은 저녁이었다.

커다란 상점 마차가 왕자궁 앞에 나타났다. 드레스 상자를 싣고 왔던 그 마차였다. 율리아에게 유독 친절한 시종이 재빨리 그녀에게 달려와 소식을 알렸다.

"율리아 시녀님! 주문하신 물건이 도착했다고 합니다."

율리아가 미묘하게 굳은 얼굴로 밖으로 걸어 나왔다. 반가우면서도 의심스러웠다.

"안녕하십니까, 율리아 시녀님. 주문하신 물건입니다. 상자가 무척 무거운데 안으로 들어다 드릴까요?"

마차에서 내린 자는 공손한 태도로 율리아를 대했다. 실제로 상자가 굉장히 묵직했기에, 시종이 그러겠느냐며 율리아를 바라보았다.

"네, 그러는 게 좋겠어요. 부탁합니다."

"예, 그럼 안내해주십시오."

네 명이나 되는 일꾼이 하나의 상자를 함께 들었다. 그들은 시종의 안내를 받아 율리아의 방으로 상자를 가져다주었다.

"여기 서명해주시면 됩니다."

처음 마차에서 내렸던 남자가 율리아에게 다가와 주문서를 내밀었다. 그녀는 차분한 태도로 종이를 훑어보다가 문 앞에 서 있는 시종에게 말했다.

"그만 가보셔도 돼요. 알려주셔서 고마워요."

"예, 시녀님. 필요한 일이 있으면 부르세요."

시종이 별 의심 없이 물러가고, 상자를 들고 왔던 일꾼들도 모두 마차로 돌아가기 위해 방 밖으로 나갔다.

안엔 율리아와 주문서를 들고 온 남자만 남아 있었다.

"당신이 맥스웰인가요?"

율리아가 물었다.

더벅머리 때문에 눈매가 가려져 인상을 알기 어려웠다. 지극히 평범하면서도 어딘가 모르게 위험한 느낌이 드는 남자였다.

"어떻게 아셨습니까?"

맥스웰이 어깨를 으쓱하자, 율리아가 주문서라며 받은 종이를 들어 올렸다. 거기엔 아무것도 적혀 있지 않았다.

"직접 올 줄은 몰랐는데, 무슨 일인지 물어봐도 되나요?"

"음…… 일단 상자부터."

맥스웰이 씩 웃더니 방 한쪽에 놓아둔 상자의 뚜껑을 열었다.

"……아."

율리아가 저도 모르게 작은 감탄사를 내뱉었다. 그녀의 눈동자에 놀람과 경탄의 빛이 어렸다. 상자 속엔 번쩍거리는 금화가 가득 들어 있었다.

"우리 후원자님이 보내시는 겁니다. 일을 도모할 때는 현찰이 필요한 법이라면서. 아, 물론 공짜는 아닙니다? 대가로 뭘 좀 물어보고 오라고 하셨거든요."

"뭐죠?"

"결정적인 증거를 찾으려면 어디로 가야 하느냐고, 그렇게 물으셨습니다."

살짝 커졌던 율리아의 눈동자가 다시 차분하게 가라앉았다. 그녀는 금화로 가득 찬 상자를 바라보며 깊은 생각에 빠졌다.

카루스가 증거를 찾고 있다.

'그가 사실을 확인했구나.'

카루스에게 사실을 알려주는 건 어렵지 않은 일이었다. 그가 찾는 진짜 증거는 마조람 후작이 가지고 있는 장부였다.

해군과 해적은 돈세탁 장부 같은 위험한 증거를 남기지 않았다. 하지만 귀족인 마조람 후작은 언제 어디서, 누구에게 배신당할지 모르기에 반드시 꼼꼼하게 장부를 기록해두고 아무도 찾을 수 없는 곳에 감춰두었다.

율리아가 생각에 빠져 있는 동안 맥스웰은 집요한 시선으로 그녀를 관찰했다. 숨소리와 눈썹의 움직임, 표정 변화 하나까지 놓치지 않겠다는 태도였다.

생각을 마친 율리아가 말했다.

"장부는 찾을 수 없어요."

"흠?"

"전쟁이라도 벌이지 않는 이상 지금 당장은 어려워요. 그러니까 차선을 택하라고 하세요."

"제가 뭐라고 전하면 되겠습니까?"

"사령관의 신병을 먼저 확보하고, 그동안 그가 모아둔 비자금을 압수하라고 하세요. 돈은 애인의 집에 숨겨뒀을 거예요."

율리아는 맥스웰에게 남부 함대 사령관의 애인이 누구인지, 그녀가 어디에 사는지까지 모두 알려주었다.

더벅머리 아래 맥스웰의 눈동자가 번쩍번쩍 빛났다.

"그게 결정적인 증거가 되겠습니까? 아직 모르시는 모양인데……우리 후원자님도 그렇고, 그분이 섬기는 분도 철두철미하기가 이루 말할 수 없어서."

바이칸의 황제가 어떤 사람인지는 율리아도 잘 알고 있었다.

"그걸로도 충분할 거라고 전하세요. 결과를 받아보면 알게 될 거예요."

카루스가 원하는 건 해군과 해적, 돈세탁에 손을 보탠 오르테가의 귀족들까지 모두 엮어 넣을 수 있는 물적 증거일 것이다.

하지만 황제가 진짜 원하는 건 따로 있었다. 율리아는 카루스가 그 사실을 빨리 깨닫길 바랐다.

━━◆•◆━━

왕자궁을 떠난 맥스웰은 그 길로 항구까지 달려갔다. 그곳엔 카루스와 바바슬로프가 그를 기다리고 있었다. 맥스웰은 율리아의 말을 그대로 전했고, 카루스는 그저 기가 막혀 웃음을 터뜨리고 말았다. 그가 바다 위에서 군함 한 척을 쓰러뜨리고 병사들을 처형하면서 얻었던 것보다 더 정확한 정보가 율리아에게 있었다.

"가자."

"어디로요?"

"맥스웰은 그 애인이라는 여자를 확보하고, 나머지는 나와 함께 사령관을 잡으러 간다."

카루스가 망토를 둘러쓴 채 먼저 말에 올랐다. 그의 시선이 또 한 번 오르테가 왕궁이 있는 방향으로 향했다.

율리아 아르테.

어둠 속에서 마주하면 색을 구별하기 어려울 만큼 짙었던 녹색 눈동자. 그 눈이 떠올랐다.

아홉 번째를 살고 있다던 그녀의 말도.

바실리가 정식으로 방문 요청을 했다. 놀란 레위시아가 율리아를 바라보았다. 코코도 율리아를 바라보았다. 그 소식을 전하러 온 시종도 율리아를 바라보았다.

"왜…… 다들 저를 보세요."

"그럼 누굴 봐."

"정식으로 방문을 요청했다잖아요. 전하께 용건이 있을 수도 있는 거고."

"네가 지난번에 예의와 절차를 모두 밟아서 오라고 경고했잖아. 안 그러면 왕족의 측근 시녀인 너를 우습게 여기는 거라며."

레위시아가 지적하자, 율리아가 할 수 없이 고개를 끄덕였다. 그의 말이 옳았다. 바실리가 용건을 가지고 찾아올 사람은 이 궁에 그녀뿐이었다.

"언제 온다고 하던가요?"

"벌써 궁 앞에 와서 기다리고 있습니다."

"예의가 반만 있었군."

레위시아가 비웃음을 가득 담아 말했다. 코코도 동감한다며 욕설을 내뱉었다.

"야, 밖에서 단둘이 만나지 말고 안으로 들어오라고 해."

코코가 경고했다.

"바실리가 지금은 너한테 엎드려 빌고 있어도 궁지에 몰리면 이빨을 보이기 마련이야. 우리가 가까이에 있어야 해코지할 생각을 안 하지. 궁 안에서 만나."

율리아는 그녀의 말대로 했다. 바실리에게 궁 안으로 들어오라고 한 뒤, 응접실 하나를 빌려 그 안에서 그를 만났다. 바실리는 며칠 새 얼굴이 많이 상해 있었다. 하지만 그를 바라보는 율리아의 시선에선 동정심 한 자락조차 찾아볼 수 없었다. 차를 가져온 하녀가 도망치듯 응접실을 떠난 뒤에야 바실리는 어렵게 말을 꺼냈다.

"집사에게 들었어. 그가 정말로 네게 그런 잔인한 짓을 저질렀다고 …… 그래, 들었어. 집사를 벌하고 싶은데, 아버지가 막고 계셔서 그럴 수가 없어."

또 변명이었다. 지긋지긋했다. 왜 여기까지 와서 자꾸 이런 변명을 늘어놓느냐고 쏘아붙이고 싶었지만, 율리아는 그냥 가만히 서 있는 쪽을 택했다. 대신 신중한 태도로 그를 관찰하기 시작했다.

"미안해. 내가 할 수 있는 일은 다 할게. 공주와는 결혼하지 않을 거고, 너를 왕궁에서 꺼내줄 거야. 율리아, 그러니까 조금만 기다려줄래?"

뭔가 이상한 느낌이 들었다. 과거의 바실리는 율리아를 달래기 위해 온갖 변명을 늘어놓긴 했어도 가문을 배신하거나 후작의 명령을 거부하는 짓은 하지 못했다.

그런데 이번 생의 바실리는 조금 달랐다. 그는 꼭 쫓기는 사람처럼 보였다. 율리아가 제 손아귀에서 빠져나가는 게 두려워 불안해하는 것 같기도 했다.

왕궁에 들어왔기 때문일까. 아니면 레위시아 왕자의 손을 잡았기 때문인가. 그것도 아니면 자신도 모르는 무언가가 바실리에게 어떤 영향을 주었나.

율리아는 이번 생에서 자신의 행동을 빠르게 반추해보았다.

"율리아, 듣고 있어? 아버지께 말씀드렸어. 공주와는 결혼하지 않겠다고."

바실리는 그걸 자신의 최선이라고 생각했다. 그에게 후작인 아버지를 거역한다는 건 굉장한 용기가 필요한 일이었기 때문이다. 오르테가에서 마조람의 영향력이 막강하듯, 마조람 가문 내에서 후작의 권력은 왕이나 다를 바가 없었다.

후작은커녕 집사에게조차 대들지 못하는 유약한 후계자. 바실리 마조람은 그런 남자였다.

한때는 그의 나약함이 태생적인 문제라고 판단했지만, 이제 와 자세히 보니 어쩌면 나약해질 수밖에 없는 환경에서 자랐기 때문일지도 모른다는 생각이 들었다. 가문에서 왕처럼 군림하는 아버지, 아름답고 영리해 태어났을 때부터 온갖 관심과 사랑을 독차지했던 여동생. 바실리는 그 안에서 제 나름의 길을 도모한 것이다.

강자가 되면 필연적으로 누군가와 싸워야 할 테니, 차라리 약자가 되기를 선택한 남자.

율리아가 의심스러워하며 물었다.

"공주 전하와 결혼하지 않겠다고 말씀드렸다고? 네가? 후작님께 직접?"

"그래."

바실리가 활짝 웃으며 고개를 끄덕였다. 집사에게 전달하라고 하긴 했지만 직접 한 것이나 다를 게 없다고 생각하면서. 그 조잡한 거짓말까지 금세 간파한 율리아가 두 눈을 가느스름하게 뜨며 다시 물었다.

"진심이야?"

"당연히 진심이지. 율리아, 나한테는 너뿐이라고 했잖아. 공주와 파혼하면 당분간 나한테 결혼하라고 강요하는 사람은 아무도 없을 거야. 왕족의 자존심과도 연관되어 있으니까."

"그걸 그렇게 잘 알면서……."

"널 사랑하니까."

바실리가 절박함을 가득 담아 말했다. 율리아의 시선이 그의 눈동자와 눈썹의 떨림, 입술의 움직임을 꼼꼼히 살폈다. 초조해 보이는 숨소리에 살짝 앞으로 기운 몸, 그리고 자꾸만 비비듯 쥐었다 펴는 주먹.

관찰을 마친 율리아가 냉정하게 말했다.

"바실리, 거짓말하지 마. 넌 공주 전하와 파혼할 수 없어."

"왜 그렇게 말하는 거야?"

"가문조차 버리지 못한 네가 왕족의 명예에 정면으로 맞서다니, 착각도 정도껏 해. 어차피 집사나 하인에게 말해놓고 전하라는 정도였겠지."

"율리아!"

"도대체 몇 번을 말해야 알아들을지 모르겠는데, 난 이제 너와는 상관없는 사람이야."

사랑이 끝났다는 걸 알게 되는 순간은 의외로 아주 사소하다. 관심은 귀찮아지고 스침은 짜증스럽다. 어떻게 하면 조금이라도 덜 마주할 수 있을까 고민하고, 좋은 기억을 버리고 나쁜 기억만 되새긴다.

바실리는 아직 그 첫 단계에도 닿지 않았다. 율리아는 그와 자신의 마음의 거리가 여덟 번의 죽음만큼 멀다는 사실만 다시 깨달았을 뿐이었다.

율리아는 그가 성가셨다. 귀찮고 한심했다.

바실리가 그녀를 위해 아홉 번을 다시 살아도 이 관계는 되돌리기 어려울 거란 걸 어떻게 이해시켜야 할까.

"정신 차려. 공주 전하와의 결혼을 뒤엎는 순간, 넌 지금까지와는 비교도 되지 않을 만큼 거센 가문의 압박을 받게 될 거고, 네 아버지를 피해 왕궁으로 도망친 나는 이 안에서조차 목숨의 위협을 받게 될 거야."

"그럼 도대체 왜 나한테 파혼하라고 한 거야!"

바실리가 크게 소리쳤다. 그는 조금씩 평정을 잃어가고 있었다. 변해버린 율리아가 낯설면서 간절했다. 그런데 그가 아무리 발악해도 흠집조차 나지 않을 만큼 단단한 벽이 둘 사이를 가로막아버렸다.

"돌아가. 바실리 마조람, 네 가문으로 가서 말 잘 듣는 도련님으로 살아. 그러면 되잖아."

그리고 그 잘난 가문이 바닥에서부터 천천히 무너지는 걸 두 눈으로 똑똑히 지켜봐.

율리아가 뒤돌아섰다. 조급해진 바실리가 그녀의 손목을 잡아챘다.

"율리아."

"이거 놔."

"반지가 왜 없어?"

지금 이 상황에 반지 따위가 중요하냐고, 율리아가 눈으로 물었다. 그런데 바실리는 텅 빈 그녀의 손가락에 두 눈을 고정하고 움직일 줄을 몰랐다.

"그렇게 좋아했으면서…… 이렇게 예쁜 반지는 태어나서 처음 본다고 했잖아. 죽을 때까지 소중히 간직하겠다고."

"버렸어."

"율리아…… 너."

"아까워하지 마. 어차피 공주의 남편이 되면 훨씬 더 좋은 걸 끼게 될 텐데."

율리아가 바실리의 손을 세게 뿌리쳤다. 그는 힘없이 떨어지는 자신의 손가락을 멀거니 바라보고 있었다.

"돌아가세요, 마조람 영식. 가서 한번 확인해보든가요. 집사가 과연 당신의 말을 전했는지."

가슴이 아프다 못해 답답했다. 율리아의 찬웃음이 그물처럼 바실리의 영혼을 얽매어 깊이 가라앉혔다.

힘없이 저택으로 돌아간 바실리가 다시 집사를 찾았다. 그러곤 그에게 물었다.

"아버지한테 말했어?"

"무엇을 말입니까?"

"공주와 절대 결혼하지 않겠다고, 그렇게 전하라고 했잖아. 말했냐고!"

"도련님."

집사가 길게 한숨을 내쉬었다. 골치 아픈 어린애를 대하듯 성가시다는 투였다.

"정신 차리십시오. 후작님께서 아시면 정말 큰일 납니다."

"……안 했구나."

바실리의 자존심에 크게 금이 갔다. 쩍쩍 갈라져 틈이 생겼다. 집사가 그를 주인으로 여기지 않는다는 사실은 알았지만, 이 정도로 무시하고 있는 줄은 몰랐다.

"왕족과의 혼인입니다. 가문의 일이란 말입니다. 도련님께서 그렇게 막무가내로 결정하실 일이 아니에요."

"집사."

"그만 방으로 들어가세요. 못 들은 걸로 할 테니까, 다시는 그런 말 하지 마십시오."

"내가 누구지?"

바실리가 물었다. 집사는 돌아서려 했지만, 그가 연달아 세 번이나 똑같은 질문을 하는 바람에 어쩔 수 없이 대답해 주었다.

"바실리 도련님입니다."

"내가 네 주인이긴 해?"

"……후작이 되십시오. 저뿐만 아니라, 이 저택에서 일하는 모든 이들의 주인이 되실 겁니다."

그러니까, 지금은 아니란 말이었다.

"이러다 아가씨께서 후계자가 되면 어떻게 하려고 그러십니까, 예? 제발 정신 차리세요."

"뭐? 그게 무슨…… 무슨 말이야? 무슨 소리냐고!"

"후작님께는 자식이 둘이지 않습니까. 크리스틴 아가씨가 가주 자리에 욕심이 있다는 걸 정말 모르시는 건 아니지요?"

"아버지가 그랬어?"

식은땀이 흘렀다. 집사의 얼굴에 아버지의 얼굴이 겹쳐지고, 그 위에 크리스틴의 얼굴이 겹쳐졌다. 가서 말 잘 듣는 도련님으로나 살라던 율리아의 목소리가 환청처럼 들렸다.

—◆•◆—

며칠이 지나 오르테가 왕궁의 새해맞이 연회가 코앞으로 다가왔다. 율리아는 왕자궁으로 배달된 코코의 드레스를 하녀들과 함께 구경하고 있었다.

"빨간색은 별로예요. 머리카락도 눈동자도 빨간색인데, 옷까지 빨간색이면 좀."

"색이라는 게 잘 통일하면 세련돼 보이기도 하는 거야. 허리띠랑 볼레로를 다른 색으로 잘 매치해서……."

"그냥 이거 입어요."

율리아가 고른 건 아주 짙은 녹색 드레스였다. 은은한 광택이 도는 원단에 검은 속치마와 레이스가 화려하게 어우러져, 코코가 입으면 맞춘 것처럼 어울릴 것 같았다.

그런데 코코가 눈살을 찡그리고 입술을 실룩거렸다.

"싫어. 그건 내가 입으려고 산 거 아니야."

"무슨 소리예요. 연회용 드레스로 맞춘 거라면서요. 디자이너가 직접 배달까지 해줬는데."

"아무튼, 내가 아니라면 아닌 거야. 넌 왜 그렇게 말이 많니?"

드레스 골라 달라고 불러놓고는 왜 구박이지. 율리아가 눈동자를 스르륵 굴리며 코코의 전속 하녀들을 바라보았다.

하녀들이 콧바람을 흥흥 불면서 웃었다.

"아이참, 저희 아가씨가 왜 입지도 않을 드레스를 주문하셨을까요? 이 궁엔 드레스 입을 사람이 둘뿐인데 말이에요. 아가씨가 안 입으면 다른 한 분이 입어야 하지 않을까요?"

"그게 무슨 말이에요."

"이 녹색 드레스를 보자마자 누가 떠올랐을 수도 있지요. 눈동자가 에메랄드처럼 영롱한 어떤 시녀님이라거나……."

하녀들이 노래하듯 말을 이었다. 중간중간 놀리는 것 같은 웃음소리가 끼어 있어, 코코의 미간에 갈수록 주름이 졌다.

율리아가 한숨과 웃음을 동시에 흘리며 말했다.

"코코, 저는 새해맞이 연회에 안 가요. 아니, 못 가요."

"뭐래. 누가 거기 데려간대?"

"이 드레스는 코코가 입어요."

"시끄러워! 그거 내 거 아니라고 몇 번을……."

"그럼 내 거야?"

갑자기 레위시아가 나타나 물었다. 노크도 없이 문을 열고 들어온 왕자가 문제의 녹색 드레스를 손에 들고 거울 앞에 서서 제 몸에 대보았다.

"뭐야, 내 거네."

아니라고 짜증을 내려던 코코가 천천히 입을 다물었다. 하녀들도 차마 아니라고 못 하고 침묵을 지켰다.

율리아가 그들의 심정을 대신해서 말해주었다.

"진짜 잘 어울리네요."

코코가 사 온 녹색 드레스는 레위시아의 긴 금발과 흰 피부에 치명적일 정도로 잘 어울렸다. 그가 한 손으로 머리카락을 대충 끌어모아 틀어 올리는 시늉을 하자, 코코의 전속 하녀들이 고개를 저으며 한숨을 내쉬었다.

레위시아가 콧대를 높이 들더니 거울 너머로 코코와 율리아를 바라보며 말했다.

"둘 다 반성해. 이 예쁜 드레스가 왜 하필 나한테 제일 잘 어울리는 건데? 난 남잔데."

"누가 그렇게 생기래요?"

코코가 짜증을 내며 쏘아붙였다. 물론 레위시아는 계속해서 그녀를 놀릴 뿐이었다.

"내가 코코보다 예쁘게 태어난 걸 어떡하라고. 그냥 그러려니 하고 살아. 사람이 사는 데 외모가 전부는 아니잖아. 그렇지, 율리아?"

"당장 내려놔요. 그건 율리아 거예요. 무슨 남자가 여자 옷을 탐내요? 가서 새해맞이 연회에 입고 갈 남성용 예복이나 고르세요."

"난 너보다 예뻐서 아무거나 입어도 잘 어울려. 굳이 신경 써서 고를 필요가 없지."

율리아는 그때 코코가 입 모양으로 '재수 없어'라고 말하는 모습을 보았다. 이쯤에서 말려야겠다는 생각이 들었다. 아무래도 자신은 이 궁에서 두 사람이 싸울 때 진정시키는 역할을 맡게 된 것 같았다.

"코코, 마음은 정말 고마운데요. 새해맞이 연회는 초대장을 받은 귀족만 갈 수 있는 곳이잖아요. 제가 왕자님의 측근 시녀라고는 해도, 거기엔 못 따라가요."

"시끄러워. 누가 그걸 모르니?"

코코가 레위시아에게 다가가 그의 손에서 드레스를 빼앗았다. 그러곤 의자에 앉아 있던 율리아의 무릎에 팽개치듯 내려놓았다.

"버리든지 말든지! 입기 싫으면 덮고 자든지! 비싼 거니까 되팔아서 과자나 사 먹든지!"

과거에 만났던 코코도 솔직하지 못한 성격이긴 했지만, 이맘때의 코코는 그 정도가 아주 심했던 것 같다. 율리아는 터지려는 웃음을 간신히 참고 드레스를 조심스레 품에 안았다.

"고마워요. 이렇게 예쁜 드레스는 처음 봐요. 죽을 때까지 소중히 간직할게요."

코코가 흥, 하고 콧방귀를 뀌었다.

"뭐래. 대충 입다 버려. 선물은 너무 부담스럽게 받아도 안 되는 거야. 주는 사람은 줄 생각을 할 때부터 고를 때, 줄 때 기분이 좋으니까 그걸로 된 거고. 받는 사람은 아끼다가 쓰레기 만들지 말고 유용하게 잘 쓰면 되는 거고."

"네, 잘 입을게요."

"그래도 남자가 주는 선물은 조심해. 어릴 때 아버지가 그러셨는데, 남자는 관심 없는 여자한테 선물 따위 주지 않는대. 비싼 선물일수록 비싼 대가를 치러야 한댔어."

"와, 굉장한 편견인데? 나 쟤한테 엄청 비싼 선물 줬는데 그거 네가 빼앗아갔잖아."

레위시아가 또 눈치 없이 끼어들었다. 그러자 코코의 인내심도 바닥이 났다.

"뺏은 거 아니라고 말했잖아요! 도대체 왜 이렇게 절 못 잡아먹어서 안달이에요? 그러니까 그 나이가 되도록 파트너 삼을 영애 하나 없이 혼자인 거예요! 영애들이 전하를 왜 그렇게 싫어하는지 저는 아주 잘 알겠거든요!"

"왜긴 왜야. 내가 걔들보다 예쁘니까 비교당해서……."

"레위시아 전하!"

"파트너 없는 건 코코도 마찬가지잖아. 하하하! 남 말하고 있네?"

드레스를 꼭 끌어안은 채 두 사람이 다투는 모습을 가만히 지켜보던 율리아에게 그 순간 좋은 생각이 떠올랐다.

"두 분이 서로의 파트너가 되면 되잖아요."

여기서 이러고 싸우는 걸 보니 연회장에 가서도 서로를 잘 지켜줄 것 같다고, 율리아가 천연덕스러운 얼굴로 말했다. 그러자 개와 원숭이처럼 다투던 두 사람이 입을 딱 다물었다.

코코 다음엔 레위시아였다.

율리아는 코코와 함께 레위시아의 방으로 가서 이번에는 그의 예복을 골라주었다. 물론 코코는 귀찮고 싫은 기색이었다.

"그냥 아무거나 입어요."

"뭐야, 뭐가 이렇게 성의가 없어?"

"아무거나 다 잘 어울리니까, 그냥 아무거나 입으세요."

코코가 옷을 보지도 않고 대충 가리키며 말하자, 레위시아가 서운하다며 툴툴거렸다. 그래도 모시는 왕족이 연회에 나간다는데 아예 모른 척할 수는 없었던 율리아가 코코 대신 일어나 옷방을 오갔다. 그리고 왕자의 예복에 어울리는 스카프와 구두, 어깨 장식 등을 골라주었다.

흰 셔츠에 적갈색 조끼를 입은 레위시아가 율리아가 골라준 황금색 어깨 장식을 두르며 말했다.

"그래서…… 우리 똑똑한 평민 시녀님은 바실리를 그렇게 뒤흔들고 조종해서 뭐가 어떻게 되길 바라는지 물어봐도 될까."

훅 들어온 질문에 율리아가 속눈썹을 빠르게 깜박였다.

"그동안 그놈 아픈 데만 골라서 푹푹 찔렀잖아. 나는 율리아 너 때문에 내 목숨이 위험해진다고 말했을 때, 그놈이 그래도 양심이라는 게 있으면 미안하다고 사과할 줄 알았거든."

레위시아는 그가 율리아와 바실리의 대화를 엿들었다는 걸 숨길 생각조차 하지 않았다.

코코가 입술을 비틀며 말했다.

"사과는커녕 화를 냈죠."

레위시아도 그녀의 말에 동의했다.

"그래도 공주랑 파혼하겠다고 말했을 때는 좀 놀랐어. 겁쟁이 이기주의자인 줄만 알았는데, 정신 나간 이기주의자였더라고?"

"웃겨. 허세일 거예요. 제까짓 게 무슨 파혼이야. 그건 바실리와 공주의 결혼이 아니라, 마조람과 왕가의 계약인데."

"율리아, 너한테는 미안한 말이지만 난 바실리가 쉽게 포기하지 않았으면 좋겠어. 요즘 사는 게 즐겁거든. 그 자식이 넋 나간 얼굴로 내궁에 찾아와서 율리아한테 매달릴 때마다 왕궁에서 태어나길 잘했다는 생각이 든단 말이야."

"저도요. 경연 때 크리스틴 마조람이 도망치듯 뛰쳐나가던 모습만 떠올리면 그렇게 소화가 잘되더라고요."

"내 시녀지만 넌 정말 성질이 더럽구나, 코코."

"전하도 만만치 않아요."

둘 다 정말 악질이었다. 그런데 그게 자신을 신경 써서 하는 말이라는 걸 알기에 웃지 않을 수가 없었다. 율리아가 고개를 돌리며 작게 웃음을 터뜨렸다.

"전 괜찮은데요."

"야, 넌 그 괜찮다는 말 좀 그만해. 안 괜찮은 게 당연한데 자꾸 괜찮다고 하니까 멍청이들이 진짜 괜찮은 줄 알고 자꾸 건드리잖아."

"진짜 괜찮아요."

"아, 답답해. 전하, 애한테 뭐라고 좀 하세요."

"율리아, 참지 마. 욕하고 소리치고 집어던져. 바실리 같은 머저리한테 버림받은 것도 자존심 상하는데, 저 새끼가 끝까지 추접스럽게 매달려서 넌 지금 몹시 화가 나고 우울한 상태야. 그러니까 내 방 말고 네 방에 가서, 비싼 거 말고…… 싼 거 던지고 부수면서 놀아."

"네?"

"명령이야."

"……네."

"제길, 나한테 닭살 돋았어."

웬일로 다정한 소리를 하나 했더니, 레위시아가 팔뚝을 벅벅 긁었다. 코코는 그런 왕자를 흘겨보며 웃었다.

"고맙습니다."

율리아가 중얼거렸다. 얼떨결에 나온 진심이었다. 왕궁에 들어오길 잘한 것 같다. 시녀가 된 지 며칠 되지도 않았는데 이런 생각을 하는 자신이 낯설었다.

다 코코 덕분이었다.

삶을 반복하면서 독기와 증오만 남은 자신에게 다가와 처음으로 손을 내밀어준 사람. 코코가 시킨 대로 했더니 이 지독한 저주에 걸리기 전, 스물한 살의 율리아 아르테로 돌아갈 것 같은 기분이 들었다.

"왜 웃어?"

레위시아가 겸연쩍어하며 물었다. 그도 조금은 창피한 모양이었다.

"레위시아 전하."

"왜?"

"얼마 안 남았어요. 조금만 기다리시면, 지금보다 훨씬 좋은 소식이 들릴 거예요."

약속할게요. 율리아가 말하자, 레위시아와 코코가 장난을 멈추고 진지한 얼굴로 그녀를 바라보았다.

바실리는 그리 대단한 적이 아니었다. 지금 그가 하는 일은 사실 훨씬 더 큰 공격을 가리기 위한 암막에 불과하다.

율리아가 선택한 우두머리 늑대, 카루스 란케아가 바다 위에서 남부 함대와 해적의 부적절한 관계를 깨부수고 있었다.

그녀는 후작의 눈을 가리기 위해 바실리라는 배우를 썼다.

그의 소꿉놀이에 어울려 주면서 뒤로는 늑대를 풀었다. 제국에서 온, 무혈 제독이라는 늑대였다.

저들에게 말해줄 수 있으면 좋으련만. 아직은 그럴 수가 없었다. 코코는 과거의 그녀가 아니기에 처음부터 신뢰를 쌓아야 했고, 레위시아는 이 싸움에서 어떤 역할을 하게 될지 확신이 서지 않아 그랬다.

"……기대하지."

입술을 달싹이며 뭔가를 캐물으려던 레위시아가 기대한다는 말로 긴 대화를 마무리 지었다.

5
간혼질

　왕비가 주최하는 새해맞이 연회는 오르테가 왕궁에서 다섯 손가락 안에 드는 큰 행사였다. 그건 대연회장을 가득 채운 귀족들의 수만 봐도 알 수 있었다.

　바실리 마조람은 걸음마를 하게 된 이후부터 지금까지 쭉 이 연회의 귀빈이었다.

　"마조람 영식, 오랜만입니다!"

　"바실리 님, 그동안 잘 지내셨어요?"

　이름도 기억나지 않는 귀족들이 바실리의 곁에 개미 떼처럼 모여들었다. 인사라도 한마디 받아주면 기뻐하고, 어쩌다 이름이라도 기억해주면 가족에게 돌아가 자랑으로 삼았다. 권력 가문의 후계자란 그런 것이었다.

　그런데 이번 연회에는 어쩐지 그의 곁에 사람이 많지 않았다.

"크리스틴 영애? 정말 반갑습니다. 제가 누군지 기억하세요?"

"크리스틴! 세상에, 드디어 영애를 만나네요. 우리 아들이 아카데미에서 같은 강의를 들었었는데……."

"이번 경연에 채택된 신년사를 쓰셨다고 들었습니다. 들었던 대로 대단하시네요."

크리스틴이 바실리의 자리를 대신하고 있었다.

크리스틴은 아카데미에 다니는 동안 사교 활동을 거의 하지 않았다. 그래서 귀족들은 마조람의 금지옥엽이라는 그녀와 친분을 쌓을 기회가 많지 않았다.

바실리의 곁에 서 있던 크리스틴이 미소를 지으며 귀족들 속으로 섞여 들어갔다.

여동생의 당당한 뒷모습을 바라보고 있자니 체한 듯 속이 쓰렸다. 깃을 세운 셔츠 칼라가 답답했다.

바실리는 목을 죄는 스카프 매듭에 손가락을 넣어 늘렸다.

"그 평민 시녀가 레위시아 왕자 전하의 궁에 들어갔다죠?"

"그럼 마조람 영식과는 완전히 끝난 거겠네요?"

"당연하지요. 이제 곧 공주님과 약혼하잖아요. 쉿, 여기서 이런 얘긴 안 하는 게 좋겠어요. 공주님 자존심에 이상한 소문이라도 들으시면…… 어휴."

이런 곳에선 듣기 싫어도 들리는 소리가 있다. 율리아와 관련된 말들은 어떻게 그렇게 선명하게 들리는지, 바실리는 갑자기 느껴지는 갈증에 억지로 침을 삼켜 목울대를 크게 움직였다.

"요즘 네게 실망이 크다. 자세한 얘기는 나중에 할 테니, 오늘은 공주께 잘해라."

"……아버지."

"실수 없어야 한다."

마조람 후작은 바실리를 탐탁찮은 눈으로 훑어보곤 아내의 손을 잡고 파벌 귀족들이 모여 있는 곳으로 갔다.

바실리는 연회장 중앙에 혼자 남았다.

기분이 좋지 않았다. 요즘엔 쭉 그랬다. 언제부터였더라. 율리아가 레위시아 왕자의 시녀가 된 이후였던가. 아니면 그보다 훨씬 전이었던가.

어디 한번 공주와 파혼해보라던 율리아의 말이 떠올랐다.

> "돌아가. 바실리 마조람, 네 가문으로 가서 말 잘 듣는 도련님 으로 살아. 그러면 되잖아."

그 말을 할 때 그녀가 어떤 표정을 짓고 있었더라.

'머리 아파.'

바실리가 한 손으로 이마를 짚었다. 그를 손가락질하고 비웃는 소리가 멀리서, 또 가까이에서 들렸다. 속이 울렁거리고 식은땀이 났다.

그때 연회장 한쪽에서 웅성거리는 소리가 들리더니 레위시아 2왕자가 나타났다. 바실리는 저도 모르게 그쪽으로 두어 걸음 다가갔다가, 어색하게 움직임을 멈췄다. 거기 율리아는 없었다. 당연한 일이었다. 그런데도 율리아를 데려오지 않은 레위시아에게 화가 났다. 평민은 초대받을 수 없는 연회인 걸 아는데도 그랬다.

느린 춤곡이 흘러나왔다. 자꾸만 목을 죄는 스카프를 반쯤 풀어헤친 그에게, 이번에는 공주와 그녀를 따르는 무리가 다가왔다.

"여기 있었구나."

묵직한 치맛단이 연회장 바닥을 스치듯 흔들렸다. 그 아래엔 코가 뾰족한 구두가 있었다.

"바실리 마조람."

고개를 들자, 적갈색 머리카락을 길게 늘어뜨린 샤트린 공주가 눈을 반쯤 내리뜬 채 그를 향해 다가오고 있었다. 주위에 있던 귀족들이 모두 공주를 향해 허리를 숙였다. 레위시아 왕자가 나타났을 때는 적당히 웅성거리다가 말았는데, 공주가 나타나니 확실하게 왕족에 대한 예우를 지켰다.

그런데 그들과는 달리 혼자 멀거니 서서 딴생각에 빠진 바실리를 보고, 샤트린 공주가 한쪽 눈썹을 비뚜름하게 추켜올렸다.

"바실리 마조람."

샤트린이 그의 이름을 다시 불렀다.

공주를 모시는 시녀들이 언짢은 기색을 보였다. 바실리는 그때부터 이미 공주에게 실례를 저지르고 있었다. 먼저 인사하지 않았고, 손등에 키스하지도 않았으며, 부름에 대답조차 하지 않았다.

길을 잃은 그의 시선이 레위시아와 그를 따라 연회장에 들어서는 한 여자에게 닿았다.

설마 율리아인가? 사람이 많아 잘 보이지 않았다. 가까이 가서 보고 싶은데, 공주와 시녀들이 길을 막고 비켜주질 않았다.

샤트린 공주가 그에게 손을 내밀었다.

"오, 두 분 춤을 추려나 봐요!"

사람들은 모두 바실리가 공주의 손을 잡고 춤을 출 거라고 기대했다. 두 사람은 어차피 곧 결혼할 테니까.

바실리의 시선이 공주의 손에 닿았다. 그런데 그는 그 손을 잡지 않았다.

웅성거림이 커지고 공주의 얼굴에 희미하게나마 남아 있던 미소가 흔적도 없이 사라진 뒤에도 그는 공주의 손을 잡지 않았다.

"지금 뭐 하는……."

"저는 공주 전하와 결혼하지 않습니다."

재채기하듯 튀어나온 진심이었다. 바실리는 눈앞의 공주에게 재차 강조했다.

"다른 사람을 찾아보십시오."

"뭐라고?"

"파혼하겠습니다."

샤트린 공주가 그를 향해 내밀었던 손가락을 빠르게 말아쥐었다. 귀족들이 경악한 얼굴로 그녀를 바라보고 있었다. 하얗게 화장한 공주의 얼굴이 시뻘겋게 달아올랐다.

감히.

공주는 분노 섞인 신음을 흘리며 연회장에서 나가버렸다.

◆ ◆ ◆ ◆ ◆

새해맞이 연회에 함께 갔던 코코와 레위시아가 출발한 지 얼마 되지도 않아서 왕자궁으로 돌아왔다.

"율리아!"

두 사람이 늦게까지 돌아오지 않을 거라 여긴 율리아는 자신의 방에서 느긋하게 휴식을 취하고 있었다.

"야, 율리아! 일어나봐!"

그런데 갑자기 방문이 벌컥 열리더니 코코가 냅다 뛰어 들어왔다.

"미쳤어!"

"코코? 왜…… 벌써 돌아왔어요?"

"미쳤다고!"

"누가요?"

대답은 코코의 뒤를 이어 달려 들어온 레위시아가 했다.

"바실리 그 자식이 드디어 미쳤어. 미쳤다고!"

영문 모를 일이었다. 율리아가 두 사람에게 그게 무슨 소리냐고 묻자, 코코가 숨도 쉬지 않고 설명을 시작했다.

"바실리가 연회장에서, 그 많은 귀족이 다 보는 앞에서, 샤트린 공주한테 당신이랑 결혼 안 한다고 선언했어. 그 자식 미친 게 분명해. 미치지 않고서야 그런 짓을 저지를 수 있을 리가 없다고!"

"네?"

율리아에게도 코코의 말이 의외인 건 마찬가지였다. 잘못들은 줄 알고 물어보려 했는데, 이번엔 레위시아가 율리아의 방을 어지럽게 서성거리며 말했다.

"네가 그 장면을 봤어야 했는데. 샤트린이 바실리한테 손을 이렇게 내밀고 어서 내 손을 잡고 춤을 추라고 했는데, 그놈이 글쎄 그걸 싹 무시하고! 샤트린의 얼굴을 똑바로 보면서!"

"'파혼하겠습니다.'"

코코가 비장한 얼굴로 바실리를 흉내 냈다. 레위시아는 내밀었던 손을 회수해 주먹을 말아쥐곤 몸을 홱 돌렸다.

"샤트린이 그렇게까지 화난 거 오랜만에 봤어. 하필 건드려도 샤트린의 자존심을 건드리다니, 바실리 마조람은 이제 눈에 뵈는 게 없는 모양이지? 걔가 얼마나 성질이 더러운데."

율리아가 어떻게 된 일이냐고 되물을 새도 없었다. 완벽하게 재연까지 선보인 레위시아와 코코가 율리아의 방 소파에 앉아 그녀를 바라보았다.

"이거 아무래도 바실리가 너를 정말로 사랑하는 것 같은데? 그냥…… 평민한테 차인 게 자존심이 상해서 그러는 줄 알았는데, 자꾸 찾아오는 것도 모자라서 감히 그놈 주제에 공주를."

"사랑이라뇨. 열등감 때문이에요. 신분 덕에 늘 관계적 우위에 있던 바실리가 율리아에게 대차게 차였잖아요. 그게 뭘 뜻하는지 아세요?"

"뭘 뜻하는데."

"이제는 율리아가 관계적 우위에 섰다는 말이에요. 평생 여동생한테 열등감을 느끼며 살아온 바실리가 그걸 견딜 수 있을 리가 없잖아요. 결국엔 과거에 집착해서 폭력적으로 변하거나…… 충동적이고 무모해지죠."

역시 코코였다. 율리아는 그녀의 말에 공감했다.

"율리아, 왕가와 마조람은 한 몸이야. 머리가 두 개인 뱀이지. 절대 서로에게 상처를 내선 안 돼. 그런데 바실리가 그 불문율을 깼어. 왕은 몹시 불쾌해할 거고, 후작은 미친 듯이 화를 낼 거야. 그런 뒤엔 희생양을 찾겠지."

코코가 속사포처럼 말을 쏟아냈다. 역시 과거에 율리아와 함께 마조람에 대적했던 사람다웠다. 그녀는 이때 이미 왕가와 마조람의 본

질을 정확하게 파악하고 있었다.

"마조람 후작이 널 다시 죽이려고 할 거야. 조심해야 해."

레위시아도 율리아에게 당부했다.

"코코 말이 맞아. 당분간 궁 밖으론 한 걸음도 나가지 마. 여긴 안전하니까."

왕자궁이라고 안전하리란 보장은 없지만 율리아는 순순히 고개를 끄덕였다.

━ • ◆ • ━

왕궁엔 비밀이 없다더니.

하녀들의 시선이 끈적끈적해졌다. 바실리가 율리아 때문에 공주에게 파혼을 선언했다는 소문이 왕궁 전체에 퍼진 모양이다.

평소처럼 이른 시간에 아래층으로 내려온 율리아는 하녀들의 끈질긴 시선을 받으며 식당으로 향했다.

"나랑은 상관없는 일이에요."

뭐라도 말해주길 원하는 것 같아서 적당히 해명했더니 하녀들이 실망한 것 같기도 하고 좋아하는 것 같기도 한 애매한 얼굴로 그녀에게 식사를 챙겨주었다.

율리아가 보기에 왕자궁의 사용인들은 그녀에게 그리 적대적이지 않았다. 뒤에서야 욕을 하든 흉을 보든 알 수가 없는 일이지만 적어도 앞에서는 잘 웃어 주고 부탁도 잘 들어줬다.

왕자를 유혹하러 왕궁까지 들어온 욕망 덩어리 평민 계집이라고 괴롭힘당하려나 했는데, 다 쓸데없는 걱정이었다.

간단하게 식사를 마친 율리아가 곁에서 어색하게 서성거리는 몇몇 하녀들에게 웃으며 말을 건넸다.

"궁금한 게 있으면 물어봐요."

"네? 아뇨, 아무것도."

"괜찮아요. 물어봐도."

하녀들이 서로의 얼굴을 흘끔거리며 망설였다. 궁금한 게 있긴 있는데 정말 물어봐도 될지 고민하는 얼굴이었다.

하필이면 그때 밖에서 시종이 달려와 율리아를 찾았다.

"율리아 시녀님!"

"왜 그러세요?"

"시녀님, 저…… 빨리 밖에 나가보셔야 할 것 같습니다."

"네? 무슨 일인데요?"

"공주 전하께서 갑자기 오셔서는, 시녀님을 데려오라고……."

"샤트린 공주님이요?"

율리아가 되물었다.

불안해하는 시종 뒤에서 싸늘한 목소리가 들렸다.

"비켜라."

샤트린 오르테가였다.

율리아가 서둘러 자리에서 일어나고, 하녀들이 나란히 서서 허리를 구부렸다. 시종은 벼락이라도 맞은 사람처럼 물러났고, 또각또각 소리를 내며 식당으로 들어온 샤트린이 주위를 휘 둘러보더니 율리아에게 말했다.

"네가 그 계집이냐?"

아무래도 조짐이 좋지 않았다. 샤트린 공주는 단순하고 불같은 성미에 자존심이 강했다. 율리아는 공주의 심기를 어지르지 않으려 노력하면서, 공손히 인사를 올렸다.

"공주 전하께 인사드립니다."

"고개 들어."

샤트린이 코앞까지 빠르게 걸어왔다. 율리아는 공주의 명령대로 숙였던 고개를 들었다. 그러자 눈이 번쩍하도록 강한 손찌검이 날아들었다.

철썩하는 소리가 식당을 울렸다. 하녀들이 바짝 긴장해서 고개를 푹 수그렸다. 샤트린을 따라 들어온 시녀들도 차마 그 장면을 보지 못하고 눈을 질끈 감았다.

"고개 들라고 했어."

샤트린은 율리아에게 아무것도 말해주지 않았다. 너를 왜 때리는지, 뭐가 그렇게 기분이 나빴는지, 앞으로 어떻게 해야 하는지.

율리아는 이번에도 고분고분하게 고개를 들었다. 처음보다 더 센 손찌검이 날아들었다. 또 한 번 철썩하는 소리가 나고, 입에서 찝찔한 피 맛이 났다. 샤트린은 율리아의 입술에서 배어 나오는 피를 본 뒤에야 들었던 손을 내렸다.

샤트린이 물었다.

"왕족이 우스워?"

"아닙니다."

"그럼 내가 우스워?"

"아닙니다, 전하."

"난 지금 널 죽일 수도 있고, 감옥에 가둘 수도 있고, 제발 살려 달라고 애원할 때까지 채찍질할 수도 있어."

샤트린이 다시 말했다.

"빌어."

공주의 적갈색 머리카락이 눈앞에서 찰랑거리며 흔들렸다. 맞은 사람은 차분한데, 명령을 내리는 쪽의 목소리가 바르르 떨렸다.

율리아는 그 순간에도 코코가 늦게 일어나는 사람이라 다행이라는 생각을 했다.

"무릎 꿇고 빌어. 이마를 바닥에 대고 빌어. 내 발에 매달려서 빌어. 잘못했다고 빌어!"

"못 합니다."

"왜 못 해! 빌어! 빌라고!"

"그렇게는 못 합니다."

"이게 진짜……."

샤트린이 율리아를 또 때리려 손을 들었다. 하지만 이번에는 율리아가 공주의 얼굴을 지그시 바라보며 이렇게 말했다.

"저는 레위시아 왕자님의 시녀입니다. 감히 공주 전하께 반항할 수는 없지만, 잘못한 게 없는데 엎드려 빌 수는 없습니다."

"이 건방진 계집애가 지금 뭐라고 지껄이는 거야!"

"차라리 계속 때리세요. 채찍으로 후려치세요. 그래도 빌 수는 없습니다."

율리아는 지독할 정도로 담담하게 말했다. 입이 찢어질 정도로 세게 맞았는데 조금도 아파 보이지 않았다. 오히려 맞은 율리아보다 때린 샤트린이 더 아파 보였다. 분노를 다스리지 못해 부들부들 떠는 샤트린에게 공주의 시녀들이 다가와 다정히 말을 건넸다.

"공주님, 이만하면 되었어요."

"저 건방진 평민은 왕자 전하께 벌을 주라고 하세요."

그렇게 말한다고 해서 샤트린의 화가 가라앉진 않을 텐데.

율리아는 시녀들이 공주를 달래려 애쓰는 모습을 보면서 바실리를 떠올렸다. 이기적인 줄은 알았지만 이렇게까지 무모한 남자인 줄은 몰랐다. 아무래도 이번 삶의 율리아가 가슴 깊은 곳에 품고 있던 바실리의 열등감을 너무 깊이 건드린 모양이다.

'나쁘지 않네.'

차라리 잘됐다는 생각이 들었다. 어느 때보다 완벽한 시기였다. 원래는 바실리와 샤트린 공주가 약혼식을 무사히 치른 뒤에 파혼시킬 생각이었지만, 그가 스스로 파국의 불씨를 붙였으니 자신은 제때 장작만 넣어주면 되리라.

율리아가 공주에게 말했다.

"바실리 마조람은 공주 전하께서 이렇게 화를 내실 만큼 가치 있는 남자가 아니에요."

"그만 말하세요!"

공주를 달래던 시녀들이 율리아에게 나서지 말라고 충고했다. 물론 율리아는 그 말에 따를 생각이 전혀 없었다.

"그 남자는 공주님과는 껍데기뿐인 결혼식을 올리고, 뒤에선 저를 계속 만나려고 했어요. 가문을 위한 일이라면서, 우리 사이엔 아무 변화가 없을 거라고."

"율리아 시녀, 그만 말하세요!"

"그래서?"

말리는 시녀를 밀어낸 샤트린 공주가 율리아에게 물었다.

"나보고 어쩌라는 거야?"

"저는 그 남자와 헤어졌어요. 평민이니까, 그것 말고는 할 수 있는 게 없었거든요."

율리아가 샤트린을 똑바로 바라보았다.

"하지만 전하는 다르시죠."

샤트린은 아마 율리아와 바실리에 관한 소문을 다 주워들었을 것이다. 그러라고 아카데미 졸업식장이라는 공개된 장소에서 치정 싸움을 한 것이니까. 이렇게 많은 시녀를 거느리고 있는 공주가 그 일에 대해 모른다는 건 말이 되지 않는다.

율리아 아르테는 샤트린에게 있어 바실리 마조람의 용서할 수 없는 과거가 될 것이다.

이번에는 율리아가 샤트린에게 물었다.

"바실리를 용서하실 건가요?"

평소처럼 늦게까지 자다가 일어난 코코는 샤트린 공주가 갑자기 쳐들어와 율리아를 쥐어팬 뒤 돌아갔다는 소식을 들었다.

"너 정말 겁이 없구나."

치장할 새도 없이 아래층으로 뛰어 내려온 코코가 율리아에게 말했다.

"간이 부어도 대단하게 부었어. 너 아주 사는 게 우습지? 세상에 무서운 게 있긴 하니?"

율리아는 식당에서 하녀들에게 둘러싸여 있었다. 하녀들이 부은 볼엔 얼음주머니를, 터진 입술엔 연고를 바르느라 난리였다.

"괜찮아요."

"안 괜찮아요. 어휴, 공주님 성격이야 워낙에 유명하지만…… 그래도 너무했어요. 율리아 시녀님 잘못인가요, 이게?"

율리아의 볼에 차가운 주머니를 대고 부기를 가라앉히던 하녀가 버럭 화를 냈다. 그러다 그 곁에서 조심스레 연고를 바르던 하녀도 같이 화를 냈다.

"제가 이래 봬도 왕궁 들어온 지 8년 됐거든요? 이런 건 듣지도 보지도 못했어요. 잘못은 그 도련님이 했는데, 왜 여기 와서 엉뚱한 사람을 잡고 난리인지!"

"괜찮으니까 다들 그만해요."

율리아가 피식 웃으며 하녀들을 달랬다.

"편들어 줘서 고마운데, 그래도 이쯤 해요. 말 한마디 잘못 꺼냈다간 여러분한테 불똥이 튈 수도 있어요."

"그거야 그렇긴 한데……."

하녀들이 한숨을 푹푹 내쉬었다. 은근히 기대하는 얼굴로 코코를 바라보기도 했다. 그들이야 신분이 낮아 공주가 저지른 일에 항의할 수 없지만, 코코는 왕자한테 가서 이 일을 일러바칠 수 있었으니까. 그런데 코코가 레위시아 왕자에게 달려가긴커녕 식당 한쪽에 주저앉아 하녀들에게 말했다.

"내가 아무리 막 나가는 사람이라고 해도 그렇지, 왕족을 상대로 어떻게 싸우니."

"그런 게 아니고……."

"왕자님도 곧 일어나실 텐데, 고자질은 너희가 하면 되잖아."

하녀들은 불그스름해진 율리아의 얼굴을 보며 애써 고자질할 필요는 없겠다고 중얼거렸다. 딱 봐도 맞은 게 이렇게 티가 나는데, 레위시아 성격에 안 물어볼 리도 없었다.

치료를 끝낸 하녀들이 각자의 일터로 돌아갔다. 율리아는 반쯤 녹은 얼음주머니로 부은 뺨을 식히면서 코코의 곁으로 다가왔다.

코코가 턱을 괸 채 율리아를 물끄러미 바라보다 물었다.

"너 일부러 맞았니?"

"그런 건 아니에요."

"그럼 맞아서 잘됐다고 생각하고 있나 보네."

이번에는 대답하지 않았다. 그게 긍정의 뜻이라는 걸 아는 코코가 손바닥으로 이마를 짚었다.

"공주한테 뭐라고 했어?"

"별말 안 했어요. 그냥…… 바실리를 용서할 거냐고 물었죠."

"그 말만 했다고?"

"저는 평민이니까 할 수 있는 일이 아무것도 없지만, 공주님은 다르지 않냐고."

"미치겠네."

코코가 율리아의 손에서 얼음주머니를 빼앗아 자신의 이마에 올렸다. 없던 두통이 생길 지경이었다.

율리아가 한 건 이간질이었다. 그것도 규모가 아주 큰 이간질.

"너 진짜 나쁜 애구나."

"칭찬 고마워요."

레위시아를 흉내 내며 능청스레 대답했더니, 코코가 그런 건 배우지 말라고 질색했다. 그러곤 율리아의 얼굴을 한참 들여다보다가 조그만 소리로 많이 아프냐고 물었다.

"괜찮아요."

"한 번만 더 괜찮다고 하면 입을 꿰매버릴 거야."

"안 괜찮아요."

너 때문에 내가 요즘 늙는 것 같다고, 코코가 시름을 삼켰다. 일이 이렇게 진행되어 기쁘긴 한데, 율리아가 걱정돼서 골치가 아픈 모양이었다.

"코코, 뭐 하나 물어봐도 돼요?"

"뭔데."

"머리가 두 개인 뱀을 상대하는 가장 좋은 방법이 뭘까요."

"너……."

코코가 이마에 올려 두었던 얼음주머니가 툭 떨어졌다.

──◆ · ◆ · ◆──

샤트린 오르테가, 국왕의 하나뿐인 딸이 크게 화가 났다.

어느 정도냐 하면 국왕 앞에서 울음을 터뜨리며 마조람 후작과 그 아들을 데려와 제 앞에 무릎 꿇리라고 청한 것이다.

왕족인 샤트린은 바실리 때문에 태어나 처음 수치심으로 돌아버릴 것 같다는 기분을 느꼈다. 공주는 바실리에게 복수하기 위해서라면 못 할 짓이 없었다.

감히 그 많은 귀족 앞에서, 그것도 샤트린이 먼저 손을 내밀었는데, 파혼 운운하며 공주를 걷어차다니. 바실리 마조람은 목숨이 아깝지 않은 게 틀림없었다. 그게 그 율리아라는 시녀의 잘못이 아니라는 건 때려보고 나서 알았다. 율리아는 바실리에게 완전히 정떨어진 상태였다.

"이 결혼, 저는 처음부터 하기 싫다고 했어요. 그런데 아버지가 참으로고 해서 참은 거예요. 그게 왕족으로 태어나 고귀한 삶을 살아온 자의 의무라고 하셨으니까!"

"샤트린."

"그런데 어찌 되었는지 보세요. 바실리 마조람은 제 의무를 다하지 않았을뿐더러, 왕족의 명예를 시궁창에 처박았어요! 그것도 모두가 보는 앞에서!"

"샤트린, 진정해라."

"마조람 후작과 그 아들을 데려와 제 앞에 무릎 꿇려주세요. 웃음거리가 된 제 명예를 다시 돌려주세요. 아버지가 시키는 대로 했다가 이렇게 됐잖아요!"

국왕의 얼굴에 주름이 깊었다. 그는 아직 50대였으나, 유난히 혈색이 탁하고 주름이 깊어 60대로 보였다.

그가 보기에도 샤트린의 분노는 타당한 것이었다. 바실리가 일개 귀족이었다면 딸이 원하는 대로 부자를 모두 잡아다가 무릎 꿇려놓고 열 번이고 스무 번이고 사죄하게 했을 것이다. 어쩌면 그보다 더한 벌을 내렸을 수도 있다. 하지만 바실리는 마조람의 후계자였다.

왕조차 함부로 벌할 수 없는 오르테가 최고의 귀족.

"그게 그렇게 간단한 일이 아니란 걸 너도 잘 알고 있잖으냐. 바실리는 네게 사과할 것이다. 후작도 일을 바로잡겠다고 약속하였어."

"바로잡다뇨. 바로잡다뇨? 제가 그렇게 창피를 당했는데, 그 꼴도 보기 싫은 자와 기어이 결혼시키려고요?"

샤트린의 눈에서 불꽃이 일렁였다. 그 평민 시녀가 했던 말이 떠올랐다. 공주인 그녀는 저와 다르지 않냐면서, 바실리를 용서할 거냐고 묻던 그 선명한 녹색 눈동자.

"샤트린, 마조람은 왕가의 벗이다. 화해하는 게 좋아."

"아뇨. 싫어요. 바실리 마조람의 목을 쳐서 가져온다면 모를까, 제가 그 남자와 화해하는 일은 영원히 없을 거예요."

"샤트린!"

"아버지는 이 나라의 왕이잖아요!"

샤트린 공주가 버럭 소리를 질렀다. 국왕에게 대든 대가로 한동안 궁에 갇혀 있어야겠지만, 지금은 이렇게라도 안 하면 안 될 것 같았다.

"오르테가의 왕이잖아요. 저는 아버지의 하나뿐인 딸이에요! 그런데 왜 제 명예를 땅바닥에 처박은 귀족 따위에게 화해를 청해요? 제가 왜요! 왜 그래야 하는데요! 말씀해보세요!"

국왕이 한 손으로 머리를 짚었다. 샤트린이 찾아와 난동을 부린 곳은 왕의 침전이었다. 그곳엔 레위시아의 친모인 왕의 애첩이 머무르고 있었다.

왕이 신음하며 머리를 감싸자, 애첩이 다가와 부드럽게 이마를 문지르며 어깨를 주물렀다. 샤트린은 그 모습을 차갑게 노려보다 홱 뒤돌아섰다.

"대들어서 죄송해요. 무슨 벌이든 달게 받을게요. 하지만 제 생각은 변하지 않을 거예요."

이 일은 어머니를 만나러 왕의 침전에 갔던 레위시아 왕자를 통해 코코와 율리아에게까지 전해졌다.

레위시아는 상쾌한 미소를 머금고 자신의 궁으로 돌아와 말했다.

"율리아에게는 미안한 말이지만 난 샤트린이 별로 싫지 않아. 걘 부왕을 안 닮았거든."

"뭐예요?"

코코가 눈을 찡그리자, 변명하듯 이렇게 덧붙였다.

"마조람 후작이 바실리를 데리고 와서 샤트린 앞에 무릎 꿇는 일은 당연히 없겠지. 그런데 말이야. 적어도 왕위 후계자 중에서 한 사람하고는 확실하게 척을 진 거야. 샤트린은 뒤끝이 남부 해안만큼 길다고. 후작도 신경을 안 쓸 수가 없을걸."

"한 사람이라뇨, 두 사람이죠."

"에이, 나는 왕위 후계자가 아니잖아."

"또 그 소리."

코코가 한숨을 내쉬었다. 어쩐지 잔소리를 할 것 같은 느낌이라, 레위시아가 두 손을 살짝 들어 항복 표시를 하고 율리아를 바라보았다.

"미안하게 됐네. 내 궁에 있으면 안전할 거라고 했는데…… 왕족이 때리러 올 줄은 몰랐어. 그런데 율리아, 나는 네가 따귀 좀 맞았다고 해서 부왕의 귀한 공주에게 달려가서 똑같이 갚아줄 수 있는 대단한 사람이 아니야."

"전하, 괜찮아요."

"내가 샤트린을 때리면 바실리보다 더한 벌을 받게 될걸."

"그런 걸 바라지 않았어요. 저는 정말 아무렇지도 않아요."

"정말?"

"왕궁에 들어오겠다고 결심한 날부터 각오했던 일이에요. 따귀가 아니라, 채찍질을 당했어도 원망하지 않았을 겁니다."

레위시아가 의심스러운 눈으로 율리아를 훑어보았다. 그녀의 말이 진심인지 알아보려는 것 같았다. 하지만 그에게는 독심술 같은 재주가 없었으므로, 율리아의 속마음을 들여다볼 수는 없었다.

"진짜 신기하지."

"뭐가요?"

"율리아는 사실 아무 짓도 안 했잖아. 두 사람이 헤어진 건 바실리 그 자식이 개자식이라 그런 거고."

"그렇죠."

"미친놈이 저 혼자 매달리고, 애원하고, 착각하고, 사고 치더니 …… 샤트린까지 적으로 만들어버렸어. 왕궁에 폭풍이 세 번쯤 왔다 간 느낌이야."

율리아는 그냥 웃었다. 카루스가 보고 꿍꿍이가 느껴지는 미소라고 생각했던 그 웃음이었다.

"너를 시녀로 받아줬을 때는 말이야. 바실리 자식을 몇 번 놀려먹고 나면 돈 좀 쥐여주고 궁에서 내보낼 생각이었는데……."

레위시아가 턱을 괴고 율리아를 바라보았다.

"율리아, 언제까지 내 궁에 있을 생각이지?"

"쫓겨날 때까지요."

"안 쫓아내면?"

"안 나가겠죠."

"나쁘지 않네."

아무래도 오늘은 축배를 들어야 할 것 같다며 레위시아가 술병을 땄다.

밤이 되었다. 늦게까지 술을 마신 레위시아가 방으로 돌아가고, 코코와 율리아가 남았다.

율리아는 거울을 보고 있었다. 얼음찜질을 열심히 했던 덕인지,

부었던 뺨은 다 가라앉았다. 입술 안쪽에 난 상처도 별로 쓰라리지
않았다.

"야."

코코가 갑자기 말을 걸었다.

"네가 원한 게 이거야?"

"네?"

율리아가 코코를 향해 고개를 들었다. 가느스름하게 눈을 반만 뜬
코코가 술잔에서 입술을 떼고 물었다.

"마조람과 왕가의 반목."

"코코."

"머리가 두 개인 뱀을 죽이려면, 그 두 개의 머리가 서로 싸우게 해
야 한다. ……오래된 이야기지."

코코가 무겁게 중얼거렸다. 율리아가 했던 질문에 대한 답을 찾아
온 모양이었다.

"율리아, 나는 마조람이 싫어. 증오해. 오르테가 왕국은 뿌리부터
썩어 들어가고 있어. 그렇게 만든 건 마조람이지. 그런데 내가 그들을
싫어하는 건 그런 거창한 이유 때문이 아니야."

코코는 왕의 애첩과 친구였던 어머니 덕에 어릴 때부터 왕궁을 드
나들며 자랐다. 성인이 된 뒤에는 그녀가 레위시아의 시녀가 되었다.

"레위시아 전하의 어린 시절을 기억해. 갓 태어난 아기가 하얀 요
람에 누워 울고 있는데, 국왕은 찾아오지 않더라고. 왕비의 눈치를 보
느라."

심지어 레위시아의 친모는 왕의 곁에 있어야 했기에, 아들을 직접
키울 수 없었다.

"유모가 몇 번 바뀌었는지 몰라. 왕자님은 사랑이 뭔지 알기도 전에 외로움을 배웠어. 아장아장 걸을 수 있게 되니까…… 그때부턴 사람들 눈치를 보더라고."

코코는 레위시아가 눈치, 즉 섬세함을 타고났다고 말했다. 그는 어릴 때부터 남의 시선에 예민한 편이었다. 그건 왕자가 이 왕궁에서 애첩의 아들로 태어나 살아가는데 가장 필요한 능력이었을 것이다.

"사춘기 같은 건 없었어. 그것도 투정 부릴 상대가 있어야 하잖아. 머리가 굵어지니까 매일 왕궁을 떠날 생각만 했지."

"왜 안 떠나셨을까요?"

"어머니가 있었으니까."

레위시아는 어머니를 사랑했다. 지극히 사랑했다. 그만큼 아버지를 미워했다. 그 외에도 코코가 마조람을 증오하는 결정적인 이유가 있었지만, 아직 그 이상은 이야기해주지 않았다.

"어려운 말로 포장할 필요 없잖아. 그러니까 율리아 네가 왕궁에서 하려는 일은……."

"이간질이죠."

율리아가 산뜻하게 정의를 내렸다. 코코는 피식 웃으며 고개를 끄덕였다.

"샤트린 공주가 바실리를 미워하게 됐다고 해서 과연 왕가와 마조람이 멀어질까? 그들은 한 몸이 된 지 오래야. 누가 머리이고 누가 몸통인지도 모를 만큼."

"부족하죠. 알아요."

그러니까 이 작은 불씨가 스러지지 않도록 장작을 잘 넣어줘야 한다. 잠시 말이 없던 코코가 율리아에게 물었다.

"샤트린 공주가 너를 찾아와서 손찌검했다는 걸 바실리가 알게 되면 어떨 것 같아?"

"공주에게 사과하러 가지 않겠죠. 아니면 사과하러 가서도 공주의 잘못을 지적하거나."

"그래?"

"저를 위해서가 아니라…… 자기가 구석에 몰려 있으니까, 공주의 잘못이라도 물고 늘어지려고 할 거예요."

"그럼 그렇게 해줘야겠네."

율리아가 무슨 소리냐며 고개를 들었다. 어느새 술잔을 내려놓은 코코가 치마를 추스르며 자리에서 일어나고 있었다.

"외출할 거야. 넌 여기에 있어. 늦을 거니까 기다리지 말고."

"어디 가는데요?"

"야행성 귀족 놈들이 밤새 모여 노는 곳."

코코는 아무 연회에나 가서 오늘 샤트린 공주가 저지른 일에 대해 떠들고 올 생각이었다. 그러면 누군가는 바실리에게 달려가 그 소식을 전하려 할 테니까.

잠시 고민하던 율리아가 코코의 소매를 당겨 잡고 말했다.

"13번가의 회원제 클럽으로 가세요. 거기 가면 바실리의 친구들이 많이 있을 거예요. 이왕이면 코코가 직접 가지 말고, 누군가에게 사주하는 게 좋겠어요."

"……그래."

율리아는 바실리의 친구들이 밤마다 어디에 모여 노는지 잘 알고 있었다.

그곳은 어느 부유한 상인의 회원제 클럽이었는데, 누구보다 파벌주의적이면서 파벌이 없는 자를 좋아하는 그들의 모순이 상징적으로 드러나는 장소였다. 무엇보다 그 회원제라는 게 돈만 있으면 가능하다는 점이 제일 웃겼다.

"바실리가 너한테는 정말 비밀이 없었나 보네."

코코가 헛웃음을 터뜨렸다.

그날 밤, 율리아에게 회원제 클럽의 위치와 입장 방법에 대해 상세히 안내받은 코코가 그 안에 사람을 들여보냈다. 그리고 샤트린 공주가 2왕자궁에서 평민 시녀에게 나쁜 짓을 저질렀다고 소문을 냈다. 그 소식은 왕족의 추문인 만큼 귀족들의 엄청난 관심을 받았고, 해가 뜨기도 전에 바실리의 귀에도 들어가게 되었다.

샤트린은 화를 풀지 않았다.

당연한 일이었다. 마조람 후작이 아들을 데리고 찾아와 무릎을 꿇어도 연회장 바닥에 내팽개쳐진 공주의 명예는 회복되지 않을 텐데, 잘난 마조람은 무릎은커녕 사과조차 하지 않았다.

시간이 지날수록 공주의 분노가 커져만 가자, 난감해진 건 국왕 부부였다. 왕은 마조람을 벌할 수도 없고, 마조람의 편을 들어줄 수도 없었다. 후작은 그런 왕의 입장을 잘 알기에, 어쩔 수 없이 바실리를 찾았다.

"왕궁에 가서 공주께 사과하고 오너라."

"예?"

"무슨 말이든 해서 달래란 말이다. 공주께서 기어이 네놈이 무릎 꿇는 모습을 봐야겠다고 하거든, 하는 시늉이라도 해라."

그렇게 말하는 후작의 얼굴도 그리 편치만은 않았다. 바실리는 아버지의 심정을 아는지 모르는지, 고분고분하게 굴지 않았다.

"마조람의 후계자인 제가 고작 춤 신청을 거절했다고 공주 앞에서 무릎을 꿇어야 한다는 말씀입니까?"

"바실리, 너는 왕족의 명예를 건드렸어."

"제 명예는요."

바실리는 아직도 정신을 차리지 못한 상태였다. 후계자가 바뀔 수도 있다는 아버지의 말에 단단히 화가 난 나머지, 평소보다 시야가 좁고 감정적이었다.

"저도 싫고, 공주도 싫다던 결혼을 멋대로 밀어붙인 게 누굽니까. 어차피 불행한 결말이었을 텐데, 그나마 제가 용기가 있어서 미리 막은 거예요."

"바실리!"

"절대 사과 안 합니다. 공주의 명예는 무슨, 그냥 성격 파탄자일 뿐……."

후작의 한쪽 눈꺼풀이 움찔 떨리더니 이내 무섭게 굳었다. 그는 진심으로 화가 났다. 특별히 잘난 구석은 없어도 고분고분해 후계자로 삼았던 아들이 요즘 정신 나간 망아지처럼 제멋대로 굴고 있었다.

"집사."

"예, 후작님."

후작이 집사를 불렀다. 문밖에서 대기하고 있던 집사가 단정하게 머리를 숙였다.

"병사들을 데려오게. 바실리를 마차에 태워 왕궁으로 데려가. 공주 궁 앞에 던져놓고 와."

"아버지!"

바실리가 큰소리로 화를 냈다. 하지만 그는 후작을 왕처럼 모시는 집사의 손에서도 벗어날 수 없었다.

"저리 가! 내 몸에 손대면 가만두지 않겠다!"

"모시겠습니다."

집사가 다가와 바실리의 두 팔을 뒤로 꺾어 잡았다. 주먹질도 제대로 하지 못하는 도련님을 제압하는 건 그에게 그리 어렵지 않은 일이었다.

"놔! 아버지! 아버지!"

"도련님을 모셔라."

병사들이 집사가 제압한 바실리를 붙잡고 밖으로 끌고 나갔다. 그는 죄인이 된 기분이었다. 몸부림쳐도 소용없었다. 무력하고, 비참했다. 그렇게 강제로 마차에 태워져 공주의 궁에 도착한 바실리는 정원에서 그를 기다리는 샤트린을 만날 수 있었다.

"……공주님."

몸부림치느라 바실리의 머리와 옷이 모두 엉망이었다. 샤트린은 그런 그의 몰골을 감상하듯 천천히 훑어보았다.

샤트린은 무척 인내하고 있었다. 그녀 역시 왕가와 마조람의 관계를 모르지 않기에, 바실리가 무릎 꿇고 사죄하고 파혼의 사유가 그에게 있음을 귀족들 앞에서 발표한다면, 그때는 화를 풀겠다고 다짐하고는 있었다. 그런데 바실리가 샤트린을 보고 얼굴을 굳히더니 이렇게 말했다.

"율리아를 때리셨다던데, 그게 사실입니까?"

"뭐?"

"아무 잘못도 없는 사람에게 폭력을 행사하다니요. 그게 무슨 짓입니까. 저야 그런 짓을 저질렀으니 공주님께 사죄해야 마땅하지만, 율리아는 왜……."

"바실리 마조람."

거친 탄성을 터뜨린 샤트린의 입에서 새된 목소리가 흘러나왔다. 공주는 두 손을 바들바들 떨고 있었다.

"너 제정신이야?"

"무슨 말씀을……."

"지금 감히, 내 궁에 찾아와 네 연인의 편을 들면서…… 나를 질투심 많은 폭력배로 매도해?"

"그게 아니라, 공주님."

"그게 아니면 뭔데. 너희 가문이 대단한 줄이야 알고 있었지만, 왕족을 업신여겨도 되는 정도일 줄은 미처 몰랐네?"

샤트린이 높은 소리로 웃었다. 하도 기가 막혀 웃음이 났다. 공주의 곁을 지키는 시녀들의 얼굴에도 불쾌함이 가득했다. 그들은 바실리를 이해할 수도 없었고, 이해하고 싶지도 않았다.

"말해봐. 후작이 그래도 된다고 가르쳤어? 후작 부인이? 그것도 아니면, 내 아버지인가?"

그제야 뭔가 일이 크게 잘못 돌아가고 있다는 걸 깨달은 바실리가 입술을 꾹 깨물었다. 그러곤 머뭇거리던 몸을 바로잡고 공주 앞에 머리를 숙였다.

"죄송합니다."

"아니."

샤트린은 그의 사과를 받아주지 않았다.

"꺼져라, 마조람."

그건 바실리에게 하는 말이면서, 동시에 마조람 가문에 하는 말이기도 했다.

"영원히 꺼져."

"공주님!"

"거기 뭣들 하느냐! 이 자식을 내 눈앞에서 치워라! 당장 끌어내, 어서!"

샤트린 공주가 바실리 마조람을 자신의 궁에서 들개처럼 끌어냈다는 소문이 돌았다. 병사들의 손에 붙들려 끌려 나온 바실리가 공주 궁 앞에서 고함을 질렀다는 얘기도 있었다.

국왕은 그 일로 샤트린에게 외출 금지 명령을 내렸다. 사과하러 온 귀족 가문의 자제를 강제로 내쳤다는 게 이유였다.

하지만 그 안엔 여러 가지 복잡한 사연이 숨겨져 있었다.

"네놈이 미치지 않고서야!"

머리끝까지 화가 난 마조람 후작이 한 손으로 바실리의 멱살을 잡아채더니 주먹으로 그의 얼굴을 후려쳤다. 관자놀이를 연속으로 몇 대나 얻어맞은 바실리가 선 채로 비틀거렸다.

"후작님!"

집사가 달려와 말렸지만 소용없었다. 후작의 얼굴이 벌겋게 달아올랐다. 극도로 분노한 그는 바실리의 입과 코에서 피가 흘러도 주먹질을 멈추지 않았다.

"왕이 공주를 가뒀다. 잘못은 처음부터 끝까지 네놈이 했는데! 왕이 공주를 가뒀어! 그게 뭘 뜻하는지 아느냐!"

바실리는 그보다 훨씬 큰 벌을 받아야 한다는 뜻이었다.

"아무렇지 않게 넘어갈 수 있는 일이었다! 사과 한마디만 하면, 공주가 받아주든 받아주지 않든 상관없었단 말이다! 한데 네놈이 일을 이 지경으로 만들었어!"

후작이 흐느적거리는 바실리를 내팽개치듯 놓았다. 주춤거리다 못해 아예 바닥에 주저앉은 바실리가 후작에게 물었다.

"그럼 이제 마조람의 후계자는 크리스틴입니까?"

"바실리!"

"그게 아버지가 원하는 거잖아요. 아무짝에도 쓸모없는 아들은 치워두고 똑똑하고 예쁜 크리스틴을 후계자로 삼고 싶다고, 오래전부터 그러셨죠. 아주…… 아주 오래전부터."

"그게 무슨 소리냐."

"제가 모를 줄 아셨어요? 아버지가 절 얼마나 무시했으면 집사조차 저를 우습게 여기겠습니까, 예?"

후작은 바실리가 하는 말을 귀담아듣지 않았다. 덩치만 컸지 아직 어린 아들이 철없이 떼를 쓰고 있다고 여겼다.

"내가 널 엄하게 키우지 않아서 이런 일이 생긴 게지."

후작이 무겁게 탄식하며 중얼거렸다.

"집사."

"예, 후작님."

"바실리를 지하에 가두어라. 내가 허락할 때까지 한 걸음도 밖으로 나오지 못하게 해."

"알겠습니다."

집사가 꾸벅 고개를 숙였다.

바실리는 입가에 흐른 피를 소매로 훔치며 일그러진 얼굴로 소리쳤다.

"차라리 내쫓으세요! 샤트린 공주가 외출 금지를 당했는데, 그 정도로 되겠습니까? 제 이름에서 마조람을 빼면 되잖아요!"

"그걸 원하느냐?"

후작이 물었다. 그래도 지금까지는 조금이나마 아들을 나무라는 아버지 같았는데, 방금 그 질문을 할 때 후작의 얼굴은 사형수를 대하는 집행자 같았다.

"그걸 원하느냐고 물었다. 네 이름에서 마조람을 빼면 네가 무엇일 것 같으냐. 네 말대로 아무짝에도 쓸모없어 누구도 필요로 하지 않는 쓰레기가 될 텐데."

"그러니까 내쫓으라고요!"

"그렇군. 잘 알겠다. 그래도 지금까지 귀하게 키운 게 아까우니, 네 놈을 마지막으로 어디에 쓰고 내쫓을지 고민해보마."

그렇게 말하곤 돌아선 후작이 잇새로 신음을 흘리듯 낮게 뇌까렸다.

"이게 다 그 건방진 평민 계집 때문에 일어난 일이야."

"……율리아가 왜요."

"그년을 죽여서 그 시체를 네 앞에 던져주마. 그럼 철이 좀 들겠지."

그는 진심이었다.

"바실리, 이렇게 될 줄 몰랐다고 변명하지 마라. 그 계집을 죽여 없애라고 집사에게 지시했는데도 네놈은 끝까지 포기하지 못하고 결국 공주를 욕보이기까지 했어. 그런데 내가 어찌 그 계집을 내버려둘 수 있겠느냐."

"아, 아버지……."

바실리가 멈칫거렸다. 아버지를 말려야 하는데, 뭐라고 해야 할지 모르겠다는 얼굴이었다.

"그 영리한 계집은 다 알고 있었을 거다. 멍청한 네놈이랑은 처음부터 싹이 달랐으니까."

반박할 수 없었다. 후작의 말대로, 율리아는 처음부터 알고 있었다. 바실리에게 경고도 했다. 네가 그럴수록 자신의 목숨은 위태로워질 거라고. 그 경고를 무시하고 멋대로 행동한 건 바실리 자신이었다.

"율리아는 왕자궁에 있어요. 아버지도 어쩔 수 없을걸요."

그래서 한다는 말이 고작 이거였다. 후작은 그런 바실리를 보며 헛웃음을 짓더니, 마지막으로 이렇게 말했다.

"무슨 말을 하는 거냐. 저 왕궁 안에 내가 죽일 수 없는 사람은 오직 국왕 한 사람뿐이다."

—◆ ∙ ◆ ∙ ◆—

'과자가 고소하네.'

며칠 뒤 율리아는 하녀들이 거리에서 사 왔다는 과자를 봉지째 들고 먹고 있었다. 테이블 위엔 새하얀 도자기 찻잔에 붉은 홍차가 모락모락 김을 내뿜었다.

비가 왔다. 간만의 비였다. 어디선가 개구리 소리도 들렸다.

유리창 위에 흘러내리는 빗줄기를 바라보며, 율리아는 오도독오도독 과자를 씹었다.

샤트린 공주는 외출 금지를 당했고, 바실리는 후작 저택 지하에 갇혔다고 들었다. 두 사람이 다시 결혼 동맹으로 엮이는 일은 일어나지 않을 것이다.

이간질은 성공적이었다. 본래 계획보다 빨랐고, 효과가 컸다. 이게 다 바실리가 그녀의 예상보다 더 극단적으로 움직여 준 결과였다.

'고맙다고 인사해야겠는걸.'

이제부터 바실리는 누구나 인정하는 마조람의 고귀한 후계자가 아니게 될 것이다. 그는 자신의 자리, 생존을 위해 누구보다 열심히 살아야 한다.

어쩌면 크리스틴이 그의 자리에 앉을 수도 있고, 직접 왕가와의 결혼 동맹에 나서게 될 수도 있었다. 그 모든 게 바실리에겐 실질적인 위협이었다.

자신의 치부를 정면으로 바라보는 건 바실리에게 무척 고통스러운 경험이 될 것이다. 그는 차갑고 어두운 지하실에서 평생 크리스틴에게 느껴 온 열등감과 마주하게 되리라.

율리아의 입꼬리가 기분 좋게 치솟았다.

'그래. 그렇게 추락하다가 시궁창으로 가는 거야. 네가 사는 세계엔 내가 올라갈 테니, 너는 내가 살던 시궁창으로 내려와.'

마조람 후작가의 고귀한 후계자. 바실리를 처음 만났을 때의 율리아는 그가 적선하듯 던져준 금화 하나로도 천국에 닿은 듯 기뻐하던 비렁뱅이였다.

인간의 고귀함에는 급이 있다.

천민이 열 명, 혹은 백 명이 죽어도 귀족 하나의 목숨 값만 못하다. 그런 자들이 수만이 되어야 왕족에 대어볼 수 있을 것이다.

율리아는 천민이었다. 그녀의 목숨은 마조람 후작에게 길거리 자갈보다 가치 없는 것이었다.

'귀하게 키운 아들이 추락하는 걸 지켜봐. 천하다 여기던 평민 계집

이 어디까지 올라갈 수 있는지도 지켜봐.'

후작은 아마 머리끝까지 화가 나 있을 것이다. 이제는 집사에게 지시하지 않고 직접 율리아를 죽이려 할지도 몰랐다. 레위시아 2왕자의 시녀가 되었지만, 왕위 후계자조차 되지 못한 왕자가 자신을 완벽하게 지켜주지 못하리란 사실을 그녀는 알았다.

'잘 봐.'

그래서 그를 키우기로 했다.

'너희가 만든 괴물을.'

왕궁 경연에서의 승패는 별로 중요하지 않았다. 왕의 자식 중에서 누가 귀족들의 주목을 받는가, 그게 가장 중요했다.

율리아는 왕위 후계자로 거론조차 되지 않던 레위시아를 무대 위에 올릴 생각이었다. 그러려면 그가 지금보다 적극적이어야 했다. 마조람을 미워하기만 했지, 직접 나설 생각은 하지 않는 왕자에게 싸우는 법을 알려줘야만 했다.

당신이 칼을 쥐지 않으면 모두 죽게 될 거라고.

"코코, 자요?"

과자 봉지를 손에 든 율리아가 코코의 방을 찾았다. 드레스보다 화려한 잠옷을 입은 코코가 직접 문을 열어주었다.

"뭐야? 그 싸구려 과자는?"

"마조람 후작이 고용한 하이에나들이 왕족의 궁에 침입할 수 있을까요?"

"뭐?"

코코의 얼굴이 싸늘하게 굳었다. 그녀는 복도에 아무도 없는 걸 확인하곤 율리아의 팔을 잡아 안으로 끌어들였다.

"너 뭐야. 왜 그래? 후작이 아무리 이 나라 최고의 귀족이라 해도, 왕족의 궁에 칼 든 무뢰배를 들이밀 만큼 생각 없는 인사는 아니야."

"왕족을 죽이는 게 목적이 아니잖아요. 하찮은 평민 계집 하나만 죽이고 사라지면 되는 일인데, 불가능하진 않겠죠."

"그거야…… 그렇긴 한데."

코코의 얼굴이 갈수록 싸늘해졌다. 생각할수록 율리아의 말이 옳았다.

"일단 레위시아 전하께 말씀드리고 경비를 늘리자."

"코코."

율리아가 코코의 손에 과자 봉지를 쥐여주었다. 고소해서 입이 즐거운 과자였다. 비가 와 눅눅한데도 맛이 있었다.

"전하께는 알리지 마세요."

"왜 그래, 너…… 또 무슨 꿍꿍이야."

"저는 왕자님의 궁에 마조람의 첩자가 하나도 없으리라고 생각하지 않아요."

"뭐?"

의심하고 또 의심해라. 친절한 사람일수록 한 번 더 의심해라. 왕궁에는 수많은 사람의 눈과 귀가 있고, 그들은 때때로 권력자에게 그 정보를 팔아 생계를 유지한다. 누가 더 많은 생쥐를 키우는가, 누가 더 좋은 먹이를 내미는가. 그것도 능력이었다. 그러니 왕족을 보필하기 위해선 쥐덫을 놓는 법부터 배워야 한다.

다 코코에게 배운 것들이었다.

"왕위 후계로 거론되지 않을 뿐, 왕자님은 후작의 적이 확실하니까요.”

율리아는 이번 기회에 어디 숨어 있을지 모르는 첩자를 가려내자
고 말하고 있었다.

“너 진짜 세상에 무서운 게 없구나. 그렇다고 목숨을 걸어? 죽는 게
그렇게 우스워?”

“안 죽어요. 죽을 것 같았으면 이런 말 꺼내지도 않았어요.”

코코가 의자에 털썩 주저앉았다. 그러곤 한 손으로 이마를 잡고 말
했다.

“시녀가 많으면 고용인 관리를 직접 하기도 하는데, 여긴 나 혼자
뿐이라 대충 궁내부에서 보내주는 사람을 써. 그들 중에 누가 첩자인
지 어떻게 아니.”

“돈을 좀 풀어보려고요.”

“돈? 네가 돈이 어디 있어.”

율리아가 어깨를 으쓱거리더니 손가락으로 자신의 방을 가리켰
다. 코코는 미심쩍어하면서도 그녀를 따라 움직였다.

그렇게 율리아의 방으로 자리를 옮긴 뒤, 코코는 금화로 가득 찬 궤
짝을 보고 할 말을 잃어버렸다.

“너 솔직히 말해.”

“네.”

“네 후원자…… 도대체 뭐 하는 놈이야.”

그건 아직 말해줄 수 없었다.

“저는 아직 이곳 사람들에 대해 잘 몰라요. 누구를 포섭하고 누구
를 의심해야 하는지. 그러니까 코코가 도와주세요.”

이걸로 고용인들을 좀 뒤흔들어보자는 율리아의 말에, 코코가 재

빨리 머리를 굴렸다.

며칠째 내리는 비 때문에 정원이 엉망이었다. 여기저기 물웅덩이가 생겨 위험해지자 궁내부에서 정원사와 함께 장비를 든 인부들을 왕자궁으로 보냈다.

"어휴, 오늘 밤늦게까지 작업해야 한대요. 새벽에 비가 더 많이 올지도 모른다고, 물길을 내야 한다나."

"그래요?"

"대충 먹을 간식거리라도 내어주고 와야겠어요. 시녀님은 오늘도 일찍 주무실 거죠?"

하녀들이 물었다. 율리아는 부지런히 주방을 오가며 작은 쟁반에 간단하게 먹을거리를 담고 있었다.

"평소처럼 잘 거예요."

율리아의 얼굴에 짧은 미소가 스치듯 지나갔다. 평소와 다를 바 없으면서 어쩐지 눈에 걸리는 웃음이었다.

쟁반 위엔 달콤한 과자 몇 개와 뚜껑 덮인 컵이 놓여 있었다. 율리아가 간식을 좋아한다는 걸 잘 아는 하녀들은 별다른 의심 없이 웃으며 말을 건넸다.

"저희가 가져다드린다니까 왜 매일 직접 내려오시는 거예요."

"별것도 아닌데 어때요. 여러분은 바쁜데 저는 한가하고."

"제가 다음에 우유로 피부 관리를 해드릴게요. 코코 시녀님의 전속 하녀한테 배웠는데, 요즘 유행하는 방식이래요."

"고마워요."

율리아는 식당에서 몇몇 하녀들과 도란도란 이야기를 나누다가 2층으로 올라갔다. 바깥에선 인부들이 삽질하느라 애를 쓰고 있었다.

빗줄기가 굵어졌다. 인부들의 목소리가 빗소리에 묻혀 잘 들리지 않았다. 율리아는 자신의 방으로 돌아와 침대 머리맡에 쟁반을 올려놓고 잠옷으로 갈아입었다.

그녀는 이날 밤 잠들지 않을 생각이었다. 자는 척하다가 잠들어버릴 수도 있으니까 아예 눈 뜬 채 밤새우는 편이 나았다.

하이에나는 어디에 있을까.

율리아의 시선이 빗줄기 때문에 어지러운 유리창으로 향했다.

마조람 후작의 인내심이 바닥났다는 건 굳이 확인해보지 않아도 알 수 있었다. 율리아가 브레웨 훈장을 손에 넣고 왕궁에 들어가는 것까지는 막을 수 없었으나, 바실리를 저 지경으로 만들어놓았으니 반드시 보복하려 할 것이다.

왕자궁에 하이에나를 억지로 들여보내서라도.

'언제쯤 오려나.'

자정일까, 새벽일까. 코코와 레위시아는 평소에도 늦게 잠드는 편이니까 새벽일 가능성이 컸다. 시간은 아직 많이 남아 있으니 느긋하게 기다릴 생각이었다. 율리아는 침대에 누워 달콤한 과자를 입에 물었다.

와사삭. 율리아가 과자를 씹으며 책장을 넘겼다.

어쩐지 지금 자신의 모습을 카루스와 바바슬로프가 보게 된다면 한소리 들을 것 같다는 생각이 들었다. 바바슬로프는 다정한 잔소리를 쏟아낼 테고, 카루스는 그 까만 눈동자로 책망하듯 율리아를 바라볼 것이다.

칼날 위의 삶을 선택한 사람은 슬프고 불행하게 산다고 했던가.

그래도 죽음이 두렵지 않다고 말하면 그 사람은 내가 거짓말을 하고 있다고 생각할까. 그럴 것 같다. 철없는 소리 하지 말라고, 네가 사람 죽는 걸 본 적이 없어 그러는 거라고 타이를 수도 있다. 카루스 란케아는 자신의 말을 믿지 않으니까.

율리아는 죽음이 두렵지 않았다. 어차피 다시 시작할 걸 알기 때문이다.

두려운 건 차라리 실패였다. 처음엔 고통이 두려웠는데, 이제는 실패가 더 두려웠다. 그래서 이렇게 누가 자신이 목숨을 노리고 있다는 걸 알면서도 과자나 씹으면서 기다릴 수 있었다.

시간이 흘러 왕자궁의 불이 거의 다 꺼지고, 복도를 오가는 하녀들의 인기척도 사라졌다. 정원의 인부들도 작업이 끝났는지, 이제는 고요한 가운데 빗소리만 들렸다. 율리아는 책을 내려놓고 촛불의 위치를 옮겼다. 그러곤 쟁반 위에 있던 컵을 들고 이불 속으로 들어가 몸에 힘을 뺐다.

'이제 오겠지.'

왕족의 궁에 암살자를 들이는 건 쉽지 않은 일이었다. 갑작스러운 폭우가 아니었다면 저 인부들도 왕자궁에 들어오기 어려웠을 것이다. 그러니까 하이에나들은 이 기회를 놓치고 싶지 않으리라.

이게 혼자만의 망상이라고 해도 상관없었다. 하이에나가 안 오면 안 와서 좋은 거고, 오면 자신의 추측이 옳았던 거고.

빗줄기가 따닥따닥 창문을 때렸다. 율리아는 높은 베개에 기대 누워 잠든 척했다. 그녀의 숨소리조차 잦아든 순간, 방문이 열렸다.

복도는 어두웠다. 밤에도 복도를 밝히는 등불 정도는 켜놓는 편인데, 율리아의 방 앞 복도만 등불조차 꺼진 채 캄캄했다.

하이에나가 소리 없이 들어왔다.

이번에는 창문이 열렸다. 부드럽게 기름칠 된 창문이 소리도 없이 열리고, 밖에서 또 다른 그림자 하나가 안으로 들어오기 위해 몸을 내밀었다. 방문으로 들어온 하이에나는 율리아가 침대 위에 혼자 잠들어 있다는 사실을 확인하자마자 창문을 향해 '내가, 처리'하겠다는 의미의 수신호를 날리더니 곧장 침대를 향해 다가왔다.

율리아는 속으로 숫자를 세었다.

'하나, 둘, 셋…….'

조급해해선 안 된다. 충분히 가까워져야 했다.

두툼한 이불 속에서 율리아의 손가락이 움직였다. 그녀는 감춰놓았던 컵의 뚜껑을 열고, 하이에나가 적당히 다가왔을 때 발로 이불을 걷었다. 그러곤 컵에 있던 액체를 하이에나에게 뿌렸다.

"……!"

그건 기름이었다. 당황한 하이에나가 칼을 휘둘렀지만, 율리아는 그때 이미 촛불을 손에 들고 있었다.

"날 죽이려거든 너도 죽을 각오로 왔어야지."

촛불이 날았다. 기름을 뒤집어쓴 하이에나의 몸이 순식간에 불길에 휩싸였다.

"으아아아악! 끄아…… 살려줘, 제발 살려줘!"

끔찍한 비명이었다. 고요한 궁이 쩌렁쩌렁 울렸다. 율리아는 창문으로 들어오려던 하이에나를 견제하려 조금 더 뒤로 물러나 그쪽을 노려보았다. 그런데 그가 움직이지 않았다.

"뭐야, 구해주러 올 필요도 없었네?"

하이에나인 줄 알았던 그림자가 씩 웃으며 살랑살랑 손을 흔들었다. 그러더니 누구냐고 물어볼 새도 없이 창문 밖으로 몸을 날렸다.

'누구지?'

율리아는 재빨리 그쪽으로 달려가보았다. 어두워서 정원이 보이지 않았다.

'맥스웰인가.'

아마 그일 것이다. 카루스가 율리아에게 붙여준 남자. 어떻게 여기까지 올 수 있었는지는 모르겠으나, 그 또한 마조람 후작이 율리아의 목숨을 노릴 거라고 예상했던 게 틀림없었다.

이윽고 인기척 하나 없던 복도가 환하게 밝아지더니 병사들이 달려왔다.

"시녀님, 괜찮으십니까!"

달려온 병사들은 한동안 말을 잇지 못했다. 불길에 휩싸인 채 비명을 지르는 하이에나 때문이었다.

"빨리 왕자님을 모셔 와라. 거기 누구 없나!"

병사들이 빠르게 움직였다. 하이에나는 바닥에 쓰러져 경련하고 있었다. 병사들이 금방 불을 껐지만, 옷과 살점이 함께 타버린 그는 회복 불가능해 보였다.

"빌어먹을…… 밖으로 나가봐! 아직 일당이 남아 있을 수도 있다!"

율리아는 그 모습을 눈 하나 꿈쩍하지 않고 바라보았다. 그러곤 고통에 몸부림치는 하이에나에게 물었다.

"후작이 왕자궁으로 가서 계집 하나를 죽이라고 했을 때, 그 계집이 무력하게 당하고만 있진 않을 거라고 안 알려줬어?"

"넌…… 넌 죽을 거다."

"나도 알아."

"하이에나는 많아. 넌 반드시 죽을 거다!"

율리아가 어둠 속에서 부드럽게 미소 지었다. 뒤늦게 밝혀진 등불이 그녀의 얼굴에 짙은 음영을 만들었다.

"침입자다! 침입자가 바깥에도 있습니다!"

왕자궁에 비명과 고함이 난무했다. 교대하고 휴식을 취하던 병사들까지 모두 달려 나와 정원을 뒤졌다.

"도대체 무슨 일이…… 이것들은 다 뭐지?"

병사들은 정원 구석에서 두 명의 하이에나가 쓰러져 있는 걸 발견했다. 누군가 밖에서 놈들을 처리한 모양이었다. 도대체 누군지는 몰라도 덕분에 율리아 시녀가 무사하니 다행일 따름이었다.

"하이에나?"

레위시아의 얼굴이 무시무시했다. 자다가 달려 나온 하녀들도 왕자가 이렇게 화난 건 처음 본다며 바들바들 떨었다.

"왕족의 궁에 하이에나?"

레위시아가 병사들을 보며 말했다. 그중엔 그의 호위 기사도 있었다. 그들이 면목 없다는 듯 머리를 숙이고 잘못을 빌었다. 사실 병사들에겐 큰 잘못이 없었다. 그들은 침입자가 나타날 거란 율리아의 말에 농담하지 말라며 비웃음을 흘렸지만, 그녀가 번쩍거리는 금화를 내밀자 옆방에서 밤새도록 경비를 서주었다.

그리고 진짜 하이에나가 나타났을 때는 혼비백산해서 달려와주기도 했다.

은근히 죄책감이 들었다. 이게 다 율리아 때문에 일어난 일이었으니까.

"전하, 다 제 탓입니다. 그분들 잘못이 아니에요. 하이에나는 저를 죽이려고 들어왔어요. 그분들은 왕자님을 지켜야 하잖아요."

"그렇다 해도 하이에나 따위가 감히 왕궁에 들어와? 그게 가능하다는 게 문제란 거다."

"정원 인부들 사이에 껴 있었을 거예요. 폭우가 내렸고, 갑작스럽게 인력이 필요했잖아요."

"궁내부 이 자식들이……."

왕궁을 관리, 보수하는 인력은 궁내부 소관이었다. 레위시아가 낮게 이를 갈자, 잠옷 위에 두툼한 숄을 걸치고 나와 있던 코코가 불쑥 끼어들었다.

"율리아가 입궁했을 때부터 평민 계집 따위가 왜 시녀 노릇을 하려고 하느냐며 시비 걸러 온 자식들이 있었어요. 그쪽부터 조져보세요."

"그런 일이 있었어?"

레위시아가 신경질적으로 머리카락을 쓸어 올렸다.

율리아는 그 사람들과는 아무 상관없는 일이라고 말하려다가 코코가 어깨를 꽉 잡는 바람에 입을 다물었다.

"또 있어요."

이번에는 코코의 시선이 하녀들에게 내리꽂혔다. 겁먹은 얼굴로 상황을 살피던 하녀들이 몸을 흠칫 떨었다.

"율리아의 방이 어딘지, 하이에나가 어떻게 2층 복도까지 아무에게도 방해받지 않고 올라올 수 있었는지, 창문으로 도주한 뒤에는 어디로 나가려고 했는지."

레위시아의 시선도 하녀들에게 향했다.

"누군가 안에서 도와줬겠죠."

마조람 후작의 영향력이란 이토록 대단하다. 율리아가 들어오기 전까지는 그다지 위협적이지 않았던 레위시아 2왕자의 궁에도 첩자를 심어두었을 만큼.

"말해라."

레위시아는 이제 화가 나다 못해 질린 얼굴이었다.

하녀들이 안절부절못하며 서로의 눈치를 보았다.

"오늘부터 너희 모두를 가둬놓고 첩자가 자백할 때까지 고문해야 하겠느냐?"

왕자가 하는 말은 하녀들에게 절대적이었다. 병사들은 그가 명령을 내리기만을 기다리며 서 있었다. 고문이라니. 하녀들은 상상조차 해본 일 없는 끔찍한 단어에 울음을 터뜨렸다.

"잘 들어요."

율리아는 한 명의 첩자를 가려내기 위해 하녀들이 모두 고통받는 걸 원하지 않았다.

"인부들에게 간식이나 물을 가져다주면서 하이에나와 따로 은밀히 대화한 사람이 있을 거예요. 늦게까지 잠들지 않은 채 혼자 깨어 있었을 거고, 언제든 달아날 수 있도록 소지품을 정돈했을 수도 있죠."

울먹이던 하녀들이 빠르게 눈물을 훔쳤다.

"내가 언제 자고 언제 일어나는지, 방문과 창문을 안에서 잠그는지, 관심이 많았을 거예요. 내 방으로 이어지는 복도를 청소하거나 서성거렸을 수도 있고요. 오늘…… 이 복도를 마지막으로 확인하고 불을 끈 사람일 테고."

율리아는 몇 명의 하녀들이 한 사람을 곁눈질로 바라보고 있다는 걸 눈치챘다.

그들은 코코에게 금화를 받은 하녀들이었다. 코코가 믿는 사람들이기도 했다. 요 며칠 율리아의 곁을 맴돌며 수상쩍게 행동하는 애가 있으면 잘 지켜보라고 했더니, 그 효과가 나타났다.

"배후가 누구냐."

레위시아가 물었다.

지목당한 하녀가 덫에 걸린 짐승처럼 이상한 소리를 내면서 조금씩 뒷걸음질을 쳤다.

"저, 전하……. 아니에요. 왜 이러세요. 전 아니에요!"

"솔직하게 말하면 목숨만은 살려줄 것이고, 계속 거짓말한다면 네 가족까지 모두 죽이겠다."

"전하, 아니에요. 살려주세요. 살려주세요!"

레위시아는 왕족이었다. 그가 고용인들에게 친절하고 자유분방한 성격이라고 해서, 궁에 잠입한 첩자에게 너그러운 사람인 건 아니었다.

"팔다리를 하나씩 잘라야 말을 하겠느냐?"

레위시아가 옆에 있던 호위 기사에게서 칼을 빼앗아 들었다. 그러자 발뺌하던 하녀가 무너지듯 바닥에 주저앉았다.

"죄송…… 죄송합니다. 전하. 죄송해요. 죽을죄를…… 제가 무슨 짓을."

울먹임이 통곡으로 변했다. 하녀는 바닥에 엎드려 살려달라고 울며 빌었다.

율리아는 마조람 후작이 이 정도로 포기하리라고 생각하지 않았다. 그는 한 번 죽이려 마음먹은 자는 반드시 죽이고야 마는 사람이었다. 처음 하이에나를 보낼 때야 율리아를 죽이는 것보다 바실리와 헤어지게 하는 것이 더 중요한 목표였으나, 이제는 사정이 달라졌다.

머리끝까지 화가 난 레위시아가 수비대에 병력을 요청했으나 호위 기사를 늘리지는 못했다. 기사는 왕족을 지키는 자이지, 시녀를 호위하기 위해 파견되는 자가 아니었다. 대신 몇 명의 병사들이 증원되어 밤새도록 왕자궁에서 경비를 섰다.

레위시아는 이번 일로 식사를 거르고 잠을 이루지 못할 만큼 큰 충격에 빠졌다. 그는 자신의 위치가 한낱 하이에나나 궁내부 관리조차 함부로 여길 만큼 형편없다는 사실을 깨달았다. 궁에 있으면 안전할 거라고 율리아에게 큰소리를 쳤는데, 되레 이 안에 있어서 더 위험해졌다.

왕이 되고 싶진 않았다. 레위시아는 부왕을 싫어하다 못해 증오하는 아들이었다. 왕이라는 자가 사랑하는 여자 하나 지키지 못해 평생 불행하고 슬프게 만들어놓고, 만인의 어버이라 불리는 것도 우스웠다. 하지만 그가 왕위에 다가가지 않으면 자기 자신을, 자신의 사람을 지킬 수가 없었다.

더 큰 권력이 필요했다.

며칠 사이 웃음을 잃고 핼쑥해진 얼굴로 궁을 오가는 레위시아를 보며, 율리아와 코코가 대화를 나누었다.

"하이에나가 배후를 불지 않고 죽었어. 하녀는 의뢰인이 누군지도 모르더라고. 마조람 후작의 짓인 걸 모두가 아는데, 그걸 증명할 방법이 없어."

"이렇게 될 줄 알고 있었잖아요."

코코가 짜증을 내며 말했다.

"마조람 후작이 그렇게 쉽게 낚일 물고기가 아니라는 건 알겠어. 그래도 이런 짓을 저질렀는데 그 밑에서 후작의 명령을 수행하는 팔다리 하나쯤은 잘라낼 수 있어야 정상 아니야?"

"잘라낼 거예요."

"어떻게?"

율리아가 창가에 서서 목소리를 낮추었다.

"늑대가 마조람의 꼬리를 물었거든요."

습격이 있던 날, 율리아는 왕자궁 정원에서 두 명의 하이에나를 죽이고 사라진 게 카루스의 부하인 맥스웰이라는 걸 알았다. 그리고 맥스웰이 바깥에서 자신을 지켜주고 있었다는 건, 카루스가 남부 함대를 장악하고 사령관과 비자금을 모두 손에 넣었다는 걸 뜻했다.

'역시 대단한 남자야.'

조만간 남부 함대의 사령관이 바뀔 것이다. 무혈 제독은 호락호락한 상대가 아니다. 해적들은 달아나 몸을 사리게 될 테고, 마조람은 가장 큰 돈줄을 잃게 되리라.

해적들은 마조람 후작가의 가장 큰 비자금 경로였다. 그 돈줄이 끊어지고 나면, 마조람의 창고는 구멍 뚫린 배처럼 천천히 가라앉게 될 것이다.

율리아가 노린 건 바로 이것이었다.

남부 함대의 사령관은 바이칸에서 오르테가로 파견된 지 10년이 넘은 자였다. 곧 은퇴할 나이가 되어 돈다발을 싸 들고 조국으로 돌아갈 생각에 잔뜩 들떠 있던 그는, 어느 날 바다 위에서 악마를 만났다.

무혈 제독 카루스 란케아.

그가 군함 하나를 통째로 장악하고 사령관에게 선전포고를 해왔다. 도대체 어떻게 알았는지 묻고 싶었다. 애인이 배신한 건지, 아니면 붙잡혀 있는지. 하지만 카루스는 사령관에게 변명할 기회를 주지 않았다.

무혈 제독과 리바이어던 기사단이 그들을 벌하러 왔다는 말에, 남부 해군 전체가 술렁였다. 그들 중 대부분은 카루스와 싸우고 싶지 않아 했다. 카루스의 뒤에는 그를 신임하는 황제가 있었기 때문이다. 사령관의 기함을 제외한 모든 군함이 자발적으로 머리를 숙였다.

사령관은 끝까지 싸웠으나 무참히 패했다. 카루스는 부하들을 시켜 그를 제국까지 호송케 했다. 나머지는 즉결 처분했기에, 바다 위에 비명이 마를 날이 없었다.

"율리아."

함대를 장악하고 육지로 돌아온 그가 가장 먼저 한 일은 맥스웰을 시켜 율리아를 데려오게 하는 것이었다.

"오랜만이에요. 카루스 님."

마차에서 내린 율리아가 그를 보고 살짝 웃었다. 안 본 새 부쩍 얼굴이 좋아진 그녀는 백합처럼 우아한 드레스를 입고 있었다.

"습격을 받았다면서."

"보시다시피 멀쩡해요. 맥스웰이 지켜줬거든요."

맥스웰은 자기가 지키고 있을 필요도 없었다면서 혀를 찼지만, 율리아는 그냥 그렇게 말했다.

"들어가자."

카루스가 율리아에게 손을 내밀었다. 그게 너무 자연스러워서 율리아는 저도 모르게 그의 손을 잡고 여관 계단을 올랐다.

"그동안 잘 지내셨어요? 오는 동안 맥스웰이 대충 얘기해주긴 했는데, 다치진 않으셨죠? 바바슬로프는 괜찮나요?"

"너나 걱정해."

카루스가 피식 웃으며 말했다.

"바실리 마조람과 샤트린 공주에 관한 이야기는 잘 들었다. 왕궁에 들어가서 도대체 뭘 하려나 했더니, 아주 대담한 짓을 벌였더군."

"무슨 말씀이세요. 저는 아무것도 하지 않았어요."

율리아가 뭉근하게 웃었다. 카루스는 그런 그녀의 얼굴을 슬쩍 훔쳐보곤 눈을 가늘게 떴다.

"식사는?"

"했어요."

"보내준 돈은 잘 받았나? 필요하면 더 요청해. 네 덕에 나는 아주 큰 부자가 되었으니까."

"그럴 필요 없을 거예요."

그들은 아무도 없는 여관 꼭대기 귀빈실로 들어가 테이블을 사이에 두고 마주 앉았다. 밖에서 맥스웰이 문을 지켰다.

율리아는 카루스에게 차를 내려주려 했지만, 그가 거절했다.

"율리아, 원하는 게 있으면 말해. 오르테가를 떠나기 전에 이루어주고 갈 테니."

"네?"

"죽이고 싶은 사람이 있다면 죽여주마. 복수를 끝내고 제국으로 따라와도 좋다. 난 널 귀족으로 만들어줄 수도 있어."

달콤한 제안이었다. 율리아가 어깨를 늘어뜨리며 젖은 한숨을 흘렸다. 오래전의 삶에서, 조금 더 일찍 그와 손을 잡았더라면 좋았을 걸. 그러면 이렇게 미치기 전에 사람답게 살아볼 수도 있었을 텐데.

"카루스 님, 제가 원하는 건 모두 오르테가에 있어요."

그러니까 나는 당신을 따라갈 수 없다. 완곡한 거절의 말이 꼭 벽을 세우는 것처럼 들렸다. 카루스는 율리아를 앞에 앉혀 놓고 그녀에 대해서 생각했다.

"넌 성공할 거다."

한참 말이 없던 그가 불쑥 말을 꺼냈다. 율리아는 뜻밖의 칭찬을 들은 아이처럼 웃었다.

"고맙습니다."

"언젠가 마조람을 무너뜨리고 나면, 그 뒤에는 어떻게 할 생각인지 물어보고 싶은데."

"카루스 님."

"함께 죽는다거나 흔적도 없이 사라질 거라고는 말하지 마. 복수에 성공한 자들이 꼭 그렇게 되리란 법은 없으니까."

"제가 진짜 성공할 거라고 믿고 계시네요."

그럼 거짓인 줄 알았냐고, 카루스가 건조하게 되물었다. 율리아는 빙긋이 한 번 웃고, 부드럽게 말을 돌렸다.

"이제부터 어떻게 하실 생각이세요?"

그가 언짢게 여긴대도 어쩔 수 없었다. 복수가 끝난 뒤의 일에 대해선 말하고 싶지 않았다. 율리아는 카루스가 혹시 화를 내진 않을까 염려하며 그를 바라보았다.

그런데 카루스가 웃었다.

주의 깊게 관찰하지 않으면 감정을 읽을 수 없을 만큼 표정이 없는 얼굴이라, 그가 웃으니 저도 모르게 시선을 빼앗기게 되었다. 지독하게 매력적이면서 차갑기 그지없는 웃음이었다.

"제국으로 돌아가야겠지."

그가 말했다.

지금은 남부 함대의 사령관이 공석이라 임시로 남아 있지만, 곧 황제로부터 귀환 명령이 내려올 것이다. 카루스는 그가 조만간 제국으로 돌아가게 될 거라고 믿어 의심치 않았다.

과연 그렇게 될까.

율리아는 새어 나오려는 말을 가볍게 삼켰다. 그는 제국으로 돌아가지 못한다. 황제는 그에게 귀환 명령을 내리지 않을 것이다. 이 모든 걸 미리 알려줄 수도 있었다. 하지만 율리아는 현명하게 입을 다물었다. 그녀는 말해줘도 되는 일과 꼭 말해줘야 하는 일, 그리고 말해주지 말아야 하는 일을 구분해야 했다.

"우리가 다시 만나는 일은 없을 거다. 내 함대와 기사단은 남부와는 먼 곳에 있어서."

카루스의 목소리가 두 사람 사이에 낮게 깔렸다.

"……그렇군요."

율리아는 그가 자신을 관찰하고 있다는 사실을 깨닫지 못한 채, 다시 말을 돌렸다.

"그럼 맥스웰을 좀 빌려주실래요? 왕궁에 사람을 심고 싶은데, 직접 움직일 수는 없어서요."

카루스가 천천히 고개를 끄덕였다.

"얼마든지 갖다 써라."

대화는 거기서 끊어져 더 이어지지 않았다. 두 사람 모두 각자의 생각에 빠져 있었기 때문이다. 율리아는 궁내부에 어떻게 사람을 심을지 고민하고 있었고, 카루스는 율리아의 속내를 파악하려 애쓰고 있었다.

"율리아!"

그때 율리아가 왔다는 소식을 뒤늦게 접한 바바슬로프가 여관 꼭대기까지 요란하게 뛰어 올라왔다. 그는 맥스웰을 힘으로 밀어낸 뒤에 카루스에게 들어가도 되냐고 묻지도 않고, 곧장 율리아에게 달려와 그녀를 번쩍 들어 올렸다.

"우리 복덩이!"

"또 그 이상한 소리를."

율리아가 웃음을 터뜨렸다. 유리 종처럼 맑은 웃음이었다.

카루스는 살짝 벌렸던 입을 다물고 그녀의 얼굴을 무심히 바라보았다.

율리아 아르테는 단순히 복수에 미친 여자에 불과한가.

카루스는 그렇게 생각하지 않았다. 율리아의 목표가 마조람을 응징하는 것일지는 몰라도, 그녀의 영향력은 단순히 개인적인 복수에 국한되지 않을 것이다.

카루스의 머릿속에서 율리아가 했던 말들이 맞춰지지 않은 퍼즐처럼 돌아다녔다.

남부 함대 사령관의 신병을 확보하기만 해도 황제에겐 충분할 거라던, 결과를 받아보면 알게 될 거라던 말. 저 여자는 그에 대해 무언가를 알고 있다. 그리고 그걸 자신에게 말해주지 않으려 한다. 이대로 헤어져 영원히 만나지 않게 될 거라는 말은 일부러 흘린 것이었다. 바바슬로프와 제법 가깝게 지내는 것 같았으니, 조금이라도 서운함을 내비치려나 싶어서. 하지만 율리아는 인형처럼 무표정한 얼굴로 다른 고민에 빠져 있었다.

"어이, 복덩이. 저녁 먹고 갈 거지? 이 여관 주방장이 조개구이를 끝내주게 하는데, 나랑 한잔하고 가야지!"

"왕궁 시녀가 밖에서 술에 취해서 들어가면 그거 진짜 가관 아네요?"

"그러면 안 되는 거야? 시녀는 술도 못 먹어?"

"제 술버릇이 고약하다는 말이었는데요."

"나도 그래! 우리 둘이 의외의 공통점이 있네?"

바바슬로프가 으하하 웃자, 율리아가 그를 따라 웃었다.

슬프고 불행한 삶을 선택한 주제에, 왜 저렇게 웃는 건가.

카루스가 눈살을 찌푸렸다. 그는 율리아의 웃음이 마음에 들지 않았다. 왠지 거슬렸다. 꼭 여름밤 한철 동안 숨어서 빛을 내다 죽어버리는 반딧불이 같아서.

가까이 들여다볼 수가 없었다.

6
물거품처럼 사라질 거예요

제국군 남부 함대와의 연락이 모두 끊기고, 해적들이 바다 위에서 사라졌다. 처음엔 무슨 일인지 몰라 혼란스러워하던 오르테가의 귀족들은 얼마 지나지 않아 남부 함대 사령관이 비리를 저질러 비밀리에 제국으로 송환되었다는 사실을 알게 되었다.

마조람 후작은 당황하고, 분노했으며, 이내 몹시 불안해졌다.

그는 샤트린과 바실리 문제를 해결하라며 재촉하는 국왕의 부름에도 응답하지 않은 채 집무실에 틀어박혀 고민에 고민을 거듭했다. 보이지 않는 적이 그의 그림자 속에 숨어 칼을 갈고 있는 기분이었다.

후작은 그동안 모아두었던 장부를 비밀 금고에 꼭꼭 감추었다. 그리고 그가 적들과 내통하고 있었다는 증거를 없애기 시작했다. 의심 많고 조심스러운 그다운 결정이었다. 비자금 돈줄이 끊기는 건 피를 토할 만큼 아까웠지만, 어쩐지 그래야 할 것 같은 예감이 들었다.

비밀리에 후작의 수족 노릇을 하던 몇 명의 부하가 입막음을 위해 죽었다. 돈세탁을 거들었던 가신 가문 중 한 곳은 아예 국외로 쫓겨나게 되었다.

그 일을 해결하느라 마조람 후작은 한동안 왕궁 출입을 자제하며 몸을 낮추었다.

그사이, 율리아는 코코의 조언과 맥스웰의 도움으로 왕궁 여기저기에 사람을 심는 데 성공했다.

첫 경연이 지난 후 샤트린 공주의 파혼 때문에 좋지 않은 분위기였던 왕궁에 두 번째 경연 소식이 전해졌다. 한동안 왕궁에 올 일이 없었던 젊은 귀족들에겐 희소식이었다. 율리아는 두 번째 경연이 무엇인지 레위시아에게 미리 알려주지 않을 생각이었다. 그가 자신을 수상하게 여겨봤자 좋을 게 없었으니까.

그런데 어느 날 레위시아가 떨떠름한 얼굴을 하고 궁으로 돌아와 율리아와 코코를 불러다놓고 말했다.

"다가오는 부왕의 생일을 기념하여 가장 마음에 드는 선물을 가져오는 자를 승자로 삼을 거래."

코코가 그게 무슨 미친 소리냐고 물었다. 왕궁 경연이 애들 장난도 아니고, 국왕의 기분이나 친분에 의해 좌우될 게 뻔한 그런 시험을 누가 내겠느냐는 것이다.

레위시아도 코코와 같은 생각이었다.

"그런데 이걸 말해준 놈의 누이가 왕비의 시녀거든."

"믿을만한 정보라는 거예요?"

"미리 생각해봐서 나쁠 거 없잖아. 왕궁 경연에 진심으로 임하라며.”

“아무리 그래도 그렇지, 이상하잖아요. 어차피 크리스틴 마조람이나 1왕자가 뭘 가져다줘도 왕은 그걸 고를 거예요. 똥을 싸서 갖다줘도 건강해서 좋다고 할걸요.”

“나도 그렇게 생각하긴 하는데…… 더러워 죽겠네.”

그러나 여기엔 한 가지 걸리는 점이 있었다. 레위시아와 코코뿐만 아니라, 경연에 참여하는 모든 사람이 똑같을 것이다.

왕의 의중이 무엇인지 모르겠다.

“율리아, 네 생각은 어때?”

레위시아가 이번에는 율리아에게 물었다. 그녀는 아까부터 말없이 혼자 고심에 빠져 있었다.

“사실일 거예요.”

“뭐? 왜?”

“그리고 진짜 선물을 받을 사람은 국왕이 아닐 거고요.”

본래 이전의 삶에서 두 번째 경연은 승마대회였다. 단순히 말을 타고 빨리 달리는 게 목적인 대회가 아니라, 장애물과 규칙을 정해놓고 누가 말과 가장 가까이 교감하며 기술적인 승마를 잘하는지 겨루는 대회였다. 그건 샤트린 공주를 위한 경연이었다. 승마의 달인이었던 공주가 바실리와의 결혼을 앞두고 우울해하자 그런 딸을 달래기 위해 왕이 억지로 끼워 넣은 거였다.

한데 이번엔 공주가 우울해하는 정도가 아니라, 파혼하고 마조람과의 절연을 선언하기까지 했다. 후작이 바실리를 지하에 감금했어도 공주의 기분은 풀리지 않았을 것이다.

“샤트린 공주를 위한 거구나.”

앞뒤 정황을 깨달은 코코가 비웃음을 흘리며 말했다.

"마조람 후작에게 공주의 기분을 풀어주라고 압박을 넣을 수가 없으니까, 경연을 이용하려는 거야. 웃기고 영리한 방법이네."

"그렇구나. 샤트린은 경연을 좋아하니까."

왕에게 바치는 생일 선물처럼 보이되, 샤트린 공주의 명예를 회복시켜주는 선물이어야만 한다니. 어려웠다. 레위시아가 끄응 신음을 흘리며 테이블 위에 엎드렸다. 그로선 정답이 뭔지 알 수가 없었다.

코코와 율리아는 레위시아 왕자가 충분히 고민하도록 시간을 주다가, 뒤늦게 입을 열었다.

시작은 코코였다.

"둘 중 하나일 거예요."

"뭐가?"

"샤트린 공주가 좋아하는 걸 왕에게 선물하거나, 샤트린 공주에게 청혼하거나."

"뭐? 그게…… 뭐? 진짜?"

레위시아는 코코의 말을 듣고 더 큰 혼란에 빠졌다.

"부왕을 통해 샤트린에게 뇌물을 주거나…… 청혼을 해서 명예를 회복시킨다고? 진짜 그렇게 유치한 짓을 한다고?"

"바실리 마조람에게 차였잖아요. 둘 중 하나는 해야죠. 뇌물로 공주의 권력이 공고함을 알리거나, 청혼으로 공주의 매력이 공고함을 알리거나."

물론 그게 진짜 결혼으로 이어지지는 않을 것이다. 이건 그냥 서로에게 기분 좋은 사교적 속임수에 불과하다.

"나는 어느 쪽도 할 수 없잖아. 혈육에게 뇌물을 줄 수도 없고, 개한테 청혼할 수도 없고."

"그러니까 빨리 더 좋은 방법을 생각해 내세요. 그동안 공부한 건 다 얻다 팔아먹었어요?"

"이게 공부랑 무슨 상관이야?"

토닥거리며 다투던 두 사람이 자연스럽게 율리아를 바라보았다. 어차피 저 신통방통한 시녀에게 정답이 있을 테니, 두 사람이 계속 싸우는 건 무의미한 짓이었다.

"전하."

율리아가 레위시아 앞에 서서 두 손을 모았다. 그녀의 눈동자가 진하게 가라앉았다.

레위시아가 떨떠름한 얼굴로 물었다.

"왜 이래. 무슨 말을 하려고?"

"화내지 말고 들어주세요."

"와, 불안한데."

"국왕 전하 앞에서 샤트린 공주님을 지지하세요."

레위시아는 대답하지 않았다. 늘 짓궂은 미소를 짓던 왕자의 얼굴에서 감정이 사라졌다. 그는 너무 당황한 나머지 어떻게 반응해야 하는지를 잊어버린 사람 같았다.

"샤트린을 지지해?"

레위시아가 되물었다. 이게 지금 무슨 소리냐며, 침묵하는 코코를 원망하듯 바라보기도 했다. 코코는 레위시아의 편을 들어주지 않았다.

"하……. 설명 좀."

레위시아의 한숨이 깊었다. 그는 머리가 아프다며 일어나 창문을 열었다.

율리아가 그에게 찬물을 한 컵 가져다주며 말했다.

"지금 샤트린 공주님이 가장 원하는 게 뭘까요."

"바실리의 모가지?"

"마조람을 엿 먹이는 거예요."

단순한 문제였다. 사람들은 국왕의 심중을 파악하고 싶어서 애를 쓰겠지만, 율리아가 보기에 이건 간단하다 못해 단순한 문제였다.

"권력을 혐오해 방랑객처럼 살았던 전하께서 별안간 공주님을 지지한다고 하면 국왕께서 어떻게 생각하실까요."

"미친놈인가, 하겠지."

율리아가 살짝 웃었다.

"후계 구도가 흔들릴 거예요."

"부왕께서 그걸 바란다고?"

"1왕자는 마조람이 드러내놓고 지원하는 후계자예요. 그래서 지금 껏 경쟁자가 없었어요. 마조람과 절연을 선언한 샤트린 전하께서 2왕자 전하의 지지를 등에 업고 이 싸움판에서 한 걸음 앞으로 걸어 나온다면."

"마조람 후작이 밤잠 좀 설치겠구나."

"국왕께선 기뻐하실 겁니다."

레위시아는 다른 건 몰라도 그건 아니라고 생각했다. 왕가와 마조 람의 관계는 단단하고도 복잡해서, 서로의 심장을 움켜쥔 부부와도 같았다. 하지만 그가 간과하고 있는 게 하나 있었으니, 최근 마조람 후작이 왕의 부름을 계속 거절하고 있다는 점이었다.

"샤트린 공주님의 일로 국왕 전하의 심기가 어지러워요. 그런 와중에 레위시아 전하께서 마조람의 적은 나의 적이라며 샤트린 공주님의 손을 잡아준다면, 국왕께선 아무도 없는 곳에서 혼자 손뼉 치며 좋아하실걸요."

"……그렇구나. 게다가 아무도 의심 안 하겠지. 나는 옛날부터 마조람을 경멸해왔으니까."

"경연에서 승리하실 필요는 없어요. 하지만 전하는 왕의 사랑받는 딸이라는 대단한 아군을 하나 얻게 되실 거예요."

레위시아는 마음이 복잡하다고 중얼거렸다. 샤트린을 지지하다니, 꿈에서도 해본 적 없는 일이었다. 그들은 멱살 잡고 싸운 적은 없어도, 평생 데면데면했던 사이였다.

"그러다 진짜 샤트린이 왕이 되면 어떡해? 마조람은 내란을 일으키고도 남을 인사야."

"그런 일은 일어나지 않을 거예요."

율리아가 부드럽게 웃으며 찬물이 담긴 컵을 왕자에게 밀어 주었다.

"왕은 전하께서 해도 되잖아요."

자연스럽게 컵을 들어 물을 마시려던 레위시아가 그걸 내팽개치더니 율리아를 손가락으로 가리켰다. 그러곤 코코에게 소리쳤다.

"엄마! 얘가 날 죽이려고 해!"

이날 코코가 드디어 육성으로 욕을 했다.

레위시아는 염세적인 사람이었다.

코코는 왕자를 철부지 어린애라고 말했지만, 사실 그는 철이 너무 빨리 들어서 문제인 편에 속했다. 어머니의 사랑만이 삶의 전부였던 어린 시절이 지나간 뒤, 레위시아는 이 세상 모든 인간은 다 이기적이고 가식적이라는 생각을 하게 되었다. 특히 높은 자리에 앉아 있는 사람일수록 남에게 보이기 위한 삶을 산다고 믿었다. 그런 사람에게 진심이나 사랑, 희생 같은 건 존재하지 않았다.

그는 아무것도 기대하지 않고 아무에게도 기대지 않으면서 살았다. 코코를 가족처럼 여기지만 그녀에게도 언제든 마음대로 집으로 돌아갈 수 있도록 자유를 주었다. 시녀를 더 들이지 않았던 이유도 그것이었다. 이 빌어먹도록 외로운 왕궁 안에서 가까운 사람을 만들고 싶지 않았기 때문에.

그런데 율리아 아르테가 나타났다.

처음엔 장난이었다. 그가 말했던 대로, 바실리 마조람의 우스운 꼬락서니를 몇 번 구경한 뒤엔 금화나 두둑하게 쥐여주고 내쫓을 생각이었다.

브레웨 훈장을 손에 쥐고 왕족을 협박하다니. 그렇게 많은 사람 앞에서 율리아의 소원을 이뤄주지 않았다가는 왕족으로서 그의 체면이 손상되었으리라.

그렇게 장난삼아 들인 평민 시녀가 그의 일상을 조곤조곤 뒤흔들더니, 아주 산산조각을 내다 못해 새로운 세상에 가져다놓았다.

율리아는 아마 상상도 하지 못했을 것이다. 레위시아 오르테가에게 왕위 후계자의 자격을 묻는 사람이 생겼다는 것이 무엇을 의미하는지.

레위시아 자신조차 영원히 그런 일은 일어나지 않을 거라 단정 짓고 살아왔는데.

"전하, 열두 살에 제왕학을 때려치우셨다면서요?"

"다 커서 이런 식으로 잔소리를 듣게 될 줄은 몰랐는데."

"열두 살이면 시작하자마자 때려치우셨다는 말인데, 왜 그러셨어요."

"코코가 일렀어?"

레위시아가 억울하다는 얼굴로 코코를 노려보았다. 코코는 재밌어 죽겠다는 얼굴로 그를 바라보고 있었다.

율리아가 한숨을 내쉬더니 다시 말했다.

"꼭 왕이 되셔야 한다는 말은 아니었어요. 저희가 전하께 원하는 것도 그런 건 아니에요."

"지금 날 갖고 노는 거야? 제왕학을 때려치웠다고 혼내고 있으면서 왕이 되지 말라니?"

"되지 말라는 말도 아니고요."

어쩌라는 거야. 레위시아가 예쁜 얼굴을 구기며 일어섰다. 잔소리는 듣고 싶지 않으니 밖으로 나갈 생각이었다.

그때 율리아가 그의 발목을 잡았다.

"왕위 후보가 되어야 전하께서 살 수 있으니까 하는 말입니다."

"……뭐?"

"후계자도 아닌 애첩의 아들, 심지어 전하는 이렇게 젊고 아름다우시죠. 제가 만약 마조람 후작이라면 국왕 전하를 움직여서 왕자 전하를 제물 삼아 혼인 외교를 추진할 겁니다."

레위시아가 충격받은 얼굴로 걸음을 멈췄다. 그는 그런 생각은 한 번도 해본 적이 없었다. 오르테가의 주변엔 혼인 외교를 할만한 이웃이 없었다. 좁은 반도 모양의 이 나라와 닿아 있는 이웃이라곤 바이칸 제국뿐인데, 그곳의 황제는 혼인 외교 따위를 받아줄 상대가 아니었다.

"난 남자야."

"그래서 하는 말이에요."

"뭐?"

"바이칸의 황실에선 황후나 황비도 첩을 들일 수 있거든요."

율리아의 입에서 나오는 잔인한 이야기에 레위시아의 얼굴이 종 잇장처럼 창백해졌다. 그는 다시 의자에 앉아 눈동자를 데굴데굴 굴 렸다.

"바이칸에 황비가…… 둘이던가? 아, 하나가 죽었지. 그럼 하나네? 황후는 늙었으니까 이제 와 첩을 들이진 않을 것 같고."

"그냥 하나의 가능성을 이야기한 거예요. 너무 심각하게 생각하지 마세요."

"어떻게 그래! 내가 제국에 팔려 가게 생겼는데!"

"왕위 후보가 되면 그런 일은 일어나지 않아요. 전하를 지지하는 세력이 있는 이상 마조람 후작은 신중해질 거고, 국왕께선 저울질을 시작할 테니까."

"어떤 애새끼가 제일 고분고분하려나, 그런 저울질?"

"비슷해요."

살아남으려면 권력을 쥐어야 한다. 왕궁이란 그런 곳이었다. 이 안 에서 아무것도 안 하고 평화롭게 사는 건 불가능하다. 그런 삶을 살고 싶다면 성인이 되기 전에 아주 먼 곳으로 도망쳤어야 했다.

"샤트린을 지지하라며."

"일시적인 궁여지책이죠."

레위시아는 율리아의 말을 이해했다. 전적으로 옳다고도 생각했다.

"그래도 이 나이에 제왕학을 다시 배우는 건 너무……."

"국왕께 스승을 청하지는 않을 거예요. 잘 배우고 똑똑하다는 건 어린 시절에나 주목받는 거지, 전하는 이미 성인이니까."

"그럼 어떡하라고?"

"제가 가르쳐드릴게요."

율리아가 대수롭지 않게 말했다. 레위시아는 못 들을 말을 들었다는 얼굴이었는데, 한참 동안 입술만 달싹이다가 이내 긴 한숨을 내쉬었다.

"그래……. 브레웨 훈장의 주인이었지."

"제왕학에 대한 금지가 풀려서 다행이지 뭐예요. 제가 아카데미에서 그걸 배우지 못했으면 어쩔뻔했어요."

레위시아는 율리아에게 가르침을 받아야 한다는 사실보다, 코코가 구석에서 자꾸만 못된 고양이처럼 웃고 있다는 사실이 더 거슬렸다.

"코코, 웃지 마."

"싫은데요?"

"제발."

"싫어요."

레위시아가 화난 얼굴로 코코에게 나가라고 손가락질하자, 율리아가 그 손가락을 살며시 잡아 내리며 말했다.

"코코 시녀님도 함께 가르쳐드릴 거예요. 저는 학문적으로 접근할 줄만 알지, 왕실의 역사에 빗대어 설명하는 건 코코 시녀님이 훨씬 더 잘하실 테니까요."

코코가 사악한 미소를 지었다.

두 번째 경연 일이 되었다.

율리아는 궁내부 안에 심어놓은 첩자로부터 이번 경연에 국왕이 직접 행차할 거라는 사실을 전해 들었다. 다들 왕의 생일을 빙자한 경연이니 당연하다고 말했지만, 율리아는 그렇게 생각하지 않았다. 왕은 샤트린의 기를 세워주기 위해 나타날 것이다.

"다녀오세요."

이번엔 율리아 대신 코코가 따라가기로 했다. 레위시아가 샤트린을 지지하겠다고 선언하는 날이니만큼, 눈에 띄는 자리를 피하려는 마음이었다.

"널 때린 애한테 왕이 되라고 말해야 한다니…… 벌써 기분 나빠."

레위시아가 우울하게 중얼거리며 궁을 나섰다. 율리아는 별걸 다 신경 쓴다며 그를 달랬다.

두 사람이 왕자궁을 떠나고, 율리아는 서둘러서 외출 준비를 했다. 레위시아와 코코가 샤트린을 이용해 경연장을 뒤흔드는 동안 그녀에게는 따로 할 일이 있었다.

'마조람 후작이 당분간 정신을 차리지 못하게 해야 해.'

비자금 경로가 뒤집힌 것도 모자라 후계자가 손쓸 수 없이 망가져버린다면, 후작은 당분간 왕궁 안에서 일어나는 일에 신경을 쓸 수 없게 된다.

"어서 오십쇼!"

미리 대기하고 있던 마차에서 맥스웰이 손을 흔들었다.

"자, 그럼 적의 아가리 속으로 한번 들어가보실까요?"

"진짜 가능한 거죠?"

"이 맥스웰이 지난 10년간 오르테가에서 제일 열심히 한 게 뭔지 아십니까? 바로 권력자들의 집에 몰래 들락거리는 거예요."

"마조람 저택은 경비가 삼엄해요."

"그런 곳일수록 취약한 부분이 있죠."

맥스웰이 호언장담했다.

"바이칸의 성들은 성탑, 성문, 성벽으로 겹겹이 싸여 있거든요. 오르테가는 거의 울타리 수준이던데? 나라가 평화로워서 그런가, 개방적이라서 그런가."

"건물을 높게 올리는 것보다 넓은 부지를 갖는 걸 더 선호하는 풍습이 있어요."

"그래요? 아무튼, 마조람 저택도 들어갈 수는 있습니다. 특히 지하 감옥이라면 그중에서 제일 쉽죠. 경비 중에서도 말단이 가는 데예요. 거기가."

그가 호언장담한 대로 율리아는 얼마 지나지 않아 마조람의 지하 감옥에 들어갈 수 있었다. 금화를 두둑하게 받은 두 명의 경비병이 갑옷을 벗어놓고 슬그머니 사라졌다. 율리아와 맥스웰은 그 갑옷을 입고 투구로 얼굴을 가렸다.

"가실까요."

"좋아요."

율리아가 그를 따라 걸었다.

바실리는 넓고 쾌적한 감옥에 갇혀 있었다. 집사가 넣어 줬는지, 푹신한 침대와 식탁도 있었다. 율리아는 그 안에서 세상 모든 고뇌를 다 끌어안은 사람처럼 누워 있는 그를 발견했다.

"바실리."

율리아가 투구를 벗었다.

"……율리아?"

네가 어떻게 여기에 있어. 바실리는 딱 그런 얼굴을 하고 있었다. 그 멍청한 얼굴을 구경하고 있으려니 웃음을 참기가 어려웠다. 율리아가 저도 모르게 가벼운 웃음을 터뜨리자, 바실리가 마치 어둠 속에서 희망을 발견한 사람처럼 가까이 다가와 쇠창살을 부여잡았다.

"율리아, 너무 보고 싶었어."

"넌 정말 여전히 이기적이구나. 사람의 눈이란 게 꼭 눈앞에 있는 걸 있는 그대로 보기만 하라고 달린 게 아닐 텐데."

"뭐?"

"눈으로 보고 귀로 들은 것들을 바탕으로 생각이라는 걸 하라고 있는 거야. 특히 너처럼 권력이란 걸 손아귀에 쥐고 태어났으면, 항상 생각이란 걸 해야 해."

"율리아, 여기까지 와서 지금 무슨 소리를 하는 거야."

"'다른 사람의 처지에서 생각하라.'"

율리아가 웃음기 섞인 목소리로 말했다. 타이르는 것 같기도 하고, 조롱하는 것 같기도 한 말투였다. 바실리의 눈동자가 조금씩 흔들리기 시작했다. 그는 율리아의 미소가 과거와는 너무 다르다는 걸 이제야 알았다.

"이거 아주 어릴 때 배우는 거잖아. 도덕, 윤리, 바른 사람 되기. 아, 예절 시간에도 나오는구나. 너는 후작가의 도련님이니까 귀족에게 주어지는 도덕적 의무라고 배웠을까?"

"네가 무슨 말을 하려고 하는 건지 모르겠어. 율리아, 너 때문에 난 이런 꼴이 되었는데……."

"네가 만약."

율리아의 얼굴에서 한순간 미소가 사라졌다.

"나였다면, 하고 생각해보라고. 처음 만났을 때부터 지금까지 쭉, 머리라는 게 달려 있다면 한번 생각해보라고. 너와 내 입장이 반대였으면 어땠을까. 생각, 그걸 좀 해보라고!"

"너…… 왜 그래?"

"내 마음에 공감해주는 건 바라지도 않아. 그런 건 포기한 지 오래돼서. 그래도 바실리, 최소한 이해는 해야 할 거 아냐. 내가 왜 이러는지, 왜 이렇게 변했는지."

이렇게 말해 봐야 소용없다는 건 알고 있다. 사람은 쉽게 변하지 않는다. 특히 바실리처럼 시야가 좁고 이기적인 사람은 더더욱.

"그러는 너는…… 뭐가 그렇게 억울한데?"

이것 보라. 바실리는 결국 율리아를 탓했다.

"우리 가문의 후원을 받은 덕에 하고 싶었던 공부도 했고, 편하게 살았잖아. 크리스틴은 어릴 때 널 친구라고 생각했던 적도 있었어. 나도 그랬고!"

이게 아주 꼴값을 떨고 있네?

율리아는 그렇게 말하려다가 그가 뭐라고 지껄여대는지 더 지켜볼 생각에 가만히 있었다.

"왕족의 시녀가 되어서 그래? 이제 내가 필요 없어졌어? 솔직히 말해서, 내가 아니었다면 넌 그렇게 성공하지 못했을 거야."

"그게 네 덕이라고?"

"그렇게 말하진 않았어."

"재능도 없는 말장난하지 마. 넌 그냥 버거운 상황이 닥치면 그걸 헤쳐 나갈 용기도 의지도 없었던 실패자일 뿐이야."

"하나만 묻자."

바실리가 떨리는 눈을 들어 율리아를 바라보았다. 그는 제법 간절해 보였다.

"율리아, 날 사랑하긴 했어?"

"네가 보기엔 어떤 것 같은데?"

"날 이용한 거지? 내가 순진하니까, 날 유혹해서 돈을 얻어내려고. 내 옆에 있으면 네가 그토록 원했던 귀족의 삶을 빼앗아 누릴 수 있으니까…… 그래서."

"더 말해봐."

"아니, 미안해. 내가 미쳤었나 봐. 이런 말을 하려던 게 아닌데……. 율리아, 지금이라도 늦지 않았어. 돌아와. 난 아직 그대로야. 내겐 너 하나뿐이야."

바실리는 혼란스러워했다. 이건 아마 그의 인생에 닥친, 상상조차 해본 일 없는 엄청난 위기일 것이다. 그래, 나도 네 입장이 되어봐야 겠다. 이렇게 생각한 율리아가 바실리에게 한 걸음 가까이 다가갔다.

"샤트린 공주님이 너희 가문과 절연을 선언했어. 후작은 최선을 다해서 그걸 수습해야 했는데, 그보다 더 중요한 일을 처리하느라 왕궁에 얼굴조차 들이밀지 않았지."

"아버지가? 왜?"

"바실리, 너는 아마 후작이 되지 못할 거야."

잔인한 형벌이다. 미래가 정해져 있어 아무 걱정이 없었던 도련님을 삶의 전쟁터 한가운데에 버리는 꼴이었으니까.

"앞으론 크리스틴이 네 자리를 차지하겠지."

"아니야."

바실리는 아직 그 사실을 완전히 받아들이지 못한 것처럼 보였다. 그렇다면 이제 그를 동화 속 꿈나라에서 현실로 끌어내릴 시간이다. 자기가 천사인 줄 알고 살아온 괴물에게 거울을 보여줄 것이다.

"넌 버려질 거야. 방계의 가신들처럼 평생 크리스틴에게 머리를 숙이고 그 애의 명령을 수행하면서 설설 기어야 해. 공주와의 결혼이 무산되었으니, 이번엔 다른 여자한테 팔리겠지. 그런 뒤엔 영원히 잊힐 거야."

"아니야, 그럴 리가 없어!"

"그렇게 살아야 그나마 마조람으로 남을 수 있어. 정신 차려, 바실리."

이건 충고였다. 적어도 율리아는 그렇게 생각했다.

"난 그렇게 살지 않아. 후작이 되지 못해도 상관없어! 하지만 그런 식으로 살지는 않을 거야. 난…… 난 아직 아무것도."

아무것도 시도해본 적이 없지. 내가 너라면, 새장을 벗어나려고 미친 듯이 날갯짓을 할 거야. 율리아의 눈에 날카로운 빛이 맴돌았다.

"율리아, 날 좀 꺼내줘."

바실리가 창살에 매달려 애원했다. 그의 손가락 마디가 하얗게 질려 있었다. 한동안 빛을 보지 못해 창백해진 얼굴에서 두려움과 간절함이 느껴졌다.

"여기 몰래 들어올 수 있었던 건 몰래 나갈 수도 있다는 뜻이지? 그래, 넌 영리하니까 어떻게든 방법을 찾았을 거고…… 율리아."

"말해."

"제발 날 꺼내줘. 난 가문에서 도망칠 거야. 더는 아버지의 도구로 살지 않겠어. 그게 내 유일한 탈출구야."

"말도 안 되는 소리 하지 마. 너는 이 저택 밖에선 하루도 살 수 없어. 막말로 네가 돈을 벌어본 적이 있어, 네 손으로 뭔갈 이뤄본 적이 있어? 밖으로 나가자마자 울면서 집으로 돌아오게 될걸."

"우습게 보지 마."

"틀렸어. 우습게 안 봐. 하찮게 보는 거야."

"너…… 그래, 알았어. 날 뭐라고 비난해도 괜찮아. 그냥 한 번만 도와줘. 날 여기서 꺼내주면 다시는 네 앞에 나타나서 널 귀찮게 하지 않을 테니까."

"정말이야?"

율리아가 기다렸다는 듯이 물었다. 마치 지금까지 그 말만을 기다린 사람처럼 반응이 빨랐다.

바실리가 상처받은 얼굴로 고개를 끄덕였다.

"그래. 다시는……."

캄캄한 밤, 빠른 속도로 멀어지는 바실리의 뒷모습을 보면서 율리아가 가볍게 손을 털었다. 꼭 미뤄왔던 청소를 마친 것 같은 모양새라, 그녀를 따라왔던 맥스웰이 헛웃음을 흘렸다.

"저 자식 저렇게 보내도 됩니까? 이틀 만에 돌아와서 시녀님이 탈출시켜줬다고 고자질하는 거 아니에요?"

"상관없어요. 아니라고 잡아떼면 되니까. 그리고 그건 마조람 후작이 반성할 일이에요. 후작가의 지하 감옥이라는 게 아무나 드나들어도 되는 곳이란 소리거든요."

"난 아무나가 아닌데."

맥스웰이 어깨를 으쓱했다. 그의 능력이 아니었다면 불가능했을 일이란 걸 알기에, 율리아가 살짝 고개를 숙여 감사를 표했다.

"말도 안 되는 부탁 들어줘서 고마워요."

"그럼 이거 바바슬로프한테 자랑해도 됩니까?"

"물론이에요."

맥스웰이 씩 웃으며 팔을 내밀었다. 율리아는 아이처럼 웃으며 그에게 다가가 팔짱을 꼈다.

"근데 왜 안 죽이는 겁니까?"

맥스웰은 그게 정말 궁금했다. 죽이면 간단하게 해결될 일을, 이렇게 복잡하게 처리하는 그녀의 방식이 잘 이해되지 않았다. 어떻게 설명해야 할까. 고민하던 율리아가 노래하듯이 말했다.

"죽이는 건 너무 쉽잖아요. 복수는 공들여서 하는 주의라서요."

"아…… 그런 거구나. 바실리가 시녀님처럼 살아보길 바라시는군."

이해가 빠른 사람은 이래서 참 좋다. 율리아가 기분 좋게 고개를 끄덕였다.

◆ ◆ ◆

"샤트린을 지지합니다."

레위시아가 그렇게 말한 순간, 소란스럽던 경연장이 시간이 멈춘 듯 고요해졌다. 샤트린과 국왕, 1왕자 모두 레위시아를 뚫어지게 쳐다보았다.

"2왕자, 지금 뭐라고 했느냐?"

국왕이 물었다.

레위시아는 율리아를 떠올렸다. 그를 이 자리까지 오게 만든 신통방통한 시녀. 만약 율리아가 여기 있었다면 구태여 설명하려 애쓰지 말고, 이렇게 말하라고 했을 것 같다.

"2왕자 레위시아는 왕위 후계자, 샤트린 오르테가를 지지하겠습니다."

생일 선물을 가져오라고 했더니 빈손으로 나타나 이 한마디를 툭 던져놓은 레위시아의 얼굴에 국왕의 시선이 아주 오랫동안 머물렀다.

"크리스틴 마조람 좀 보세요. 저러다 쓰러지겠는데요?"

코코가 즐거운 기색으로 말했다. 그녀의 말대로 레위시아의 지지 선언 이후, 크리스틴은 1왕자의 곁에서 새파랗게 질린 얼굴로 무언가를 열심히 설명하고 있었다.

"좀…… 의외네."

레위시아가 중얼거렸다.

국왕은 겉으로 드러내놓고 기뻐하거나 말로 칭찬하지 않았다. 그는 그저 레위시아에게 잘 알았다고, 너의 결정을 존중한다고 말했을 뿐이었다. 하지만 이후 샤트린을 불러 뭐라고 말을 했는지, 공주가 환하게 밝은 얼굴을 하고 레위시아에게 다가왔다.

"난 네가 날 싫어하는 줄 알았는데, 레위시아."

"좋아하진 않았지."

"이제부턴 좋아해줘. 나도 그러도록 노력할 테니까."

"그게 그렇게 쉬워?"

"어려울 게 뭐 있어. 나의 적이 너의 적이잖아. 너도 그래서 날 택한 거잖아. 그 이유 하나만으로도 충분해."

역시나. 샤트린은 뒤끝이 남부 해안만큼 긴 왕족이었다. 마조람이 싫다는 이유 하나만으로 이토록 쉽게 마음을 바꾸다니. 레위시아가 떨떠름한 얼굴로 고개를 끄덕였다.

"레위시아? 우린 앞으로 사이좋은 남매가 될 텐데, 나만 선물을 받을 수는 없지. 원하는 게 있으면 말해. 내가 할 수 있는 일이라면 뭐든 들어줄게."

너한테 원하는 건 아무것도 없다고, 오늘은 불편하니까 이만 꺼져달라고 말하고 싶었던 레위시아가 또 율리아를 떠올렸다. 통통 부은 뺨에 터진 입술을 하고도 화 한 번 내지 않던 고요한 얼굴.

그러고 보니 레위시아는 샤트린에게 원하는 게 있었다.

"내 시녀한테 사과해."

"뭐?"

"네가 내 궁에 쳐들어와서 두 번이나 때린 시녀 말이야."

샤트린이 의외라는 얼굴로 레위시아를 보았다.

"그 평민? 아끼는 애야?"

"그래."

"알았어. 사과할게."

샤트린은 망설이지도 않았다.

"그건 내 잘못이었어. 그 시녀는 아무 잘못이 없었는데, 내가 눈이 뒤집혔지. 때려놓고 말로 사과하는 것도 웃기니까 선물을 좀 하는 게 좋겠지?"

샤트린이 손짓하자, 그녀를 따르던 시녀들이 다가와 귀를 기울였다.

"레위시아의 궁에 있는 평민 시녀 있잖아. 걔한테 선물 좀 보내줘. 아주 휘황찬란한 것들로. 나한테 맞았다는 걸 잊어버릴 수 있을 만큼."

"네, 전하."

직접 찾아와서 사과하라는 말이었는데 샤트린은 그걸 값비싼 선물로 대체해버렸다. 레위시아는 그 사실까지 지적하고 싶었지만, 코코가 자그맣게 고개를 젓자 어렵게 말을 삼켰다.

"고마워, 레위시아."

샤트린이 마지막으로 웃으며 말했다.

"넌 싸우는 게 두려운 모양이지만, 난 그렇지 않아. 날 선택한 걸 후회하지 않게 해줄게."

"부디 그래줘."

그 말이 샤트린의 귓가에 닿았는지는 확실하지 않았다. 주위를 맴돌던 귀족들이 한꺼번에 몰려와 샤트린에게 축하 인사를 시작했기 때문이었다.

바실리 마조람의 일방적인 파혼 선언으로 바닥까지 떨어졌던 샤트린의 명예는, 레위시아의 지지 선언 덕에 본래보다 더 높은 위치에 이르렀다.

━ ◆ · ◆ ━

바실리는 자신이 선량한 사람이며, 그만큼 타인을 잘 배려한다고 생각하고 살아왔다. 심지어 그는 자기 자신을 객관적인 시선으로 바라보는 합리적인 사람이라고 믿었다. 그렇기에 자신의 의견은 대부분 옳았고, 다른 사람들은 멍청하고 시야가 좁아서 그의 말을 이해하지 못하는 거라고 여겼다.

그게 얼마나 등신 같은 생각인 줄도 모르고.

"타인의 처지에서 생각하라고? 그게 무슨……."

율리아는 이상해졌다. 입장을 달리 생각해보라니, 그게 무슨 어린 애 같은 투정이란 말인가. 사람은 누구나 자신만의 입장이 있고, 타인을 완전히 이해할 수 없었다.

기분이 더러웠다. 율리아가 한 말들이 상처가 되었기 때문이기도 했지만, 그녀가 마지막에 던져주었던 금화 주머니 때문이기도 했다.

"빌어먹을."

갇혀 있던 바실리는 빈손이었고, 돈을 가지러 저택으로 돌아갈 수도 없었다. 율리아는 꼭 거지에게 적선하듯 그에게 금화 주머니를 던져주었다. 그가 허리를 구부려 주울 수밖에 없도록, 지하실 바닥에 툭 던져놓았다.

밤거리를 걸으며 혼자 중얼거리던 바실리가 주머니를 꺼냈다.

"도대체 얼마나 넣었길래, 아니…… 애초에 율리아한테 이런 돈이 있었나?"

그는 골목길 한가운데 서서 주머니를 열어보았다.

"뭐야."

번쩍거리는 금화가 가득했다. 언뜻 보기에도 상당한 액수였다. 바실리는 찝찝한 얼굴로 주머니 안에서 금화를 꺼내 달빛에 비추어보았다.

"진짜잖아."

골목길 안쪽을 오가던 부랑자들도 그 모습을 보았다. 그들의 눈빛이 순식간에 탐욕으로 물들었다. 바실리가 오싹함을 느낄 만큼 선명한 적의가 골목길을 가득 채웠다.

이런 미친.

미처 입 밖으로 꺼내지 못한 말이 머릿속에서 맴돌았다.

바실리는 주머니를 꽉 쥔 채 빠르게 걸었다. 어떻게든 큰길로 나가서 친구들이 모이는 클럽으로 가야만 했다. 거기까지만 갈 수 있다면, 그와 영원한 우정을 맹세한 친구들이 안식처를 내어줄 것이다.

　　"이봐, 도련님."

　　벽에 기대앉아 있던 거지가 걸걸한 목소리로 말을 걸었다.

　　"어딜 그렇게 급하게 가시나."

　　달빛 아래 드러난 거지의 얼굴이 흉측했다. 상처와 오물로 뒤덮인 피부에, 드러난 이는 누렇고 까맸다.

　　"으, 으아아아아!"

　　바실리가 비틀거리며 달리기 시작했다. 어느새 그의 앞을 점령한 부랑자가 두 팔을 벌려 진로를 막았다. 당황한 바실리는 그만 발이 꼬여 그 자리에서 앞으로 고꾸라지고 말았다.

　　"으하하하!"

　　부랑자들이 큰 소리로 웃었다. 모두 끔찍한 흉터와 오물로 뒤덮인 남자들이었다. 항구에서 무슨 일을 하는 건지, 그들이 움직일 때마다 시큼한 생선 썩은 냄새가 났다.

　　"이것 봐라! 어딜 가려고?"

　　"도련님이네? 아니…… 자세히 좀 보자! 아가씬가? 응?"

　　율리아가 준 주머니를 빼앗기는 건 순식간이었다. 주머니 입구가 벌어지며 와르르 금화가 쏟아졌다. 바실리를 괴롭히던 부랑자뿐만 아니라, 지나가던 행인까지 달려들어 금화에 손을 뻗었다.

　　바실리는 그들이 가져간 돈을 돌려받을 생각도 못 하고, 그저 네발로 기어서 이 자리를 벗어나기 위해 애썼다.

　　"어딜 가! 신발도 좋아 보이고, 옷도 비싸고, 응? 머리카락도 아주 보드라운데? 다 잘라서 팔아야겠어. 옷은 나랑 바꿔 입자. 내 것도 아직 쓸 만하거든? 으하하!"

"외투는 내 거야! 더 뒤져봐. 반지나 목걸이를 가지고 있을 수도 있잖아."

온몸이 덜덜 떨렸다. 바실리는 그들을 뿌리치려 두 팔을 마구 휘저었지만 들려오는 비웃음만 커질 뿐이었다.

"비켜! 비키지 못해! 이것들이 내가 누군 줄 알고……."

"누군데, 응? 누군데!"

"다 죽여버릴 거야. 다…… 다 사형시켜버릴 거야! 너희가 감히 귀족을 이런 식으로 건드리고도 무사할 줄 알아!"

"그렇게 말하면 우리가 도련님을 고이 보내줄 수가 없잖아. 안 그래?"

누군가 아주 낮은 소리로 말했다. 바실리는 그제야 실수했다는 사실을 깨달았다. 그냥 돈과 옷가지만 빼앗기면 끝날 일이었는데, 어느새 그를 놀리던 부랑자들이 아무도 웃지 않고 있었다.

"귀족 나으리, 그거 알아?"

부랑자 하나가 다가와 말했다.

"남부 해안 어딘가엔 식인 물고기 떼가 사는 곳이 있어. 사람을 담가놓으면 있잖아. 응? 뼈만 남아서 올라온다고. 누군갈 흔적도 남기지 않고 처리할 때 아주 좋단 말이야."

겁에 질린 바실리의 얼굴은 곧 부랑자들에 가려져 보이지 않게 되었다.

'갇혀 있었다고 했지.'

율리아는 바실리가 했던 변명을 하나도 잊지 않고 있었다. 그녀는 새어 나오는 웃음을 굳이 감추지 않았다. 그렇게 말하면서 바실리는 억울하다는 표정을 짓고 있었다. 율리아는 과거에 그의 말이 사실인지 집요하게 확인했다.

그녀가 눈보라 속에서 죽어가고 있을 때, 바실리는 갇혀 있었다고 했다. 하지만 그가 생각하는 감금은 율리아가 생각한 감금과는 크게 달랐다.

바실리는 그날 충분히 빠져나올 수 있었다. 그를 감시하던 병사는 도련님이 나가게 해달라고 말만 했을 뿐, 나가려고 어떤 적극적인 시도를 하지는 않았다고 했다. 만약 그랬다면 자신은 도련님을 다치게 할 수 없는 일개 병사이기에 어쩔 수 없었을 거라고.

바실리가 그날 최선을 다해서 율리아에게 오려고 했다면, 그는 중간에 붙잡혀 돌아갔을망정 자신의 방에서 빠져나올 수는 있었다. 마조람 후작이 보육원에 지원금을 끊었을 때도 마찬가지였다.

율리아는 그 사실을 나중에서야 알았다. 가난을 견디지 못한 원장이 가엾은 애들을 배에 팔아버린 뒤에, 그들을 구할 수 없게 된 뒤에야 알았다.

하지만 바실리는 그것조차 이미 알고 있었다고 했다. 아버지를 말렸지만 어쩔 수 없었다고. 그럼 네 돈으로라도 도와주지 그랬냐고, 애들이 팔려 가지만은 않도록 구해줄 수 있지 않았냐고, 율리아는 그에게 따져 물었다.

하지만 바실리는 정말 아무것도 몰랐다.

그 애들도 가난한 보육원에서 귀족에게 구걸하며 사는 것보다, 몸은 조금 힘들지언정 배에서 일하며 배불리 먹고 훌륭한 선원이 되는 편이 나을 거라고 했다. 해적의 배에 팔려 간 아이들은 노예가 되거나 가축처럼 일만 하다가 죽는다는 사실을 모르는 철부지 귀족이기에 할 수 있는 말이었다.

"그래서 저도 응원이나 하려고요."

"네?"

"내뱉는 숨조차 비싼 귀족 가의 도련님이 부랑자들의 거리에 금화가 가득 들어 있는 주머니를 들고 걸어가면 어떤 일이 생기는지⋯⋯ 저는 아무것도 모르니까요."

천연덕스러운 얼굴에 노래하듯 음률이 느껴지는 목소리. 율리아의 이야기에 맥스웰이 크게 고개를 끄덕였다.

"아하."

"후작가의 울타리 안에서 세상을 모른 채 사는 것보다, 몸은 조금 힘들지언정 길에서 제대로 된 세상 공부를 하면 훌륭한 귀족이 될 수 있을 거예요."

그렇지, 바실리?

율리아는 잔혹한 호의와 순수한 악의를 가득 담아 웃었다.

━ • ✦ • ━

레위시아의 제왕학 수업은 순조로웠다. 율리아는 가르치는 일에 소질이 있었고, 레위시아는 배우는 일에 소질이 있었다. 무엇보다 그가 권위적인 왕족이 아니라는 점이 가장 큰 도움이 되었다.

"율리아, 샤트린이 준 선물은 다 받았어?"

"네, 장난 아니던데요? 왕자님 덕에 저는 평민치곤 엄청난 부자가 되었어요. 이대로 은퇴해도 잘 먹고 잘살걸요.”

“은퇴라니, 누구 맘대로?”

“나중에요. 저도 언젠가는 왕궁에서 나가게 되지 않을까요?”

“내가 제국에 첩으로 팔려 가지 않게 된 뒤에 말해.”

레위시아가 우울하게 중얼거렸다. 그는 그렇게 될지도 모른다는 사실에 적잖은 충격을 받았는지, 요 며칠 거울 앞에 서서 자신의 아름다운 얼굴을 저주하기도 했다.

두 번째 경연이 끝난 뒤 왕궁엔 활기가 넘쳤다. 특히 샤트린의 궁이 난리였다. 손님이 너무 많아 공주와 약속을 잡으려면 며칠씩 기다려야 한다는 말이 나올 정도였다.

레위시아는 낮에는 본래의 일정을 소화하고, 밤이 되면 율리아와 코코에게 제왕학을 배웠다.

두툼한 책에 머리를 박고 중얼거리던 레위시아가 시계를 확인하고 한탄하며 말했다.

“벌써 자정이야.”

“시계 좀 그만 봐요. 공부 못하는 애들이 꼭 저러더라.”

“코코, 옛말에 싸우다가 정든다고 했어. 우린 이러다 가족이 될지도 몰라.”

“무슨 그런 끔찍한 소리를 하세요?”

“몇백 년 전만 해도 왕족이 죽으면 그 왕족을 모시던 시녀들이 함께 죽기도 했다잖아. 무덤에 함께 묻히거나, 혹은 죽은 뒤에 무덤을 지키면서 살기도 했다던데. 그게 가족이 아니면 뭐야.”

이번에는 율리아가 대답했다.

“연인이었겠죠. 주군으로 섬기면서 충성을 바쳤거나.”

"삭막하긴."

레위시아가 빙글 펜을 돌리더니 펜 끝으로 율리아의 얼굴을 가리켰다.

"율리아, 솔직하게 말해봐."

"네."

"내 시녀로 들어오면서 한 번도 상상해본 적 없어? 왕자님과 사랑에 빠져서 동화처럼 영원히 행복하게 사는 결말."

"네."

율리아는 레위시아를 보지 않고 그냥 말했다. 그녀의 시선은 흔들림 없이 두꺼운 책에 고정되어 있었다.

"진짜 없어?"

레위시아는 어쩐지 실망한 기색이었다.

"없어요."

"왜?"

집요하게 그 이유를 묻는 레위시아에게, 코코가 율리아 대신 대답해주었다.

"율리아가 왕자님과 사랑에 빠지고 싶을 리도 없겠지만, 만약 그렇다 해도 두 사람이 동화처럼 영원히 행복하게 사는 결말은 아니었을걸요. 잘 아시는 분이 왜 그런 유치한 질문을 하세요?"

"혹시 모르잖아."

책장을 넘기며 레위시아가 외워야 할 부분을 표시하던 율리아가 책에서 눈을 떼지 않은 채 말했다.

"저는 사랑을 믿지 않아요."

"율리아?"

레위시아가 잘 못 들었다는 얼굴로 되물었다.

그제야 고개를 들어 올린 율리아가 담담하게 말했다.

"동화는 주인공에게조차 친절하지 않잖아요. 진짜로 그런 삶을 살고 싶은 사람이 어디 있겠어요. 마왕에게 납치당하고, 마녀의 저주에 걸려 고통받고……. 그런 아픔이 동화 속 왕자님의 사랑으로 치유될 리도 없고."

"그래서 사랑을 믿지 않는다?"

"굳이 말하자면…… 제 사랑은 무가치하다는 뜻이었어요."

"어째서?"

"금방 물거품처럼 사라질 거거든요."

율리아의 말투는 그녀가 레위시아에게 제왕학을 가르칠 때와 하나도 다르지 않았다. 책을 읽는 것처럼 무미건조한 목소리에, 이번에는 코코가 질렸다는 얼굴로 혀를 찼다. 하지만 레위시아는 율리아의 말을 가볍게 넘겨들을 수 없었다.

사랑이 무가치하다니. 그는 여자에게 그런 말을 처음 들었다.

그의 어린 시절을 지배하고 있는 절대적인 여성은 어머니였고, 그의 어머니는 사랑 하나 때문에 자신의 삶과 하나뿐인 아들까지 포기한 사람이었다.

"세상엔…… 사랑이 영원할 거라고 믿는 사람도 있어."

"있겠죠. 어딘가에는."

율리아가 이제 잡담은 그만하고 책을 보라고 잔소리를 하려던 순간이었다. 레위시아가 갑작스럽게 웃음을 터뜨렸다.

"하하하하!"

호탕한 웃음소리였다. 깜짝 놀란 율리아가 눈을 크게 떴다. 코코는 드디어 미친 거냐고, 공부가 아무리 하기 싫어도 미치지는 말라고 중얼거렸다. 그렇게 한참 웃던 레위시아가 웃음을 뚝 그치고 말했다.

"코코, 난 동화가 싫어."

"뭔 뜬금없는 소리예요, 진짜."

"그래서 너희가 좋아. 더럽게 비관적이고 현실적이거든. 어쩌다 내 머릿속이 꽃밭이 되거들랑, 꼭 오늘처럼 찬물을 냅다 들이붓도록 해. 정신이 번쩍 나도록."

창밖을 보니 창백한 달이 떠 있었다. 사람을 매혹한다는 눈썹달이었다. 싱숭생숭해진 레위시아가 혼잣말하듯 중얼거렸다.

"여기서 도망치고 싶다면 말하면…… 너흰 나한테 실망하겠지?"

어딘가 슬프게 들리는 목소리였다. 그는 습관이 된 미소를 입에 물고, 율리아와 코코에게 물었다.

"도망치는 게 나빠?"

"전하."

"너무 싫고 끔찍해서 도망치는 게 나쁘냐고. 나는 싸우기 싫은데. 누굴 죽이고 싶지도 않고, 내가 증오하는 사람이랑 똑같은 짓을 하고 싶지도 않은데. 그래도 도망가는 게 나쁘냐고."

"안 나빠요. 그건 용감한 거예요. 전하를 지키는 거니까."

"근데 너희는 왜 나한테 자꾸 싸우라고 해?"

"전하에겐 숨을 곳이 없으니까요."

율리아는 그를 달래지 않았다.

레위시아가 웃었다. 그의 아름다운 얼굴에 슬픔이 가득했다. 매일 능글맞은 농담만 쏟아내던 입술이 살짝 떨려, 그렇게 슬퍼 보일 수가 없었다. 레위시아 오르테가는 눈동자보다 입술이 더 슬픈 남자였다.

"난 결국 죽겠지?"

"전하."

"부왕의 손에 죽거나 형제들의 손에 죽거나. 그것도 아니면…… 어딘가에서 아무도 모르게 비명횡사하게 되려나."

코코의 숨소리가 빨라졌다. 율리아는 코코가 두 손을 꽉 맞잡은 채 숨을 고르고 있다는 걸 알았다.

레위시아는 이러다 정이 들어서 우리가 가족이 될 수도 있겠다고 농담을 했지만, 코코에게 그는 오래전부터 가족이었다. 어린 코코가 하얀 요람에 혼자 누워 우는 외로운 아기를 만났던 날부터, 레위시아 왕자는 그녀의 친동생이었다.

이전의 삶에서 레위시아는 결국 죽었다. 마조람 후작과 국왕, 그리고 귀족들이 결탁한 일이었다. 레위시아는 바이칸 제국의 황실로 팔려 가다시피 떠났고, 가는 길에 비참하게 죽었다. 그때 코코는 아주 많이 울었다. 첫사랑에 실패했을 때보다 많이 운 거라고 했다. 부모님이 돌아가셨을 때처럼, 가족을 잃은 사람의 얼굴로 울었다.

율리아는 그때의 코코를 대신해서 말했다.

"저희가 같이 있을게요."

"뭐?"

"전하를 죽게 내버려두지도 않겠지만…… 그런데도 운명이라는 게 존재해서 전하가 결국 죽게 된다면요. 어딘가에서 아무도 모르게 죽게 하지 않아요. 코코와 제가 꼭 함께 있을 거예요."

"뭐야. 나랑 같이 죽으려고?"

"못 할 것도 없어요."

"뭐? ……진심이야?"

"네."

또 비슷한 말투였다. 단호하고, 담담한 말투. 감정이 느껴지지 않아서 더 속이 울렁거리는 그런 말투.

레위시아는 율리아에게 거짓말하지 말라면서 웃었다. 하지만 그렇게 말하는 그의 눈동자에 잔물결이 번지고 있었다.

레위시아도 율리아와 마찬가지로 사랑을 믿지 않았다.

특히 여자가 남자의 사랑에 매달려 우는 걸 가장 끔찍하게 생각했다. 어린 시절 그를 가장 괴롭게 했던 어머니의 모습을 떠올리게 했기 때문이다. 그는 바실리가 매달리고 율리아가 차갑게 구는 걸 볼 때마다, 그 두 사람을 부왕과 어머니에 빗대어 즐거운 상상을 하곤 했다.

유치하고 치졸했지만, 그런 상상을 할 때마다 속이 시원해지곤 했기 때문에 죄책감은 느껴지지 않았다. 그런데도 그날 율리아의 고백은 그의 가슴 안에 무겁게 가라앉았다.

사랑이 무가치하다니.

다른 이유도 아니고, 물거품처럼 사라질 감정이기 때문에 그렇다니.

"뭐 하세요?"

혼자 숙제하라고 내버려뒀더니 창문에 달라붙어 꼼짝도 하지 않는 그에게 코코가 다가왔다.

"전하, 농땡이 치지 말고……."

"율리아를 어떻게 생각해?"

또 뜬금없는 질문이었다. 코코가 붉은 눈에 힘을 주고 그를 노려보았다. 그러자 레위시아가 두 손을 살짝 들고 항복하는 자세를 취하더니, 이내 창밖을 가리켰다.

"저길 봐."

"뭔데요."

"율리아의 후원자가 또 선물을 보냈어. 이번엔 상자가 작네. 전에는 드레스랑 구두…… 뭐 그런 거였지."

"금화 한 상자도 있었죠."

"어떡하냐. 난 해줄 수 있는 게 하나도 없는데."

코코가 그게 무슨 소리냐고 물었다. 율리아는 레위시아의 시녀이지만, 아마 드레스나 장신구를 바라고 왕궁에 들어온 건 아닐 거라면서.

"그럼 쟤는 나한테 뭘 바라고 여기 들어온 걸까."

그건 레위시아의 혼잣말이었지만, 코코에게는 그렇게 들리지 않았다. 그녀는 누군가와 이야기를 나누는 율리아를 지켜보았다.

"전하는 마조람 후작에게서 율리아를 지켜줄 수 없었어요."

"그래. 나도 그게 너무 충격이었는데…… 인정할 건 인정해야지. 그러니까 더 이상하잖아. 나 같으면 뭐 이런 왕족이 다 있느냐면서 뒤도 안 돌아보고 도망갈 것 같은데."

레위시아는 자신이 율리아에게 있어 든든한 방패가 아니라는 사실이 드러났으니, 그녀가 왕궁을 떠나야 정상이라고 생각했다. 그런데 율리아는 그런 건 아무것도 아니라는 듯, 더욱 그에게 가까이 다가왔고 그의 마음에 깊숙이 새겨졌다.

레위시아가 시선으로 율리아를 좇았다. 동그란 정수리에서 길고 우아한 목선을 따라, 단정하고 곧은 허리를 따라, 길게 늘어진 치맛자락을 따라 움직였다.

"레위시아 전하."

코코가 손바닥으로 그의 눈을 가렸다.

"왜 이래."

"율리아는 안 돼요."

"무슨 소리야?"

"전하께서 아직 첫사랑조차 하지 않은 어린애라는 건 아는데요. 그래도 율리아는 건드리지 마세요. 다른 여자는 아무나 다 괜찮아요. 남자도 괜찮아요. 그런데 율리아는 안 돼요."

레위시아가 웃으며 코코의 손을 잡아 내렸다.

"나 참……. 그런 거 아냐. 그리고! 듣다 보니까 영 이상하네? 다 되는데 율리아는 왜 안 돼? 오히려 다른 사람은 안 돼도 율리아는 믿을 수 있으니까 괜찮아야 하는 거 아냐?"

"쟤는 전하가 감당할 수 있는 여자가 아니에요."

코코가 엄하게 말했다.

레위시아는 이번에도 해괴한 농담으로 대화를 이어가려 했지만, 어쩐지 입이 벌어지지 않았다. 그가 어색한 얼굴을 하고 굳은 채로 서 있자, 코코가 또 한 번 경고했다.

"상처받으실 거예요. 저는 율리아가 마음에 들지만, 전하에게 상처 줄 게 뻔한 애와의 사랑을 응원할 수는 없어요."

"코코."

"들으셨잖아요. 사랑이 무가치하다던 말."

"그거야……."

"그게 평범한 스물한 살의 입에서 나올 수 있는 말이라고 생각하세요? 바실리 마조람을 가지고 노는 것도 옆에서 다 지켜보셨잖아요."

코코의 말이 옳았다. 레위시아가 알았으니까 걱정하지 말라며 고개를 끄덕였다. 제발 정신 차리라는 충고와 함께, 코코가 불안한 한숨을 내쉬었다.

　사랑에 빠지지 말라는 말은 사랑에 빠지는 주문과도 같다.

　레위시아는 언젠가 자서전 같은 걸 쓰게 된다면, 이 말을 첫 문장
으로 삼을 거라고 다짐했다. 그는 그냥 별생각 없었을 뿐인데 코코
가 그렇게 진심으로 경고하니까 자꾸 율리아가 눈에 밟혔다. 평소엔
그냥 대충 인사나 받아주고 지나치던 순간도 꼭 한마디 더 말을 걸
게 되었다.

　레위시아는 성인이었지만 아직 진짜 사랑을 해본 적이 없었다.

　어릴 때야 여자애들 앞에 서면 쑥스럽고 긴장돼서 바보 같은 실수
를 하기도 했는데, 다 자란 뒤에는 그런 일도 없었다. 그에게 사랑이
란 동화 속에나 나오는 환상, 혹은 그의 어머니 같은 사람을 병들게
하는 나쁜 것이었다.

　'사랑은 개뿔.'

　한번 상상해보았다.

　율리아가 그의 연인이며, 시녀인 상상을. 왕족은 신분이 낮은 연인
을 가까이에 두기 위해 시녀로 들이기도 하니까. 아침에 일어나면 제
일 먼저 만나게 되려나. 시녀는 왕족의 일상을 함께하는 자이니, 온종
일 함께 있게 될지도 모른다. 연회에 누굴 파트너로 데려갈지 고민하
지 않아도 되고, 마음을 나눌 친구가 없어 외로움이 사무치는 날에도
혼자 견디지 않아도 되려나.

　율리아는 인상이 차가운 편이니 쑥스러움을 많이 타는 성격일 거
라 생각되었다. 그러면 사랑한다거나 보고 싶었다는 표현은 솔직한
레위시아가 주로 하게 될 것 같았다. 그러면 율리아는 웃을까. 아니면

부끄러움을 감추기 위해 화를 낼까. 부끄러움이라니. 저 완벽한 시녀님에게 정말 어울리지 않는 감정이 아닌가.

레위시아의 얼굴에 짓궂은 웃음기가 퍼졌다. 그를 매일 그림자처럼 따르던 호위 기사가 넌지시 물어보았다.

"좋은 일이 있으십니까?"

"내가?"

"아까부터 계속 웃고 계셔서."

"난 원래 잘 웃잖아."

"그래도 혼자서 그렇게 <u>으흐흐흐</u> 웃으며 걷는 모습을 처음 봅니다."

"내가 그렇게 변태 같이 웃었다고?"

레위시아가 창문 유리에 제 얼굴을 비춰보았다. 그의 눈에는 별반 다르지 않은 얼굴인데, 뒤에 서 있던 호위 기사가 하하하 웃더니 그렇게 봐서는 모른다고 말했다.

"율리아 시녀가 옵니다."

가슴이 뜨끔했다. 혼자 상상만 했을 뿐인데 머릿속을 들킨 것 같은 기분이었다.

"전하."

"무슨 일이지?"

레위시아가 뒷짐을 지고 허리를 폈다. 본래도 부드러운 편인 목소리가 중저음으로 나왔다. 그런 자신의 모습이 꽤 권위 있는 왕족처럼 보여 만족스러웠다.

그런데 율리아는 그와 눈조차 마주치지 않은 채 말했다.

"항구에서 해방군이 선동적인 유인물을 배포하고 있다고 해요. 지금 궁 내부가 그 일 때문에 뒤숭숭해요. 알고 계셨어요?"

"그래, 해방…… 해방군?"

"네, 제가 복사본을 가져왔어요."

율리아가 들고 있던 종이를 내밀었다. 레위시아는 떨떠름한 얼굴로 그 종이를 받았다. 누군가 베껴 쓴 것으로 보이는 글이 종이 가득 빽빽하게 쓰여 있었다.

"난 해방군이니 그런 애들한테 별로 관심이 없어."

"그럼 이제부터 관심을 가지셔야 할 거예요."

"왜?"

"곧 남부 함대의 사령관이 바뀔 예정이거든요. 그러면 새 제독이 부임할 텐데, 항구에서 오르테가의 청년들이 이런 걸 뿌리면서 백성들을 선동하고 있으면……."

"어이없고 화나겠지."

"황제의 귀에 들어갈 거예요."

레위시아가 빠르게 얼굴을 굳혔다.

오르테가는 바이칸 제국이 시작한 정복 전쟁에서 거의 유일하게 아무런 피해 없이 국경을 보존한 국가였다.

국왕이 당시 황제 앞에서 네 발로 엎드려 벌벌 기었기 때문이다.

싸워보기도 전에 항복 선언을 받은 황제는 오르테가를 정복하는 대신, 남부 바다에 제국의 함대를 주둔시키는 것으로 만족하고 돌아섰다. 보호 동맹이라는 건 사실 국왕이 귀족들을 달래기 위해 만든 허울 좋은 말로, 바이칸 제국에서 오르테가는 속국 내지는 식민지 취급을 받았다.

해방군이라니. 새로 부임하는 제독이 오르테가에 불온 세력이 있고 그들이 독립을 꿈꾸고 있다고 황제에게 보고하는 순간, 남부 함대 군함 전체가 오르테가를 향해 포문을 열게 될 것이다.

심각해진 레위시아가 율리아에게 물었다.

"부왕께선 알고 계시겠지?"

"궁내부에서 바로 보고한다는 것 같았어요. 아마 지금쯤 이걸 읽고 계시겠죠."

"다 죽여야 하나?"

레위시아가 냉정하게 물었다. 그러나 그렇게 말하는 그의 얼굴은 칼에 찔린 사람처럼 아파 보였다.

"국왕께선 다 죽이라고 명령하실 겁니다."

율리아는 빙 돌려서 말하지 않았다.

지난 삶에서도, 그 이전의 삶에서도 해방군은 언제나 잔인하게 처형되었다. 한때 왕궁 앞 광장은 해방군 청년들의 시신으로 피가 마를 날이 없을 정도였다.

이번에도 다르지 않을 것이다. 카루스 란케아가 1년이나 일찍 나타났으니 해방군의 움직임도 그에 맞춰 빨라질 가능성이 컸다.

"귀족들이 모이는 곳에 좀 가봐야겠어."

레위시아가 중얼거렸다. 왕궁 밖에서 귀족들의 사교 장소를 돌아다니며 그들이 이 일에 대해 어떻게 생각하는지 알아볼 요량인 것 같았다.

율리아가 괜찮다는 뜻으로 고개를 끄덕였다. 레위시아는 국왕이나 마조람과는 다른 길을 가야 하는 사람이니까, 지금은 최대한 많은 사람의 이야기를 들어두는 편이 좋았다.

"몰래 나가셔야 해요. 전하께서 독립을 주장하는 귀족들을 만나고 다닌다는 소문이라도 돌게 되면, 왕위 후보가 되기도 전에 거센 공격을 받으실 겁니다."

"이래 봬도 난 왕족이야. 몰래 나가다니, 그게 가능하겠어?"

레위시아의 호위 기사들도 그의 말에 공감하는 듯 고개를 끄덕였다. 왕족의 외출은 모두 기록되게 되어 있었다. 그리고 왕족의 안전을 위해 호위와 시중드는 사람이 줄줄이 따라다니기도 했다.

"다른 사람인 척 변장이라도 하면 모를까……."

마침 율리아에게 아주 좋은 생각이 떠올랐다.

"드레스를 입으세요."

레위시아가 물었다.

"드레스?"

레위시아 왕자는 아름다운 사람이었다. 화려하거나 강렬한 미인은 아니었으나 남자 치곤 선이 가늘고 인상이 부드러웠다. 그래서 화려한 옷이나 장신구도 다 잘 어울리는 편이었다.

율리아는 자신 있게 말했다.

"아무도 못 알아볼 거예요."

레위시아는 무슨 말을 해야 할지 모르겠다는 얼굴이었다.

"아무리 그래도 그렇지."

그는 남자였다. 여자와는 신체적으로 많은 차이가 있었다. 하지만 율리아는 간단한 눈속임으로 그 차이를 메울 수 있다고 자신 있게 말했다.

"완전히 다른 사람으로 만들어드릴게요."

드레스는 어렵지 않게 구할 수 있었다. 왕자궁엔 손님용 옷이 몇 벌

마련되어 있었고, 그건 체형에 상관없이 끈으로 조여 아무나 입을 수 있게끔 만들어진 드레스였다. 가발과 화장품은 코코의 것을 썼고, 장신구는 왕자가 가지고 있는 게 워낙 많았다.

"보세요."

치장을 마친 율리아가 자신 있게 말했다.

레위시아는 진짜 다른 사람이 되어 있었다.

검은색 드레스에 다이아몬드가 알알이 박힌 목걸이, 진주색 장갑과 겹겹이 덧댄 허리띠가 매혹적이었다.

코코가 말을 잃은 채 레위시아를 바라보았다. 그는 거울 앞에 바짝 붙어 서서 제 얼굴을 살피느라 여념이 없었다. 아까부터 그의 입에선 계속 감탄사가 터져 나오는 중이었다.

"나 좀……."

"말하지 마세요."

"예쁜 것 같은데."

코코는 반박할 말을 찾지 못했다. 진짜 예뻤으니까.

긴 금발을 구불구불하게 말아 한쪽으로 늘어뜨리고, 장식용 가발로 풍성한 앞머리와 땋은 머리를 이어 붙였다. 눈 화장은 약간의 퇴폐미가 드러나도록 진하게 하되 입술은 창백하게 표현하고, 얼굴이 둥글어 보이도록 음영을 지웠다. 골격을 감추면서 마른 손목과 빗장뼈는 드러내고, 굵은 목걸이로 목을 감았다.

그러자 레위시아 왕자는 사라지고, 그 자리에 웬 고혹적인 귀부인만 남아 있었다.

평상시에도 아름다운 사람이라고 생각하긴 했지만, 이렇게 정성스레 치장해놓고 보니 오르테가 최고의 미인은 왕의 애첩이 아니라 그 아들인 레위시아 왕자가 아닌가 생각되었다.

"이러고 나갔다가 남자들이 나한테 반하면 어떡해. 그건 너무 소름 끼치는데."

코코는 그게 뭔 개소리냐고 쏘아붙이고 싶었다. 만약 어떤 여자가 제 앞에서 그런 말을 했다면 큰 소리로 비웃었을 것이다. 그런데 어쩐지 진짜 그런 일이 일어날 것 같아서 웃을 수가 없었다.

"내가 나한테 반하겠어."

레위시아가 만족스럽게 웃었다. 처음 여장을 하자고 했을 때는 시큰둥했던, 심지어 조금 화난 것 같았던 그의 태도가 완전히 바뀌어 있었다.

"율리아 말이 맞아. 아무도 못 알아볼 거야. 알아보면 그게 이상한 놈이지."

"어떤 누구와도 자유롭게 어울릴 수 있고, 왕궁을 드나들 때도 유리할 거예요. 왕족의 외출에는 시선이 집중되지만, 이름 모를 귀부인은 하루에도 최소 수십 명은 드나드니까요. 기록조차 남지 않을걸요."

"그렇군. 몰래 나가려고 애쓸 필요도 없었잖아?"

"되도록 말은 하지 마세요. 제가 함께 있을 때는 귓속말을 하는 척하세요. 그러면 제가 적당히 둘러댈게요. 누가 묻거든, 목에 병이 있다고 할게요."

"좋아."

"귀부인처럼 도도하게 상대하세요. 수다쟁이들은 무관심한 척하면서 적당히 들어주는 사람에게 더 많은 이야기를 털어놓고 싶어하거든요."

준비는 끝났다. 율리아는 긴 머리를 틀어 올려 모자 속에 넣고, 레위시아의 시중을 드는 하녀처럼 차려입었다.

"가실까요?"

율리아는 별다른 생각 없이 레위시아에게 손을 내밀었다.

그런데 그가 가만히 서서 율리아의 손을 물끄러미 바라보았다.

"전하?"

"아무것도 아니야."

레위시아가 율리아의 손을 덥석 잡았다.

"구두가 익숙해질 때까지는 어쩔 수 없지. 내가 꼴사납게 넘어져서 남자인 걸 들키게 될 수도 있으니까."

"네, 전하."

"놓지 말고 꼭 잡고 있어."

호위 기사의 손을 잡으셔도 될 텐데. 율리아는 레위시아를 그림자처럼 따라다니는 호위 기사를 떠올렸다.

하긴, 남자들은 같은 남자랑 손잡는 걸 싫어하니까.

"제가 잘 잡아드릴게요. 걱정하지 마세요."

"내가 넘어지면 다 네 탓이야. 알겠어?"

율리아는 이번에도 별다른 생각 없이 고개를 끄덕였다. 한 손으로는 레위시아의 손을 꼭 잡은 채였다. 말없이 그 모습을 바라보던 코코가 들으란 듯 크게 한숨을 내쉬더니 입꼬리를 내리고 입술을 사선으로 비틀면서 빈정거리기 시작했다.

"세 살이에요? 그 구두는 굽도 없고, 바닥도 물렁거리거든요? 너무 키 큰 여자는 눈에 띈다고 일부러 편한 신발로 골라 놓고는 넘어지긴 왜 넘어져요? 그거 신고 넘어지면 전하께서 걸음마를 잘못 배운 거예요."

"익숙하지 않아서 그래. 게다가 드레스는 무겁고 불편하단 말이야."

"그 드레스가 왜 무거워요? 전하께서 외출할 때마다 입고 다니던 경량 갑옷은 그것보다 훨씬 무거울 텐데요? 갑자기 힘을 잃었어요? 어떡해. 이제 밥도 떠먹여드릴까요, 아기 레위시아 전하?"

"코코, 닥쳐."

"싫어요."

"우리끼리 놀러 나간다고 질투 좀 하지 마. 친구 없는 걸 왜 나한테 화풀이야?"

율리아는 코코가 또 입술로 욕하는 걸 보았다. 이러다 외출하기 전에 싸움부터 할 것 같아서, 그녀는 서둘러 레위시아의 손을 끌어당겼다.

7
망가진 덫에 사로잡힌 것들

어느 사교 클럽의 화려한 연회장. 젊은 귀족들의 은밀한 놀이터에 낯선 여자가 나타났다.

"누구지?"

연회장에서 살다시피 하는 파락호들도 처음 보는 여자였다.

긴 금발을 맵시 있게 늘어뜨린 늘씬한 체형의 미인. 어두운 조명 아래 드러난 창백한 피부와 진한 눈매엔 비밀스러운 매력이 있었다. 계단 앞에 서서 새카만 드레스를 성의 없이 휙 잡아 올린 그녀는 자신을 바라보는 많은 남자의 시선을 우습다는 듯 한 차례 내리깔았다. 그러곤 입가에 선명한 비웃음을 머금고 2층으로 올라갔다.

"도대체 누구지?"

한 남자가 중얼거렸다.

시끄럽던 연회장이 한순간에 조용해졌다. 그건 그녀의 아름다운 외모 때문이었지만, 타인에게 지독하게 무관심해 보이는 눈빛도 한 몫했다.

"오르테가에 휴양 온 외국 귀족인가?"

"가서 이름이라도 물어봐."

"남부 사람 같지도 않고, 북부 사람 같지도 않은데."

남자들이 모여 수군거렸다. 드러내 놓고 관심을 표하는 사람이 있는가 하면, 2층 복도를 흘깃거리며 은근히 그녀의 동선을 확인하는 자도 있었다.

"결혼했을까?"

누군가 중얼거렸다. 그녀에게 첫눈에 반한 남자였다. 그러자 그와 함께 술을 마시던 친구들이 웃으며 떠들었다.

"그런 게 중요해?"

"애초에 저 여자가 너 같은 놈을 거들떠보기나 할 것 같냐? 꿈 깨시지."

"그거야 모르는 일이지. 가서 말이라도 걸어봐."

연회장은 금세 다시 시끄러워졌다. 미련이 남은 몇몇 남자들이 2층을 흘깃거렸지만, 그녀는 한동안 모습을 드러내지 않았다.

연회장 2층의 접객실로 들어온 레위시아는 긴장한 얼굴이었다.

"어떡하지?"

"네?"

"다 나만 쳐다보는데? 알아본 사람이 있는 거 아냐? 율리아, 네가 잘 몰라서 그러는데…… 내가 이래 봬도 오르테가 귀족들에게 얼굴이 엄청 많이 알려져 있거든?"

"아무도 못 알아보는 것 같던데요."

율리아가 의자 하나를 빼주었다. 거추장스러운 드레스 자락을 발로 차 한쪽으로 치운 레위시아가 그 위에 앉았다.

"아무래도 안 되겠어. 오늘은 이만 돌아가자. 여기서 내가 큰 실수라도 해버리면 귀족들 사이에서 두고두고 비웃음거리가 되고 말 거야."

등장할 때는 그렇게 완벽하게 연기해놓고, 방으로 들어오니 갑자기 소심해진 그였다. 율리아는 가볍게 웃으며 왕자에게 다가가 찬물을 담은 컵을 내밀었다.

"잘하셨어요."

"응?"

"진짜 잘하셨어요. 완전히 다른 사람 같았어요. 왕궁에서 만나는 전하는 왕족이지만 친근한 느낌이거든요. 그런데 방금 연회장에 등장한 전하는 신비로운 이국의 여인 같았어요."

"그거 진심이야?"

레위시아가 머뭇거리며 물었다. 칭찬을 해줘도 곧이곧대로 받아들이지 못할 만큼, 그는 잔뜩 긴장한 채였다.

율리아가 그를 똑바로 바라보며 말했다.

"전하께는 재능이 있어요."

"무슨 재능? 사기꾼 같은 재능?"

"아뇨. 관심을 끌어모으는 재능이죠."

그건 왕족에게 아주 중요한 것이다. 율리아는 레위시아가 가진 최고의 재능은 바로 사람의 마음을 사로잡는 매력이라고 생각했다.

"양지에 레위시아 오르테가 2왕자 전하가 있어 잘 꾸며진 신하들의 얼굴을 마주하듯, 음지에서는 때때로 이렇게 다른 사람으로 나타나서서 저들이 감춰 놓은 진심을 들으세요."

"그게 가능할까."

레위시아는 회의적이었다. 오르테가의 귀족들이 아무리 개방적인 성향을 가지고 있다고 해도, 낯선 자신에게 그리 쉽게 진심을 털어놓지는 않을 거라고 말했다.

하지만 율리아의 생각은 달랐다.

"낯선 사람이기 때문에 더 대담해질 거예요. 죄책감을 느낄 필요가 없거든요. 익명성은 인간을 솔직한 괴물로 만들어요. 전하, 저들에게 존재하지 않는 익명의 친구가 되세요."

"나는 저들에게 말을 할 수가 없잖아. 목소리를 들키면 안 되니까."

"말을 할 수 없으니까 더 안심할 거예요. 소문내지 않으리라고 생각해서."

그 후, 율리아는 레위시아에게 연회장으로 내려간 뒤에 어떻게 행동해야 하는지를 하나하나 가르쳐주었다. 제왕학을 가르칠 때와 마찬가지였다. 율리아는 좋은 선생이었고, 레위시아는 좋은 학생이었다. 가르쳐주는 것들을 편견 없이 받아들이는 그를 보면서, 율리아는 자신의 선택이 옳았음을 다시금 깨달았다.

"여성스럽게 보이려고 애쓰지 마세요."

"왜?"

"그런 건 자연스럽지 않으면 안 하니만 못해요. 목에 병이 있어 말을 할 수 없다는 것도 처음 한 번만 가르쳐주면 추종자들이 알아서 설명해줄 거예요. 직접 변명할 필요가 없다는 뜻이죠. 전하께서는 그냥 곤란해하는 표정만 지으면 돼요."

"알았어."

"술은 원래 잘 드시니 걱정하지 않을게요. 큰돈을 걸지 않는다면 오락의 수준에서 도박을 즐기는 건 괜찮아요. 다만 상스러운 욕이나 음담패설에 동조하진 마세요. 남을 깎아내리며 비난하는 농담에도 동조하지 마세요."

자신의 격을 깎아내리는 행동만은 하지 말라는 율리아의 말에 레위시아가 격하게 고개를 끄덕였다.

"누군가 전하를 당황하게 만들어도 공격적으로 반응하지 마세요."

"뭐? 그건 왜?"

"적당히 거리를 두고 무시하세요. 유치한 도발보다는 조금 더 수준 높은 대화에 귀를 기울이세요. 전하의 작은 관심이 저들에게 자랑거리가 되게 하세요."

"그렇군. ……알았어."

레위시아가 진지한 얼굴로 고개를 끄덕였다. 그러곤 긴장으로 굳은 얼굴을 손등으로 툭툭 두드려 푼 뒤, 거울 앞으로 가서 모습을 정돈했다.

"율리아."

"네?"

"이름은 뭐라고 해? 아무리 신비주의라곤 해도 이름까지 비밀로 하는 건 너무 이상하잖아."

"이름이라면 코코와 함께 지어둔 게 있어요."

"뭔데?"

"티타니아."

오르테가의 북부 국경 산맥 티타니아.

"좋은 이름이네."

레위시아가 만족스러운 얼굴로 웃음을 흘렸다.

그는 20년 전 바이칸 제국의 남하를 막았던 가장 큰 요인은 국왕의 항복 선언이 아니라, 두 국가 사이를 가로막고 있는 높고 험준한 티타니아 산맥이라고 생각하는 사람이었다. 그러니 티타니아야말로 레위시아 오르테가의 비밀스러운 이름으로 삼기에 제격이라고, 율리아는 생각했다.

"이제 됐어. 내려가자."

2층 접객실 안에서 한동안 긴장을 추스른 레위시아가 치맛자락을 툭 차며 앞서 걸었다. 그와 함께 복도로 나온 율리아가 조심스레 눈동자를 굴렸다.

계단 앞에 다다르자 연회장에 있던 거의 모든 사람이 레위시아를 향해 고개를 돌렸다. 호의와 경계, 호기심이 뒤섞인 시선이었다.

후우. 심호흡한 레위시아가 그들을 한차례 둘러보았다. 심장이 평소보다 조금 빠르게 뛰었다. 나쁘지 않은 긴장감과 낯선 해방감이 전신에 차올랐다.

레위시아는 율리아와 코코를 떠올렸다.

고요하게 가라앉아 있는 것처럼 보이지만 위험하게 일렁이는 바다처럼 빨려 들어갈 것만 같은 율리아의 눈빛. 그리고 비웃는 듯 살짝 치켜 올라가 도도하고 매력적인 코코의 입매. 똑같이 따라 할 수는 없을 것이나, 적어도 흉내는 낼 수 있었다. 그는 그 두 명의 시녀를 가장 가까이에서 봐온 자였다.

두 사람은 그에게 스승이자 친구이며, 형제와도 같았다.

레위시아의 얼굴에 미미한 변화가 일어났다. 그러자 그를 바라보던 몇몇 사람들의 눈동자가 황홀감에 젖어 들었다.

—•••—

레위시아의 첫 번째 암행은 절반의 성공으로 끝났다.

두 사람이 갔던 곳은 오르테가에서 가장 큰 사교 클럽이었는데, 전체적으로 조명이 어둡고 가볍게 놀다 가는 젊은 귀족이 많아 암행 장소로 적당하다는 판단이었다. 그런데 그 귀족들은 해방군에 관한 진지한 담론을 나누긴커녕 아름다운 레위시아에게 관심을 표하느라 바빴다.

"이분은 도대체 어디서 오셨을까요? 처음 보는 것 같은데…… 오르테가 귀족은 아닌 것 같고."

"하하! 이런 곳에서 가문에 관해 묻는 건 실례라오. 처음 만났지만 오래된 친구인 것처럼 놀다가 가는 거지. 어떻소? 내가 술 한잔 사지!"

"유치한 고백인 줄 알지만, 당신은 제 이상형입니다. 꿈만 같달까요. 제발 연락처라도 알려주십시오."

첫눈에 반했다며 끈적끈적하게 구애하는 남성도 있었고, 친구가 되고 싶다면서 달라붙는 여성도 있었다. 그들을 물리치느라 시간을 다 써버린 레위시아는 새벽녘이 되자 서둘러 왕궁으로 돌아올 수밖에 없었다.

율리아는 '쓸만한 정보를 얻을 순 없었으나 아무도 그를 알아보지 못했다는 점에서 절반의 성공'이라고 평가했다.

"이게 뭐야. 우리 왕국 귀족들이 다 저러고 노는 건 아니겠지? 뭐 대단한 이야기라도 나누는 줄 알았더니…… 죄다 내 얼굴만 쳐다보고."

"처음이라 그래요."

"이래서 너무 잘나게 태어나도 문제라니까. 내 어머니는 도대체 왜 나를 이렇게 예쁘게 낳으셨을까."

"그래도 아주 잘하셨어요. 함부로 대할 수 없는 사람이라는 인상을 남기고 왔으니, 다음엔 한 단계 걸러진 사람들이 접근할 거예요."

레위시아는 조금 실망한 기색이었다. 그러나 율리아는 절대 서둘러선 안 된다고 그를 달랬다.

"갈수록 나아질 거예요. 언젠가는 전하를 음지의 모임에 초대하는 사람이 나타날지도 모르죠. 전하와 친해지고 싶어하는 사람이 많으면 많을수록 유리해질 거고요."

모든 일에는 적절한 시기가 있다. 레위시아는 숨어서 커야 한다. 왕족으로서 존재감을 드러내기에 그는 아직 힘이 약했다.

"걱정하지 마. 암행은 계속 다닐 거야. 아무도 내가 누군지 알아보지 못한다는 게 이렇게 큰 해방감을 주는 줄은 몰랐거든."

"전하."

"그렇다고 나가서 마냥 놀기만 하겠다는 건 아냐. 율리아, 네가 했던 말도 다 기억하고 있어. 귀족들의 동향을 파악하고, 그들의 처지에서 왕국을 바라보라는 말. 해방군의 움직임을 주시하면서 백성들의 말에 귀 기울이라는 것도."

레위시아가 율리아를 똑바로 바라봤다.

"사실 그거, 그 말 아냐? 네가 선택한 제왕학 교과서 첫 페이지에 나오잖아. 제왕은 무릇 백성의 처지에서 생각할 줄 알아야 한다고."

"기억력이 아주 좋으시네요."

"그 정도는 배우지 않아도 추측할 수 있어. 그리고 율리아, 난 어린 애가 아니야. 그렇게 일일이 칭찬해주지 않아도 내가 뭘 잘하고 못하는지 알아."

대놓고 가르쳐줘도 못 알아듣는 사람이 더 많다. 그리고 자신은 레위시아를 어린애라고 생각하지 않는다. 정말 잘하니까 잘한다고 말하는 것이다.

율리아는 그렇게 얘기하려다가 그냥 입을 다물었다.

"다음부터는 혼자 나가볼 거야. 언제까지 널 보모처럼 달고 다닐 수는 없으니까."

"그래도 호위는 있어야 해요."

다른 사람은 몰라도 호위는 꼭 데리고 다녀야 한다. 게다가 남자 목소리를 감추기 위해 목에 병이 있다고 둘러대었으니, 레위시아의 의사를 대신 전달해줄 눈치 빠른 시종도 필요했다. 율리아는 그 역할을 계속 자신이 할 수 없으리란 걸 잘 알고 있었다.

"왕궁 사람은 안 돼요. 전하는 밖에서 귀족을 주로 만나게 될 텐데, 왕궁 사람이 붙어 있으면 결국에 누군가는 알아보게 될 테니까요."

"그렇다고 믿을 수도 없는 사람을 외부에서 데려올 수는 없잖아. 나한테 이런 비밀을 목숨 걸고 지켜줄만한 동료가 있는 것도 아니고."

"제가 알아보겠습니다."

"네가?"

"괜찮은 사람이 있어요."

마침 떠오르는 사람이 있었다.

맥스웰.

율리아가 마조람 저택의 지하 감옥을 그토록 수월하게 침입할 수 있었던 건 맥스웰의 유능함 덕분이었다. 그는 그림자 정보상으로 긴 시간을 보냈던 만큼 암행에 걸맞은 재능을 가지고 있었다. 결정적으로, 맥스웰은 믿을 수 있는 사람이었다. 그는 카루스 란케아의 부하였고, 율리아가 카루스에게 유용한 정보를 손에 쥐고 있는 이상, 두 사람의 신뢰 관계는 깨지지 않을 것이다.

다음 날 아침이었다. 외출 준비를 마치고 밖으로 나가려는 율리아에게 이번에 새로 들어온 하녀, 트루디가 다가와 인사를 건넸다.

"율리아 시녀님? 지금 외출하시는 거예요? 아침 식사는요?"

"괜찮아요."

"제가 차려드릴 수 있는데."

트루디가 애교 있게 웃으며 식사를 권했다. 신입치고는 굉장히 붙임성 있는 하녀였다. 다른 하녀들은 율리아를 어떻게 대해야 할지 몰라 며칠 동안 약간의 거리를 두고 대했는데, 이 하녀는 처음부터 그런 게 없었다. 율리아는 그런 트루디를 물끄러미 바라보다 천천히 고개를 저었다.

"정말 괜찮아요."

"그럼 언제쯤 돌아오실 거예요? 코코 시녀님과 왕자 전하께서 물어보시면 뭐라고 할까요?"

"외출했다고만 전해주세요."

레위시아와 코코는 이날도 늦잠을 자고 있었다. 밤새도록 깨어 있었으니 당연한 일이었다. 평소와 다를 바 없이 일찍 일어난 그녀가 이상한 거였다.

율리아는 왕궁 입구에서 무작위로 마차를 골라 탔고, 밖으로 나간 뒤에는 혼자 움직였다. 맥스웰의 전당포가 어디에 있는지는 알고 있었다. 그가 알려준 적은 없으나, 그림자 정보상이란 별명을 듣자마자 과거에 유흥가 골목 어딘가에 물건 대신 정보를 거래하는 전당포가 있다는 소문을 접했던 기억이 났다.

율리아는 드레스 위에 평범한 코트를 걸치고, 머리카락은 바짝 묶어 모자를 쓰고 있었다. 얼굴까지 가리면 그쪽이 더 수상해 보일 것이기에 베일은 쓰지 않았다. 그리고 되도록 사람이 많은 길로 다녔다.

하이에나 때문이었다.

마조람 후작은 암살 의뢰를 취소하지 않았을 것이다. 보수를 높이면 높였지, 포기하지는 않았으리라. 왕궁에 침입하는 데는 성공했으나 율리아를 암살하는 데 실패한 하이에나들은 그녀가 밖으로 나오기만을 고대하고 있을 가능성이 컸다. 그래도 율리아는 걸음을 늦추지 않았다. 침입자가 들이닥쳤던 날, 마조람의 첩자였던 하녀를 골라냈으니 당분간은 괜찮을지도 모른다.

'다시 암살을 시도하더라도, 그게 오늘은 아니겠지.'

이 판단이 잘못된 것이라고 해도 어쩔 수 없었다. 어차피 다시 시작하면 될 일이다.

위험하다는 이유로 몸을 사리다가는 원하는 것을 쟁취할 수 없다. 언제나 그랬다. 과감하게 움직일수록 많은 정보를 얻었다. 목숨을 걸면 꼭 그만큼의 보상이 돌아왔다. 그래서 이토록 무모해졌는지도 몰랐다.

삶을 여러 번 반복하는 동안 그녀는 아주 많은 걸 포기해야 했다. 그중엔 자신의 안전도 포함되어 있었다. 율리아에게 있어 소모해도 되는 최선의 대가는 언제나 자기 자신이었다.

맥스웰의 전당포가 얼마 남지 않은 대로변이었다. 율리아는 갑자기 뒷덜미를 오르내리는 선득한 느낌에 두 눈을 빠르게 깜박였다.

'하이에나인가.'

죽음을 여러 번 반복하다 보니 이렇게 특별한 감각이 생기기도 한다. 율리아는 그녀의 목숨을 노리는 하이에나가 가까이에 있다는 사실을 알아차렸다.

재수도 더럽게 없지. 외출하자마자 놈들의 눈에 띄다니. 하이에나는 누구일까. 율리아의 머리가 바쁘게 돌아갔다.

맞은편에서 느릿느릿 걸어오는 저 남자일까, 아니면 건너편에서 이쪽을 노려보는 저 여자일까. 좌판 앞에 있는 상인일 수도 있고, 빈 마차를 몰고 다니는 마부일 수도 있었다. 율리아는 걸음을 멈추지 않았다. 큰길을 지나 안쪽으로 조금만 더 걸어가면 맥스웰의 전당포가 있었다.

그때 한 남자가 그녀에게 다가왔다.

술에 취한 듯 보이는 남자였다. 검게 탄 피부에 붉게 달아오른 얼굴, 나이를 가늠할 수 없을 만큼 지저분한 수염이 얼굴을 뒤덮고 있었다. 비틀거리면서도 교묘하게 사람들을 피해 빠른 걸음으로 율리아에게 다가온 남자는, 몇 걸음 앞에서 그녀를 똑바로 노려보며 살기를 내뿜었다.

'이런 곳에서? 곤란해질 텐데.'

의아했다. 이곳은 오르테가에서도 손에 꼽힐 만큼 번화한 길이었다. 인구도 많았고, 경비대가 수시로 순찰을 다녔다.

남자가 한 손을 재킷 안에 넣더니 무기로 짐작되는 무언가를 움켜쥐었다.

율리아는 남자의 눈을 보면서 깨달았다.

'날 죽이고 나서 자살할 생각이구나.'

삶을 포기하면 무서운 게 없어진다. 살인을 저지른 뒤에 찾아올 죄책감이나 무거운 형벌, 모두 살아남을 수 있을 때나 걱정할 것들이다. 남자는 그 모든 걸 진즉 포기한 상태였다.

무엇을 대가로 받았으려나. 율리아는 그 순간에도 그게 궁금했다.

돈일까. 돈이라면 얼마나 될까. 얼마를 제시해야 저렇게 가볍게 목숨을 버릴 수 있을까. 가족을 인질로 잡고 협박이라도 했나. 하이에나들이라면 가능한 얘기였다.

남자가 재킷 속에서 한 손을 꺼냈다. 퍼렇게 날이 선 칼이 튀어나왔다. 그는 어설프게 움직이지 않았다. 시선은 율리아의 목에 고정돼 있고, 칼을 쥔 손은 단단하고 떨림이 없었다.

'이번 삶은 여기까지인가?'

재빨리 주위를 둘러본 율리아가 생각했다.

그에게서 달아날 수 있을 것 같지 않았다. 그녀는 드레스에 구두 차림이었다. 소리를 질러서 도움을 요청해도 소용없을 것이다. 거리가 너무 가까웠다.

아홉 번째는 좀 짧게 끝날 모양이다. 또 실패였다. 실패를 거듭하다 보니 아쉬움보다 분노가 먼저였다. 바로 자신에 대한 분노였다.

'내가 왕궁 밖으로 나온 건 어떻게 알았지?'

웃는 얼굴로 다가와 식사를 권했던 하녀, 트루디가 생각났다. 쫓겨난 첩자의 빈자리에 새로 들어온 사람이었는데, 궁내부에서 신원이 확실하니 믿을만하다고 보장한 여자였다. 경비병이나 마부가 첩자일 거라고는 생각되지 않았다. 경비병은 율리아가 위험에 처했을 때 진심으로 걱정해준 사람이었고, 마부는 율리아가 누군지도 모르는 사람이었다.

첩자를 하나 잡으니까 그 자리에 새로운 첩자가 들어오다니 우습지도 않았다. 실수였다. 이중, 삼중으로 의심했어야 했다. 그래도 궁 내부에 하이에나와 줄이 닿아 있는 마조람의 끄나풀이 있다는 사실을 알게 되었으니 중요한 정보 하나는 건진 셈이었다. 그 대가가 자신의 목숨이라 차마 기뻐할 수는 없었지만.

카루스의 얼굴이 떠올랐다. 그는 이번에도 율리아를 눈보라 속에서 구해낼 것이고, 그녀가 정신을 차리자마자 그 냉담한 얼굴로 똑같이 말할 것이다.

'나도 똑같이 시작해야겠지. 그래도 죽지 못하는 저주를 받았다는 얘기는 안 하는 게 좋으려나.'

아픔이 짧았으면 좋겠다. 죽는 순간은 너무 고통스러워 시간이 지나도 잊히지 않는다. 덜 아플 수는 없으니까 짧기라도 했으면.

죽어.

하이에나가 온몸으로 소리쳤다. 가까이에서 보니 덩치가 율리아의 두 배는 되어 보이는 남자였다. 반항하는 게 효과가 있을까. 아마 없을 것이다. 율리아는 그의 눈을 똑바로 바라보았다. 그녀의 초록색 눈동자에 파도가 일었다. 태풍을 품은 바다처럼 무시무시한 고요가 그 안에 있었다.

죽어.

하이에나가 칼을 휘둘렀다.

율리아는 여전히 눈을 감지 않았다. 죽는 순간에도 살인자의 얼굴을 똑똑히 기억해두기 위해서였다. 그것은 삶을 반복해온 그녀에게 오기와도 같이 남아 있는 자존심이었다. 다시 시작하면 반드시 네놈을 죽이고야 말겠다. 그 얼굴을 똑똑히 기억해두고, 이 고통을 열 배로 돌려줄 것이다.

그녀는 그렇게 다짐했다.

"율리아."

그런데 갑자기 시야가 캄캄해졌다.

촛불이 꺼지듯 훅하고 세상이 꺼졌다. 그녀는 소리와 빛, 차가운 바람으로부터 완전히 차단되었다. 어지간한 일에는 당황하지 않던 율리아가 순간적으로 숨을 멈추었다.

누군가 나타나서 남자가 휘두른 칼을 쳐냈고, 그 뒤엔 아무것도 보지 못했다. 머뭇거리던 율리아는 자신의 시야를 가리고 있는 게 새카만 망토라는 걸 알았다.

"카루스?"

왜 그 이름이 튀어나왔는지는 몰랐다. 얼굴은 보지도 못했는데. 망토 안에서 흘러나온 율리아의 목소리를 들었는지, 카루스가 낮게 물었다.

"죽여줄까."

거칠게 가라앉은 그의 목소리 너머로 하이에나가 빠르게 달아나는 소리가 들렸다. 자신을 구해준 남자가 카루스라는 사실을 확인한 율리아는 숨을 짧게 멈췄다가 길게 내쉬며 그에게 말했다.

"아뇨. 놔주세요."

저 하이에나를 붙잡아 봤자 아무 이득이 없다. 차라리 이대로 놓아주는 편이 그에겐 훨씬 지옥일 것이다. 얼굴이 노출된 채 암살에 실패했으니, 보상도 못 받은 채 제거당할 가능성이 컸다.

"전 괜찮아요."

율리아가 망토를 끌어 내리며 차분히 말하자, 카루스가 말없이 그녀를 바라보았다.

"아직 근처에 남아 있을지도 몰라."

"당신이 제 옆에 있는데, 바보가 아니고서야 다시 오겠어요?"

그렇게 말하는 율리아의 목소리엔 약간의 웃음기마저 묻어나 있었다. 그녀를 죽이러 온 살인자는 하이에나 중에서도 제법 실력이 있는 자이겠지만, 카루스 란케아 앞에서는 그저 하룻강아지에 불과할 테니.

"뭐 하는 거지?"

"네?"

"웃어?"

그런데 카루스가 화를 냈다.

"지금 죽을뻔했는데…… 웃음이 나온다고? 제정신인가?"

그에게서 날 선 목소리가 흘러나왔다. 율리아는 그저 가만히 서서 눈을 깜박였다.

"이런 일을 겪은 뒤에는 두려워 어쩔 줄을 몰라야 정상 아닌가?"

카루스는 율리아가 아슬아슬하게 두르고 있는 망토를 거칠게 끌어올려 다시 그녀의 머리에 씌웠다. 그러곤 망토 아래 드러난 그녀의 두 눈을 차갑게 노려보며 물었다.

"죽고 싶나?"

"카루스 님."

"아니면, 죽어도 상관없는 거냐?"

율리아는 대답하지 않았다. 카루스는 그녀가 제 목숨을 도구처럼 가벼이 여기고 있음을 알았다. 처음부터 그랬다. 눈보라 속에서 만났을 때부터 율리아는 늘 이렇게 무모하게 굴었다.

얼어 죽을 뻔했던 사람이 자기 몸을 돌보긴커녕 카루스와 부하들의 고된 여정에 덥석 동참했다. 심지어 하이에나들이 있는 곳으로 돌아가는데도 두려움이 없었다. 왕궁에 들어갈 때도, 왕족을 만났을 때도 마찬가지였다.

율리아는 겁이 없었다.

"율리아, 대답해."

"말씀드렸잖아요."

"어차피 다시 시작할 테니, 죽는 건 아무렇지 않다고?"

율리아는 대답하지 않았다.

적당히 웃으며 거짓을 말하는 건 어렵지 않은 일이었으나, 어쩐지 카루스에겐 통하지 않을 것 같다는 생각이 들었다. 또, 그에게 거짓말하고 싶지도 않았다.

"널 보면 화가 나."

카루스가 중얼거렸다.

율리아는 그의 감정을 이해할 수 없었다. 그래서 그를 달래려 하지도 않았다. 왜 당신이 화를 내나. 그런 얼굴로 그를 바라보았다. 내 말을 믿고 안 믿고는 당신의 자유이고, 그런 삶을 살아온 내가 제정신일 리 없다고, 그녀는 침묵으로 말했다. 카루스도 대답을 바란 건 아니었는지 금세 그녀에게서 시선을 돌려 하이에나가 달아난 방향을 바라보았다.

두 사람 사이에 한기 어린 침묵이 흐르고, 카루스가 먼저 입을 열었다.

"하이에나들은 멈추지 않겠지. 의뢰가 들어온 이상, 네가 살아 있다는 사실이 그들에게는 치욕일 거다."

"여긴 왕궁 밖이라서 접근하기 쉬웠을 거예요. 왕궁으로 돌아가면 괜찮아질 거고요. 새로 들어온 하녀를 의심했어야 했는데, 미처 확인하지 못했어요. 제 실책입니다."

"평생 이렇게 살 작정인가?"

카루스가 다시 율리아를 바라보았다. 어느새 그의 눈엔 분노가 남아 있지 않았다. 악마 같은 감정 조절이었다. 그는 처음 만났을 때와 같이 건조하고 황량한 시선으로 그녀를 응시했다. 가슴 한쪽으로 사막의 바람이 새어 들어오는 것 같았다. 율리아는 그런 자신을 비웃으며 말했다.

"제게 붙은 하이에나를 없애는 방법은 간단해요. 의뢰인이 의뢰를 취소하는 거죠."

하이에나들은 의뢰인이 죽더라도 의뢰를 완수하려고 할 것이다. 그러니까 마조람 후작이 직접 의뢰를 취소하지 않는 한, 그들은 율리아를 포기하지 않을 거라는 말이었다.

"혹은 하이에나를 전부 죽이거나."

카루스가 가만히 말했다.

율리아는 그 두 가지 모두 자신에게 당장은 불가능한 일이라고 여겼다. 하지만 카루스는 그렇게 생각하지 않았다.

"언제 왕궁으로 돌아갈 생각이지?"

"맥스웰에게 부탁이 하나 있어요. 오래 걸리지 않는 일이라서, 저녁때까진 들어갈 계획이었는데……."

"따라와라."

카루스가 앞장서서 걸었다.

율리아는 그의 넓은 등을 바라보며 걷게 되었다. 그는 맥스웰의 전당포를 향해가고 있었다. 망토가 무거웠다. 크고 긴 데다 두껍기까지 했다. 그래도 그녀는 카루스가 덮어놓은 망토를 두 손으로 여미고 묵묵히 걸었다.

"어라? 두 분, 같이 오셨습니까?"

"앞에서 만났다."

어떻게 그렇게 절묘한 순간에 마주쳤나 했더니, 카루스도 맥스웰을 만나러 오는 길이었다고 했다. 맥스웰은 카루스를 보곤 바짝 긴장한 얼굴로 경례했고, 율리아에게는 반가워하는 얼굴로 손을 흔들었다.

"한데 무슨 일이십니까?"

"율리아에게 습격이 있었다. 암살자가 또 붙었더군."

"하이에나 말입니까?"

율리아가 대로변에서 죽을 뻔했다는 이야기를 전해 들은 맥스웰의 얼굴이 심각해졌다. 그는 눈동자를 이리저리 굴리며 카루스의 눈치를 보더니, 율리아에게 조심스럽게 물었다.

"그냥 실력 있는 호위를 하나 데리고 다니면 되는 일 아닙니까?"

"맥스웰, 평민 시녀가 왕궁에 개인 호위까지 들일 수는 없어요."

"외출할 때만이라도."

"저는 괜찮아요."

율리아는 습관적으로 괜찮다는 말을 입에 담았다. 그러곤 그 말을 내뱉자마자 코코를 떠올렸다. 만약 이 자리에 코코가 있었다면 그 뾰족한 어투로 잔소리를 쏟아냈을 것이다. 어쩌면 또 입을 꿰매버리겠다며 협박했을지도 모른다. 코코를 떠올리자 절로 웃음이 났다.

반면 카루스는 미소 짓는 율리아를 보면서 이번에도 가슴에 못이 박힌 듯 불편한 기분을 느꼈다.

화가 나고, 답답했다.

그건 정말 그로서는 이해할 수 없는 감정이었다. 전쟁터에서 수십 번 칼을 맞댄 상대가 원한을 쏟아내며 죽었을 때도 이런 기분은 느끼지 못했다. 바이칸의 황비 데네브라가 그를 괴롭힐 때도 귀찮고 화가 나긴 했지만, 이토록 가슴이 답답하진 않았다.

율리아가 웃으면 화가 난다. 그녀는 어디 한군데가 크게 망가진 여자였다. 어떻게 사람이 자기 목숨을 그렇게 대수롭지 않게 여길 수가 있나. 두려워하거나 슬퍼하거나, 혹은 소리 지르고 화를 내야 정상이다.

그런데 율리아는 웃어버렸다.

금 간 유리처럼 깨질 것 같은, 아슬아슬한 미소였다. 바라보는 사람을 아프게 하는 미소이기도 했다. 툭 치면 와르르 쏟아질 게 뻔해서 가까이 다가갈 수가 없었다.

카루스는 율리아를 설득하는 대신 맥스웰에게 명령을 내렸다.

"맥스웰."

"예, 말씀하십쇼."

"오르테가에서 활동하는 하이에나들을 색출해라. 그중 마조람 후작가와 연이 닿은 자라면 한 놈도 남김없이 찾아서 죽여버려."

"예?"

맥스웰이 얼빠진 얼굴로 그의 상관을 바라보았다.

카루스가 살벌한 눈으로 율리아를 노려보고 있었다.

"이 여자가 절대 죽지 않도록 조치해. 명령이다."

이러니저러니 해도 율리아는 카루스에게 목숨의 은인이었다. 게다가 남부 해군에 대한 엄청난 정보를 안겨주기까지 했다. 그러니까 이건 과한 친절이 아니다. 동정심도, 간섭도 아니다. 오르테가를 떠나기 전에 은혜를 갚는 차원에서라도 그녀에게 이 정도는 해주는 게 좋겠다고, 카루스는 그렇게 자신을 합리화했다.

그날 율리아는 저녁이 되기 전에 왕궁으로 돌아갈 수 없었다. 맥스웰과의 이야기가 길어졌기 때문이었다. 심부름꾼을 통해 왕궁에 오늘 하루 외박하겠다는 전언을 보내놓고, 율리아는 맥스웰과 함께 카루스가 지내는 고급 여관으로 자리를 옮겼다.

"그러니까…… 젊은 귀족들이 술 마시고 노는 자리에서 아무 위화감 없이 어울릴 수 있는 융통성 있고 약삭빠른 수행원이 필요하다는 거네요?"

"네."

"얼굴이 알려지지 않은 자여야 하고, 그 문제의 여성 분께 집적거리는 난봉꾼들을 물리치려면 적당히 힘센 남자였으면 좋겠고, 결정적으로 입이 무거운 자여야 하고?"

"정답이에요."

"난데?"

맥스웰이 손가락으로 자신을 가리켰다. 그러자 율리아가 만족스럽게 웃으며 동의했다.

"맞아요."

"그 아름답다는 여성 분이 도대체 누군데요? 누군데 그런 식으로 암행을 다닙니까? 저도 정체를 몰라야 합니까?"

"레위시아 오르테가 2왕자 전하예요."

"미친, 맙소사."

맥스웰은 한동안 혼란스러워했다. 레위시아가 아무리 아름다운 남자라고는 해도 여장 좀 했다고 아무도 못 알아본다는 게 말이 되냐며, 오르테가의 귀족들은 다 눈이 삐었냐고 물었다.

"못 알아봤어요."

"아무도?"

"아무도."

"미친……. 일단 알겠습니다. 우리 시녀님이 하는 일인데 다 이유가 있고, 생각이 있겠죠. 다음부터는 제가 동행하죠."

"고마워요, 맥스웰."

맥스웰과 앞으로의 계획을 상의한 율리아는 카루스와 함께 저녁을 먹게 되었다.

가만 보면 그와는 꽤 자주 식사하게 되는 것 같았다. 카루스는 가리는 음식 없이 아무거나 잘 먹는 편이었지만 속도가 너무 빨라서 언제나 율리아보다 먼저 식사를 마치고 그녀를 물끄러미 바라보곤 했다.

이번에도 마찬가지였다. 그와 마주 앉아 말없이 식사를 이어가던 율리아는 얼굴에서 느껴지는 까칠한 시선에 눈을 들었다.

카루스가 그녀를 보고 있었다.

눈은 이쪽에 고정되어 있는데 생각은 전혀 다른 곳에 있는 것 같았다. 딴생각을 어찌나 깊이 하는지, 카루스는 율리아가 그를 힐끔거리고 있다는 사실조차 깨닫지 못했다.

"카루스 님."

아무래도 그가 자신에게 할 말이 있는 모양이라고, 율리아는 생각했다. 그녀는 가볍게 바바슬로프의 안부를 묻기로 했다.

"바바슬로프는 어디에 있기에 보이지 않나요?"

카루스가 싫어하는 주제로 이야기를 시작할 수도 있었다. 실제로 율리아는 상대의 평정심을 깨뜨려야 할 때 그런 식의 화법을 잘 쓰는 편이었다. 하지만 그녀가 제 목숨을 가벼이 여긴다는 이유로 화를 내는 남자 앞에서 그렇게까지 못되게 굴고 싶진 않았다.

딴생각에서 빠져나온 카루스가 무뚝뚝하게 대답했다.

"남부 함대 사령관을 사로잡는 과정에서 기함이 일부 파손되었다. 그걸 수리하려면 좋은 기술자가 필요해서 항구에서 사람을 수소문하고 있지."

"오르테가 동쪽 옛 부두에 노련한 기술자가 많아요. 은퇴한 기술자들이 가끔 해적들의 배를 고쳐주기 위해 바다 위로 출장을 떠나기도 하는데, 그들을 잘 이용하면 유용한 정보를 얻을 수도 있을 거예요."

"해적선 따위가 왜 그렇게 튼튼한가 했더니, 군함 기술자들이 손을 대서 그런가."

"오르테가 해안엔 해적과 제국군을 딱히 구분하지 않는 사람이 많거든요."

바이칸 제국인인 카루스에게는 기분이 나쁠 수도 있는 말이었다. 오르테가의 고집 센 장인들이 제국군을 해적과 다를 바 없는 무법자, 혹은 강도로 여기고 있다는 뜻이었으니까. 하지만 카루스는 화내지 않았다. 바이칸의 황제에게 충성하는 기사로서 수많은 정복 전쟁에 앞장서 온 그였지만, 패전국의 백성들을 누구보다 가까운 곳에서 바라봐왔기 때문이었다.

"율리아."

"말씀하세요."

"아까 말했듯이, 네게 진 목숨 빚은 이렇게 갚겠다. 우리가 오르테가에 머무르는 동안 너를 노리는 하이에나들을 모두 처리하는 것으로."

무슨 생각을 하나 했더니 계속 하이에나에 대해서 고민하고 있었나. 뒤늦게 식사를 마친 율리아가 그에게 말했다.

"카루스 님이 제게 갚아야 할 빚 같은 건 없어요. 오히려 그동안 이것저것 도와주셨으니 빚은 제가 갚아야 할 거예요."

"하이에나는?"

"못 미더우시겠지만, 제가 알아서 대처할 수 있어요."

"못 미덥다는 건 잘 알고 있나 보군."

카루스가 피식 웃으며 핀잔을 주었다. 율리아는 그가 더 뭐라고 하기 전에 재빨리 다른 이야기를 꺼냈다.

"오늘은 피곤해서 일찍 잘 생각이었는데 너무 많이 먹었나 봐요. 여관에 소화에 도움이 되는 차가 있으려나 모르겠네요."

율리아가 또 대놓고 말을 돌리자, 카루스는 하, 하고 기막혀하더니 손짓으로 그녀를 내쫓았다.

"전령인가 본데요."

맥스웰이 눈으로 창문을 가리켰다. 창백한 달빛을 몸에 두른 검은 새가 창틀에 앉아 카루스를 응시하고 있었다.

"폐하의 새인가."

카루스가 중얼거렸다.

새는 그의 말을 알아듣기라도 한 것처럼 우아하게 움직였다. 가느다란 목을 한차례 부르르 떨더니 부리를 위로 까딱이며 어서 이리 오라고 신호를 보냈다. 새의 몸짓을 알아본 카루스가 그리로 다가가자, 푸드덕 날아올라 그의 어깨에 앉았다.

생각보다 큰 새였다. 매와 독수리의 중간 정도 되는. 그런데 생김새가 특이해 종을 알 수가 없었다. 검은 깃털에 검푸른 부리, 눈동자는 노란색이었다.

"뭐라고 쓰여 있습니까?"

맥스웰이 궁금함을 못 참고 보채듯 물었다. 카루스는 새의 발목에 묶여 있는 작은 통에서 편지 한 장을 꺼내 읽었다.

아주 짧은 명령서였다.

그걸 읽은 카루스의 얼굴에서 서서히 표정이 사라졌다. 평소에도 무표정한 편인 그였으나, 이번엔 아예 숨도 쉬지 않는 것 같은 고요였다. 그의 어깨에 앉아 있던 새가 끼르르 소리를 내었다. 그러곤 그가 명령서를 다 읽었다는 것을 확인한 뒤, 다시 날아올랐다.

카루스는 새가 창밖으로 날아가 사라진 것을 확인하고 입을 열었다.

"맥스웰."

땅 밑 저 깊은 곳까지 파고 들어갈 것 같은 목소리였다. 맥스웰의 팔뚝에 오소소 소름이 돋았다.

"왜요, 왜 그렇게 부르십니까."

"폐하께서 나를 남부 함대의 신임 제독으로 임명하셨다."

"신임 뭐요? 남부 함대? 미친…… 아이고, 죄송합니다."

맥스웰이 손바닥으로 제 입을 철썩 때렸다. 그러더니 갑자기 자리에서 펄쩍 뛰면서 더 큰 소리로 말했다.

"미친, 미친! 아이고! 아니, 그런데 뭐라고요? 남부 제독이요? 폐하가 미치지 않고서야…… 죄송합니다."

이건 호들갑 떠는 정도로 끝날 일이 아니었다. 맥스웰은 벌렁거리는 가슴을 지그시 누르며 슬그머니 카루스의 눈치를 살폈다. 지금 미친놈처럼 화를 내야 하는 건 카루스지, 그가 아니었다. 그런데 카루스는 화를 내지 않았다. 속을 알 수 없는 얼굴로 깊은 생각에 빠져 있을 따름이었다.

"저기, 괜찮으십니까?"

맥스웰이 조심스레 물었다. 이럴 때 바바슬로프가 함께 있었으면 좋았을 텐데. 넉살 좋은 그 녀석이라면 카루스의 비위를 맞춰줄 수도 있었을 것이다.

카루스는 여전히 말이 없었다. 화가 난 것 같기도 하고, 아닌 것 같기도 한 얼굴이었다.

맥스웰은 그의 상관이 이렇게 숨 고르는 맹수처럼 가만히 있을 때 얼마나 무시무시한 사람인지를 떠올렸다. 그래서 아무 말이나 일단 지껄여보기로 했다.

"제가 이렇게 말해도 되는지는 모르겠는데요. 폐하도 진짜 너무하시는 거 아닙니까? 카루스 님이 그동안 세운 무훈을 생각하면 이러면 안 되는 거죠. 단순 공적으로만 계산해도 최소 공작입니다. 그런데 남부 함대라뇨. 여긴 그냥…… 유배지잖아요."

맥스웰의 말은 틀리지 않았다. 오르테가 해상에 주둔하고 있는 해군 함대는 제국 바이칸의 입장에선 유배지나 다를 바 없었고, 남부 제독이란 지위도 이름만 거창한 한직에 불과했다.

실제로 카루스 란케아가 바이칸 제국에서 지휘하던 리바이어던 함대는 이곳 오르테가 남부 함대보다 세 배 이상 큰 규모를 가지고 있었다. 그러니까 그에게 여기서 신임 제독 노릇이나 하고 있으란 건, 한동안 중앙에 발을 들이지 말라는 말과 같았다.

"항의하십시오. 폐하의 뜻이야 저 같은 놈이 알 수 없겠지만, 이건 진짜 아닌 것 같습니다. 저희가 그동안 바친 충성의 대가가 고작 이런 거라면……."

긴 시간 오르테가에서 정보상으로 일하던 맥스웰도 이런 기분일진대, 바바슬로프나 리바이어던 기사단처럼 카루스의 최측근임을 자랑스레 여기는 부하들이 알게 된다면 어떻게 될까.

"저희는 바이칸 제국이나 황제 폐하가 아니라 카루스 님께 충성합니다. 알고 계시지요?"

그들의 충성심에 상처가 날 것이다. 카루스의 기분도 중요하지만, 부하들의 명예도 중요하다. 맥스웰은 그들이 황제에게 반감을 갖게 될까 봐 그게 걱정스러웠다.

"카루스 님."

"맥스웰, 율리아 아르테에 대해 지금까지 조사한 내용을 읊어 봐."

"예?"

여기서 갑자기 율리아 아르테가 왜 나옵니까. 맥스웰이 물었다. 그런데 카루스는 그에게 다른 얘긴 됐고, 율리아에 대해 알려달라고 재촉했다.

"전에 조사해보라고 했잖아. 그새 까먹었나?"

"아, 알았어요. 알았다고요! 그러니까…… 지금까지 알아본 바에 의하면 율리아 시녀님은 오르테가 외곽 동쪽 부둣가에 있는 보육원 출신이라고 알려져 있습니다. 그런데 그 보육원에 처음 맡겨진 게 아홉 살쯤이래요."

"그 이전에 어디서 뭘 하고 살았는지는 아무도 모르고?"

"예, 모른답니다. 보육원 동기들은 원장이 죄다 배에 팔아 버려서 생사를 확인하기 어려웠습니다. 간신히 알아낸 두 명도 이미 죽은 거로 확인이 됐고요."

"계속 말해봐."

"어릴 때부터 기이하게 영리해서 용돈을 직접 벌어서 썼답니다. 원장이 돈 벌어오라고 일부러 밖에 내보낼 정도였대요. 그러다 치안대에도 몇 번 붙잡혔고, 또 그러다 귀족들의 눈에 띄어서 공부도 하게 되었고."

"치안대?"

"도둑질을 좀 했다는데, 뭘 훔쳤는지는 기록되어 있지 않습니다. 피해자도 없고요."

"브레웨 아카데미에선 친하게 지내던 사람이 없었나? 특별히 영향을 받은 스승이라던가."

"아카데미에 들어가기 전까지는 크리스틴 마조람과 친구처럼 지냈다는 얘기가 있습니다. 또 바실리 마조람이 번화가에 자주 데리고 다니면서 옷도 사주고, 뭐 이것저것 사줬대요. 아카데미에서는 그 일 때문에 기생충 평민이라고 불렸답니다."

"뭐?"

"따돌림을 좀 당했던 모양인데, 워낙 지독하게 공부만 해서 괴롭히는 재미가 없었대요. 그래서 그냥 기생충이라고 부르면서 무시했다고."

어처구니없는 이야기였다. 아무리 철이 없어도 그렇지, 열등감을 그런 식으로 표현하다니. 듣다 보니 괜히 속이 쓰렸다. 하지만 카루스가 궁금해하는 건 그런 게 아니었다.

"바이칸 제국에 방문한 적은?"

"예? 없습니다. 오르테가를 벗어난 적이 한 번도 없을걸요."

"가까이 지내던 바이칸 사람이 있다거나, 혹은 마조람 후작에게 후원을 받던 당시에 권력자들과 일을 했다거나."

"없습니다. 뭐…… 후작이 자질구레하게 이것저것 시킨 것 같긴 한데, 진짜 중요한 정보 같은 걸 평민 고아에게 맡겼을 리가 없죠."

"그럼 그 여자는 나에 대해서 어떻게 그렇게 잘 알고 있는 거지?"

카루스가 손에 들고 있던 황제의 명령서를 책상 위에 집어 던지며 말했다. 답답해서 한 행동이었지만, 화들짝 놀란 맥스웰이 괜스레 기겁하며 가슴을 쓸어내렸다.

"왜 그러십니까. 나쁜 건 황제 폐하인데, 왜 애꿎은 율리아 시녀님을."

"율리아는 폐하께서 내게 이런 명령을 내릴 거라는 걸 알고 있었어."

"예? 그게 무슨 말씀입니까."

"그래서 네놈에게도 그렇게 말한 거다. 증거는 없어도 된다고. 두고 보면 알게 될 거라고."

"아니…… 그럴 리가 없잖아요. 무슨 예언자도 아니고."

"거슬려."

카루스가 한 손으로 머리카락을 쓸어 올렸다. 얼굴을 반쯤 덮을 만큼 자란 검은 머리가 손가락 사이로 빠져나와 흘러내렸다.

죽여야 하나. 차갑게 굳은 눈동자에 찰나의 살기가 머물렀다.

카루스는 불확실한 걸 좋아하지 않았다. 불확실하고 위험한 것은 더욱 좋아하지 않았다.

율리아는 불확실하고 위험한 여자였다. 그녀가 그들의 목숨을 구해준 은인이 아니었다면 이미 죽이거나 잡아 가두라고 명령했을 것이다.

"맥스웰."

"말씀하십쇼."

"더 조사해봐. 할 수 있다면 어린 시절을 캐서라도."

"시도는 해보겠습니다. 그래도 너무 기대하진 마십쇼. 워낙 오래전이고, 보육원 출신이라 알려진 게 많지 않아요."

답답함에 셔츠 소매를 팔꿈치까지 걷어 올린 카루스가 맥스웰에게 물었다.

"율리아의 방이 어디지?"

복도로 나와 율리아의 방으로 가는 짧은 시간 동안 카루스의 머릿속은 여러 가지 생각으로 뒤엉켜 복잡하기 그지없었다.

'황제는 의뭉스러운 사람이다.'

바이칸의 황제는 속을 전혀 알 수 없는 군주였다. 어떤 자들은 그를 자비 없는 폭군이라 불렀고, 또 어떤 자들은 너그러운 현인이라고 불렀다.

정복 전쟁이 한창이던 당시에는 그의 시선이 닿는 곳에 피가 마를 날이 없었는데, 황비 데네브라가 남편인 황제를 외면하고 카루스 란케아에게 집착하는 건 용서하고 눈감아주었다.

황제를 가장 가까이에서 모시는 자들조차 그의 마음을 한 치도 읽을 수 없어 늘 긴장 속에 살았다. 카루스도 마찬가지였다. 그런데 율리아는 그런 황제가 어떤 결정을 내릴지 이미 알고 있었다.

아홉 번째를 살고 있다던 그녀의 말이 자꾸만 뇌리에 맴돌았다. 만약 그 말이 사실이라면, 카루스는 수단과 방법을 가리지 않고 율리아아르테를 손에 넣어야만 했다.

'말도 안 되는 소리지만 그게 사실이라면……'

생각만으로도 헛웃음이 튀어나올 일인데, 이제는 마냥 무시할 수도 없게 되었다. 율리아가 잠들어 있다는 방문 앞에서 카루스는 잠시 걸음을 멈추었다. 그리고 그녀에 대해 생각했다. 율리아가 선택할 수 없었던 과거와 피할 수 없었던 비극에 대해서, 또 두 사람의 첫 만남부터 지금에 이르기까지.

끊어낼 수 있는 기회가 여러 번 있었음에도 그녀를 끝내 내치지 못했던 자신에 대해서도.

━━ ‧ ◆ ‧ ━━

깊은 밤이었다. 율리아는 오랜만에 악몽을 꿨다.

죽음에 대한 공포를 이겨 내는 것보다 그 공포를 이용해 분노를 키우는 방법을 선택해 살아온 그녀는, 악몽에 시달릴 때마다 과거의 자신을 지독하게 원망하곤 했다.

'이번엔 얼마나 더 살게 될까.'

잠에서 깨어난 율리아가 눈꼬리에 매달린 눈물을 손가락으로 훔쳤다. 물기 묻은 손끝을 말없이 바라보던 그녀의 얼굴에 습관 같은 웃음기가 머물렀다.

눈물이라니 웃기지도 않는다.

무슨 꿈을 꿨을까. 죽는 꿈이었나. 어떻게 죽는 꿈이었을까. 목 졸려 죽은 적도 있었고, 맞아 죽은 적도, 사형을 당한 적도 있었다. 그러고 보니 꿈을 꾸고도 비명을 지르지 않게 된 건 언제부터였을까.

네 번째였나. 다섯 번째였나.

한때는 소중한 사람이 죽는 걸 보느니 내가 먼저 죽는 게 낫겠다고 생각하던 때도 있었다. 이후엔 소중한 사람이 모두 죽더라도 끝까지 살아남아 복수를 이어가겠다고 결심하기도 했다.

이제는 그 모든 게 자신의 의지로만 이루어지지 않는다는 걸 안다. 사람은 쉽게 변하지 않는데, 세상은 너무 쉽게 변하기 때문이다. 거대한 흐름은 사람의 힘으로 바꿀 수 없다.

"악몽이라도 꿨나?"

카루스가 물었다.

인기척이 느껴진다 했더니 어두운 방 한쪽에서 그가 감정 없는 눈으로 율리아를 관찰하고 있었다.

"왜 여기에 계세요?"

율리아의 입에서 갈라진 목소리가 흘러나왔다. 그녀는 유령처럼 서 있는 카루스를 보고도 놀라지 않고 몸을 일으켜 침대에 기대앉았다.

"악몽을 꾸는 것 같아서."

카루스도 벽에 기대어 선 채였다. 율리아는 그가 자신에게서 거리를 유지하려고 하는 것 같다는 느낌을 받았다.

악몽이라. 뭐라고 대답해야 할까. 고민하던 율리아가 설핏 웃었다.

"카루스 님은 악몽이 뭐라고 생각하세요?"

"나쁜 꿈이지."

"제게 그런 건 없어요."

가볍고 단호한 말투였다. 그러나 그 대답이 마음에 들지 않았는지, 카루스가 얼굴을 굳혔다. 그는 율리아의 말이 어떤 의미인지 이해하고 있었다. 그녀에게는 현실이 꿈보다 훨씬 끔찍하니까 그 어떤 악몽도 현실보다 더하지는 않다는 말.

"거슬려."

카루스가 차갑게 말했다. 혼잣말, 혹은 중얼거림에 가까운 말이었다. 그냥 못 들은 척해도 되었을 텐데, 율리아는 그의 관심을 집요하게 붙들고 놓아주지 않았다.

"여자가 우는 걸 싫어하시나 봐요. 신경 쓰지 마세요. 이건 눈물이 아니라, 그냥 조건 반사 같은 거예요."

"뭐?"

"하품하면 나오는 눈물 같은 거요. 그러니까 안쓰럽게 여기거나 걱정할 필요 없다는 말이었어요."

"넌 도대체……."

또 시작이었다. 율리아는 세상 누구보다 자신의 아픔을 우습게 여기는 여자였다. 카루스가 보기에 그녀는 자기 자신을 도구처럼 여기면서 학대하는 경향이 있었다.

"남의 심장에 박힌 칼보다 내 손톱의 거스러미가 더 아픈 게 인간이다. 그런데 너는 그 반대로 굴어. 신경이 쓰이지 않는 게 이상하잖아."

"저를 왜 걱정하세요?"

율리아가 물었다. 바늘 같은 질문이었다.

"카루스 님이 저를 왜 걱정해요."

율리아가 다시 말했다. 달래듯 부드러운 목소리였다. 누굴 달래는 건지는 알 수 없었다. 카루스일 수도, 율리아 자신일 수도 있었다. 아직 타인에 불과한 두 사람의 관계를 지적하는 말이기도 했다.

카루스의 얼굴엔 여전히 표정 변화가 없었지만, 그녀가 그어 놓은 선 앞에 선 그의 심장은 얼음물을 뒤집어쓴 듯 싸늘하게 가라앉았다.

"당신은 믿지 않는다고 말했지만…… 아홉 번을 사는 동안 제가 깨달은 것들이 있어요. 그중 하나가 뭔지 아세요?"

"모르겠어."

"누군가를 죽이려 마음먹었을 때는 자신의 목숨도 걸어야 한다는 거예요. 저는 이 일에 제 모든 걸 걸었어요. 그중엔 당연히 목숨도 포함되어 있고요."

"또 그 눈빛이로군."

끝이 없는 숲. 폭풍을 부르는 바다.

율리아의 눈동자는 그런 것들과 비슷한 깊이를 가지고 있었다. 사람을 빨아들여 놓고 흔적조차 남기지 않고 먹어치우는 포악한 자연. 어둠 속에서 마주하니 그 야생성이 더욱 적나라하게 느껴졌다.

역시 눈빛이 좋은 여자였다. 카루스가 헛웃음을 흘렸다.

처음 만났을 때부터 그랬다. 제국에서는 매일 마주치던 여자들의 눈동자가 무슨 색인지도 잘 기억나지 않는데, 유독 율리아의 짙은 녹색 눈동자는 처음 만났을 때부터 선명하게 뇌리에 박혔다.

저 눈빛 때문이었다. 무저갱이 바닷속에 있다면 꼭 저런 모습일 것 같은, 독성 가득한 암녹색.

저런 여자를 어찌 죽이나. 아까워서 그런 짓은 절대 못 한다.

"좋아. 솔직하게 말하겠다."

카루스가 율리아의 침대를 향해 성큼성큼 다가와 그녀에게 얼굴을 가까이했다. 그의 새카만 눈동자가 바로 눈앞에 있었다. 율리아는 그걸 피하지 않고 똑바로 마주 바라봤다.

"황제 폐하에겐 신기한 새들이 있어. 먼 거리에 있는 자에게도 신속하게 명령을 전달해주지."

황제는 카루스에게 그 새를 보냈다.

"폐하께선 나를 제국군 남부 함대의 신임 제독으로 삼으셨다."

완벽하게 감정을 배제한 목소리였다. 율리아는 그저 가만히 앉아 듣고만 있었다.

"율리아. 너는 맥스웰에게 이렇게 말했어. 황제 폐하에겐 내가 보낸 부족한 증거만으로도 충분할 거라고. 결과를 받아보면 알게 될 거라고 했지. 마치 그분이 어떤 명령을 내릴지 미리 알고 있었던 것처럼."

율리아는 여전히 아무 말도 하지 않았다.

"내가 제국으로 돌아가지 못하게 될 거라는 걸, 너는 이미 알고 있었던 거야."

당연하다. 그는 지금까지 율리아가 살았던 모든 삶에서 늘 황제의 명령으로 남부 함대의 새로운 제독이 되었다.

"너는 예언자인가? 아니면, 아홉 번을 살고 있다던 네 말을 믿어야 하나? 내가 그걸 어떻게 받아들여야 하지?"

"카루스 님."

"저주 같은 건 믿지 않는다. 나는 불확실한 걸 싫어해."

"이해해요."

"그런데 이젠 믿지 않을 수도 없게 되었어. 너의 그 빌어먹을 예언은 단 한 번도 틀리지를 않았으니까."

그도 알고 있었다. 이게 정말 말도 안 되는 일이라는 걸. 하지만 그 눈보라 속에서 마주친 이래, 율리아의 말은 신탁보다 더 확실하게 이루어졌다.

"특히 그날."

카루스가 중얼거렸다.

"오르테가로 오는 길, 하룻밤을 보냈던 벌판에서 너는 내게 말했어."

율리아도 기억하고 있었다.

"'당신은 마조람의 목을 쳐야 할 거예요.'"

그때 그녀는 소녀의 얼굴에 포악한 짐승의 미소를 짓고 있었다. 카루스가 으르렁거리듯 거친 소리로 물었다.

"말해 봐. 그때부터 모든 걸 예상했었나? 황제 폐하께선 내게 마조람 후작과 그의 죄업을 조사하라고도 명령하셨다. 건방진 오르테가의 귀족이 감히 명예로운 제국군을 능멸했다면서."

예상했다. 하지만 율리아는 여전히 입을 다문 채였다. 대답할 필요가 없기도 했지만, 카루스가 그녀의 대답을 원하는 것 같지도 않았기 때문이다.

"율리아."

"네."

"포기할 생각 없어?"

"그게 무슨 말씀이세요?"

"바실리 같은 애송이는 잊고 자유로이 사는 것 말이다. 하이에나 따위는 내가 얼마든지 막아주마. 오르테가를 떠나서 바이칸 제국에 있는 내 영지로 가도 된다. 원하는 건 뭐든지 들어주고, 원하는 만큼의 지원을 해주겠다. 부유하고, 여유롭게 살아라."

"카루스 님, 왜 그러세요."

카루스의 숨결이 가까웠다. 그는 뜨겁게 분노한 사람처럼 말하고 있었지만, 그녀를 바라보는 눈동자만은 서릿발처럼 차가웠다. 율리아는 그 온도 차가 좋았다. 그 틈이야말로 이 남자가 쌓아 온 경험과 능력이라고 생각했다. 뜨거운 머리에 차가운 눈, 혹은 차가운 얼굴에 뜨거운 심장. 악마 같은 감정 조절도 그래서 가능한 거였다.

늑대.

카루스 란케아는 늑대였다.

"그래도 복수를 포기하지 않겠다면…….."

그가 말했다. 달빛이 그의 얼굴에 비쳐 붉은 입술이 드러났다. 율리아는 그의 입술에 홀려 그가 내뱉는 말에 빠져들었다.

"내 손을 잡아라."

악마가 속삭이는 것 같았다. 거칠고 낮은 남자의 목소리가 이토록 달콤하게 들릴 수도 있었다. 이 늑대는 애써 사냥할 필요가 없었다. 웃으며 기꺼이 심장을 바칠 먹잇감이 천지에 깔렸을 것이다.

"내 손을 잡아."

이토록 황홀하게 느껴지는 고백이 또 있을까.

"네 복수와 내 임무가 다르지 않으니, 우리는 누구보다 믿을 수 있는 벗이 될 것이다."

이 말을 원했다.

카루스 란케아의 손을 잡은 건 이번 삶이 처음이었지만 처음 그와의 동행을 계획했을 때부터 간절하게 이 말을 원했다. 그가 자신을 필요하다 여겨서 먼저 손 내밀기를 기도하고, 또 기도했다.

카루스가 다시 물었다.

"율리아 아르테, 그렇게 하겠어?"

율리아는 두 번 고민하지 않고 그가 내민 손 위에 자신의 손을 얹었다.

"기꺼이."

율리아가 웃자, 카루스가 그녀를 따라 웃었다. 다정하거나 따스하지는 않은 미소였다. 그는 꼭 사냥감의 목덜미에 이빨을 박아 넣은 맹수 같았다. 물론 누가 맹수이고, 누가 사냥감인지는 두고 봐야 알 일이었다.

카루스가 위험해 보이는 미소를 입가에 머금고 말했다.

"너는 이제 쉽게 죽어선 안 돼. 앞으로는 내가 너를 지킬 테니, 하이에나 따위가 네 목숨을 노리는 일은 두 번 다시 일어나지 않을 거다."

"네."

"마조람 후작과 그와 손잡은 세력을 모두 무너뜨릴 때까지 최선을 다해 너를 돕겠다. 내가 직접 움직이면 전쟁이 일어날 테니, 당분간은 뒤에서 돕는 것밖에 할 수 없겠지만."

충분하다. 충분하다 못해 넘쳤다. 율리아는 맹세할 수도 있었다. 마조람을 무너뜨릴 수만 있다면, 그녀는 카루스 란케아를 위해 무엇이든 할 수 있었다.

'드디어.'

늘대를 얻었다. 그토록 원했던 늘대였다. 이 세상에서 가장 매혹적이고, 가장 강력한 아군.

카루스 란케아.

가슴에 희열이 일었다. 어떻게 이 마음을 표현해야 할까. 사랑에 빠졌을 때보다, 천금을 얻었을 때보다 더 기뻤다. 쾌락에 가까운 아찔함에 손끝이 떨렸다.

카루스가 자신을 완전히 믿지 않는다고 해도 괜찮았다. 이렇게 한편이 되어주기만 한다면, 율리아는 그에게 황제보다 더 많은 걸 해줄 수 있었다.

남부의 황금, 영웅이란 칭호, 무엇이든.

고민하던 율리아가 카루스의 손을 꽉 붙잡았다. 거칠고 커다란 손이었다. 그녀는 카루스의 손을 가까이 끌어당긴 뒤에 몸을 숙였다. 그러곤 그의 손바닥에 이마를 갖다 댔다.

나는 당신을 위한다.

그런 의미의 맹세였다.

그 순간 카루스의 표정이 어땠는지, 고개를 숙이고 있던 율리아는 알 수 없었다.

━━ • ◆ • ━━

이른 아침 왕궁으로 돌아가기 위해 채비를 마친 율리아가 여관 앞으로 나왔다.

맥스웰은 보이지 않았다. 그는 카루스가 내린 임무를 수행하려면 바삐 움직여야 한다며 새벽부터 여관을 나섰다. 바바슬로프도, 다른 기사들의 모습도 보이지 않았다.

율리아는 혼자서 마차를 잡기 위해 큰길로 나가는 길이었다. 그런데 여관 문이 열리더니 뒤에서 카루스가 걸어 나왔다. 그는 어제와 다른 색깔의 망토를 걸치고 있었다. 옷차림도 훨씬 가벼워졌다. 한동안 남부 함대에 정착해야 할 테니, 한결 여유로워진 모습이었다.

"같이 가지."

"네? 괜찮아요. 혼자 갈 수 있어요."

카루스는 율리아의 말을 들어주지 않았다. 성큼성큼 걸어 큰길로 나간 그가 손을 흔들자, 근처에 있던 마부가 큰 소리로 인사하며 이쪽으로 다가왔다.

"어서 오십쇼! 손님, 어디까지 가십니까?"

"왕궁 앞 광장까지."

"안전하게 모시겠습니다!"

마부가 싱글벙글 웃었다. 카루스가 마차 삯이 얼마인지 묻지도 않고 금화를 던져주었기 때문이다.

율리아는 카루스가 내민 손을 잡고 마차에 올랐다. 그가 맞은편에 앉아 팔짱을 꼈다. 마차가 출발하고, 바깥 소음으로부터 차단되어 조용해진 공간에서 침묵을 지키던 두 사람이 동시에 입을 열었다.

"저는 정말……."

"너는 이제……."

그리고 동시에 입을 닫았다.

율리아는 카루스가 말하길 기다렸고, 카루스도 율리아가 먼저 말하길 기다렸다. 그렇게 또 잠시간 침묵을 유지하던 두 사람은 서로를 바라보다가 그냥 입을 닫았다. 굳이 말할 필요가 없었다. 어젯밤의 대화나 앞으로의 일, 혹은 지금 기분이 어떤지. 그런 건 이제 중요하지 않았다.

마차가 규칙적으로 흔들렸다. 율리아의 시선이 창문으로 향했다. 그녀는 창밖을 스쳐 지나가는 오르테가의 풍경을 눈에 담았다.

카루스는 운명을 믿지 않는 사람이었다. 그리고 그건 율리아도 마찬가지였다. 그녀는 두 사람이 만난 건 운명이 아니라 우연이라 생각했고, 우연을 운명으로 만드는 건 바로 사람의 힘이라고 믿었다.

율리아는 지난밤 카루스가 내민 손을 잡았다. 아홉 번을 사는 동안 처음이었다. 그 눈보라 치는 산속에서 만난 이래, 두 사람은 처음으로 서로를 제대로 마주한 것 같은 기분이었다.

이제 두 사람의 관계는 완전히 달라졌다. 가늠할 수 없을 만큼 멀기만 했던 거리가 부쩍 가깝게 느껴졌다. 그동안 두 사람 사이에 가득했던 건 날 선 긴장감이었는데, 이제는 그보다 낯선 어색함이 자리를 잡았다.

창문 틈으로 바람이 들어와 율리아의 긴 머리카락이 흩날렸다.

카루스의 시선이 그녀의 머리카락을 따라 움직였다. 그늘에선 물기 머금은 흙처럼 묵직해 보였다가, 햇빛을 받으면 잠자리 날개처럼 빛나는 머리카락이었다. 바람에 흩날릴 때마다 아슬아슬하게 그녀의 얼굴을 스치고 지나가는 가느다란 머리카락을 바라보고 있자니, 자꾸만 손끝이 간지러웠다.

이상한 여자. 거슬리는 여자.

그리고 이제는 그에게 꼭 필요한 여자.

"다 왔습니다!"

마부가 큰 소리로 외쳤다.

꽤 먼 거리의 길이라고 생각했는데 눈 깜짝할 사이에 도착하고 말았다. 카루스는 창문을 통해 바깥을 한번 확인하고, 율리아가 마차에서 내리려는 걸 손을 내밀어 막았다. 그러곤 자신이 먼저 마차 밖으로 나갔다.

"율리아."

카루스가 손을 내밀었다. 율리아는 잠시간 말없이 그의 얼굴을 바라보았다.

"왜 그러지?"

그가 물었다. 율리아가 마차에서 내리지 않고 가만히 있자, 눈썹을 살짝 찡그리기도 했다.

"아무것도 아니에요."

율리아는 카루스의 얼굴에 고정되어 있던 시선을 그의 손으로 내렸다. 그러곤 조심스레 손을 내밀어 그의 손끝에 살짝 얹었다. 그랬더니 카루스가 율리아의 손을 단단히 잡아서 자신에게로 가까이 당겼다.

"안녕히 가십쇼!"

마차에서 내린 두 사람에게 마부가 웃는 얼굴로 인사를 남기고 멀어졌다.

율리아는 마부의 인사를 받아줄 수 없었다. 그녀의 신경은 온통 카루스에게 잡힌 자신의 손에 모여 있었다. 그냥 마차에서 내리는 걸 도와주는 줄 알았는데, 그가 손을 놓지 않았다. 자연스럽게 늘어뜨려서 빼려고 해도 소용없었다. 카루스의 긴 손가락이 율리아의 손을 틈 없이 단단하게 감싸 쥐었다. 아무래도 놔달라고 말로 해야 할 것 같았다. 천천히 눈을 깜박이던 율리아가 그를 향해 입을 열었다.

"카루스 님, 손을……."

"뭐?"

그가 되물었다. 못 들은 것 같은 얼굴이었다. 율리아는 다시 말하려다가 아무것도 아니라며 그냥 고개를 저었다.

"어디서 하이에나가 나타날지 모르니까 내 바로 앞에서 걸어라. 망토를 줄 테니 두르고 있어. 놈들이 네가 너라는 사실을 조금이라도 늦게 눈치챌 수 있도록."

"알겠습니다."

카루스는 율리아를 반걸음 앞으로 보내고 살짝 뒤에서 걸었다. 누군가 가까이 다가오기라도 하면 그녀의 손을 자신에게로 끌어당기거나 위치를 옮겨서 몸으로 막았다.

두 사람은 그렇게 걸어서 왕궁 바로 앞으로 갔다.

"고맙습니다."

율리아가 진심을 가득 담아 그에게 인사를 건넸다.

카루스는 대답하지 않고 그녀에게서 한 걸음 물러섰다.

잡은 손을 놓는 속도가 느렸다. 손바닥이 먼저 떨어지고, 손가락이 하나씩 제자리를 찾아갔다. 벌어진 사이로 찬바람이 흘러들어 심장이 바짝 움츠러들었다. 오소소 소름이 돋아 괜히 주먹을 꽉 말아 쥐게 되었다.

율리아는 끝까지 그에게 고맙다는 말만 남기고 왕궁을 향해 돌아섰다.

'남자랑 손을 잡고 있네.'

레위시아는 멍하니 생각했다.

하룻밤 외박하겠다는 율리아의 연락을 받은 레위시아는 지난밤 왜인지 모르게 잠을 설쳤고, 평소보다 훨씬 이른 시간에 일어나 호위를 이끌고 왕궁 앞까지 나왔다. 그리고 웬 남자의 손을 잡고 왕궁으로 들어오는 율리아를 목격했다.

　레위시아는 그 자리에 서서 움직이지 않았다. 기분이 나쁘거나 화가 나는 건 아니었다. 그냥 좀 이상했다. 가슴이 묵직해지고, 목이 따가운 느낌.

　"왕자 전하."

　레위시아가 한자리에 서서 움직이지 않자, 호위 기사가 걱정스레 그를 불렀다.

　"왜 그러십니까?"

　"아무것도 아니야."

　레위시아는 빙그레 웃으며 몸을 돌렸다. 그러곤 아무렇지도 않게 왔던 길로 다시 걸었다.

　이럴 거면 왜 여기까지 나온 건지 호위 기사가 궁금해했지만, 이유를 알려주지는 않았다.

　율리아가 왕자궁으로 돌아온 뒤에도 마찬가지였다. 레위시아는 평소와 조금도 다르지 않은 모습으로 그녀를 반겼다. 율리아가 간밤에 어디에서 누굴 만나고 왔는지, 그런 것도 묻지 않았다.

　율리아는 레위시아의 암행을 도와줄 사람을 구했다고 말했고, 그는 잘 알겠다고 고개를 끄덕였다. 그런 뒤엔 오후가 다 되어서야 일어난 코코와 함께 식사하고, 밤에는 율리아에게 제왕학을 배웠다.

　그렇게 하루가 지났다. 캄캄한 밤하늘에 창백한 달이 떠 있었다. 수업이 끝나고 책을 정리하는 율리아에게 레위시아가 말을 걸었다.

"율리아."

"네?"

"넌 첫사랑이 뭐라고 생각해?"

레위시아는 꼭 스승에게 첫사랑 이야기를 해달라고 조르는 학생처럼 호기심 많은 눈을 하고 있었다. 응접실 한쪽에서 코코가 그를 비웃었지만 꿋꿋하게 무시하며 율리아를 바라보았다.

율리아가 고개를 한쪽으로 기울이며 물었다.

"전하, 바실리 얘기를 하고 싶으신 거예요?"

"뭐? 거기서 왜 바실리 그 자식 얘기가 나와? 나는 네가 생각하는 첫사랑의 정의를 물었을 뿐인데."

"제 첫사랑이니까요."

"아니라고 해. 다른 사람이 그러면 모를까, 너 스스로 그렇게 생각하는 건 좀 이상해."

레위시아가 질색하며 고개를 저었다. 율리아는 그가 무슨 말을 하고 싶어하는지 몰라 다시 물었다.

"뭐가 이상해요?"

"사랑이 아니었을 거라고 부정하고, 그 자식한테 속아서 그랬던 거라고 욕을 해야. 진짜 사랑은 아니었을 거라고, 착각이었다고. 그렇게 생각해야지."

"왜 그래야 하는데요?"

"첫사랑은 보통 아름다운 추억으로 남잖아. 그런데 너는……."

이제야 그가 하고 싶은 말이 뭔지 깨달은 율리아가 들고 있던 책을 하나씩 책꽂이에 꽂으며 말했다.

"저는 그렇게 생각 안 해요. 첫사랑이라는 건 보통 철없는 시절에

꾸는 악몽 같은 거예요. 유니콘이나 날개 달린 악마처럼 불가해한 존재가 아니라 수치스러워 숨기고 싶은 실수 같은 거죠. 운 좋은 누군가에게는 그냥 스치고 지나가는 간이주점일지도 모르고."

레위시아가 저도 모르게 입을 떡 벌렸다.

"네가 냉소적인 사람이라는 건 알고 있었지만, 이 정도로 사랑에 대해 부정적인 줄은 몰랐는데……. 아니구나. 바실리 그 자식 때문이니까 당연한 건가."

"그런데 정말 그런 건 왜 물어보시는 거예요? 전하, 설마 좋아하는 사람이라도 있으세요?"

율리아가 책 정리를 끝내고 레위시아에게 다가와 물었다. 그는 자신을 똑바로 응시하는 그녀의 눈동자를 슬그머니 피하더니 시선을 어중간하게 미끄러뜨렸다.

"아니, 그냥…… 궁금해서."

왜 제왕학을 공부하던 사람이 갑자기 첫사랑에 대해 궁금해하는 걸까. 율리아는 의아해하면서도 성실한 스승답게 그의 질문에 답하기 위해 노력했다.

"저는 그렇게 생각해요. 인간은 늘 과거에 얽매여 살아가는 존재이기 때문에, 첫사랑이라는 찰나의 순간을 어떻게든 멋지고 아름답게 기억하고 싶어서 포장에 포장을 더하는 거라고요."

"어…… 그렇구나."

레위시아가 그러냐며, 잘 알았다고 고개를 끄덕였다.

"전하, 오늘도 늦게까지 공부하느라 고생하셨어요."

"너도 수고했어."

수업을 마치고 자리에서 일어난 레위시아는 뻐근한 어깨를 주무르며 기지개를 켰다. 그러면서도 그의 머릿속은 온통 율리아에 대한 생각으로 가득 차 있었다.

첫사랑. 부르기만 해도 간질간질한 단어였다. 적어도 레위시아는 그렇게 생각했다.

그 역시 현실적이고 비관적인 사고방식을 가진 축에 속했지만, 생애 한 번뿐인 첫사랑까지 이성적으로 바라볼 수는 없으리라고 생각했다. 하지만 율리아의 경우를 생각하면 제 생각이 옳다고는 도저히 말할 수 없었다.

그녀는 바실리라는 희대의 이기주의자를 만나, 남들은 추억으로 간직하는 첫사랑 간이주점에서 연인 한정 살인마가 되어 서로의 심장에 칼을 찔러 넣었으니까. 그래서 그리움은 복수심으로, 설렘은 증오로, 슬픔은 광기로 변하고 말았다.

"이만 들어가보겠습니다."

율리아가 예의 바르게 인사하고 먼저 방을 나섰다. 레위시아는 그녀에게 푹 쉬라는 말로 하루를 마무리했다.

코코가 기다렸다는 듯 그를 불러세웠다.

"전하."

왜 여느 때처럼 수업이 끝나자마자 쌩하니 자신의 방으로 돌아가지 않나 했더니, 레위시아에게 할 말이 남은 모양이었다.

"왜, 왜?"

그녀가 무슨 잔소리를 쏟아낼지 뻔히 아는 레위시아는 빨리 이 자리를 피하고 싶었다. 엉거주춤한 자세로 문을 향해 움직이는 그를 향해 코코가 싸늘한 일침을 날렸다.

"다른 건 몰라도 사랑은 평범하게 하세요."

"어?"

"왕의 아들로 태어나 왕족으로 살았으니, 하나부터 열까지 필부와는 다른 삶을 사셔야겠죠. 그런데 전하, 사랑은 평범하게 하세요. 진심으로 하는 충고예요."

"내가 뭘?"

"전하가 사랑을 주었을 때, 조금이라도 그걸 담을 수 있을 만큼 마음에 여유가 있는 애를 선택하란 말이에요."

마음에 구멍이 휑하게 뚫려서 물거품처럼 사라질 애가 아니라.

이어지는 코코의 중얼거림까지 들은 레위시아가 애써 부정했다.

"코코, 아니야."

"이런 얘기 싫어하시는 건 알지만 국왕 전하와 어머님을 생각하세요. 그분들이 왜 그런 비극적인 선택을 하고도 서로를 놓지 못했는지 전하는 알잖아요."

안다. 다른 사람은 몰라도 레위시아는 알고 있다. 어린 시절 그의 세상은 온통 어머니뿐이었으니까.

"국왕은 사랑도 하면 안 되는 사람이라고, 그렇게 말하고 싶은 거야?"

"아뇨. 마음에 여유가 없는 사람들끼리 서로 사랑해봤자 남는 게 없다는 말이었어요."

세상에는 늘 마음이 텅 비어 있는 사람들이 있다. 그런 사람들은 누군가를 사랑하거나, 혹은 누군가에게 사랑받아도 언제나 고독에 몸부림치게 되어 있다. 그래서 상대에게 집착하고 괴롭히다가 모두를 불행하게 만들어버린다.

밖으로 나가려던 레위시아가 도로 자리에 앉았다. 그는 코코의 시선을 피해 율리아가 앉아 있던 의자를 응시하며 물었다.

"율리아는 텅 빈 사람이니까 마음 주지 말라는 얘기야? 영리하고 쓸만한 시녀니까 왕위 다툼에는 이용하되, 정은 주지 말라는 건가?"

코코가 단호하게 부정했다.

"아뇨."

"그럼?"

"전하도 그 애처럼 텅 빈 사람이니까 조심하라는 말이었어요. 호기심이 관심으로, 관심이 사랑으로, 사랑이 집착으로 변하기 전에 멈추라고요."

레위시아의 동공이 크게 확장되었다. 그는 코코의 입으로 그런 말을 들을 줄은 몰랐다는 듯, 조금 멍한 얼굴을 하고 물었다.

"내가 그런 사람이라고?"

"전하의 어머님이 가지고 계신 사랑에 대한 비정상적인 갈망, 국왕께서 가지고 계신 애정에 대한 비틀린 집착, 전하는 그 두 가지를 다 가지고 있어요."

"날 나쁜 새끼로 만드네."

"그렇게 되기 전에 정신 차리라고 말씀드리는 거예요. 기분 나쁘셨다면 저한테도 똑같이 욕하세요. 미쳤다거나, 거지 같다거나, 개 같다거나. 뭐라고 하셔도 괜찮아요."

"내가 어떻게 그래."

레위시아가 허탈하게 웃으며 중얼거렸다.

"코코, 아니야. 뭘 걱정하는지 알겠는데…… 사랑 같이 거창한 그런 게 아니야. 내가 미치지 않고서야 내 궁에서 일하는 시녀를, 그것도 저렇게 힘들게 사는 애를 건드리려고 하겠어?"

"그렇다면 다행이고요."

"신기해서 그래. 저런 애를 처음 봐서. 내가 아는 여자는 어머니랑 코델리아 힌치뿐이라서."

슬픈 여자와 무서운 여자.

코코가 짜증스레 얼굴을 구겼다. 레위시아는 그런 그녀를 보면서 하하 웃었다.

"알잖아. 난 아직 누군가를 사랑해본 적이 없어. 사랑이란 감정이 어떤 건지도 모른다고. 율리아가 신기하고 걱정되긴 하는데, 세상 사람들이 그런 걸 사랑이라고 부르진 않잖아."

"변명 안 하셔도 돼요. 잔소리는 이제 그만할 생각이니까."

"코코."

"주무세요, 전하."

"내 첫사랑은 분명 멍청하고 고집스럽고, 치정과 거짓이 난무하는 비극일 거야."

"그게 무슨……."

"그때 내가 상처받아서 애새끼처럼 질질 짜고 있으면 와서 따귀를 후려갈겨."

"왕족 모독죄인데요."

"사면해줄게."

레위시아가 어깨를 으쓱하더니 능글맞은 미소를 머금었다. 평소의 그와 조금도 다르지 않은 모습이었다. 하지만 코코의 눈에는 그의 행동이 꼭 어른스럽게 보이려 애쓰는 사춘기 소년처럼 보였다.

첫사랑이라.

코코는 율리아의 말이 틀렸다고 생각하지 않았다. 그 아이처럼 사랑했던 사람에게 호되게 배신을 당하면, 그렇게 비관적으로 변하는 게 당연하다. 하지만 그 반대의 경우도 분명 있었다.

어떤 이는 첫사랑을 평생 간직하기도 한다. 고백은커녕 제대로 바라보지도 못한 채, 죽을 때까지 가슴에 묻어두고 오래오래 그리워만 한다. 그래서 다시는 아무도 사랑하지 못하게 되기도 한다.

부디 레위시아만은 그러지 않았으면 좋겠다고, 코코는 돌아선 그의 뒷모습에 대고 중얼거렸다.

8
나를 잊지 말아요

레위시아에게 쓸데없는 망상은 그만 접고 잠이나 자라고 한차례 잔소리를 쏟아부은 뒤, 코코는 자신의 방으로 돌아갔다.

"아가씨, 이제 오셨어요?"

그녀의 전속 하녀들이 부지런히 잠자리를 봐주고 있었다. 예쁜 잠옷과 슬리퍼, 화장품을 꺼내놓은 하녀들이 드레스 벗는 걸 도와주었다.

"바쁘지 않으면 저택에 좀 다녀갔으면 좋겠다고, 백작님이 연락하셨어요."

"아버지가? 왜?"

"내일 아가씨 생일이잖아요."

"아니, 무슨 어린애도 아니고. 생일 까먹고 산 지가 10년은 된 것 같은데."

코코가 어이없다는 얼굴로 말했다.

"파티라도 해준대? 그런 건 어린아이들이나 하는 거지. 내 나이가 몇 살인데 생일이라고 아빠한테 달려가?"

하녀들이 까르르 웃음을 터뜨렸다.

"백작님께서는 세상에서 제일 귀한 외동딸이니까 그렇죠. 아가씨께서 저택에 잘 가지 않으시니 백작님 술이 늘었다고, 하녀장님이 그렇게 한숨을……."

"시끄러워. 너희도 쓸데없는 짓 하지 말고 입 다물어."

코코가 단호하게 말하자, 하녀들이 할 수 없이 고개를 끄덕였다. 왕자궁에 새 시녀도 들어왔으니 조촐하게나마 생일을 축하하면 좋을 텐데, 코코는 그런 자리는 질색이라면서 말도 꺼내지 못하게 했다.

"참! 아까 율리아 시녀님이 다녀가셨어요. 비밀로 하라고 했는데, 말씀드리는 게 좋을 것 같아서요."

"율리아가 왜?"

"이걸 놓고 가셨어요."

드레스를 벗고 잠옷으로 갈아입은 코코에게 한 하녀가 다가와 작은 상자를 내밀었다. 손바닥보다 더 작은 상자였다. 은은한 진주색 상자에 진한 보라색 리본이 대비되어 포장이 아주 예뻤다.

"이게 뭔데?"

"저희도 몰라요. 선물인 것 같은데…… 빨리 열어보세요!"

"흥."

코코가 코웃음 치며 손가락을 움직였다. 외박하더니 또 어디서 길거리 과자라도 사 온 모양이라고 투덜거리기도 했다. 그러면서도 입에 침이 고여, 코코의 얼굴이 느슨하게 풀어졌다. 그녀는 예쁘게 매듭지어진 리본을 풀고, 작은 상자의 뚜껑을 열었다. 그러곤 그 안에 들어 있는 것을 손가락으로 집어 밖으로 꺼내보았다.

"어머나!"

"아가씨, 세상에…… 너무 예뻐요!"

그건 아주 예쁜 머리핀이었다. 길고 얇은 핀에 물망초를 닮은 꽃이 빼곡하게 장식되어 있고, 꽃잎 사이사이 진주가 이슬처럼 알알이 박혀 몹시 화려하고 아름다웠다. 코코의 곁에서 상자가 열리기만을 기다리던 하녀들이 감탄하며 머리핀을 바라보았다.

코코가 조그만 소리로 중얼거렸다.

"어떻게 알았지."

왕자궁엔 코코의 생일 날짜에 대해 아는 사람이 많지 않았다. 기껏해야 전속 하녀들과 레위시아 왕자 정도일 것이다.

"너희가 말했니?"

"아뇨. 저희는 아니에요."

"그럼 레위시아 님인가?"

"왕자 전하께서도…… 아닐 것 같아요. 매해 까먹으시잖아요. 전하께서 아가씨 생일을 기억한 적이 있나요?"

"없지."

레위시아는 자기 생일도 잘 기억하지 못하는 사람이었다. 코코도 마찬가지였다.

"누가 말해 줬겠죠. 그나저나 정말 예쁜 머리핀이네요. 게다가 아주 비싸 보여요. 율리아 시녀님은 도대체 그 많은 돈이 다 어디서 났을까요? 가난해서 귀족들의 후원을 받았었다고 들었는데……."

"시끄러워. 남의 일에 웬 관심이 그렇게 많니?"

"부러워서요!"

하녀들이 애교 있게 웃었다. 코코는 그들에게 늦었으니 너희도 어서 가서 자라는 말을 하고는 침실에 혼자 남았다.

달빛이 밝았다. 커튼을 치고 거울 앞에 앉은 코코가 머리핀을 다시 꺼내 들었다.

"율리아 아르테."

어떻게 알았을까. 정말 레위시아 왕자가 알려준 건가. 왕자는 요즘 눈코 뜰 새 없이 바빠서 코코의 생일 같은 건 기억할 여유가 없었을 텐데.

이 머리핀을 보니 율리아가 사례라며 억지로 씌워 줬던 티아라가 떠올랐다. 코코는 장신구 함에서 그것도 꺼내 화장대 위에 나란히 올려놓았다.

종류는 다르지만 모두 진주였다. 코코가 가장 좋아하는 보석.

사람들은 그녀의 화려한 외모만 보고 자수정이나 사파이어, 루비를 주로 선물하곤 했다. 하지만 코코가 세상에서 제일 좋아하는 건 우아한 진주였다.

"내 취향은 어떻게 알았지."

율리아 아르테. 분명 이번에 처음 알게 된 아이였다. 레위시아 왕자가 귀찮아 죽겠다고 투덜거리면서 나갔던 브레웨 아카데미 졸업식에서 만나 데려온 아이.

처음엔 맹랑한 평민이라고 생각했다. 겁 없고, 무모한 아이라고. 그러다 며칠 지나고 보니 맹랑하기만 한 줄 알았던 그 아이가 제법 강단 있고 똑똑하다는 것도 알게 됐다.

가까워진 계기도 어이없었다.

코코는 율리아가 평민이라는 이유로 핍박받는 게 싫었다. 레위시아 왕자가 직접 임명한 시녀인데, 하녀보다 못한 대우를 받아서는 왕자의 체면이 서질 않았다. 그래서 대신 화를 냈다. 코코는 왕궁 안에서 손꼽히게 영향력 있는 시녀였으니까.

율리아는 그걸 당연하다는 듯 받아들였다. 사실 코코는 그 점이 가장 이상했다. 어색해하거나 불편해하거나, 혹은 고마워하며 의지하거나. 그래야 하는 것 아닌가. 율리아는 어느 쪽도 아니었다. 그녀는 마치 코코가 그렇게 반응할 줄 알았다는 얼굴을 하고선 일이 커지지 않도록 자연스레 수습했다.

이게 스물한 살짜리 여자애가 처음 들어온 왕궁에서 처음 만난 귀족들을 상대로 할 수 있는 행동인가.

"아니야."

코코는 부정적이었다.

"노련한 시녀장이면 모를까."

의심스러운데 의심할 수가 없다. 율리아의 과거는 너무 확실해서 의뭉스러운 구석이 없었다. 마조람 후작가에 가지는 반감도 백번 이해가 됐다. 레위시아의 궁으로 온 것도 아주 잘한 선택이었다고 생각한다.

게다가 이제는 율리아가 레위시아에게 아주 중요한 사람이 되었다는 걸 안다. 시녀로서, 스승으로서, 또 여자로서.

"율리아 아르테……."

아무래도 조금 더 눈여겨봐야 할 것 같다. 코코는 율리아가 마음에 들었다. 오랜만에 만난 호감이 가는 상대였다. 그래서 이 작은 위화감이 부정적으로 변하지 않길 바랐다.

물망초를 닮은 꽃에 진주 장식이라.

코코가 스치듯 짧은 미소를 머금고 머리핀을 집었다. 그러곤 화장
대 보석함 제일 위에 올려놓았다.

—◦◆◦—

다음 날 평소보다 조금 일찍 일어난 코코가 1층으로 내려와 율리
아에게 물었다.

"너 솔직히 말해. 오늘이 내 생일인 건 어떻게 알았어?"

율리아는 하녀들과 함께 궁을 장식할 꽃 장식을 만들고 있었다. 하
녀들이 만든 건 하나 같이 예쁜데, 율리아가 만든 건 괴상하기 짝이
없었다. 솜씨가 영 좋지 못한 그녀 때문에 하녀들이 웃음을 참느라 입
술을 실룩거렸다.

"코코, 일찍 일어났네요."

"말 돌리지 마. 내 생일은 어떻게 알았냐니까?"

"몰랐는데요."

율리아가 천연덕스럽게 웃었다. 그러곤 코코에게 되물었다.

"오늘이 생일이었어요? 축하해요, 코코."

코코가 한쪽 눈썹을 휙 들어 올렸다. 그러곤 의심스러워하는 기색
으로 율리아의 얼굴을 자세히 살펴보며 물었다.

"진짜 몰랐다고?"

"제가 코코 생일을 어떻게 알아요. 어제 그 선물은요. 바깥에서 돌
아다니는데, 너무 예쁜 게 있길래 코코한테 어울릴 것 같아서 그냥 산
거예요. 그동안 왕궁에 적응할 수 있게 도와준 것도 고맙고……."

"너답지 않게 말이 긴 걸 보니까 거짓말이구나?"

코코가 턱을 슬쩍 올리며 웃었다. 율리아는 그렇다고도, 아니라고도 하지 않았다.

"야, 난 빚지고는 못 사는 성격이야. 두 배, 세 배로 돌려줘야 속이 편하다고. 율리아 아르테. 어제 그 머리핀이 생일 선물이 아니라면, 그럼 뇌물이니? 도대체 나한테 원하는 게 뭔데?"

"작은 부탁이 하나 있어서요."

율리아가 냉큼 말했다. 그녀가 끝까지 아니라고 발뺌할 줄 알았던 코코는 살짝 당황한 얼굴로 율리아를 바라보았다.

"뭐? 무슨 부탁?"

"저랑 둘이 얘기 좀 해요."

율리아가 꽃 장식을 내려놓고 코코에게 다가왔다. 그러곤 자신의 방으로 이끌었다.

아직도 전속 하녀 없이 혼자 모든 걸 해결하는 율리아의 방은 삭막함 그 자체였다. 넓고 깨끗하긴 했으나 기본적인 장식만 있을 뿐, 그 흔한 인형이나 꽃병 하나 보이지 않았다.

"도대체 뭔데 이래?"

"하녀들 있는 데선 말하기 곤란해서요."

"그러니까 나한테 그렇게 은밀하게 해야 할 얘기가 뭔데 이러냐고 묻잖아. 누가 보면 내가 네 보모라도 되는 줄……."

"첩자가 있어요."

"뭐야?"

코코가 확 짜증을 내더니, 입술을 비틀고 혀를 쯧 찼다.

"네가 뭔가 착각한 건 아니고? 왕궁에 첩자가 많은 건 나도 아는데, 적어도 여긴 아니야. 마조람 후작 같은 변태가 아니고서야 첩자를 들여보낼 만큼 레위시아 왕자님을 경계하는 놈은 없어."

"이름이 트루디였나. 새로 들어온 하녀가 의심스러워요."

"야, 궁내부 새끼들이 아무리 개 같아도 그렇게 막무가내로 굴지는 않을 거……."

"엊그제 외출하자마자 길거리에서 습격을 당했어요. 하이에나였고, 자살을 각오한 것 같았어요. 제가 운 좋게 길에서 일행을 만나지 않았다면 당신은 오늘 제 시체를 확인하고 있었을 거예요."

"뭐? ……야."

"이른 시간이었고, 제가 외출하는 걸 본 사람은 세 명뿐이에요. 새로 들어온 하녀와 입구 경비병, 그리고 제가 타고 나간 마차의 마부."

"그 마부나 병사는 왜 아니라고 생각하는데?"

"마차는 아무거나 골라 탔고, 병사님은 지난번에 코코가 믿을만한 사람이라고 말했으니까."

"이 빌어먹을 궁내부 놈들이."

코코가 욕설을 중얼거렸다. 그녀의 하얀 얼굴이 잔뜩 찡그려져 있었다. 율리아는 코코에게 조금 더 다가가 그녀의 귓가에 속삭였다.

"부탁이 있어요."

"시끄러워. 너 당장 나가서 그 새로 들어왔다는 계집애 데리고 들어와. 영혼까지 쥐어짜서라도 자백하게 만들어서 궁내부를 뒤집어 버릴 테니까."

"그건 너무 소모적이에요. 우리가 그럴수록 놈들은 더 교묘하고 은밀하게 첩자를 들일 거예요. 마조람 후작은 오르테가 왕궁 어디에나 자신의 눈과 귀가 있기를 바랄 테니까요."

"그럼 뭘 어떻게 하겠다는 거야? 그 자식이 원하는 대로 정보를 줄

줄 흘려주기라도 하겠다는 거……."

거기까지 말하던 코코가 붉은 눈을 동그랗게 뜨고 말했다.

"너 설마."

"코코, 부탁이 있어요."

"야, 너 진짜."

"새로 들어온 하녀를 제 전속 하녀로 배정해주세요."

"이 나쁜 계집애."

코코가 속삭이듯 중얼거렸다. 율리아는 그런 칭찬 많이 들어봤다는 말로 그녀를 짜증 나게 했다.

━ • ◆ • ━

레위시아의 궁에는 시녀장이 없었다. 율리아가 들어오기 전엔 시녀가 코코 하나뿐이었기 때문이다. 그래서 모두가 왕자궁의 시녀장은 코코라고 생각하고 살았다.

"신입, 넌 오늘부터 율리아 시녀의 전속 하녀 일을 하도록 해. 평민이라고는 해도 왕자 전하께서 직접 임명하신 측근 시녀에게 전속 하녀가 하나도 없다는 건 말이 안 되는 일이니까."

"알겠습니다, 코코 시녀님."

트루디는 붙임성이 좋아 왕자궁에 들어온 지 며칠 만에 다른 하녀들과 꽤 친해진 상태였다. 그녀가 율리아의 전속으로 배정되자, 다른 하녀들이 다가와 축하 인사를 건넸다.

"잘됐다! 율리아 시녀님은 진짜 좋은 분이야. 친절하고, 부지런하셔. 넌 아마 우리 궁에서 제일 편한 하녀가 될 거야."

"과자를 좋아하시니까 때마다 간식이나 잘 챙겨드리면 될걸?"

하녀들이 모여서 재잘재잘 떠들었다. 코코가 팔짱을 낀 채 그들의 대화를 듣다가 사악해 보이는 미소를 띠고 말했다.

"참 이상하네? 내 귀엔 너희 말이 왜…… 율리아 시녀님은 착하고 좋은데, 코코 시녀님은 성격이 더럽고 까탈스럽다는 말로 들리는 걸까? 지금까지 내 전속 하녀한테는 우리 궁에서 제일 힘든 일을 하게 되었다고 위로라도 해왔니?"

하녀들이 그런 거 아니라면서 고개를 마구 흔들었다.

"네? 코코 시녀님, 무슨 그런 말씀을 하세요. 저희가 언제!"

코코가 악당 같은 웃음을 머금고 한 사람, 한 사람을 노려보았다. 그러자 하녀들이 슬그머니 딴청을 부리더니 각자 할 일이 있다며 뒷걸음질을 쳤다.

"어머, 빨래가 다 말랐는지 가서 확인해야겠어요."

"저는 물 올려놓은 걸 깜박해서……."

"복도 청소나 할까? 아니면 창문?"

하녀들이 각자 일터를 향해 흩어진 뒤, 코코가 트루디에게 고갯짓을 하며 말했다.

"따라와."

"네! 코코 시녀님."

트루디가 생긋 웃으며 코코의 뒤를 따라 걸었다. 젊고 빠릿빠릿한 아이였다. 친근한 성격은 둘째치고서라도 일머리가 야무지지 않으면 저 약아빠진 하녀 애들이 이 아이를 이렇게 예뻐할 리가 없다.

코코는 창문 유리를 곁눈질하며 트루디의 표정과 태도, 걸음걸이를 살폈다.

"알고 있겠지만, 우리 궁에서 율리아의 신분은 중요하지 않아. 왕자 전하께서 친히 뽑아 데려온 시녀라는 것만 기억해. 하물며 왕자궁에서 둘뿐인 측근 시녀 중에 하나니까 성심성의껏 보살피도록 하고."

"네! 명심하겠습니다."

트루디가 생글생글 웃는 얼굴로 대답했다. 몸가짐은 다소곳한데 목소리는 야무지고 힘이 있는 아이였다. 코코는 트루디를 관찰하는 걸 멈추고, 율리아의 방 앞에 섰다.

"나야."

"오셨어요?"

율리아가 웃으며 문을 열었다. 그녀의 시선이 코코의 뒤로 움직였다. 트루디가 얌전하게 보이려 애쓰면서 고개를 살짝 숙이고 있었다.

율리아가 어서 오라며 문을 활짝 열자, 코코가 빠르게 걸어 방 안으로 들어갔다. 슬쩍 눈치를 보던 트루디도 코코를 따라 율리아의 방으로 들어갔다.

"거기 앉아."

그런데 둥근 테이블 앞엔 의자가 하나뿐이었다. 트루디는 순간 당황해서 율리아와 코코를 번갈아 바라보았다.

"제가 앉아요?"

"그래, 너 앉으라고 둔 의자야."

"두 분은……."

"앉아. 여러 말 하지 말고."

코코가 짜증을 냈다. 평소처럼 까칠하긴 했어도 기분이 나빠 보이진 않았는데, 갑자기 자신을 향해 적대적인 시선을 보내는 코코 때문에 긴장한 트루디가 꿀꺽 침을 삼켰다.

"앉아."

율리아의 얼굴에도 웃음기가 없었다.

트루디가 의자에 앉았다. 그녀는 무릎 위에서 두 손을 모아 잡고, 겁먹은 토끼처럼 율리아와 코코를 올려다보았다. 그러자 코코가 한쪽 입꼬리를 올리며 웃었다.

"이것 좀 보게. 연기 잘하네."

"저기, 두 분 시녀님…… 왜 이러세요? 제가 무슨 잘못이라도…….."

율리아가 코코에게 공감한다는 눈빛을 보냈다.

트루디는 연기를 잘했다. 적당히 긴장하고, 적당히 무서워하는 얼굴. 그러면서도 두 사람의 반응을 놓치지 않으려는 듯 부지런하게 시선을 굴렸다.

이번에는 코코가 율리아에게 눈짓했다. 너 알아서 하라는 뜻이었다. 고개를 끄덕거린 율리아가 트루디에게 물었다.

"이름이 뭐지?"

"네? 제 이름은…… 트루디입니다."

"진짜 이름."

"율리아 시녀님, 정말 왜 이러시는 거예요? 제 이름은 트루디가 맞아요. 제가 뭘 잘못했는지 알려주세요."

트루디는 영문을 몰라 당황하고 있었다.

율리아는 그녀가 지금까지는 아주 잘해왔다고 생각했다. 하녀가 왕궁에서 첩자 노릇을 하려면 이 정도 배짱은 있어야 한다.

"널 왕자궁으로 보낸 사람은 궁내부 관리겠지? 내가 외출하자마자 하이에나들에게 연락했을 거고……. 트루디, 난 그 모든 과정을 알고 싶어."

트루디의 눈동자가 동그랗게 커졌다. 입을 헤벌린 그녀가 그게 무슨 말이냐고, 하나도 못 알아듣겠다는 얼굴로 율리아를 바라보았다.

코코가 비웃으며 한마디 거들었다.

"연기 잘한다니까."

율리아는 시간을 들여 트루디를 설득하려 하지 않았다. 그런 건 아군으로 만들 가치가 있고, 서로에게 신뢰가 필요한 상대에게나 들이는 수고였다. 이럴 때는 설득보다 협박이 낫다.

"난 하이에나에게 총 세 번 죽을 뻔했어. 세 번째 죽을 뻔했던 건 네 덕이었고. 이제는 나도 널 봐줄 수가 없어."

"시녀님……."

"난 이대로 너를 끌고 왕실 기사단이나 치안대로 갈 수도 있어. 왕자 전하께 말씀드린 다음에, 널 지하 감옥에 가두어두고 고문하거나 처형할 수도 있지. 그리고 그 사실을 궁내부와 하이에나에게 알리는 거야."

트루디가 짧게 숨을 멈추었다. 율리아는 그 변화를 놓치지 않았다.

"트루디라는 첩자가 하이에나와 손을 잡고 레위시아 왕자님의 측근 시녀를 살해하려다 붙잡혔다고 소문을 내거나."

"시녀님, 저는."

"이 모든 게 마조람 후작의 명령이었다고 자백했다고."

"아니에요!"

트루디가 날카롭게 소리쳤다.

"아니에요, 시녀님. 저는 시골에서 자라서…… 도시에 아는 사람이 하나도 없어요. 왕궁에 들어온 건 아버지가 지방의 작은 영주 성에서 일하는 분이어서, 제가 영리하고 일을 잘한다고 영주님께 추천하는 바람에!"

"첩자에게는 언제나 잘 꾸며진 배경이 있지."

"어릴 때부터 왕궁에서 일하는 걸 동경해왔어요. 그래서 시험을 여섯 번이나 치렀단 말이에요. 시골 출신이라 복잡한 왕실 법도를 외우는 건 너무 어려웠지만, 마지막 성적은 좋았어요. 믿어주세요!"

"트루디, 어제 나를 쫓던 하이에나는 죽었을 거야."

율리아가 말했다. 단조로운 말투였다.

"날 죽이지 못했으니까 당연히 제거되었겠지. 이제 너도 마찬가지일 거고."

트루디의 호흡이 조금씩 빨라졌다. 그녀는 제법 잘 발뺌하고 있었지만, 율리아는 거기에 속아줄 상대가 아니었다.

율리아가 마지막으로 말했다.

"첩자를 제거할 때는 그와 연관된 자들까지 모두 꼬리를 잘라. 그게 기본이지. 그들이 네게 얼마를 제시했는지는 모르지만, 우리에게 들킨 이상 너와 네 가족은 동전 하나 받지 못한 채 모두 제거될 거야."

왕궁에 첩자를 심을 때는 대부분 가족을 인질로 잡는다. 배신할 경우를 대비하기 위함이었다. 율리아는 이 모든 걸 코코에게 배웠다. 동의를 구하기 위해 그녀를 바라보자, 코코가 단호하게 고개를 끄덕였다.

"트루디, 누구에게 충성하는지 말해."

"아니에요. 저는…… 억울해요. 저는 아무 짓도 하지 않았는데, 시녀님이 저를……."

그때였다.

"답답해서 안 되겠다."

말없이 서 있던 코코가 앞으로 걸어 나와 손을 뻗었다. 그러곤 트루디의 머리채를 휘어잡고 가까이 끌어당겼다.

"아악!"

트루디가 비명을 질렀다.

코코는 트루디의 시야에 자신의 두 눈만이 담기도록 아주 가까운 거리에서 그녀를 노려보며 말했다.

"영리한 애가 왜 이렇게 답답하게 구니. 여기서 네가 누구에게 충성하느냐에 따라 얻고 잃는 게 달라질 수 있다고 말하는 거잖아. 우리가 왜 널 깔끔하게 죽여 없애지 않고 이렇게 몰래 데려왔다고 생각해?"

트루디의 눈동자가 크게 흔들렸다. 그녀는 연기를 이어 가면서도 맹렬하게 머리를 굴렸다. 어떻게 하면 여기서 벗어날 수 있나. 벗어날 수 없다면 어떻게 해야 하나. 누구의 손을 잡아야 목숨을 부지할 수 있을까.

코코는 잡았던 머리채를 놓고 손을 털어낸 뒤, 트루디에게 생각할 수 있는 시간을 주었다.

"저는, 저는……."

사실 그녀가 첩자라는 걸 들킨 이상, 선택지는 하나뿐이었다.

애처롭게 흔들리던 트루디의 눈동자에 명료한 빛이 돌아왔다.

"살려주세요."

계산을 마친 그녀는 피가 나도록 입술을 세게 깨물고, 그 자리에 엎드렸다. 그러곤 율리아와 코코에게 빌었다.

"살려주세요. 염치없는 줄 알지만…… 저도 어쩔 수 없었어요. 가족을 지키려면 무슨 일이라도 해야만 했어요. 몇 년만 여기서 성실하게 일하면서 왕자님과 율리아 시녀님을 지켜보라고 했어요. 그게 다예요."

"트루디."

"연락은 심부름꾼을 통해서 했어요. 왕궁엔 바깥으로 소식을 물어나르는 심부름꾼이 있어서, 그에게 부탁했어요."

"그게 누군데?"

"식료품 상인이요. 궁을 수시로 들락거리면서 달걀이나 채소를 배달해줘요. 제게 2왕자궁으로 들어가라고 하신 분은 궁내부 사람이었지만, 율리아 시녀님을 지켜보라고 한 건 암살자들이었어요."

"그럼 너 때문에 율리아가 죽을 거라는 걸 알면서 그 짓을 했다는 거네?"

코코가 입술을 비틀었다. 트루디의 머리채를 다시 잡으려던 그녀는 그만하라는 율리아의 만류에 버럭 짜증을 냈다.

"애 때문에 죽을 뻔했잖아! 넌 그게 아무렇지도 않니? 나 같으면 아주 뼈째로 갈아 마시고 싶을 텐데!"

"화내서 이로울 일이 아니잖아요. 우리 이성적으로 생각해요."

"사람이란 건 있잖아. 때로는 머리가 아니라 가슴으로 판단하기도 하는 거야. 그러라고 신께서 심장이란 걸 만들었거든? 그러니까 이럴 때는 이 계집애 머리채를 잡고 흔들다가 뺨을 후려치고, 너도 한번 당해보라고 목을 졸라도 된다는 뜻이야!"

코코가 고함을 지르자, 트루디가 겁먹은 얼굴로 율리아를 바라보았다. 살려달라고 매달리고 빌어야 할지, 아니면 이대로 입을 다무는 게 좋을지 판단이 서지 않는 모양이었다.

율리아는 그중 어느 쪽도 바라지 않았다. 그녀가 원하는 건 따로 있었다.

"트루디, 이름을 말해."

"네?"

"너에게 그런 명령을 내린 사람, 너를 여기 데려온 사람, 너를 선택한 사람, 네 심부름을 해준 사람, 모두."

"율리아 시녀님!"

"그러면 이걸 주지."

율리아가 묵직한 주머니를 바닥에 툭 내려놓았다. 바닥에 엎드려 있던 트루디는 그 안에 번쩍거리는 금화가 가득 들어 있다는 걸 눈치챘다.

트루디의 얼굴에 어쩔 수 없는 탐욕의 빛이 어렸다. 주머니 안에 들어 있는 건 트루디가 평생 만져본 적도 없는 큰돈이었다. 율리아가 혼자 외출했다는 걸 하이에나에게 알려 줬을 때도 트루디의 손에 들어온 건 금화 두어 개가 전부였다.

"비밀도 지켜줄게."

율리아의 말투가 꼭 노래하는 것처럼 들렸다. 그녀는 별 감정 없이 담백하게 말하고 있는데도 긴장한 트루디의 귀에는 꼭 그렇게 들렸다.

"네 정체를 들켰다는 것도 비밀로 해주지. 내 전속 하녀가 되어서 그들에게 종종 정보를 물어다 줘도 괜찮아. 물론 내가 시키는 대로 해야겠지만."

"그러면…… 그렇게 하면 저를 용서해주시는 거예요?"

"용서라니."

율리아가 웃었다. 메마른 사막처럼 물기 없는 미소였다.

"이건 거래일 뿐이야, 트루디."

"네? 거래요?"

"너는 내가 허락한 만큼만 저들에게 정보를 가져가고, 나는 그 대가로 네게 금화를 주는 관계지. 네가 영리하게만 군다면 저들이 네게 주는 대가도 이중으로 챙길 수 있을 거고."

율리아의 깔끔한 정리에 트루디가 홀린 듯이 고개를 끄덕였다. 그렇게만 할 수 있다면 뭐든 시키는 대로 하겠다고 몇 번이나 머리를 조아렸다.

트루디는 눈치가 빠르고 손재주가 좋았다.

율리아가 일찍 일어나는 편이라는 걸 알게 된 뒤에는 평소보다 더 일찍 일어나 그녀의 아침 준비를 도왔고, 율리아가 식사할 때는 옆에 바짝 붙어 서서 그녀의 식성을 살폈다. 마치 귀족 아가씨와 그녀의 종을 보는 듯했다. 같은 평민끼리 주종 관계로 지내는 게 불만일 법도 했지만, 트루디는 정말 아무렇지도 않았다.

트루디가 율리아에게 약점 잡혔다는 사실을 모르는 다른 하녀들은 그녀를 성격 좋은 아이라고 입을 모아 칭찬했다.

"궁내부 관리님께는 한 달에 한 번 보고하게 되어 있어요. 주로 왕자궁에서 일어나는 일이나 왕자님과 시녀님들의 관계, 혹은 자주 찾아오는 손님 명단이죠."

"하이에나들은?"

"하이에나들은 율리아 시녀님이 언제 외출하는지, 누구를 만나는지, 이왕이면 어디로 외출하는지도 알려달라고 했고요."

"여기 들어온 지 며칠 되지 않았으니까 궁내부에 보고하려면 한 달이나 있어야 하네?"

"급한 일이 있거나 중요한 사건이 일어났을 때는 연락할 수 있어
요. 하녀들은 궁을 옮기고 싶을 때나 일을 그만두고 싶을 때, 궁내부
에 가기도 하니까요."

"곧 하이에나들이 연락할 거야."

"네?"

트루디가 어색하게 웃으며 물었다. 아무리 대담한 그녀라도 암살
자들과 접촉하는 건 꺼림칙한 모양이었다.

율리아는 아무렇지 않게 말했다.

"날 죽이는 데 실패했으니, 어떻게 지내는지 알아보려 하겠지. 그
들이 네게 접근하거든 이렇게 말해."

"어떻게요?"

"율리아 시녀가 겁을 먹었는지 개인 호위를 들이려고 한다고. 코코
시녀의 반대가 심했지만, 레위시아 왕자 전하께서 너그러이 허락해
주셨다고. 평민 시녀라서 왕궁 인력을 쓸 수는 없기에, 밖에서 호위를
고용하겠다고 했다고."

"그렇게 말해요? 그러면 하이에나들이 정체를 감추고 시녀님의 호
위가 되겠다며 찾아올 텐데……."

"그러라고 하는 거야."

이제 귀찮은 하이에나를 소탕할 차례였다.

율리아의 눈빛이 차가웠다. 트루디는 저도 모르게 침을 꿀꺽 삼키
고 재빨리 고개를 끄덕였다.

트루디는 율리아가 시키는 대로 했다. 그리고 며칠 뒤 그녀의 개인 호위가 되겠다며 두 명의 남자가 찾아왔다. 그들은 모두 멀쩡해 보이는 신분증을 가지고 있었다. 한 명은 은퇴한 용병이었고, 다른 한 명은 왕실 경비로 일했던 경력을 가지고 있었다.

율리아는 그들이 내민 신분증을 믿지 않았다. 어차피 둘 다 하이에 나일 테니 남의 것을 그대로 베껴 조작했을 것이다.

"두 분 모두 고용할게요. 왕궁 안에 있을 때는 호위가 필요 없으니 근처에서 숙소를 잡고 대기하세요."

"알겠습니다."

그런 뒤엔 맥스웰을 찾았다. 그는 여느 때처럼 율리아의 후원자가 보낸 사람인 양 왕궁을 찾았고, 그녀에게서 하이에나로 추정되는 호위를 고용했다는 말을 들었다.

"나 참, 시녀님이 겁 없는 사람이라는 건 알고 있었지만…… 이건 좀 심한 거 아닙니까? 자기를 죽이려는 하이에나를 가지고 놀다니요."

"추적해주실 수 있나요? 은신처를 찾아내서 일망타진할 수 있다면 좋을 것 같아서요."

"물론입니다. 며칠만 주시죠."

맥스웰은 그 길로 돌아가 율리아가 고용했다는 두 명의 남자에게 추적을 붙였다.

그들은 며칠 동안 왕궁 앞 숙소에서 움직이지 않았으나, 그림자 정보상의 꼼꼼한 눈을 피할 수는 없었다.

"은신처를 찾았습니다. 그런데 점조직으로 운영되는 암살 길드라서 우두머리가 어디 있는지는 파악하지 못했어요."

며칠 뒤 나타난 맥스웰은 하이에나들의 은신처를 하나 찾았다며, 율리아에게 이렇게 말했다.

"맡겨주시죠. 우리 후원자님께서 알아서 하실 겁니다."

"카루스 님이요?"

"나오는 길에 보고했더니 당장이라도 쳐들어갈 기세였거든요. 바바슬로프도 같이 있었는데…… 도끼를 들고 갈까, 철퇴를 들고 갈까 고민에 빠져 있었습니다."

그토록 고귀한 사람들에게 고작 하이에나 사냥이나 시켜도 되는 건가. 율리아는 잠깐 그런 생각을 했다가 얼떨떨한 얼굴로 고개를 끄덕였다. 맥스웰이 능청스럽게 웃는 얼굴로 이렇게 말했기 때문이었다.

"맡겨보세요. 그 양반이 나쁜 새끼들 때려잡는 데는 아주 도가 텄거든요. 바바슬로프도 따라간다고 지랄할 게 뻔하고, 저도 함께할 예정이니까 걱정할 일은 없을 겁니다. 아니지. 걱정은 그 새끼들이 해야죠."

"걱정이라기보다는……."

"마조람 후작과 연결되어 있다는 증언이나 증거를 찾을 수 있다면 좋을 텐데 말입니다."

그건 아마 찾을 수 없을 것이다. 율리아는 회의적이었다. 이전의 삶에서도, 그 이전의 삶에서도 하이에나들은 철저하게 흔적을 지웠다.

"내일 오후에 외출할게요."

"대기합죠."

맥스웰이 신난다고 어깨를 들썩거리며 물러가고, 율리아는 트루디를 통해 숙소에 있는 두 명의 호위 용병에게 내일 오후에 외출할 테니 동행해달라는 연락을 넣었다.

다음 날 약속한 시각이 되었다. 왕궁 앞에서 대기하고 있던 두 명의 호위 용병은 마차 안에 율리아가 혼자 있다는 걸 확인하고는 저들끼리 은밀하게 눈짓을 주고받았다.

아무리 대담무쌍한 하이에나라도 왕궁 바로 앞에서 살인을 저지를 수는 없었다. 그들은 마부석에 앉아 마차가 왕궁에서 멀어지기를 기다렸다.

사실 그들로서는 의뢰를 세 번이나 실패했다는 것 자체가 수치였다. 아무 힘없는 여자 하나, 그것도 돌봐주는 사람 없는 평민 고아. 이번 의뢰는 그들에게 파리 사냥이나 다를 바 없어야 정상이었다.

그런데 율리아 아르테는 무슨 행운의 신에게 축복이라도 받았는지, 매번 미꾸라지처럼 그들의 손아귀에서 빠져나갔다.

왕궁 앞 광장을 벗어나 한적한 골목에 접어들기만 하면 이 지긋지긋한 의뢰도 끝이다. 빨리 후작에게 여자의 죽음을 확인시켜줘야 한다. 잔금도 잔금이지만, 후작가의 압박을 더는 견디기 어려웠다. 그들은 그런 생각을 하며 마차를 몰았다.

그런데 광장을 벗어나기가 무섭게 웬 남자 셋이 말을 타고 오더니 마차 옆에 바짝 따라붙었다.

카루스와 맥스웰, 바바슬로프였다.

"저리 비키시오! 위험하게 무슨 짓을⋯⋯."

"아아, 걱정하지 마쇼. 우리는 저 안에 있는 아가씨 친구들이니까. 동행할까 해서 온 거야."

"뭐요?"

더벅머리의 사내, 맥스웰이 히죽 웃으며 말했다.

"왜, 부딪칠까 봐 무서워? 하이에나가 겁도 많네?"

"뭐라고?"

"하. 이. 에. 나."

맥스웰이 입을 쩍쩍 벌리고 늘이면서 정확하게 말했다.

들켰다.

두 명의 하이에나가 순식간에 무기를 꺼내 들었다. 이제 그들에게 마차는 중요하지 않았다. 고삐를 내던지다시피 놓아버린 그들이 무기를 들고 몸을 움직였다. 그러자 검은 망토의 사내, 카루스가 말 위에서 곡예하듯 마차로 자리를 옮겼다.

그리고 또 한 사람, 말 위에서 언제 공격할까 시기를 재고 있던 마지막 사내가 이를 갈며 말했다.

"야, 똑바로 말해. 너희가 우리 복덩이 괴롭혔냐?"

바바슬로프였다.

그의 손에서 도끼와 철퇴가 동시에 움직였다. 오른손엔 도끼, 왼손엔 철퇴를 든 바바슬로프가 무시무시한 소리를 내며 하이에나에게 덤벼들었다.

두 명의 하이에나는 반항 한 번 제대로 하지 못하고 붙잡혔다. 분노한 바바슬로프의 주먹에 코뼈와 앞니가 다 나가도록 얻어맞은 그들은 온몸이 꽁꽁 묶인 채 마차 안에 구겨 넣어졌다.

"은신처를 불어라."

카루스가 엎드린 그들의 머리 위에 한쪽 발을 올렸다. 하이에나들은 대답하지 않았다. 암살자들은 죽거나 고문을 당해도 절대 발설해서는 안 되는 게 세 가지 있었다. 은신처와 의뢰인, 그리고 자신의 이름이었다.

카루스의 발에 점점 힘이 들어갔다. 마차 바닥에 쓸려 상처가 벌어지자, 하이에나들의 입에서 고통스러운 신음이 흘러나왔다. 카루스는 그런 그들의 모습을 재미없다는 듯 내려다보다가 심드렁하게 말했다.

"은신처는 여기서 바닷가 반대로 가면 나오는 언덕 위에 있다지. 건조 육류 창고였나. 의뢰인은 마조람 후작일 테고. 네놈들 이름이야 알 바 아니고."

어떻게 알았지. 하이에나들이 믿을 수 없다는 얼굴로 카루스를 바라보았다.

"은신처 하나를 털다 보면 누구 하나는 그다음 은신처를 불겠지. 그럼 그다음 은신처로 가서 똑같은 짓을 반복하는 거야. 그러다 보면 언젠가는 우두머리도 볼 수 있을 거고."

"끄으……!"

"난 이렇게 말할 거다."

카루스가 검은 눈을 살짝 휘었다.

"오르테가의 하이에나 따위가 감히 황제 폐하의 두 번째 기사이자 바이칸 제국의 영웅인 카루스 란케아를 해치려 했다고."

카루스 란케아. 무혈 제독.

하이에나들은 이제 얕은 신음조차 흘리지 못하고 있었다. 찢어질 듯 커진 동공에서 경악과 공포, 후회의 감정이 넘실거렸다.

"의뢰인이 마조람 후작이라면 오르테가는 제국을 향해 반기를 든 역도들의 국가가 된다. 난 그동안 수많은 전장에서 정복 전쟁을 지휘해왔어. 이 작은 왕국 정도는 한 계절 안에 멸망시킬 수도 있다. 그동안 너희가 활개 치던 이 나라, 너희 가족이 살아가는 터전, 너희 동료들이 묻힌 땅, 모두 잿더미가 되겠지."

카루스는 교묘하게 과장을 섞어 말했다. 하지만 그의 목소리와 말투가 워낙 담담해, 모두 진실인 것처럼 들렸다. 하이에나들의 낯빛이 창백해졌다. 그들은 어떻게든 변명하려 했으나, 바바슬로프가 시끄럽다며 입에 재갈을 물려버려서 용서조차 빌 수가 없었다.

율리아는 그 모습을 바라보면서 조금 우습다는 생각을 했다.

돈만 쥐여주면 아무 죄책감 없이 사람 목숨도 갖다 파는 사람들이, 왕국에 전쟁이 일어날까 봐 걱정하는 꼴이라니.

"그러게 율리아 아르테는 건드리지 말았어야지."

카루스가 웃으며 건넨 말에 하이에나들이 율리아를 곁눈질했다. 도대체 두 사람의 관계가 뭔지 궁금해하는 기색이라, 이번에는 율리아가 친절하게 대답해주었다.

"내가 마음을 다해 모시는 분이야."

그러자 이번에는 카루스가 믿을 수 없다는 얼굴로 율리아를 바라보았다.

그날 오르테가에서 가장 실력 있는 암살자 길드의 은신처 한 곳이 초토화되었다. 십수 명의 노련한 하이에나가 단 세 명에 의해 처리된 것이다.

율리아는 짐이 된다는 이유로 마차 안에서 그들을 기다렸다.

하이에나들은 카루스와 그의 부하들을 우습게 본 나머지 달아나지 않고 싸우는 길을 택했다. 그래서 더 피해가 컸다.

카루스는 의뢰인이 누군지, 너희 정체가 뭔지, 그런 것조차 묻지 않고 놈들의 은신처를 쓸어버렸다. 그런데 그들 중에도 싸우지 않고 달아나는 길을 선택한 자가 있었다. 한 남자가 동료들을 버린 채 몰래 창고 밖으로 나오더니 말을 타고 부리나케 달아났다. 젊은 남자였다. 율리아는 마차 안에서 그 모습을 목격했다.

처음엔 소리를 질러 카루스에게 알릴까 생각했다. 하지만 바람이 불어 남자가 쓰고 있던 두건이 벗겨지고 그 얼굴을 확인한 순간, 그녀의 입이 조개처럼 딱 다물렸다.

'해방군?'

달아나는 젊은 하이에나는 해방군이었다.

착각이 아니었다. 착각일 수가 없었다. 율리아는 한때 해방군과도 손을 잡았던 과거가 있었다. 남자는 해방군 중에서도 꽤 중요한 일을 맡아 간부에 속하는 자였다. 바로 해방군의 활동 자금을 조달하는 역할이었다.

'해방군의 돈이 하이에나들로부터 나오는 거였어?'

가슴이 서늘해졌다.

하이에나들에게 돈을 주는 건 마조람 후작과 몇몇 귀족들이었다. 그 돈은 하이에나를 거쳐 해방군에게 흘러갔다. 왕국을 제국으로부터 독립시켜야 한다며 싸워보기도 전에 항복한 국왕을 조롱하고 모욕하던 자들이, 친제국파의 거두인 마조람의 돈으로 살아가고 있다니.

'마조람 후작은 그걸 알면서도 저들에게 돈을 보냈던 걸까? 아니면, 모르고 한 짓이었나?'

어느 쪽이건 이건 엄청난 정보였다. 율리아의 머리가 빠르게 굴러갔다. 이 일을 고발해서 자신이 얻을 수 있는 건 무엇인가. 숨기고 있다가 시기를 봐서 터뜨리는 게 좋을까. 증거를 모으려면 어디부터 건드려야 할까. 이 정보는 그럼 누구와 공유해야 하나.

그때 마차 문이 열리더니 카루스가 손을 내밀었다.

"다 끝났으니까 나와도 된다."

깊은 생각에 빠져 있던 율리아가 퍼뜩 놀라 그를 바라보았다.

"벌써요?"

"바바슬로프가 미친놈처럼 날뛰었어."

율리아가 카루스의 손을 잡고 마차에서 내리자, 바바슬로프가 쑥스럽다는 듯 머리를 벅벅 긁으며 말했다.

"미친놈이라뇨. 제가 남부 함대 군함 수리하느라 얼마나 고생했는지 아십니까? 우리 율리아가 노련한 기술자들이 어디에 있는지 알려줘서 망정이지! 안 그랬으면 똥구멍 빠지게 고생할 뻔했어요."

맥스웰이 남의 옷으로 칼에 묻은 피를 닦아내며 웃었다.

"시녀님이 언제 너네 율리아가 됐냐? 아까 못 들었냐? 이제 카루스 대장을 모시기로 했다잖아. 우리 율리아라는 말은 대장이 해야 맞는 거지."

"뭐? 에이 씨."

"욕했냐, 지금? 카루스 님, 이 새끼가 지금 욕을……."

바바슬로프와 맥스웰이 치고받고 싸우는 동안, 율리아는 카루스의 곁에 우두커니 서서 하이에나들의 은신처를 바라보았다. 건물은 불타오르고, 그동안 지긋지긋하게 그녀를 괴롭혔던 암살자들은 그 안에서 모두 숨이 끊어진 채 쓰러져 있었다. 속이 후련하다거나 갑자기 마음이 편해지지는 않았다. 약간의 안도감 끝에는 언제나 길고 고통스러운 기억이 뒤따랐다.

율리아는 망가진 인형처럼 축 늘어진 하이에나들을 응시하며 조용히 입을 열었다.

"여름 첫날을 전후로 태풍이 심하게 불 거예요. 해일도 올 거고요.

뱃사람들의 경고가 있겠지만 안일해진 사람들이 그 말을 무시하는 통에 피해가 클 거예요. 군함을 뭍에 불러들이고 미리 대비하세요."

율리아와 함께 서서 하이에나들의 은신처가 타오르는 모습을 바라보던 카루스가 고개를 내려 그녀를 바라보았다.

바바슬로프도, 맥스웰도 그녀를 바라보았다.

먼저 대답한 건 바바슬로프였다. 율리아의 말을 철석같이 믿는 그였기에, 이번에도 망설임 없이 수긍했다.

"그래? 알았어."

맥스웰이 반신반의하며 물었다.

"예언입니까?"

"어떻게 생각하셔도 상관없어요."

"뭐…… 시녀님 말씀대로 미리 대비해서 나쁠 건 없겠죠. 함대에 배가 한두 척도 아니고…… 하나라도 부서지면 손해가 이만저만이 아니니까. 그렇죠? 예?"

맥스웰이 카루스를 곁눈질하며 눈치를 살폈다. 혹시 카루스가 헛소리하지 말라며 율리아를 비웃으면 어쩌나 하는 우려에서 나온 행동이었다. 그러나 그건 괜한 걱정이었다. 카루스가 순순히 고개를 주억거리더니 율리아에게 이렇게 말한 것이다.

"다음엔 오르테가 왕궁에서 만나게 되겠군."

율리아가 그를 바라보았다. 오르테가 왕궁에 카루스 란케아가 나타난다니. 그녀의 눈동자가 반짝 빛났다.

카루스는 입가에 약간의 웃음기를 머금고 있었다.

"폐하께서 날 남부 함대의 신임 제독으로 임명하셨으니, 이제 오르테가의 해상 지휘권은 내게 있다고 봐야 해. 당연히 너희 나라의 국왕에게도 통보해야겠지."

"……아."

"폐하의 심중을 다 알 수는 없지만, 그거 하난 확실하다. 그분은 오르테가의 친구가 될 생각이 없어."

얼마 전 황제의 임명서를 손에 쥔 전령이 제국에서 출발했다.

카루스는 전령이 황제의 대리인으로서 오르테가 왕궁을 방문할 것이며, 그 자리에서 자신에게 남부의 제독이란 칭호를 내릴 거라고 말했다.

율리아는 그 안에 감춰진 황제의 속내를 읽었다.

"오르테가의 귀족들에게 경각심을 주기 위해서라도 불쾌한 등장을 하겠네요."

카루스가 역시, 하고 중얼거리며 율리아의 어깨에 손을 얹었다. 그러곤 몸을 숙여 그녀에게 가까이 다가가 속삭였다.

"날 이용해."

"카루스 님."

"네가 원할 때, 원하는 곳에, 원하는 방식으로 등장할 테니."

맹세를 받았으니 보답할 차례다. 카루스의 말은 그런 뜻이었고, 율리아는 습관처럼 웃으려다 실패한 채 그를 멍하니 바라보았다.

나는 이전의 삶에서 왜 당신에게 먼저 다가가 손을 내밀지 못했을까. 그 많은 삶을 통틀어 나의 적들이 가장 두려워한 상대는 당신이었는데. 답은 간단했다. 너무 멀었기 때문이다. 카루스 란케아는 율리아 아르테가 감히 탐내서는 안 되는 고귀한 사내였으니까.

카루스 란케아의 무용담은 조만간 바이칸 제국을 넘어 오르테가에 상륙할 것이다. 카루스가 북부에서 쌓아온 영웅적인 행보는 절대 그를 배신하지 않으리라.

황제만큼 멀었던 사내가 눈앞에 있었다. 손을 뻗으면 잡을 수 있고, 눈을 맞추면 대화를 나눌 수 있었다.

"카루스 님, 저를 믿으세요?"

율리아가 저도 모르게 진심을 내뱉었다. 꼭 믿어달라고 조르는 말 같아서, 그녀는 묻자마자 후회했다.

그런데 카루스가 이렇게 말했다.

"노력해보고 있다."

심장이 뜨겁게 달아올랐다. 눈물이 목 아래에서 찰랑거렸다.

어떻게 해야 이 남자의 신뢰를 얻을 수 있을까.

내가 알고 있는 모든 걸 털어놓으면 되려나. 나는 당신을 완전히 믿지 않는데, 당신이 나를 완전히 믿어주길 바라는 건 너무 이기적이다.

율리아가 입술을 꾹 깨물었다.

◆ ‥ ◆ ‥ ◆

하이에나들의 은신처를 쑥대밭으로 만들고 돌아온 율리아를 보고, 코코가 안심했다는 얼굴로 고개를 끄덕였다. 말하지 않아도 대충 알겠다는 뜻이라 율리아는 곧장 자신의 방으로 갈 수 있었다. 온종일 잔뜩 긴장한 채 율리아를 기다렸던 트루디가 달리다시피 나타나 시중을 들었다.

"저기, 시녀님. 식사는 하셨어요? 간단한 요깃거리라도 준비해 올까요?"

"목욕물부터 받아줘."

"네, 네! 시녀님, 잠시만 기다리세요."

목욕물을 받고 수건과 가운을 준비하던 트루디의 시선이 율리아의 발치에 닿더니, 이내 하염없이 흔들렸다. 구두 뒷굽에 닿을 듯 긴 치맛자락에 거무스름한 핏물이 묻어 있었다. 구두 밑창도 마찬가지였다. 사람의 피가 분명했다. 율리아는 상처 하나 없이 태연한 기색인데, 그녀의 신발엔 누군가 흘린 피가 말라붙어 있었다.

"시, 시, 시녀님."

"왜 그래?"

"피, 피가……."

"피?"

율리아가 눈동자만 굴려서 자신의 신발을 보았다. 그러곤 트루디가 뭘 두려워하는지 안다는 듯 대수롭지 않게 말했다.

"걱정할 거 없어, 트루디."

"네?"

"널 의심하진 않을 거야. 그들은 누구한테 당하는 줄도 모른 채 죽었을 테니까."

"주, 죽었다고요? 전부 다요?"

"그건 아니지만……."

하이에나 소굴에서 달아나던 해방군이 떠올랐다. 율리아의 얼굴에 스산한 기운이 감돌았다.

"아무튼, 놈들은 네가 배신했다는 걸 눈치채지 못할 거야. 그러니까 걱정할 것 없어."

"네…… 시녀님."

트루디가 그제야 안심했다며 애써 웃음 지었다. 율리아는 트루디가 안심하거나 말거나 관심 없었기에 곧장 욕실로 들어가 몸을 씻었다.

—◆•◆•◆—

모두가 잠든 밤이 되었다.

율리아는 트루디가 챙겨온 과자를 먹으며 생각에 잠겨 있었다.

'황제의 전령은 환영받는 손님이 되지 못할 거야. 전쟁에 대한 불안감을 증폭시켜 남부 해안에 대한 지배권을 강화하려 들겠지.'

그렇다면 카루스는 어떻게 하는 게 좋을까.

그는 자신을 이용하라고 말했다. 하지만 율리아는 최대한 그와 자신, 모두에게 좋은 방향으로 일이 해결되길 바랐다.

'황제의 전령이 오기 전에 카루스를 환영받는 손님으로 만들어야 해. 그러면 국왕은 그에게 기댈 수밖에 없을 거고.'

마조람의 영향력은 더욱 줄어들 것이다.

과거의 코코는 이 부분을 정말 아쉬워했다. 카루스 란케아를 동료로 만들 수 있다면 일이 몇 배는 쉬워질 텐데, 도무지 그를 손에 넣을 방법이 없다며 탄식을 거듭 내뱉었다. 그래서 율리아가 카루스와의 인연에 대해 털어놓았을 때, 등에 손자국이 벌겋게 남도록 찰싹찰싹 때리기도 했다. 코코를 생각하며 몰래 웃음 짓고 있는데, 갑자기 방문이 벌컥 열렸다.

코코 본인이었다.

"넌 생일이 언제니."

코코가 잠옷을 망토처럼 휘날리며 문 앞에 서 있었다.

"네? 뭐라고요?"

"생일 말이야. 생일이 언제냐고. 태어난 날이 며칠이냐고."

율리아는 무슨 뜬금없는 말이냐며, 입에 물고 있던 과자를 얼른 삼켰다.

"몰라요."

"뭐? 모르긴 왜 몰라. 그걸 왜…… 아."

자기 생일도 모르는 바보가 어디 있냐고 따져 물으려던 코코가 입을 딱 다물었다. 그녀의 얼굴에 당혹스러움이 가득했다. 율리아가 보육원 출신이라는 걸 뒤늦게 떠올렸기 때문이다.

코코가 어울리지 않게 말을 더듬었다.

"아니, 그게, 그러니까."

악마 시녀 코코의 입에선 매일 칼바람이 분다던 레위시아 왕자의 말이 떠올랐다. 어쩐지 웃음이 나올 것 같았지만, 율리아는 코코가 무안해하지 않도록 최대한 부드럽게 말했다.

"그런 건 신경 쓰지 않으셔도 돼요. 궁금했던 적도 없거든요. 보육원에선 생일을 챙겨달라고 말하는 애도 없거니와, 그런 걸 요구하면 따돌림을 당해요. 그러다 보니 저절로 아무 관심 없어졌어요."

"아무리 그래도 그렇지."

코코가 우물거리다가 입술을 꾹 깨물었다. 붉은 눈동자에 미안함과 안타까움, 그리고 약간의 슬픔이 비쳤다.

코코는 율리아의 과거가 궁금했다.

상처가 많은 아이일수록 마음을 나눌 상대가 생기면 자신의 불행했던 과거를 툭툭 털어놓기도 한다는데, 율리아에겐 그런 상대가 있었던 것 같지 않았다. 바실나 크리스틴 같은 멍청이들이 율리아의 상처를 염려하며 보듬어줬을 것 같지도 않았다. 그렇다고 그 역할을 코코가 해줄 수 있는 것도 아니었다. 두 사람은 만난 지 얼마 되지 않는 사이였다. 게다가 코코는 그동안 율리아를 대할 때 차갑게 쏘아붙이기만 했지, 다정한 말 한마디 해본 적이 없었다.

생일 같은 건 정말 아무 상관 없다는 얼굴로 쟁반을 치우는 율리아에게, 코코가 꽉 막힌 목소리로 말했다.

"야, 생일이 없으면 만들어."

"네? 그게 무슨 말이에요?"

"만들라고. 네가 마음에 드는 날로 만들어. 봄이 좋으면 꽃이 절정일 때로, 여름이 좋으면 제일 더운 날로. 오르테가는 동절기가 짧으니까 겨울도 괜찮고."

"코코, 왜 갑자기 남의 생일에 집착하는 거예요?"

"빌어먹을, 너한테 줄 게 있는데 이유를 붙이고 싶으니까 그렇지."

코코가 알아듣기 어려울 만큼 빠른 속도로 말을 내뱉었다. 그러곤 조그맣게 입술만으로 '짜증 나.'라고 속삭였다. 아마도 자기 자신에게 하는 말인 것 같았다.

율리아의 눈이 동그래졌다.

"그냥 주면 되지…… 언제부터 그런 걸 따졌다고."

그렇게 혼잣말하던 율리아는 문득 떠올리고 말았다. 눈앞에 있는 코코는 과거의 코코가 아니란 걸.

여덟 번째에서 만났던 코코가 율리아의 둘도 없는 벗이자 가족이었다면, 지금 코코는 율리아가 온 힘을 다해 다가가도 과거와 똑같지 않은 코코였다.

"뭐라고 했니?"

"아무것도 아니에요."

갑자기 목이 꽉 막혔다. 율리아는 동그랗게 커진 눈을 천천히 감았다가 떴다. 코코의 맑고 높은 목소리가 귓가에서, 머리에서, 그리고 가슴에서 울렸다. 잊고 있었다. 매일 자신을 따라다니며 늘어놓던 잔소리가 얼마나 다정했는지, 죽을 수 없는 저주를 받았다는 사실을 믿어 주는 한 사람의 존재가 얼마나 큰 위로가 되었는지.

여덟 번째의 코코는 생일이 언젠지 모른다는 율리아의 말에 자신의 생일을 주었다.

"내 생일이 네 생일이니까, 내 선물 살 때 네 것도 사."

"그게 뭐예요. 완전 이상해."

"다음 생의 내가 생일을 묻거든 똑같은 날짜를 말해버려. 절대 잊어버리지 못하게."

"왜 그래야 하는데요?"

"신경 쓰이니까! 외로우면 외롭다고 말해. 보고 싶으면 보고 싶다고 소리쳐. 넌 네가 망가졌다는 사실을 너무 쉽게 인정해서 짜증 나. 마음이 고장 나서 쓰레기로 가득 찼으면 엉엉 울면서 터뜨리고 텅 비워. 그다음에 다시 채우면 되잖아."

"저는 텅 빈 채가 좋은데요."

"너는 그게 문제야. 네 마음이 외진 창고처럼 비어 있으니까 나쁜 새끼들이 자꾸 뭘 갖다 버리려고 하잖아. 좋은 거, 비싼 거, 예쁜 거, 그런 거로 꽉 채워. 그래야 어중이떠중이들이 얼씬도 안 하지."

"나 그런 얘기 싫어요. 어렵고, 이상해. 사람 마음이 무슨 창고예요? 코코, 이상한 책 좀 그만 읽어요. 그런 거 보다가 머리 나빠져요."

"이 미친 계집애가…… 사람이 옆에서 걱정하면 좀 듣는 척이
라도 해!"

코코가 하려던 말이 무슨 뜻인지 안다. 누구에게도 정을 주지 않고,
누구도 믿지 않고, 누구도 사랑하지 않는 율리아가 너무 걱정돼서 쏟
아냈던 잔소리일 것이다.

언제부터인가 율리아의 영혼은 주인조차 돌보지 않을 만큼 텅 비
어 황량한 상태였다. 그게 정상이 아니라는 건 누구보다 자신이 잘 알
았다. 하지만 율리아는 지금의 상태가 좋았다. 고쳐야겠다는 생각도
하지 않았다.

마음이 텅 비어 황량해야 죽어서 다시 시작하게 됐을 때 조금이라
도 덜 힘들다는 걸, 그녀는 본능적으로 알고 있었다.

"아, 머리 아파. 이러다 화병 나서 죽겠어. 저 계집애보다 내가
먼저 죽어야 할 텐데. 제발!"

"그게 무슨 재수 없는 소리예요? 코코가 왜 나보다 먼저 죽어
요. 내가 먼저 죽어야죠. 나는 어차피 죽지도 못하는데."

"너 죽는 꼴을 내가 어떻게 보니."

"나는 뭐 속 편할 줄 알아요?"

"너 죽으면 다시 시작할 거잖아. 바실리나 크리스틴 뭐 이딴
애새끼들이야 내 알 바 아니지만…… 나랑도 처음부터 다시 시
작해야 하잖아. 나는 너 못 알아볼 거고, 너는 그런 내가 원망스
러울 텐데……"

"원망 안 해요."

"좀 해. 이 미친 것아. 왜 날 못 알아보냐고, 우리가 과거에 얼마나 친했는지 아느냐고 미친 소리라도 해! 다음 생의 내가 널 정신병원에 데려갈망정, 그렇게 괴상한 짓이라도 해서 하고 싶은 말 좀 하고 살란 말이야!"

"난 코코랑 또 친해질 건데 왜 그런 짓을 시킨대? 시끄러워요. 빨리 생일 선물로 뭘 사줘야 할지나 알려줘요. 코코 생일은 언제인지 아는데, 뭘 사줘야 제일 좋아할지는 모르겠단 말이에요."

"진주."

"뭐 맨날 진주만 사달래. 진주에 한 맺혔어요?"

"물망초. 그 꽃 모양 브로치. 머리핀도 좋고. 우아하게 진주 달린 거. 그런 게 좋아."

"가만 보면 되게 속물이야. 싼 건 절대 말 안 해. 맨날 비싼 거 사달라고 그러고. 어휴."

"……꽃이야."

"뭐라고요?"

"됐어! 시키면 시키는 대로 좀 해. 이 계집애야!"

그때 코코는 이미 비슷한 장신구를 잔뜩 가지고 있었다. 화려한 외모에 걸맞게 화려한 것들도 많았지만, 작은 물망초 모양의 귀여운 반지나 목걸이도 많았다. 율리아는 별다른 생각 없이 알았다고 말하면서 코코가 진주를 좋아하니까 그랬겠거니, 여겼다.

그런데 이제 와 생각하니 그 수많은 꽃 중에서 왜 물망초인가 하는 의문이 들었다. 여덟 번째의 코코가 선택한 꽃이니 아홉 번째의 코코는 다를 수도 있었다.

없는 생일을 만들라며 억지를 부려놓고 부끄러워 딴청을 부리는 코코에게, 율리아가 물었다.

"물망초 좋아해요?"

"뭐? 그건 왜 물어봐?"

"그냥 선물이 마음에 드나 궁금해서요. 화려한 게 좋으면 장미로 바꿔다 줄까요?"

"……좋아하는 꽃이야."

"네?"

"제일 좋아하는 꽃이라고! 한 번 말하면 좀 알아들어! 귀먹었니?"

코코가 꽥 소리를 질렀다.

제일 좋아하는 꽃이었다니. 이런 건 생각지 못했다. 율리아의 얼굴에서 여유가 사라졌다. 고요한 바다처럼 잔잔히 가라앉아 있던 눈동자에 격한 파도가 일었다.

"전에도 말했지만 난 받은 건 몇 배로 갚아야 속이 편한 사람이니까, 너도 나한테 원하는 거 있으면 말해. 당장은 아니더라도! 꼭 말해! 알았니?"

이제 알았다. 코코는 그때 이미 알고 있었던 것이다. 다음 생의 코코와 가까워질수록, 율리아는 과거의 코코를 떠올리며 그녀를 그리워하게 될 거란 걸.

"근데 너 진짜 어떻게 안 거야. 내 생일도 그렇고, 내가 좋아하는 보석이랑 꽃은 어떻게 안 거냐고."

말할 수 없었다. 지난 삶에서 당신이 직접 가르쳐줬다고. 나는 죽어서도 계속 다시 살게 되는 저주에 걸렸는데, 과거의 당신이 그걸 알고 나를 위해 알려준 것들이라고.

"저는……."

목소리가 형편없이 갈라졌다. 코코가 왜 그러냐는 얼굴로 율리아를 쳐다보고 있었다. 그녀의 붉은 눈과 하얀 얼굴을 아무렇지 않게 마주하기가 어려웠다.

율리아는 코코와 자신의 사이에 메울 수 없는 시간의 틈이 있다는 사실을 깨달았다. 그건 삶이 반복되고 인연이 계속되어도 결코 메울 수 없는 틈이었다. 과거의 코코는 영원히 만날 수 없다. 율리아가 진심으로 사랑했고, 그보다 더 큰 사랑을 주었던 친구. 코델리아 힌치. 그녀는 그때 이미 율리아의 상처를 들여다보고 이후의 아픔까지 걱정하고 있었다.

혼자서만 과거를 기억하는 율리아의 텅 빈 마음은 아무도 채워줄 수 없었다. 그녀의 고독은 혼자만의 것이었다. 영원히 반복되며 깊어지는 구멍이었다.

그래서 코코는 그때 물망초 머리핀을 사달라고 말했던 것이다.

"내가 제일 좋아하는 꽃이야."

다음 삶의 자신이 조금이라도 더 율리아를 좋아하게 해주고 싶어서.

9
알렉사 콴

밤새 잠을 이루지 못했다. 과거의 코코 때문이었다. 가슴이 술렁이기 시작하더니 자꾸만 잊었던 감정이 되살아났다. 죽은 줄 알았던 심장이 애처롭게 뛰고 있었다.

율리아는 자신의 약한 모습을 마주할 수 없었다. 그건 죽는 것보다 더 두려운 일이었다. 여기서 무너지면 복수 같은 건 할 수 없다. 과거의 인연을 다 끌어안고 갈 수도 없었다. 그렇게 하기에 율리아는 너무 많이 죽었고, 또 너무 많이 살아났다.

그동안 그녀가 스치듯 마주친 인연만 해도 다 기억할 수 없을 만큼 많았다. 그러다 보니 꼭 필요한 정보와 중요한 사람을 제외하곤 의도적으로 잊으려고 애쓰기도 했다.

율리아는 그들을 두 분류로 나누었다.

복수에 필요한 사람과 필요하지 않은 사람.

코코는 필요한 사람이었다. 그것도 꼭 필요한 사람에 속했다. 정말 다행이었다. 만약 코코를 잊고 살아야 했다면, 율리아는 그리움에 못 이겨 지금보다 더 망가졌을 수도 있었다.

카루스 란케아도 필요한 사람이었다. 그는 반드시 손에 넣어야 할 아군이자, 최후의 보루였다. 과거의 코코는 자신을 버리더라도 그만은 꼭 동료로 삼으라고 율리아에게 조언했다.

그 외에도 몇 명이 더 있었고, 그런 식으로 사람을 나누는 율리아를 보며 코코는 닥치는 대로 쓴소리를 내뱉었다. 그렇게 살다간 언젠가 마른 나뭇가지처럼 바스러지고 말 거라고, 추접스럽더라도 사람답게 치덕거리고 살라고 충고했다.

'추접스럽지도 않고, 치덕거리는 것도 아니지만.'

율리아는 한 번쯤 사람다운 일을 할 때가 됐다고 생각했다.

이제 곧 여름이었다. 이맘때쯤 찾아야 할 사람이 있었다. 은혜를 갚기 위해서라도 반드시 만나야 할 사람이었다. 복수에 도움이 되는 것도 아니었고, 심지어 마조람 후작가와는 아무 상관없는 사람이었지만, 그래도 찾아야 했다.

그건 자기 자신과의 약속이었다.

율리아 아르테가 아홉 번의 삶을 반복하면서 딱 한 번 마주쳤던 여자. 비극적이고 추악한 죽음만을 반복해 온 그녀에게 처음으로 숭고한 죽음과 희생의 가치를 깨닫게 해준 사람.

알렉사.

그녀를 구하러 가야 한다.

샤트린 공주가 왕위 후계자 싸움에서 1왕자의 대안으로 떠오른 뒤에 제일 바빠진 사람은 레위시아 2왕자였다.

세 번째 경연이 다가오자 샤트린은 거의 매일 레위시아를 자신의 궁으로 불러들였다. 이번 경연의 주제는 무엇일지, 앞으로 어떻게 해야 하는지, 누구와 가까이 지내고, 누구를 멀리해야 하는지 상의하기 위해서였다. 덕분에 율리아와 코코는 데면데면했던 샤트린 궁의 시녀들과 종종 시간을 함께 보내게 되었다.

"율리아 시녀는 코코 시녀님하고 어떻게 그렇게 잘 지낼 수 있죠? 그분은 아무하고도 친하게 지내질 않잖아요. 그 나이에 약혼자도 없고, 심지어 왕궁 안에 친구도 하나 없다고……."

코코가 샤트린의 궁이 지루하다며 동행을 거부한 날, 율리아는 혼자서 공주의 시녀들에게 둘러싸여 있었다.

그들은 율리아를 안쓰럽게 여겼다. 샤트린에게 두 번이나 뺨을 맞은 데다, 왕궁에서 가장 악명 높은 시녀인 코코와 함께 지내고 있다는 이유 때문이었다.

"코코 시녀님은 그렇게 무서운 사람이 아니에요."

"무슨 소리예요! 코코 시녀님이 그렇게 말하고 다니라고 하던가요? 율리아 시녀가 왕궁에 들어온 지 얼마 되지 않아서 모르는 모양인데…… 왕자궁에 일하러 간 하녀들은 일주일 안에 울면서 뛰쳐나온다는 이야기가 있다고요."

"그래요?"

"지금 남아 있는 하녀들은 그 일주일을 견뎌낸 독한 사람들이에요.

궁 내부 관리들도 코코 시녀님이라면 혀를 내두르죠."

웃어야 하나. 율리아는 잠시 고민했다. 이들에게 맞장구를 쳐주는 게 좋을까, 아니면 우리 코코는 그런 사람이 아니라고 화를 내는 게 좋을까. 어느 쪽도 정답은 아닌 것 같았다. 그럴 때는 의외의 질문을 던져 정곡을 찌르는 게 좋았다.

생각을 마친 율리아가 샤트린의 시녀들에게 물었다.

"다들 코코 시녀님이랑 친하게 지내고 싶으세요?"

"네? 뭐라고요?"

"네에? 코코 님이랑요?"

"저희가요?"

시녀들이 깜짝 놀라서 율리아를 바라보았다. 율리아는 웃으면서 고개를 끄덕였다.

"코코 시녀님이랑 친하게 지내고 싶어하시는 것 같아서요."

샤트린 공주의 시녀들은 아니라고 손사래를 치면서도 은근슬쩍 율리아에게 코코에 대해 질문하는 걸 멈추지 않았다. 코코가 평소에 뭘 하면서 지내는지, 뭘 좋아하는지, 어떻게 혼자서 그렇게 완벽하게 궁을 관리할 수 있는지, 그런 것들이었다.

뭐야. 악명만 높은 줄 알았더니 인기도 많았잖아. 물론 이렇게 말하면 코코는 또 그 솔직하지 못한 태도로 투덜거릴 테지만.

율리아는 속으로 웃으면서 그들의 질문에 하나하나 성실하게 대답해주었다.

"율리아, 가자."

샤트린에게 오후 내내 시달린 레위시아가 응접실 밖으로 나왔다. 그는 율리아가 평민이라는 이유로 샤트린의 시녀들에게 괴롭힘을 당하지는 않을지 걱정이 많았는데, 다행히 그런 일은 일어나지 않았다.

"또 와요, 율리아 시녀."

샤트린의 시녀들이 레위시아에게 인사한 뒤에 율리아에게 다가와 또 놀러 오라며 다정한 말을 건넸다.

율리아는 레위시아와 함께 밖으로 나와 왕궁 정원을 걸었다. 샤트린과 레위시아의 궁은 마차를 타기에는 너무 가깝고, 걸어가기에는 조금 먼 거리였다.

"도대체 무슨 마법을 부린 거야? 저 도도한 애들이 왜 저렇게 상냥해졌어?"

레위시아가 신기하다며 물어왔다. 그는 샤트린의 시녀들이 율리아를 괴롭히지 않아서 의외인 모양이었다.

"그게 신기한 일이에요?"

"왕궁에 유명한 말이 있지. 시녀는 왕족을 닮는다. 난 샤트린의 시녀들을 보면서 그게 진짜라는 걸 깨달았거든."

그러니까 샤트린처럼 시녀들도 율리아의 뺨을 때리면서 엎드려 빌라고 고함을 지를까 봐 걱정했다는 말이었다.

율리아가 웃으며 말했다.

"코코가 몇 번 같이 와줬잖아요. 공주님의 시녀들이 아무리 대단한 사람들이라고 해도, 코코 앞에서는 모두 순한 양처럼 굴던데요."

"내 시녀가 왕궁에서 제일 성격이 더러운 걸 자랑으로 여기는 날이 오게 될 줄이야."

레위시아가 헛웃음을 흘렸다.

율리아는 그에게 또 다른 이유가 있다고 말했다.

"제가 불쌍한가 봐요."

"불쌍하다고?"

"제가 코코한테 구박받고 있다고 생각하는 것 같더라고요."

"네가?"

"귀족들은 평민을 무조건 불쌍하게 여기는 경향이 있으니까, 그것도 하나의 원인인 것 같고요. 저를 다정하게 대하면 자기들이 관대한 귀족처럼 여겨져서 기분도 좋을 테고."

"냉소적이네."

"그래도 그렇게 나쁜 사람들은 아닌 것 같아요."

코코가 율리아를 구박하다니, 직접 들었다면 버럭 소리를 지르며 화냈을 이야기였다. 실제로 레위시아는 요즘 자신의 궁에서 가장 입김이 센 사람은 왕족인 자신이나 코코가 아니라 율리아인 게 아닐까 생각하고 있었다.

"그건 그렇고…… 율리아."

"네?"

"샤트린이 부왕을 졸라서 세 번째 경연의 주제가 뭔지 알아냈어."

율리아는 그럴 줄 알았다는 얼굴이었다. 이전의 삶에서도 샤트린 공주는 종종 국왕을 졸라서 경연의 주제를 미리 알아내곤 했다고 들었다.

자신이 왕이 될 거라고 확신해서 경연에 대충 임하는 1왕자나, 자신은 왕이 될 리가 없으니 경연에 관심이 없는 2왕자와는 달리, 승부욕심이 강한 샤트린 공주는 경연에 진심이었다.

"이번엔 뭔데요?"

율리아가 물었다. 이번 경연의 주제가 뭔지 그녀는 이미 알고 있었지만, 그렇게 묻는 얼굴만은 평소와 다를 바가 없었다.

'명예 결투겠지.'

"명예 결투야."

레위시아가 말했다.

"왕족의 대전사, 혹은 귀족이 자원해서 서로의 명예를 걸고 대련하는 거지. 결투라는 말로 멋지게 포장하긴 했지만, 승자는 뒤에서 결정될 거고."

그래서 이전에도, 그 이전에도 명예 결투의 승자는 마조람과 1왕자였다. 그쪽 대전사가 왕국 최고의 실력자라서가 아니라, 아무도 그들을 이기려고 들지 않았기 때문이다.

이번에는 다를 것이다. 율리아는 머릿속에 떠오르는 생각을 정리하며 레위시아에게 물었다.

"샤트린 공주님은 누굴 내보내려고 하시는데요?"

"호위 기사 중에 가장 실력이 뛰어난 자를 고르고 있더라고. 그러면서 내 호위 기사의 실력이 어떤지, 그걸 묻기도 했고. 그런데 우린 이미 알잖아. 왕궁에서 가장 실력이 뛰어난 기사들은 이미 부왕의 곁에 있거나 죄다 1왕자에게 충성을 맹세했다는 걸."

아무래도 이번 경연은 일찍 포기하고 다음을 기약하는 게 좋겠다고, 레위시아가 중얼거렸다.

물론 율리아는 그러지 않을 생각이었다.

"제가 적당한 사람을 알아요."

"뭐? 네가?"

"네."

그녀는 천재라는 말로도 부족한 오르테가 최고의 검사를 알고 있었다.

"승리할 수 있어? 결투에서?"

"네. 1왕자 전하의 호위 기사가 아니라, 왕실 기사단장쯤은 되어야 상대할 수 있을걸요."

"그렇게 대단한 실력자가 어디 숨어 있는데?"

레위시아는 율리아의 말을 쉬이 믿어주지 않았다. 검술은 그녀가 공부했던 것과 전혀 다른 영역이기 때문에, 그렇게 쉽게 판단해선 안된다고 생각했다.

"게다가 왕궁 경연에서 왕족이 선택하는 대전사는 오르테가 국적의 귀족이거나 기사 작위를 받은 자여야 한다고."

"오르테가 귀족이에요."

"뭐? 진짜? 어…… 누군데?"

레위시아가 걸음을 멈추고 물었다. 당장이라도 그 실력자를 찾아갈 생각인 것 같았다.

율리아는 지난 여덟 번의 과거 중 딱 한 번 마주쳤던 여자의 얼굴을 떠올리며 가만히 눈을 감았다.

"만약에 말입니다."

바닷바람을 타고 휘날리던 백색의 머리카락, 태양 빛에 그을린 짙은 피부, 깃털처럼 무게가 없던 회색 눈동자를 기억한다.

알렉사 칸.

율리아는 다섯 번째 삶에서 그녀를 만났다.

"당신이 말한 것처럼 다음 생이란 게 있다면요."

"알렉사, 잠깐만요."

"그때는 저를 좀 구해주시겠습니까."

"가지 마세요. 가면 죽어요!"

"부탁합니다."

오르테가는 전쟁 중이었다. 왕가와 마조람에 반기를 든 반제국파 귀족들이 해방군에 가담하고 해적과 손을 잡으면서 일어난 비극이었다.

국왕은 최악의 선택을 하고 말았다. 바이칸의 황제에게 도움을 요청한 것이다.

무자비한 제국군이 오르테가를 짓밟았다. 그들은 티타니아 산맥을 넘지 않고, 배를 타고 바다를 통해 왔다. 도시는 불타오르고 사람들은 비명을 지르다 죽었다. 어디에나 시체가 있었다. 산 사람보다 죽은 사람이 많았고, 죽은 사람보다 칼 든 사람이 더 많았다.

다섯 번째 삶이었다. 율리아는 그때에도 마조람 후작에게 패배해 노예선에 팔렸다가 그 안에서 알렉사를 만났다. 망가지고 부서진 건 똑같은데, 자신과 달리 더러워지지는 않았다. 그녀의 영혼은 여전히 순수했다.

"어디로, 어디로 가야 당신을 구할 수 있는데요. 저는 알렉사에 대해서 아무것도 몰라요."

"저는, 아니. 아무것도 아닙니다. 죽음이 눈앞에 닥치니까 별 쓸데없는 생각이 다 드네요. 인간에게 다음 생이란 게 허락될 리가 없는데."

"어차피 당신이 죽으면 저도 죽어요. 그러니까 그냥 말해보세요. 혹시 모르잖아요. 진짜 나한테 다음 생이란 게 있어서 당신을 구할 수 있을지도……."

"됐습니다."

"그럼 이름이라도 다 알려주세요. 성이 뭔지, 어디서 태어났는지, 부모님은 어떤 분들인지."

"그런 걸 말해봤자 아무 소용 없잖습니까. 제가 지옥보다 더한 곳에서 불행하게 살고 있었다는 걸 하소연하는 꼴밖에 되지 않아요. 됐습니다. 율리아, 당신에게까지 동정받고 싶지는 않습니다."

"왜요, 왜 나는 그러면 안 돼요? 내가 알렉사보다 더 불쌍한 인간이라서요?"

"당신은 남보다 당신 자신을 먼저 불쌍하게 여겨야 할 것 같아서 그럽니다."

두 사람은 깊은 밤 노예선에서 작은 배를 훔쳐 도망치고 있었다.

비가 왔고, 태풍이 불었다. 도시는 저 앞에 있는데 파도가 너무 세서 뭍에서 자꾸 멀어지기만 했다. 팔이 떨어지도록 노를 저어도 좀처럼 육지가 가까워지지 않았다.

오랜 감금 때문에 몸이 굳은 율리아가 자꾸만 노를 놓치자, 알렉사가 그녀의 것까지 가져가 끈질기게 노를 저었다. 하지만 두 사람이 탈출했다는 걸 눈치챈 노예선의 해적들이 갑판 위로 달려 나오더니 갈고리를 던져 작은 배를 끌어당기기 시작했다. 해적들이 고함을 지르고 욕설을 쏟아부었다. 잡히기만 하면 힘줄을 끊어버리겠다며 협박하고, 제국에서 가장 악랄한 노예 상인에게 팔아버리겠다며 소리 질렀다.

여기서 죽는 게 나으려나.

율리아는 그때 그렇게 생각하고 있었다. 아마 알렉사도 크게 다르지 않았을 것이다. 다만 율리아는 죽어도 다시 시작할 수 있으니, 조금 더 가벼운 마음이었다.

잡히느니 죽는 게 낫다. 파도가 세서 다행이다. 이 거친 바다에 뛰어들어버리면, 아마 저들도 시체밖에는 확인할 수 없을 것이다.

빗줄기가 거세 앞이 보이지 않았다. 그래서 율리아는 그때 알렉사가 어떤 표정을 짓고 있었는지 잘 몰랐다.

그래도 몇 가지 사소한 것들은 기억이 났다.

그 요란한 태풍 속에서도 선명하게 들리던 남부인 특유의 투박한 억양, 그녀의 흰 머리카락을 반쯤 물들이며 흘러내리는 피, 가지 말라며 매달리는 자신을 부드럽게 밀어내던 손.

알렉사는 율리아를 구할 생각이었다.

"율리아, 당신은 살아서 도망치세요. 아무래도 여기서 죽을 사람은 저인 것 같으니."

"알렉사!"

"칼 든 사람이 저라서 다행입니다. 어차피 저는 도망치지 못해요. 피를 너무 많이 흘려서, 오래 지나지 않아 쓰러질 겁니다."

"가지 마세요, 제발요. 가면 죽어요. 당신이 아무리 싸움을 잘한다고 해도…… 저들을 다 상대할 수는 없어요!"

"그래도 율리아를 살릴 수는 있습니다."

"뭐라고요?"

"제가 저들을 막으면 당신은 살 수 있습니다. 아무리 힘들어도 끝까지 노를 놓지 마세요."

"도대체 왜…… 왜 이러는 거예요? 나에 대해서 아무것도 모르면서."

"당신은 약하니까요. 검을 쥔 사람은 약한 자를 위해서 싸워야 한다고 배웠습니다. 지금까지는 그렇게 살지 못했지만…… 마지막이니까, 한 번쯤은 배운 대로 해보려고요."

"알렉사, 잠깐만요!"

"한 사람이라도 사는 방법은 이것뿐입니다."

"싫어요. 차라리 날 버리고 도망쳐요. 혼자서는 살 수 있을 거예요."

"그럴 수는 없습니다."

"알렉사!"

"살아요, 율리아."

알렉사는 미련이 없어 보였다. 그녀는 자신의 실력이면 저 해적들 정도는 정리할 수 있다고 담담하게 말했다. 율리아는 차라리 자신을 버리고 도망치라고 알렉사를 설득했다. 여기서 죽는다 해도 어차피 다시 시작하면 그만이라면서. 그러나 알렉사는 율리아의 말을 믿어주지 않았고, 훌쩍 몸을 날려 적들 앞에 꼿꼿이 섰다. 소리치고 울어도 아무 소용 없었다. 알렉사는 한 번도 뒤돌아보지 않았다.

배 바닥에 엎드려 비명을 지르며 울던 율리아는 알렉사가 앉아 있던 자리에 피 웅덩이가 있다는 사실을 뒤늦게 깨달았다. 어두웠고, 비가 쏟아져 눈치채지 못했던 게 한이었다.

알렉사는 그날 율리아를 구하고 그 자리에서 죽었다.

수십 명의 해적을 베었지만, 상처 입은 몸으로는 그게 한계였다. 율리아가 타고 있는 작은 배를 향해 갈고리를 던지는 해적이 단 하나도 남지 않았을 때, 알렉사의 몸이 허물어졌다. 하늘이 원망스러웠다. 데려가려면 나를 데려가야지, 왜 저 사람을 데려가냐고 고래고래 소리를 질렀다.

율리아는 그 후 다시 시작할 때마다 알렉사의 흔적을 찾았다.

어떻게든 그때의 은혜를 갚아야만 했다. 알렉사의 '구해달라'는 말은 율리아의 마음에 깊은 흉터로 남았다. 그 공허해 보이는 얼굴을 떠올릴 때마다 가슴을 토할듯해 오랫동안 고통스러웠다. 다시 그 상황으로 돌아갈 수만 있다면 무슨 수를 써서라도 알렉사를 살리고 자신이 죽었을 것이다.

알렉사와 함께한 시간은 길지 않았으나, 율리아는 그녀가 어지간해서는 약한 소리를 하거나 엄살을 부리지 않는 사람이라는 걸 알았다.

그런 그녀가 '구해달라'는 말을 했다.

얼마나 간절했기에, 잘 알지도 못하는 자신에게 그런 말을 했을까.

'이번에는 내가 당신을 구해줄게요.'

율리아는 그때 맹세했다. 혼자뿐인 맹세였지만 반드시 지키리라 다짐했다. 그러려면 알렉사를 찾는 게 우선이었다. 율리아는 알렉사라는 이름과 그녀가 검을 잘 다룬다는 사실만 알았지, 그 외엔 아는 게 없었다.

귀족인지 평민인지, 성은 무엇인지, 부모님은 어디에 살고 있는지, 어떤 일을 했는지.

물어봤어야 했다. 복수심에 빠져 타인에게 아무 관심 없었던 자신이 원망스러웠다. 그렇게 여섯 번째 삶에서도, 일곱 번째 삶에서도 알렉사를 찾을 수가 없었던 율리아는 여덟 번째가 되어서야 간신히 그녀의 흔적을 발견할 수 있었다.

그때는 이미 늦어 있었지만.

이번엔 다를 것이다.

◄ ‧‧‧ ►

왕자궁으로 돌아온 레위시아가 코코와 함께 자리를 만들었다. 율리아는 코코에게 세 번째 경연이 명예 결투라는 걸 설명했고, 샤트린의 승리를 위해 알렉사를 찾아야 한다고 설득했다.

"그렇게 굉장한 애라면 우리가 모르는 게 더 이상하지 않니. 그리고 넌 그 애를 어떻게 알고 있는 건데?"

"우연히 만났어요."

"어디서?"

"제 생명의 은인이에요."

율리아는 거기까지만 말하고 입을 다물었다. 코코도 율리아가 더 말하고 싶어하지 않는다는 걸 알았다.

"일단 알았어. 어디로 가야 찾을 수 있는데?"

"상인연합과 계약된 용병단에서 나이와 이름을 속여서 일하고 있어요."

"용병? 귀족이라며? 왜……."

율리아가 알렉사를 쉽게 찾을 수 없었던 이유는 간단했다. 알렉사가 다른 이름으로 의외의 곳에서 살아가고 있었기 때문이다.

"알렉사 콴. 콴 가문의 유일한 생존자예요."

"콴 가문이라고?"

레위시아가 처음 들어본다는 얼굴로 물었다.

당연한 일이었다. 콴은 10여 년 전, 바이칸의 북부 정복이 한창일 때 오르테가 귀족들 사이에서 유행하던 대규모 투자 사업에 연루되어 사라진 가문이었다.

당시 상인연합과 해적, 제국의 노예상이 손을 잡고 벌인 사기극에 순진하게 속아 넘어간 콴 자작은 거액의 빚을 지게 되었다. 집과 땅, 작위까지 모두 저당을 잡히고도 빚을 상환하지 못해 어린 딸까지 인질로 보내게 되었을 때, 그는 스스로 목숨을 끊었다.

자작의 빚은 고스란히 어린 딸인 알렉사 콴에게 상속되었다.

"천재였어요. 걸음마를 시작하자마자 검을 잡았다고 했어요. 콴 자작은 기사 출신이었고, 딸의 재능을 일찍부터 눈치챘죠."

"조기 교육을 시켰겠군."

"정형화된 기사의 검술보다는 변칙적인 실전 검술을 잘했다고 해요. 그래서 어려운 와중에도 이름 높은 용병들에게 가르침을 청했다고."

"자작이 죽은 뒤에는?"

"고리대금업자들이 데려가서 용병단에 집어넣었어요."

"뭐?"

레위시아가 얼굴을 일그러뜨렸다. 그는 차마 물어볼 수 없었다. 알렉사 콴이 그때 몇 살이었는지.

율리아는 담담하게 말했다.

"열다섯이 되기도 전에 용병패를 달았어요. 나이를 속이고, 이름도 속였어요. 실력이 뛰어나 아무도 알렉사를 귀족 가문의 어린 영애라고 생각하지 않았어요."

"오르테가엔 용병이 할 일이 그렇게 많지 않을 텐데. 해적을 상대로 싸우는 건 해군이 할 일이니까⋯⋯."

"용병단은 알렉사를 바이칸으로 보냈어요."

"아⋯⋯."

코코가 짜증을 닮은 신음을 내었다. 율리아는 그게 그녀가 극도로 슬프고 화가 날 때 버릇처럼 흘리는 탄식이라는 걸 알았다.

"부모님의 빚을 다 갚을 때까지 계속 노예처럼 살았어요. 간단한 심부름으로 시작해서, 호위, 도둑질, 감시, 협박, 최근에는 전쟁터에까지 보내졌던 거로 알아요."

"넌 그걸 어떻게 다 알았어?"

레위시아가 일그러진 얼굴을 벅벅 문지르며 물었다. 율리아는 그 질문엔 대답하지 않았다. 삶을 반복하면서 집착하듯 찾아 헤맸다고 할 수는 없었으니까.

대신 그녀는 다른 이야기를 꺼냈다.

"원금은 다 갚았다고 들었어요. 고리대금업자들이 알렉사를 놓치기 싫어서 지금까지 이자를 불리고 있었던 거예요. 오르테가의 국법상, 고리대금은 원칙적으로 금지예요."

"그거야⋯⋯ 유명무실한 법이지. 아무나 다 하는 게 고리대금인데."

이번에는 코코가 율리아를 대신해서 레위시아에게 말했다.

"그러니까 율리아의 말은, 왕족이 나서서 원칙을 내세우면 그 알렉사라는 애를 구할 수 있다는 말이에요."

"내가?"

"상인연합이 연루되어 있다잖아요. 왕족인 전하께서 그 일에 관심을 보이면, 그 뒤가 구린 놈들이 꼬리를 자르기 위해서라도 알렉사를 내줄 거예요."

"세상은 썩었어."

"그걸 이제야 알았어요?"

"가자. 내가 할 수 있는 일이라면 뭐든지 할게."

이 말을 기다렸다. 이렇게 말해줄 줄 알고 있었으면서도 고마웠다. 율리아는 말없이 레위시아에게 머리를 숙였다.

"고맙습니다."

"왜 네가 인사하냐! 어머니 덕에 좋은 데서 좋은 거 먹고, 좋은 옷 입고 살아온 값 좀 하겠다는데."

레위시아가 팔뚝에 돋은 닭살을 문지르며 일어나 움직였다. 그는 안 가겠다는 코코에게 무서워서 혼자 못 가겠다며 떼를 썼고, 결국 그녀에게서 동행 허락을 받아냈다.

코코가 레위시아보다 먼저 마차에 올라타며 말했다.

"상인연합으로 가자. 나중에 딴소리 못 하게 상환 증명 서류부터 떼고, 그걸 갖다줘야지."

"네."

"전하는 왕족의 인장부터 챙기세요. 절차를 다 밟으려면 시간이 오래 걸리니까 그냥 왕족의 인장으로 콱 찍어버려요."

"알았어."

코코와 함께 상인연합으로 쳐들어간 레위시아는 알렉사의 채무 기록을 전부 가져오라고 명령했다. 그러곤 콴 가문을 고리대금업의 피해자로 공표한 뒤에 귀족 영애를 용병단에 팔아넘긴 상인연합을 국왕께 고발하겠다는 말로 그들을 협박했다.

상인연합 간부들은 고민했다. 레위시아 왕자가 두려운 건 아니었으나, 일이 몹시 귀찮아질 가능성이 있었다. 특히 레위시아 왕자 곁에 붙어 있는 코델리아 힌치가 거슬렸다. 힌치 백작은 사사건건 상인연합과 부딪쳐온 귀족이었다. 그의 딸과 함께이니, 왕자의 협박은 허세가 아니라고 보는 게 옳았다.

그들은 결국 알렉사와 콴 가문의 채무가 모두 상환되었음을 증명하는 서류에 서명할 수밖에 없었다.

알렉사를 데리러 가는 길, 흔들리는 마차 안에서 율리아는 그녀를 생각했다.

율리아는 여전히 알렉사에 대해 아는 게 별로 없었다. 두 사람이 함께 지냈던 건 고작 며칠의 시간이 전부였다. 코코처럼 한 번의 삶을 통째로 함께였던 사람을 잊을 수 없는 건 당연하다. 하지만 알렉사처럼 스치듯 지나간 인연은 언제나 잘만 잊어버렸는데. 유독 그녀만은 잊히질 않았다. 생명의 은인이라는 말로는 부족했다.

매달리는 율리아를 밀어내던 그 부드럽고 단호한 손길. 당신이 좋아서가 아니라, 그냥 이렇게 하는 게 옳은 일이라고 말하던 목소리.

아마도 알렉사는 율리아가 닮고 싶었던, 혹은 되고 싶었던 이상향에 가까운 사람은 아니었을까.

"도착했습니다!"

마부가 소리쳤다.

외진 바닷가였다. 율리아와 코코, 레위시아는 마차에서 가볍게 뛰어내려 어느 낡은 빌라 앞에 섰다.

"이게 뭐야."

낡은 문고리가 반쯤 부서져 있었다. 먼지 쌓인 창틀엔 온통 쓰레기였다. 그곳은 멀쩡한 구석이라곤 하나도 없는 폐가처럼 보였다.

레위시아가 허공에 대고 물었다.

"이런 데서 사람이 산다고?"

명패가 썩어 글씨가 거의 남아 있지 않았다. 그래도 율리아는 거기서 '콴 가족'이라는 문구를 읽어냈다. 자작이 죽기 전 빚을 갚기 위해 가진 모든 걸 팔았을 때, 마지막으로 머물렀던 집인 것 같았다.

알렉사는 여기서 혼자 살아가고 있었다.

계단을 오르자 삐걱거리는 소리가 위태롭게 들렸다. 율리아는 조심스레 집 안으로 들어가, 유일하게 문이 열려 있는 곳으로 다가갔다.

알렉사의 방이었다.

세기의 천재. 죽음의 신이 선택한 여자. 하나를 가르치면 열을 아는 검사. 알렉사를 아는 사람들은 그녀를 검의 귀재라고 불렀다.

"알렉사."

몰랐다. 이렇게 살고 있을 줄은.

다섯 번째 삶에서 만났고, 세 번을 더 살고도 다시 만날 수가 없어 그토록 애를 먹었는데, 이렇게 비참하게 살고 있어서 그런 거였나.

율리아는 뜨겁게 달아오른 눈가에 힘을 주어 간신히 화를 삼켰다.

"알렉사."

이름을 부르자 알렉사가 이쪽을 돌아보았다.

의뢰를 마치고 막 귀국한 그녀는 상처투성이였다. 전투에서 입은 부상으로 보였다. 흉터가 셀 수 없이 많았다. 그런데도 무표정한 얼굴만은 깨끗하기 그지없어서, 그 부조화에 소름이 끼쳤다.

"누구십니까."

알렉사가 물었다. 고저 없이 무뚝뚝한 남부 토박이의 억양 그대로 였다. 율리아는 또 한차례 뜨거워진 눈가에 힘을 주고, 성큼성큼 걸어 방 안으로 들어갔다.

"저는 율리아예요."

"이름을 물은 게 아닙니다."

율리아가 가까이 다가서자, 알렉사가 몸을 살짝 뒤로 물렸다. 그러 곤 곤란해하는 얼굴로 그녀에게 손바닥을 내보였다.

"가까이 오지 마세요. 아가씨의 드레스가 더러워집니다. 보시다시 피…… 청소를 안 한 지가 오래되어서."

알렉사의 방은 더러웠다. 물건이 많아 더러운 게 아니라 먼지가 쌓 여 더러웠다. 집에 있는 시간보다 밖에 나가 있는 시간이 월등히 많았 으니 어쩔 수 없었으리라.

율리아는 괜찮다고 말하려다가 그냥 입을 다물었다.

그러곤 알렉사에게 손을 내밀었다.

"나랑 같이 가요."

알렉사는 율리아의 손을 잡는 대신, 그녀의 눈동자를 물끄러미 바 라보며 물었다.

"의뢰인입니까?"

"아뇨."

"살인 청부는 받지 않습니다."

"그런 걸 시키려고 온 게 아니에요."

의뢰인도 아니고 사람을 죽여 달라고 부탁하러 온 것도 아니라면,

당신은 왜 내 앞에 있나.

알렉사는 그렇게 묻고 있는 듯했다. 너무 일찍 자유를 빼앗긴 그녀는 이미 모든 걸 체념한 눈빛을 하고 있었다. 그 눈을 마주하면서, 율리아는 몇 번이나 삶을 반복하면서 그토록 하고 싶었던 말을 꺼낼 수 있게 되었다.

"당신을 구하러 왔어요."

알렉사가 멍하니 입을 벌렸다.

"당신의 부모님이 진 빚은 모두 갚았어요. 이제 자유예요. 알렉사, 이제 이름과 나이를 속이고 전쟁터에 나가 싸울 필요 없어요. 다시는 그런 일 하지 않아도 돼요."

알렉사는 율리아의 말을 믿지 않았다. 무표정했던 얼굴에 약간의 균열이 일었다. 그녀는 침대에서 몸을 일으킨 뒤, 율리아로부터 한 걸음 더 멀어졌다. 그러곤 불신 가득한 얼굴로 재차 물었다.

"누구십니까?"

"율리아 아르테예요. 레위시아 왕자 전하의 시녀이고, 또……."

"도대체 나한테 원하는 게 뭡니까?"

"아무것도 없어요."

"그런데 왜 내 부모님의 빚을 당신이 다 갚았다는 거죠? 말도 안 되는 소리 하지 마십시오. 차라리 솔직하게 말하세요. 이제부터 내 주인은 당신이라고, 빚을 다 갚을 때까지 너는 내 노예라고……."

"알렉사는 얼마 전에 빚을 다 갚았어요. 당신이 여태 여기 갇혀 있던 건 저들이 말도 안 되는 이자로 원금을 늘리고 있었기 때문이에요. 그들은 곧 벌을 받을 거고, 당신은 자유예요. 못 믿겠으면 상인연합으로 가서 확인해봐도 돼요."

"거짓말, 도대체 무슨 소리를……."

"여기요. 당신이 빚을 모두 상환했음을 증명하는 서류예요."

율리아가 손을 내밀자, 뒤따라 들어온 코코가 재빨리 서류를 건네주었다. 율리아는 그걸 다시 알렉사에게 내밀었다. 알렉사의 손끝이 살짝 떨렸다. 그녀는 율리아가 건넨 서류를 몇 번이고 읽고, 또 읽었다.

그건 '알렉사 콴은 콴 가문이 상인연합 하베스트 길드에 진 채무를 전액 상환하였으며, 이를 2왕자 레위시아 오르테가의 이름으로 증명'한다는 내용의 서류였다.

알렉사의 숨소리가 불규칙해졌다. 가슴이 크게 오르내리더니, 눈매가 붉게 달아올랐다. 그녀는 손을 덜덜 떨면서도 서류가 구겨지기라도 할까 봐 손가락에 힘을 주지 못했다.

"이게…… 진짜인가요? 제가, 빚을 다 갚았습니까? 그 많은 돈을…… 평생 못 갚을 줄 알았는데."

"네, 다 갚았어요. 이제 당신은 자유예요."

율리아는 갈라진 목소리를 간신히 다듬고 말했다. 뒤에서 말없이 두 사람을 바라보던 코코가 고개를 돌리며 작게 헛기침을 했다. 기침하는 코코의 목소리도 조금 떨렸다.

자유.

알렉사는 그 단어를 듣고, 새기고, 곱씹었다.

죽는 날까지 절대 가질 수 없을 줄만 알았던 자유.

꿈꾸는 것조차 힘에 부쳐서 그저 시간이 빨리 흘러 어느 날 고통 없이 죽기만을 바랐다. 차라리 저보다 월등히 강한 상대를 만나서 그가 이 불행한 삶을 끝내주기를 바라기도 했다.

"자유라니……."

다리에 힘이 풀린 알렉사가 크게 비틀거리며 그 자리에 주저앉았다. 깜짝 놀란 율리아가 달려가 그녀를 품에 안아 부축했다.

"알렉사!"

"당신이…… 누구라고요?"

"율리아 아르테예요."

"뭐 하는 사람입니까?"

"레위시아 2왕자 전하의 측근 시녀입니다. 왕궁에서 일하고 있어요."

"왜 날 구해주는 겁니까?"

대답할 수 없었다.

또 이랬다. 말이 막히더니 목에 커다란 가시가 박힌 것처럼 아팠다. 율리아가 빠르게 두 눈을 깜박였다.

당신이 내 목숨을 구하고 나 대신 죽어서 그래요. 나는 계속 다시 살아나는 저주에 걸렸는데, 다섯 번째 삶에서 당신이 나를 구하고 내 눈앞에서 죽어버렸거든요. 그래서 맹세했어요. 반드시 그 은혜를 갚으리라고.

말할 수 없었다. 그건 입으로도 나오지 못해 목에서만 맴도는 말이었다. 율리아는 서둘러 숨을 크게 들이쉬는 것으로 쓰린 속을 달랬다.

알렉사의 손은 거칠고 상처투성이였다. 율리아는 자신의 손목을 매달리듯 움켜쥐고 있는 그녀에게 또 한 번 말했다.

"이제 자유예요. 다시는 그들에게 얽매이지 않아도 돼요."

"그럼 저는 이제 어떻게 살아야 합니까?"

알렉사가 물었다.

율리아는 대답하지 못했다. 생각지도 못했던 질문이었기 때문이다. 이 수렁에서 구해주기만 하면 알렉사가 알아서 자신의 자유를 찾아 떠날 줄 알았는데, 착각이었다. 뭔가 이상했다.

"아."

알렉사와 눈을 맞추고 있던 율리아가 뒤늦게 깨달았다. 눈앞에 있는 알렉사는 율리아를 해적으로부터 구해주었던 알렉사가 아니었다. 그건 지금으로부터 적어도 6년 이상 흐른 뒤에야 일어났던 일이었다.

알렉사는 아직 너무 어렸다.

율리아와 비슷한 나이, 이맘때쯤의 그녀는 이제 막 성인이 된 소녀일 뿐이었다. 미처 생각해두지 못한 자신의 안일함에 욕이 나왔다. 어떤 말로 알렉사를 위로해야 할지 몰라 혼란스러워하는 율리아를 대신해서 이번에는 코코가 손을 내밀었다.

"따라와."

"코코."

"일단 데려가서 씻기고 입히고, 먹이고 재워. 그런 뒤에 생각해."

레위시아가 그녀의 뒤에 서서 격하게 고개를 끄덕였다.

◆━ ◆ ◆ ◆ ━◆

알렉사가 왕자 궁에 처음 오게 된 날, 코코는 유독 말이 없었다. 그녀는 꼭 화난 사람처럼 입을 꼭 다문 채 알렉사가 쓰게 될 방을 결정한 뒤에 밖으로 나가 한동안 돌아오지 않았다.

코코에 대해 잘 모르는 몇몇 하녀들은 율리아가 멋대로 손님을 데려와서 그녀가 화를 내는 거라고 수군거렸다. 하지만 그건 잘못된 생각이었다. 율리아는 코코가 왜 저러는지 아주 잘 알고 있었다.

"코코가 이것저것 사 올 거예요. 그러면 너무 완강하게 거절하지 말고 받아주세요. 어떤 말로 당신을 위로해야 할지 몰라서 그러는 거니까."

"코코라면, 아까 그 예쁜 시녀님을 말씀하시는 겁니까? 그분이 저를 왜 위로하죠?"

"정이 많은 사람이거든요."

코코는 알렉사가 가여워서 어쩔 줄을 모르는 것이다.

말을 안 하는 데도 이유가 있었다. 지옥에서 빠져나온 걸 축하하면서 그동안 고생했다고 위로하고 싶은데, 또 자신의 삐죽삐죽한 말투가 알렉사에게 상처를 줄까 봐 아예 입을 다물어버린 게 분명했다.

"저기, 제가 정말 여기에 있어도 되는 겁니까? 왕자님의 궁이라니…… 그냥 아무 여관이라도 괜찮았을 텐데."

"알렉사, 당신은 곧 왕족의 대전사가 되어서 경연에 나갈 거예요. 여관이라뇨."

율리아는 알렉사에게 당신은 왕자 궁에서 귀한 손님으로 대접받아야 할 충분한 자격이 있다고 설명했다.

"율리아 님."

"그냥 율리아라고 부르세요."

"은인을 그렇게 부를 수는 없습니다."

"저는 평민인데요?"

"신분이 은혜보다 중요할 리가 없습니다."

알렉사는 단호했다. 귀족이 평민을 은인이라 부르며 존대하다니, 다른 귀족들이 들었다간 무슨 괴상한 소문이 날지 몰랐다. 율리아는 알렉사에게 자신을 위해서라도 그래선 안 된다고 몇 번이나 당부해야 했다.

코코는 생각보다 더 늦은 시간에 돌아왔다. 율리아가 알렉사에게 식사와 디저트를 챙겨주고 잘 자라는 인사를 나눌 즈음이었다.

외출을 마치고 돌아온 코코가 일꾼들을 불렀다.

"이쪽으로."

그녀가 가리킨 곳은 율리아와 알렉사의 방에 딸린 작은 옷방이었다.

"실례하겠습니다!"

일꾼들이 커다란 상자를 줄줄이 들고 날랐다. 두 사람의 옷방이 가득 차고도 부족해 응접실까지 채울 것 같은 모양새였다. 그 모습을 멀거니 바라보던 알렉사가 설명해달라며 율리아를 바라보았다. 저게 다 뭐냐고, 저 사람은 왜 저러는 거냐는 뜻이었다. 뭐라고 말해야 할까. 고민하던 율리아가 알렉사에게 말했다.

"코코는 돈이 많아요."

"네?"

"그리고 좋아하는 사람한테 뭘 사 주는 걸 아주 좋아해요."

알렉사는 이해할 수 없었다.

어차피 당분간 왕궁에 머물게 될 테니 천천히 알아가면 될 일이란 생각에, 율리아도 더는 말을 보태지 않았다.

일꾼들이 돌아가는 걸 확인한 코코가 두 사람을 불렀다.

"야, 너희 거기서 그만 숙덕거리고 이쪽으로 와."

"왜요?"

"입어봐야 할 거 아냐! 안 어울리거나 안 맞거나 할 수도 있으니까

…… 그럼 다시 사야지!"

"그냥…… 큰 건 알렉사가 입고 작은 건 제가 입으면 되잖아요. 더 작은 건 코코가 입어요."

"이 멍청이가 뭐라는 거야. 옷이라는 게 무조건 사이즈만 맞는다고 다인 줄 알아? 어울리는 디자인인지, 어울리는 색깔인지, 어울리는 분위기인지……."

율리아와 코코가 아옹다옹하는 사이, 어느새 자리에서 일어난 알렉사가 예쁜 블라우스를 손에 들고 물었다.

"저 이렇게 예쁜 옷 처음 입어 봅니다. 어떻게 하는 거죠?"

그녀의 두 볼이 발갛게 상기되어 있었다. 조금 전에 목욕해서 그런 것도 있겠지만, 앳된 설렘이 느껴지는 얼굴이었다.

율리아를 구박하다가 멈칫한 코코가 엄청나게 빠른 속도로 알렉사에게 다가갔다. 그러곤 말로는 툴툴거리면서도 섬세하고 다정한 손길로 그녀에게 블라우스를 입혀주었다.

율리아는 가만히 서서 그 모습을 바라보았다.

가슴이 묵직했다. 심장에 조금씩 뜨뜻한 물이 차올랐다. 메말라 사막처럼 변한 줄만 알았던 가슴에 작은 샘이 솟았다.

나는 언제쯤 당신들에게 내 과거를 털어놓을 수 있을까.

율리아는 코코와 알렉사의 뒷모습을 보며 그런 생각을 했다.

그녀는 자신의 비참했던 과거 따위는 저들과 공유하고 싶지 않았다. 걱정할 게 뻔하니까. 외롭다거나, 위로받고 싶다는 마음이 들지도 않았다. 지금도 그 생각이 변한 건 아니었다.

다만 한 번씩 궁금했다.

'내가 만약 과거의 일을 모두 털어놓는다면…… 뭐라고 말할 거예

요?'

소설 쓰지 말라고 비웃을까.

아니면 제정신이냐고 걱정할까.

어느 쪽도 아닐 것 같다. 과거의 코코는 율리아의 말을 처음으로 믿어준 사람이었기에 특별했다. 과거의 알렉사는 율리아의 말을 전혀 믿지 않았기에 그녀의 목숨을 구한 은인이 되었다.

그러니까 더 말할 수 없었다.

'생각하지 말자. 지금의 코코가 과거의 코코가 아니듯, 알렉사도 마찬가지야. 그렇게 생각하면 안 돼. 율리아, 정신 차려.'

코코를 좋아한다. 알렉사를 좋아한다.

어쩌면 이 감정은 우정이나 그리움, 혹은 한 번도 가져보지 못했던 가족에 대한 환상일지도 모른다. 그중 어느 쪽에 가까운지는 모르겠다. 그저 해치고 싶지 않았다. 저들이 살아 있다는 사실이 너무 소중했다. 저주받았다는 사실 같은 건 끝까지 숨기면 된다. 외로움은 참으면 된다. 위로받지 않아도 견딜 수 있다. 나는 미쳐 있으니까.

율리아, 단단해져라.

율리아는 자신에게 몇 번이나 당부했다.

차갑고 단단해져라. 무르고 약한 마음이 튀어나오려고 하면 강제로라도 짓눌러 그러지 못하게 해야 한다. 그래야 복수할 수 있다. 율리아 아르테는 마조람을 지옥으로 끌고 들어갈 사냥개지, 코코와 알렉사의 사랑스러운 친구로 남지 않는다.

알렉사에게 어울리는 드레스를 입힌 코코가 만족스럽게 웃었다.

키가 크고 피부색이 짙은 알렉사는 코코와는 전혀 다른 분위기의 옷들이 어울렸다.

"레위시아 전하께서 간단하게라도 환영 파티를 하면 어떻겠냐고 하셨는데, 졸리니? 일찍 자고 싶어?"

"아뇨. 잠이 올 리가……."

"그럼 내려가서 한 끼 더 먹자. 넌 아직 어려서 저녁 한 끼 정도는 더 먹어도 돼."

코코가 알렉사의 손을 덥석 잡고 끌어당겼다. 알렉사는 박력 넘치는 코코에게 이끌려 방 밖으로 걸어 나갔다.

"야, 안 따라오고 뭐 해?"

앞서 걷던 코코가 뒤를 돌아보고 물었다. 알렉사도 특유의 무표정한 얼굴로 율리아를 바라보고 있었다.

율리아는 그 자리에서 움직이지 않고 있었다. 그녀는 평소와 다를 바 없는 미소를 가면처럼 얼굴에 드리웠다.

"전 못 가요."

"뭐? 왜?"

"죄송해요. 약속이 있는 걸 깜박했어요."

"약속?"

코코가 콧잔등을 확 찌푸렸다. 화가 난 것 같은 얼굴이었다. 말투가 뾰족해진 건 말할 필요도 없었다.

"이 멍청이가! 너 아까는 그런 말 없었잖아. 그런 건 미리 알려줘야지. 레위시아 님한테도 말해놨고, 하녀들이 음식이랑 다 장만했을 텐데…… 어휴!"

"죄송해요."

"됐어. 내일 해."

코코는 오래 고민할 것도 없다는 듯 손을 휘휘 흔들었다. 오늘 차려진 건 그냥 간식으로 즐기고 파티는 내일 하면 된다면서.

하지만 율리아는 그러지 않을 생각이었다.

"왕자 전하께 죄송해서 안 돼요. 하녀들도 고생했는데, 저 때문에 두 번이나 일을 시킬 수는 없어요. 늦게라도 동참할 테니 먼저 즐기고 있어요."

"시끄러워. 넌 왜 그렇게 매번 말이 많은 거니? 그냥 그 약속 취소해."

"중요한 약속이에요."

율리아는 양보하지 않았다. 코코도 율리아가 양보하지 않으리란 걸 알았다.

"너 진짜……."

코코의 눈썹이 계단처럼 층을 그렸다. 율리아는 그 화난 얼굴조차 어여쁘다고 생각하면서 그녀를 바라보았다. 알렉사도 뭔가 할 말이 있어 보이는 표정으로 율리아를 응시했다.

한껏 짜증을 내던 코코가 한숨을 내쉬며 말했다.

"최대한 빨리 들어와."

"그럴게요."

"그 중요하다는 약속이 뭔지는 몰라도…… 더 중요한 일이 있다고, 다음에 만나자고 해. 오래 기다리게 하면 가만두지 않을 거야."

"명심할게요."

왕자궁을 벗어난 율리아는 마차를 타고 한참을 달려 부둣가로 나왔다. 목적지가 없는 사람치고는 단호한 움직임이었다. 마부에게 부둣가 앞에 내려달라고 말한 그녀는 마차에서 내리더니 망설임 없이 걸음을 옮겼다. 율리아가 걸음을 멈춘 건 긴 부두를 지나고 나서야 등장한 하얀 모래사장이었다. 짠 내음과 함께 거친 바닷바람이 몰아쳤다. 모자를 벗자 소금기 묻은 바람이 머리카락을 엉망으로 흔들었다.

율리아는 모래사장 위에 서서 새카만 밤바다를 바라보았다.

다섯 번째 삶, 알렉사는 율리아를 구하고 바다 위에서 죽었다. 그때 알렉사의 도움으로 간신히 해적선에서 탈출한 율리아가 발을 디뎠던 곳이 이 해변이었다.

기절할 듯 아픈 몸을 억지로 움직여 알렉사가 놓지 말라고 당부했던 노를 끌어안고 억지로 저었다. 태풍은 잦아들지 않았다. 울고 원망하고, 저주하다가 보니 어느새 이곳이었다.

"고마워요."

그렇게 말하고 싶었는데.

"이제야 여기 올 수 있게 됐네요."

그런데 다시 만난 당신에게 고맙다는 말조차 할 수가 없다니.

약속은 지켰다. 죽은 알렉사는 영원히 알 수 없겠지만, 그녀 덕에 살아남았던 율리아가 자신에게 했던 약속이었다.

— • ◆ • —

시간이 흘러 세 번째 경연이 펼쳐지는 날이 되었다.

아침 일찍 일어난 율리아는 자신의 치장은 뒤로 미루고 알렉사에게 달라붙어 있었다.

알렉사는 아직 정식 기사는 아니었지만, 기사들이 사용하는 약식 갑옷과 검을 빌렸다. 긴 머리카락을 높이 올려 묶고 검을 든 그녀는 굉장히 근사했다.

큰 키와 긴 팔다리, 나른하고 게슴츠레해 보였던 눈매는 언뜻 여유로워 보이기까지 했다.

"괜찮네."

코코가 짧은 감상을 내뱉었다. 레위시아가 한탄하며 말을 보탰다.

"괜찮은 정도가 아니라, 너무 멋지잖아. 왕궁에서 일하는 하녀들의 마음은 다 내가 가져야 하는데…… 경쟁자가 생겼다고."

"뭐요? 하녀들이 뭐라고요? 내가 미쳐."

"다들 나한테 잘해주잖아."

"다음 생엔 하인으로 태어나세요. 그래도 잘해주면 그때 다시 말해요."

"코코, 좀 착각하게 내버려둬도 되잖아. 냉정하기는."

레위시아의 예언은 그들이 샤트린 공주의 궁에 도착했을 때 현실이 되었다.

"누구야?"

두 눈을 휘둥그렇게 뜬 샤트린을 시작으로, 공주의 시녀들과 공주 궁에서 일하는 하녀들이 모두 홀린 듯이 알렉사를 바라보았다. 레위시아와 나란히 서도 작지 않은 키에 반듯한 어깨, 무심해 보이는 눈빛은 마치 전설 속 승리의 여신을 떠올리게 했다. 이제는 거의 사라진 남부 사람 특유의 짙은 피부와 흰 머리카락까지, 그녀에겐 한순간에 시선을 사로잡는 매력이 있었다.

샤트린이 다시 물었다.

"레위시아, 얘 누구냐니까?"

"오늘 샤트린 네 대전사로 명예 결투에 출전할, 콴 가문의 알렉사."

레위시아가 경쾌하게 말했다.

세 번째 경연은 오르테가 왕실 기사단의 연무장에서 치러졌다.

결과가 예정된 경연이라 모인 사람도 그렇게 많지 않았다. 어쩐 일인지, 크리스틴 마조람의 모습조차 보이지 않았다. 율리아는 바실리가 실종된 일이 크리스틴에게까지 영향을 미쳤으리라고 판단했다. 결투는 오직 대전사의 실력에 의해 좌우되니, 1왕자에게 크리스틴이 필요할 일도 없었다.

"경연을 시작합니다."

이번 경연을 진행하는 사람은 국왕의 보좌관이었고, 감독하는 사람은 왕실 기사단장이었다. 두 사람 다 무료한 얼굴이었다. 어차피 승패가 정해진 시합, 적당히 꾸민 말로 1왕자의 체면만 세워주면 된다고 생각하고 있을 것이다.

어디 그렇게 되나 보자.

율리아가 회심의 미소를 지었다.

알렉사는 긴장하지 않았다. 나른해 보이는 눈매 덕에 언뜻 건방져 보이기까지 했다. 갑옷을 입은 젊은 여자라니. 그녀를 바라보는 사람들의 시선에 짙은 호기심이 묻어났다.

국왕의 보좌관도, 기사단장도, 심지어는 1왕자 쪽의 사람들도 모두 알렉사를 힐긋거렸다. 귀족들의 이목을 끄는 데 성공했다고 생각한 샤트린은 이미 기분이 좋아 보였다. 그녀는 알렉사에게 다가와 저들 들으란 듯 일부러 큰 소리로 물었다.

"알렉사, 몇 살부터 검을 잡았지?"

"기억나지 않습니다."

"결투에서 져본 적 있어?"

"없습니다."

"좋아. 이 경연에서 우승하면 소원을 하나 들어줄게. 오르테가의 하나뿐인 공주로서 내가 해줄 수 있는 거라면 뭐든지."

"뭐든지 말입니까?"

알렉사가 진짜냐고 되물었다. 건방진 태도였지만 샤트린은 상관하지 않았다. 그녀는 오히려 잘 물어봤다며 크게 고개를 끄덕이기까지 했다.

"그래. 뭐든지."

왕족의 약속이다. 알렉사의 얼굴에 흔적 같은 미소가 스쳤다. 율리아는 알렉사의 소원이 뭔지 알 것 같다고 생각했다. 부모님의 빚도 다 갚았겠다, 그녀도 이제 당당한 오르테가의 귀족이었다. 공주의 대전사가 되어 명예로운 승리를 거머쥔 뒤에는 돈이 문제가 아니게 될 테니, 귀족 사회에서 한자리 차지하는 건 아무것도 아니었다.

"쟤는 소원이 뭘까."

코코가 속삭이듯 물었다. 율리아는 어깨를 으쓱하며 대답했다.

"작위를 계승하는 거겠죠."

귀족이란 신분, 작위를 계승하면 부모님이 누렸던 모든 권위를 되찾을 수 있다.

왕족의 도움이 있다면 복잡한 절차 따위는 모두 생략한 채 콴 가문의 유일한 후계자이자 가주로서 활약할 수 있게 될 것이다.

국왕의 보좌관이 연무장 중앙을 가리켰다.

"대전사들은 앞으로 나오십시오."

1왕자의 대전사는 40대 초반의 남자로, 거인처럼 덩치가 컸다. 그는 자신의 딸만큼 어린 알렉사를 보더니 기가 막힌다는 얼굴로 웃음을 터뜨렸다. 샤트린 공주를 한심하다는 눈으로 바라보기도 했다.

승부만 가리면 되는 명예 결투라지만 운이 나쁘면 부상자가 생길 수도 있었다. 진짜 재수 없는 경우엔 목숨을 잃기도 했다.

1왕자의 대전사가 웃음기 섞인 얼굴로 알렉사와 마주 보고 섰다. 머리 하나 정도 키 차이가 났지만, 알렉사는 조금도 위축되지 않았다.

그녀는 반쯤 내리뜨고 있던 눈을 들어 올려 상대를 응시했다.

"구스타브다."

"알렉사입니다."

인사는 간단했다. 자신의 이름이 중요한 결투가 아니었기 때문이다. 중요한 건 이 싸움이 1왕자와 샤트린 공주의 자존심 대결이라는 것이다.

구스타브는 성의 없는 자세로 검을 꺼내 들었고, 알렉사로부터 한 걸음 크게 떨어져 섰다.

"어디서 나타난 애송이인 줄은 모르겠지만, 용기와 만용을 구분해라."

알렉사가 구스타브의 충고를 받아들였는지는 알 수 없었다. 그에게서 한 걸음 물러선 그녀가 검을 느슨하게 늘어뜨렸다. 왕실 기사단장이 1왕자가 있는 쪽을 바라보자, 그가 고개를 살짝 끄덕였다.

"시작하겠습니다."

샤트린은 기사단장이 자신에게는 허락을 구하지 않아 기분이 나빴지만, 그렇다고 이미 시작된 결투를 중단시키는 짓은 하지 않았다. 그 대신 그녀는 레위시아에게 바짝 다가가 보란 듯이 귓속말을 건넸다.

"레위시아, 알렉사가 이기겠지?"

"몰라."

"왜 몰라? 네가 데려왔잖아."

"나도 알렉사가 얼마나 강한지 몰라. 처음 본단 말이야."

샤트린이 말도 안 된다며 레위시아의 옆구리를 꼬집었다. 그가 아픈 옆구리를 문지르며 저리 꺼지라고 신경질을 냈다. 그러나 샤트린은 막무가내로 레위시아의 곁에 붙어서 그를 괴롭혔다.

"왜 몰라? 네가 이길 수 있다고 해서 대전사로 삼았는데, 설마 모두가 보는 앞에서 날 망신 줄 생각은 아니겠지? 레위시아, 우리 사이좋게 지내기로 약속했잖아."

"너 혼자 약속했지."

"레위시아!"

그때 갑작스럽게 결투가 시작되었다.

구스타브와 알렉사는 가만히 서서 상대의 자세와 호흡, 간격을 살폈다. 그러곤 누가 먼저랄 것도 없이 움직이기 시작했다. 구스타브는 정석적인 기사의 검술을, 알렉사는 왕실 기사단장조차 처음 보는 신기한 검술을 사용했다.

"도대체 저 아이는……."

기사단장의 입에서 의문 가득한 신음이 흘러나왔다. 알렉사의 움직임은 검술에 대해 아무것도 모르는 사람조차 넋을 잃을 만큼 빠르고 아름다웠다. 검의 활로는 변칙적이고, 걸음은 춤추듯 가벼웠다. 늘 나른하게 반쯤 내리뜨고 있던 눈에서 찌르는 것 같은 안광이 흘러나왔다.

"공주님, 도대체 저 아이는 누굽니까?"

왕실 기사단장이 샤트린에게 다가와 물었다.

공주는 거만하게 어깨를 으쓱거리며 대답해주지 않았다. 결투를 시작할 때 자신에게는 허락을 구하지 않은 그에게 복수하는 것이었다. 하지만 이 순간 누구보다 놀란 사람은 알렉사를 상대하고 있는 구스타브였다.

그는 왕실 기사단에서도 특출한 실력자였고, 그간의 공을 인정받아 1왕자의 호위가 되었다. 그런 만큼 그는 자신의 실력에 자신 있었다. 이 명예 결투라는 것도 적당히 왕자의 비위만 맞춰주면 되는 놀이라고 생각했다. 딴생각에 빠진 구스타브에게 알렉사가 속삭였다.

"기사님, 용기와 만용을 구분하십시오."

연무장에서 오직 그만 들을 수 있는 목소리였다. 울컥 화가 난 구스타브가 검 끝으로 그녀의 가슴 보호구를 찌를 듯 파고들었다. 자칫 잘못하면 상대의 목숨을 빼앗을 수도 있는 치명적인 공격이었다.

"구스타브 경!"

놀란 기사단장이 크게 소리쳤다. 하지만 알렉사의 보호구는 멀쩡했다. 애초에 칼이 닿지 않았기 때문이다. 그녀는 유연하게 몸을 틀어 구스타브의 공격을 피했고, 엄청난 속도로 반격했다.

챙, 하는 소리와 함께 구스타브가 검을 놓쳤다. 그가 짧은 비명을 삼키고 손목을 붙잡았다.

레위시아가 중얼거렸다.

"기사가…… 검을 놓쳤어."

뭐가 어떻게 된 일인지 몰랐다. 검술에 대해 문외한인 자들은 알렉사가 보이지도 않는 속도로 움직였고, 구스타브가 검을 놓쳤다는 사실만 알았다. 연무장 바닥에 떨어져 데굴데굴 구른 검이 알렉사의 발치에서 멈췄다.

그녀의 승리였다.

샤트린의 대전사가 1왕자의 호위 기사를 결투에서 꺾어, 공주가
이번 경연의 승자가 되었다는 소식이 전해졌다.

"난 사실 약속을 잘 지키는 사람은 아니거든. 너한테 뭐든 들어주
겠다고 말했을 때도 사실은 비싼 보석이나 한 움큼 쥐여주고 말아야
겠다고 생각했었고."

샤트린은 날아갈 듯 기분이 좋아 보였다. 경연이 끝나 자신의 궁으
로 돌아온 뒤에도 계속 소리를 내어 웃음을 터뜨렸다.

"그런데 아무래도 안 되겠어. 기분이 너무 좋아. 할 수만 있다면 오
빠의 그 얼굴을 그림으로 그려놓고 두고두고 보고 싶어."

레위시아가 쯧쯧 혀를 찼다. 그래도 샤트린은 아랑곳하지 않고 알
렉사에게 말했다.

"내 호위 기사가 될래? 네 가문을 복원하고, 작위 계승까지 전부 처
리해주지. 넉넉한 봉급에 근사한 집도 사줄 수 있어."

샤트린의 시녀들은 물론이거니와 코코와 율리아도 놀란 얼굴로
공주를 바라보았다. 파격적이다 못해 대담한 제안이었다. 자유의 몸
이 된 알렉사에겐 두 번 고민할 필요 없이 최고의 선물이기도 했다.

그런데 알렉사가 샤트린의 제안을 거절했다.

"죄송합니다."

"뭐? 왜 죄송해?"

"제 소원은 가문을 복원하는 것도 아니고, 작위를 계승하는 것도
아닙니다. 공주 전하의 호위 기사가 되는 건 더더욱 아니고요."

"뭐? 그럼 뭔데."

"제 소원은……."

알렉사가 고개를 돌려 율리아를 바라보았다. 흔들림 없이 곧은 시선이었다.

"왕자궁에 남는 것입니다."

— • ◆ • —

율리아가 물었다.

"왜 그런 소원을 빌었어요?"

율리아는 알렉사를 이해할 수 없었다. 간신히 자유의 몸이 되었는데, 이번엔 스스로 시녀가 되어 왕자궁에 들어오겠다는 그녀의 선택이 도무지 이해되지 않았다.

"제가 여기 있으면 안 되는 이유가 있습니까?"

"그런 건 아니지만."

"할 수만 있다면 당신의 호위 기사가 되고 싶다고 말하고 싶었어요."

알렉사는 그렇게 말하면서 율리아를 바라보았다. 대리석처럼 깨끗한 그녀의 눈동자에 아지랑이 같은 온기가 일렁였다.

율리아는 말도 안 된다는 얼굴로 웃었다.

"귀족이 평민의 호위 기사가 될 수는 없어요. 어디 가서 그런 말은 하지 마세요. 크게 비웃거나, 혹은 당신을 비난하고 손가락질할 거예요."

"제가 손가락질당하는 건 괜찮은데, 당신이 곤란해질까 봐 참았습니다."

"알렉사."

"왕족의 시녀가 되는 건 명예로운 일이라고 들었습니다. 저희 부모님이 살아 계셨다면 분명 가문의 영광이라며 기뻐하셨을 거고요. 율리아, 저는 이대로 괜찮습니다."

알렉사가 이렇게 말을 잘하는 사람이었나. 잠시 말문이 막힌 율리아가 한숨을 내쉬었다.

"왕궁은 제약이 많은 곳이에요. 시녀도 마찬가지고요. 이제 겨우 자유의 몸이 되었는데, 왜 하필이면…….'

"율리아는 영원히 왕궁 시녀로 살 생각입니까?"

"아뇨."

"그럼 언제까지?"

"글쎄요. 원하는 걸 쟁취하고 나면 사라지겠죠."

"그럼 저도 그때까지만 여기 있겠습니다."

더 말해도 소용없을 것 같았다. 알렉사는 고집이 아주 세고, 벽창호 같은 구석이 있었다.

"왕궁에서 나가고 싶어지면 언제든지 말해요. 왕자 전하께는 제가 잘 말할 테니까."

"그럴 일은 없을 겁니다."

알렉사가 웃었다.

율리아는 그녀의 미소가 아이 같다고 생각했다. 너무 순수해서 바라보는 상대방을 죄책감에 젖게 만드는, 그런 미소였다.

10
무혈제독

봄도 끝물이었다.

최근 율리아의 눈은 마조람 후작가에 고정되어 있었다. 지금쯤이면 바실리가 지하실에서 탈출했다는 사실이 가문 전체에 전해졌을 것이다.

크리스틴처럼 애지중지하지는 않았어도 바실리는 후작 부부의 하나뿐인 아들이며 후계자였다. 그런 그가 실종되었으니 후작가의 병력이 전력을 다해 그의 흔적을 수소문하고 있으리라. 심지어 바실리는 제 발로 걸어 나갔다. 일종의 가출이었다. 율리아는 그걸 확실히 하기 위해 맥스웰을 통해 경비병을 매수하기까지 했다.

"못 찾을 겁니다."

맥스웰이 자신 있게 말했다.

율리아는 꽃꽂이를 하고 있었다. 봄꽃이 만발해 여기저기에서 향기를 뿜어대니, 왕궁 시녀들은 너나 할 것 없이 예쁜 꽃을 안고 다녔다. 무표정한 얼굴로 꽃을 노려보는 율리아의 곁에서 맥스웰이 수다스럽게 말을 이었다.

"사람을 붙여뒀거든요. 율리아 시녀님은 그냥 내버려둬도 된다고 했지만, 어쩐지 뒤가 개운치 않아서. 그런데 그 부랑자들에게 끌려간 마조람의 도련님이 어떻게 되었는지 아십니까?"

"어떻게 됐는데요?"

"배에 실려 갔어요."

으히히. 맥스웰이 음침하게 웃었다. 그는 흰 테이블보의 한 귀퉁이를 잡고 안경을 닦으면서 말했다.

"부랑자들이 도련님을 배에 팔아버렸다고요. 가진 거 다 빼앗은 뒤에, 해적의 배에 냅다 집어 던졌어요. 그 도련님은 십중팔구 노잡이 노예가 될 겁니다. 그 연약한 팔뚝으로 제대로 노를 잡을 수나 있을는지. 거기선 귀족이건 왕족이건 다 소용없어요. 구령에 맞춰서 노를 저을 수 있느냐 없느냐에 따라 사느냐 죽느냐가 결정되니까."

"그렇군요."

한 사람에 대한 복수를 끝낸 것치고, 율리아의 목소리엔 아무런 감흥이 없었다.

미친 여자처럼 데굴데굴 구르면서 큰 소리로 웃는 걸 상상하진 않았어도 최소한 속 시원한 감상 정도는 들을 수 있을 줄 알았는데. 지나치게 건조한 그녀의 태도에 실망한 맥스웰이 조심스레 물었다.

"아무렇지도 않습니까?"

"뭐가요?"

"잘됐다거나 꼴좋다거나…… 아니면 허탈하다든가."

"맥스웰."

율리아가 한 손에 가시가 잔뜩 난 꽃줄기를 들고 물었다.

"카루스 님이 어떤 꽃을 좋아하는지 알 수 있을까요?"

"예? 그 양반이 꽃같이 어여쁜 걸 좋아할 리가……."

지금 보니 맥스웰이 떠드는 동안 율리아는 이미 꽃바구니 하나를 완성해놓고 있었다.

꽃꽂이라는 게 원래 이렇게 번갯불에 콩 구워 먹듯이 빨리 끝나는 거였나. 의아해진 맥스웰이 율리아가 만든 꽃바구니를 유심히 살펴보았다. 그러곤 어색하게 웃으며 물었다.

"시녀님, 제가 이런 거에 조예가 깊지 않아서 잘은 모르겠지만…… 그거 좀 흉측하지 않습니까?"

"네? 어디가 흉측해요?"

"보통은 그 삐죽삐죽한 가시나 죽은 잎사귀 같은 걸 어떻게든 정리하면서 꽂지 않아요? 그렇게 나뭇가지에 가시덩굴 같은 걸 냅다 감아놓지는 않던데요."

"왜요? 이것도 다 생명인데."

"생명…… 그렇죠."

그럼 꽃꽂이 말고 다른 걸 해보는 건 어떠냐고, 맥스웰이 넌지시 물었다. 율리아는 그의 조언을 되새기면서 자신이 만든 꽃바구니를 감상하다가 이맛살을 찌푸리고 물었다.

"카루스 님한테 선물하면 좋아하실까요?"

"아니, 그 양반한테 꽃을 왜 줍니까! 아깝게. 꽃을 예쁘다고 생각하는 사람한테 줘야죠."

"남부 함대의 새로운 제독으로 부임한 기념으로……."

"시녀님, 저도 이렇게 말하고 싶진 않지만요. 그 꽃바구니를 선물받은 사람은 가시에 맹독이 발라져 있다고 생각할 겁니다. 누가 날 죽이려고 하는구나! 이렇게 여기면서 밤잠을 설칠지도 몰라요."

"그 정도예요?"

율리아가 생긋 웃으며 말했다.

"그럼 마조람 후작가로 보내야겠네요."

"예? 마조람 후작가요?"

"네."

"진짜 보낼 건 아니죠?"

맥스웰이 화들짝 놀라 물었다. 다른 사람이 이렇게 말했다면 농담이겠거니 했을 텐데, 율리아가 말하니까 진심으로 들려서 무서웠다. 아니나 다를까. 율리아가 꽃바구니 빈자리에 시뻘건 꽃 한 송이를 푹 꽂아 넣으며 말했다.

"크리스틴한테 보낼 거예요."

⇀ • ◦ • ↼

그날 저녁, 크리스틴 마조람은 왕궁에서 왔다는 심부름꾼에게 커다란 꽃바구니를 받았다. 화사한 레이스로 포장된 바구니는 크기가 아주 컸고, 향긋하고 싱그러운 냄새가 났다.

그걸 1왕자가 보낸 선물이라고 생각한 크리스틴은 수줍은 얼굴로 미소를 지었다.

최근 왕위 후계자 후보로 떠오른 샤트린 공주가 경연에서 승리하면서, 1왕자의 심기가 몹시 불편해졌다. 그는 이 모든 게 바실리 탓이

라며 마조람 후작은 도대체 뭐 하는 거냐고 크리스틴에게 압박감을
주었다.

브레웨 훈장의 주인이 될 거라고 큰소리칠 때는 언제고, 훈장은커
녕 크게 도움 되지 않는 그녀에 대한 질책이기도 했다. 그런 왕자가
화를 풀고 화해의 선물로 꽃바구니를 보낸 거라면 정말 안심이었다.
크리스틴은 1왕자와 평생 함께 갈 사이였다. 그게 군신 관계이건, 혹
은 그보다 더 가까운 사이이건.

"아가씨, 어서 풀어 보셔요!"

"그럴까?"

"어서요, 궁금해 죽겠어요."

그녀는 호들갑스럽게 보채는 하녀들 앞에서 레이스 매듭을 풀었다.

"이게…… 뭐야."

흉측한 꽃바구니였다.

시뻘건 꽃 한 송이를 중심으로 죽은 잎사귀를 주렁주렁 달고 있는
가시덩굴이 바구니에 빽빽하게 꽂혀 있었다. 차마 두고 볼 수 없을 만
큼 엉망이었다. 심지어 손으로 만질 수도 없었다. 마녀가 독이라도 발
라서 보낸 것 같았다. 크리스틴은 딱딱하게 굳은 얼굴로 하녀에게 물
었다.

"심부름꾼이 뭐라고 했어? 이걸 누가 보냈다고?"

"그게, 그런 말은 전혀 하지 않았어요. 그냥…… 왕궁에서 오셨다
기에, 저희는 그냥 당연히…… 아가씨를 흠모하는 신사 분이 보냈겠
거니, 그렇게 생각하고 받았어요."

그 흔한 카드조차 없이 흉악스러운 바구니만 하나 덜렁 보내다니.
도대체 누굴까. 하녀들은 크리스틴의 눈치를 보면서 입을 꾹 다물었

다. 그때 크리스틴의 머릿속에 한 사람이 떠올랐다.

율리아.

고요한 얼굴과 차가운 눈동자. 실력으로 이기고 싶었지만, 신분으로 누를 수밖에 없었던 상대.

"율리아."

크리스틴이 혼잣말로 중얼거렸다. 율리아가 확실했다. 이런 걸 보낼 만큼 그녀를 지독하게 미워하는 사람은 오직 율리아뿐이었다.

이 꽃바구니는 무슨 의미일까.

"싸우자는 거겠지."

크리스틴은 바구니를 갖다 버리려는 하녀를 손으로 막은 뒤, 그걸 자신의 서재에 갖다놓았다. 그러곤 오래도록 서재에서 나오지 않았다.

—◆·◆·◆—

크리스틴 마조람은 레위시아 2왕자궁에 방문하기 위해 수차례 허락을 구했으나, 매번 알 수 없는 내부 사정으로 거절당했다. 편지도 마찬가지였다. 크리스틴이 쓴 편지는 단 한 통도 율리아의 손에 닿지 않았다.

모두 코코가 한 짓이었다.

마조람 후작의 사주를 받은 궁내부 관리들이 왕자궁으로 직접 찾아가기까지 했으나, 코코에게 가로막혀 그마저도 뜻을 이루지 못했다. 이쯤 되자 크리스틴은 왕자궁에서 의도적으로 자신이 율리아를 만나지 못하게 방해하는 건 아닌가 의심하기 시작했다.

가장 의문스러운 건 레위시아 2왕자의 태도였다.

그는 오르테가의 권력자들 사이에서 별 존재감 없는 왕족이었다. 언젠가 마땅한 기회가 생기면 혼인 외교의 대상이 될 게 뻔한, 크리스틴으로서는 크게 신경 쓸 이유가 없는 상대. 레위시아 왕자가 아무리 마조람 후작과 그의 딸인 크리스틴을 미워한다고 해도, 그는 지금까지 그들에게 특별한 위협이 되지는 않았다.

존재하지만 존재하지 않는 사람.

그런 사람이 왜 율리아를 저토록 꼼꼼히 숨겨준단 말인가. 심지어 율리아는 입궁하기 전까지 왕족이라곤 그림자도 마주친 적 없는 평범한 평민이었다.

뭔가 이상하다.

바실리가 실종된 후 후작 부부가 크게 상심했다는 건 후작가의 사람이라면 누구나 알고 있는 사실이었다. 크리스틴도 하나뿐인 오빠가 멍청한 선택을 했다고 안타까워했다.

어쩌면 바실리의 실종에 율리아가 개입한 건 아닐까. 크리스틴의 마음 한구석에서 흐릿한 위화감이 고개를 들었다.

'아냐, 아닐 거야. 지나친 비약이야.'

바실리가 마조람 저택 지하 감옥에 갇혀 있을 때 율리아는 왕궁에 있었고, 그 애가 아무리 영리하다고 해도 여기까지 숨어들어올 수 있을 리가 없는데. 불안하고 꺼림칙했다. 율리아만 생각하며 그랬다. 아무래도 직접 만나서 얼굴을 보고 대화를 좀 해 봐야 할 것 같았다.

남편보다 바쁜 후작 부인이 드물게 일찍 저택으로 돌아온 날, 다 함께 모인 식사 자리에서 크리스틴이 말했다.

"어머니, 2왕자궁에서 계속 제 방문 요청을 거절해요. 무슨 방법이 없나요? 오빠처럼 무턱대고 쳐들어갈 수는 없잖아요."

"거긴 뭐 하러 가니."

"1왕자 전하께서 레위시아 2왕자가 샤트린 공주를 지지했던 일 때문에 심기가 불편하셔요. 직접 가서 부딪쳐보는 것도 나쁘지 않을 것 같아서요."

"흠, 그렇구나."

"어머니가 직접 방문하실 수는 없나요?"

"크리스틴."

"어머니도 결혼하기 전엔 왕궁 시녀였다면서요."

마조람 후작 부인은 오르테가 사교계를 이끄는 3명의 거두 중 하나로, 지금까지 남편과는 다른 독립적인 권력을 형성해 활동해왔다.

친제국파를 대표하는 후작과 1왕자의 후견인이나 다를 바 없는 후작 부인. 보통 부부가 둘 다 권력을 탐하면 가정이 평화롭기 힘든데, 특이하게도 그들은 각자의 외부 활동을 존중하면서 사이가 좋은 것으로 유명했다.

"방문을 허락해주셔서 감사드린다고, 왕자 전하께 꼭 전해주게."

얼마 후 마조람 후작 부인이 왕자궁의 문턱을 넘었다. 크리스틴이 직접 찾아오고 궁내부 관리를 움직이기까지 했지만 율리아와 제대로 된 대화조차 나누지 못했다는 소리를 들은 후작 부인은 완전히 다른 방법을 썼다.

왕비를 움직인 것이다.

후작 부인은 충성스러운 1왕자파였기에, 왕비는 그녀의 청을 흔쾌히 들어주었다.

"다정한 왕비 전하께서 레위시아 왕자님의 안부를 물으셨지. 돌아가서 왕자궁의 분위기는 몹시 평온하며, 시녀들은 상냥했다고 말씀드리겠네."

율리아는 응접실 문밖에서 후작 부인의 말을 듣고 있었다. 코코가 뭐라고 대답한 것 같긴 한데, 소리가 작아서 잘 들리지 않았다.

후작 부인이 정중히 부탁했다.

"그럼 가서 내 아이를 좀 불러주겠나?"

내 아이라니. 율리아의 입에서 갈라진 웃음이 터졌다. 저건 후작 부인이 아랫사람들 앞에서 율리아에게 친근함을 드러내고 싶을 때 애용하는 표현이었다. 처음엔 그저 감사한 마음이었다. 하지만 지금은 새빨간 거짓말이라고 생각한다. 고귀한 후작 부인께서 평민 계집을 자식처럼 생각할 리는 없으니.

코코가 문밖으로 나와 율리아에게 눈짓했다.

"들어가."

"죄송해요. 저 때문에 자꾸."

코코의 표정을 읽기 어려웠다. 작은 얼굴이 도자기처럼 희었다. 코코는 짜증이 난 것 같기도 했고, 조금 긴장한 것 같기도 했다.

"율리아."

그래서 그녀의 다음 말이 마음에 바로 와닿지 않았다.

"예의 바르게 두들겨 패고 와."

후작 부인은 우아한 자세로 앉아 차를 마시고 있었다. 율리아가 문을 열고 들어오자 이쪽을 바라보며 다정히 미소 짓기도 했다.

"오랜만이구나."

자리에서 일어난 후작 부인이 율리아에게 다가와 그녀를 살짝 포옹했다. 손이 닿았지만, 가슴이나 뺨은 닿지 않는 포옹이었다. 율리아는 말없이 고개를 숙여 인사했고, 의자로부터 사선으로 떨어진 애매한 위치에 섰다.

"그렇게 거리 두지 않아도 돼. 왕궁 시녀가 됐다고 해서 우리와 모르는 사이가 된 건 아니잖니."

"부인께서 왜 찾아오셨는지 알아요."

"일단 앉으렴."

후작 부인이 의자를 권했다. 율리아는 의자에 앉아 두 손을 무릎 위에 올려놓았다.

"크리스틴이 널 많이 그리워해."

후작 부인은 웃고 있었다. 얼굴 위에 붓으로 그린 것 같은 미소였다.

"왜 이렇게까지 우리를 미워하는지 물어봐도 될까? 가엾은 율리아, 혹시 내가 없을 때 남편한테 무슨 말이라도 들은 거니?"

후작 부인이 하이에나에 대해 모르고 있을 거라고는 생각하지 않았다. 그녀는 그저 우아한 가면을 뒤집어쓰고 율리아를 가지고 놀려는 것이다.

"왕궁엔 왜 들어온 거야?"

율리아는 섣불리 대답하지 않고 신중하게 말을 골랐다. 하이에나에 대해 따져 물을 생각은 없었다. 후작 부인은 차분하고 다정해 보이는 사람이었지만, 그건 그녀의 편임이 확실한 사람에게만 주어지는 친절이었다.

고민을 마친 율리아가 입을 열었다.

"저 자신을 지키면서 도련님의 눈이 닿지 않는 곳으로 가야 했으니까요. 후작님은 저를 강제로 후작가의 일꾼과 결혼시키려고 하셨지만……."

"결혼이라고? 넌 결혼하기엔 아직 너무 어린데. 율리아, 네가……
올해 스물한 살이었나?"

후작 부인이 호호 웃으며 물었다. 율리아에게는 죽고 싶을 만큼 충
격적이던 사건이 그녀에게는 한낱 우스갯소리처럼 들렸던 모양이다.

"율리아, 바실리도 너와 마찬가지야. 아직 어리단다. 너는 또래보
다 조숙한 편이고, 바실리는 귀하게 자라다 보니 정신 연령이 어리잖
아."

율리아는 후작 부인의 말에 공감해주지 않았다. 긍정해도, 부정해
도 전부 기분 나쁠 것이기 때문에. 자식을 흉볼 수 있는 건 부모만의
특권이 아닌가.

"내 아들이 낭만적인 첫사랑을 한 건 어미로서 기분 좋은 일이긴
한데, 너한테 부담이 컸겠구나. 두 사람은 이제 헤어졌으니까, 다시
우리 집으로 돌아와. 네게 미안한 만큼 해주고 싶은 게 많단다."

"부인, 저는 돌아가지 않아요."

"보자. 유학을 보내 줄까? 바이칸으로 가고 싶어했지? 아니면 작은
보육원을 해 보는 것도 좋겠다. 그치?"

"그런 일은 없을 겁니다."

서로 자기 얘기만 하는데도 대화는 부드럽게 이어졌다. 후작 부인
은 율리아가 꺼내놓은 진심을 이해했다.

"그래, 이해해. 그렇다 해도 왜 하필이면 왕궁이니. 우리가 다른 귀
족 가문에 너를 추천해줄 수도 있었잖아. 너는 영리한 애니까, 영지
관리나 상단 업무도 잘했을 거야."

율리아가 차갑게 되물었다.

"다른 귀족…… 방계의 첩이나 가신의 양녀로요?"

"율리아."

"후작님은 저를 바깥으로 내보낼 생각이 없었어요."

후작 부인은 대답하지 않았다. 대신 들고 있던 찻잔을 달그락 소리 나게 내려놓았다.

하고 싶은 말은 다 했다. 후작 부인은 사교계에서 닳고 닳은 사람이니 율리아의 말을 모두 알아들었을 것이다. 당신들이 나를 어디로 팔아넘길지 모르니 내 발로 먼저 나온 것이다. 나는 마조람 후작가의 소유물이 아니다. 끝끝내 죽이려거든, 지금까지 한 것보다는 더 공을 들어야 할 것이다.

후작 부인이 다시 찻잔을 들었다.

"너는 영리한 애지."

찻물이 식어 그윽하게 솟아오르던 차향도 거의 사라졌다. 후작 부인은 찻잔에 입술만 댔다가 떼곤 율리아에게 말했다.

"시녀는 대부분 평생 한 사람의 왕족에게만 충성한단다. 알고 있겠지?"

"네."

시녀는 모시는 왕족과 불화가 생기지 않는 한, 평생 고용직이었다. 알아선 안 될 것들을 너무 많이 알게 되는 사람이기 때문에 보통은 죽을 때까지 모시던 왕족을 떠나선 안 된다.

"크리스틴은 내게 너를 꼭 집으로 데려와달라고 말했어. 아마 내가 널 잘 설득해줄 거라고 굳게 믿고 있겠지."

후작 부인의 손이 테이블 위를 완전히 떠났다. 부인은 율리아처럼 무릎 위에 두 손을 올려놓고, 낯선 타인을 대하듯 그녀를 바라보았다.

"율리아, 약속해줄래?"

"무엇을 약속해드려야 하나요."

"바실리의 아내, 첩, 연인, 가족, 친구…… 그 무엇도 되지 않겠다고 약속해줘."

율리아의 입술이 살짝 벌어졌다가 다시 꽉 다물렸다.

"크리스틴의 친구였다는 소문도 거슬려. 너와 그 애는 태생부터가 다르잖니."

크리스틴은 제 어머니에 대해 잘 모른다. 후작 부인에 대해 잘 아는 건 딸인 크리스틴이 아니라 율리아였다.

후작 부인은 딸의 부탁을 들어줄 생각이 조금도 없었던 게 분명했다. 부인이 진짜 하고 싶었던 말은 바로 이거였다. 바실리와 크리스틴 주위에서 얼쩡거리지 말고, 두 사람이 어떤 희망이나 미련도 품을 수 없도록 완전히 멀어지라는 것. 그런 거라면 이쪽에서 환영이다. 애초에 실종된 바실리가 언제 돌아올 수 있을지도 알 수 없었다. 율리아는 고민할 필요도 없이 깔끔하게 고개를 끄덕이며 대답했다.

"약속할게요."

후작 부인이 살짝 웃었다.

"율리아, 나는 네가 좋아. 일이 이렇게 되지 않았다면…… 어쩌면 너는 내 밑에서 사교와 교양을 배워서 귀족이 될 수도 있었겠지."

"귀족 남자와 결혼하는 조건으로 귀족이 되고 싶지는 않아요."

"그래, 그런 점도 마음에 들어."

후작 부인이 의자에서 몸을 일으켰다. 더 이상의 대화는 필요하지 않아 보였다. 부인은 마지막으로 율리아를 한 번 더 가볍게 안아주곤 왕자궁을 떠났다.

날씨가 더워졌다. 옷감이 얇아지고, 소매가 짧은 옷을 입은 사람이 종종 보였다.

왕자궁의 시녀들도 더위를 피해 창가에 모여 앉았다. 과일을 얼려 차갑게 만든 디저트를 먹던 중, 코코가 불쑥 말을 꺼냈다.

"레위시아 왕자님의 시녀가 되려면 특별한 재능이 있어야 한다던데."

"특별한 재능이요?"

알렉사가 의아해하며 물었다. 코코는 은근한 미소를 입에 물고, 율리아를 턱짓으로 가리켰다.

"아는지 모르겠는데, 레위시아 왕자님은 지금까지 시녀를 귀찮은 존재라고 생각해왔거든. 왕비 전하께서 가까운 가문의 영애들을 몇 번이나 소개했는데도 매정하게 거절하기만 했지. 그러다 어느 날 갑자기 율리아를 데려왔잖아. 왕자님 시녀가 되려면 브레웨 훈장 정도는 받아야 하는 거 아니냐고 말이 많았지."

"그렇습니까."

"그런데 이제는 기사 시험도 봐야 하는 거냐고, 턱이 높아져서 꿈도 못 꾸겠다고."

코코의 시선이 이번에는 자신에게 닿아 있다는 사실을 눈치챈 알렉사가 쑥스러운지 두 눈을 살짝 내리깔았다. 그 표정을 쑥스러움이라고 생각하는 사람은 율리아와 코코밖에 없었다. 가뜩이나 특이한 눈매라 조금만 시선을 내려도 졸려 보이는데, 그렇게 하니 더욱 게슴츠레해졌다.

"애 좀 봐. 누가 보면 당연한 얘길 하고 있다고, 만족스러워하는 줄 알겠다……."

코코가 조그맣게 중얼거렸다.

사실 근거가 아예 없는 소문도 아니라서, 율리아는 그렇게 떠드는 사람들의 심정을 조금은 이해할 수 있었다. 아무래도 그 소문의 근원지가 왕자궁의 하녀들인 것 같은 기분이 들어 고개를 돌리자, 율리아와 시선이 마주친 하녀들이 슬그머니 딴청을 부렸다.

시선을 피하지 않은 건 트루디 한 사람뿐이었다. 그녀는 율리아와 시선이 마주치기만을 기다렸다는 듯 적극적으로 말을 걸었다.

"율리아 시녀님, 맛은 괜찮아요?"

"맛있어."

"제가 언니들한테 말해줬어요. 시녀님은 단 거랑 고소한 걸 좋아한다고요. 아이스크림에 검은 곡물가루가 들어가니까 너무 맛있는 거 있죠! 보기에는 좀 그렇지만."

"이런 건 어디서 배워왔니?"

"샤트린 공주님의 궁에서 일하는 하녀들이 아이스크림을 종류별로 잔뜩 주문하길래, 가서 물어봤어요."

최근 트루디의 친화력은 왕자궁을 넘어 궁내부와 다른 건물에서 일하는 하녀들에게까지 영향을 미치고 있었다.

"공주궁에서 간식으로 뭘 주문하는지도 알아? 하녀들하고 벌써 그렇게 친해졌어?"

율리아가 조금 감탄하는 얼굴로 트루디를 바라보자, 다른 하녀들이 질 수 없다는 듯 너도나도 말을 보탰다.

"아이스크림 재료가 전부가 아니에요. 과자랑 빵에, 여름도 아직

안 됐는데 향수에 장식까지 얼마나 물건이 많던지."

"내일은 드레스 상인이 오기로 했다고 들었어요. 공주님이 시녀님들 드레스를 전부 새로 맞춰준대요."

"어? 나는 정원사들이 단체로 들어가는 걸 봤는데?"

하녀들이 한마디씩 말을 보탤 때마다 율리아의 눈초리가 날카로워졌다. 코코도 마찬가지였다. 두 사람은 약속이라도 한 듯 한 차례 시선을 주고받고는 거의 동시에 말했다.

"연회를 열려고 하네요."

"연회 준비네."

아이스크림은 샤트린의 요리사도 충분히 만들 수 있는데, 그걸 외부에서 종류별로 주문했다는 건 손님용이란 소리였다. 정원을 새로 가꾸는 것도, 시녀들의 드레스를 모두 새로 맞춰준다는 것도, 모두 대대적인 연회에 앞서 하는 행동들이었다.

샤트린은 사치스러운 편이었다. 오르테가 왕궁에 하나뿐인 공주이니, 그동안 샤트린이 누려 온 금전적인 여유는 평민의 상상을 아득히 뛰어넘는 수준이었다.

실제로 율리아의 뺨을 때린 걸 사과하는 의미에서 보낸 선물들은 보석에 익숙한 코코마저 질리게 했다.

"도대체 얼마나 대단한 연회를 열려고 벌써 이 난리지?"

"왜 하필 지금일까요."

"아무래도 이번 경연에서 승리한 걸 더 많은 사람에게 알리고 인정받으려나 본데…… 알렉사를 부르겠네."

율리아도 코코의 의견에 동의했다. 샤트린은 명예 결투 경연에서 1왕자에게 승리한 것으로 끝내지 않고, 그 일을 어떻게든 과장해서 소문내고 싶은 것이다.

사실 지금은 조금 애매한 시기였다. 봄은 끝나가는데 여름은 오지 않았고, 큰 태풍이 올 거라는 뱃사람들의 걱정이 부두에 떠돌았다.

각자 생각에 빠진 시녀들 앞에 시종이 나타났다.

"시녀님들, 왕자 전하께서 돌아오셨습니다."

레위시아였다. 이날도 일어나자마자 샤트린에게 불려가 한참 동안 시달렸던 그는 자신의 궁으로 돌아오자마자 시녀들에게 공주궁에서 있었던 일을 고자질했다.

"샤트린이 연회를 열겠대!"

코코가 눈썹을 한쪽만 쓱 들어 올리며 말했다.

"알아요."

"명예 결투에서 대전사로 삼았던 알렉사를 꼭 데리고 참석하라는데……."

"그러리라고 생각했어요."

"승리한 게 되게 자랑스러운가 봐. 귀족들한테 그걸 광고하겠다고 성대한 연회를 열겠다는데, 말릴 수도 없고."

"그것도 알아요."

레위시아가 버럭 화를 냈다.

"알아도 좀 모른 척해 주면 어디가 덧나냐? 샤트린한테 듣자마자 달려와서 말하는 건데…… 너흰 도대체 어떻게 알고 있는 거야? 나 몰래 샤트린 궁에 첩자라도 심었어?"

코코는 그의 궁금증을 해소해줄 마음이 없어 보였다. 레위시아가 꼬치꼬치 캐물어도 코웃음만 칠 뿐이었다. 코코를 대신해 율리아가 하녀들이 가져온 소식을 통해 알게 되었다고 설명해주자, 레위시아가 짜증을 내며 알렉사의 옆자리에 털썩 주저앉았다. 그러곤 그녀에게 물었다.

"너도 알았어?"

"무슨 말씀입니까?"

"너도 하녀들이 물어온 소식 듣고 바로 저렇게 다 알았냐고."

"잘 모를 땐 그저 잘 듣기만 해도 중간은 간다고 배웠습니다."

"너라도 몰라서 다행이다."

레위시아가 알렉사에게 동질감을 느끼고, 코코가 그런 그를 비웃었다. 그런데 유독 율리아만은 골똘히 생각에 빠져 입을 열지 않았다. 하녀들이 움직이며 창가의 빛을 가릴 때마다 그녀의 녹색 눈동자에 반짝거리는 빛이 머물렀다가 사라졌다. 홀린 듯이 율리아의 얼굴을 바라보던 레위시아가 그녀에게 물었다.

"율리아, 무슨 생각해?"

"샤트린 공주님은 야망이 크신 분이에요."

"왕궁에 그걸 모르는 사람이 있어?"

"연회에 알렉사를 동석시켜서 귀족들에게 자신의 승리를 자랑한다니. 나쁘지 않은 생각이긴 한데, 분명히 다른 노림수가 더 있을 거예요. 전하, 혹시 샤트린 공주님이 연회 날짜가 언제인지 말씀하셨나요?"

"어…… 최대한 빨리하겠다고 했는데. 가능하다면 여름이 오기 전에."

"또 다른 건요? 초대 손님이라던가."

"글쎄다. 초대 손님이야 뭐 거기서 거기지. 편들어주는 귀족들이랑 친구들, 시녀 가문, 뭐…… 아! 그러고 보니."

레위시아가 헛웃음을 흘리며 말했다.

"부왕을 초대한다고 하더라고."

"네?"

율리아의 얼굴이 설핏 굳었다. 레위시아는 걱정하지 말라는 듯 의자에 등을 기대며 그녀에게 설명했다.

"꿈도 크지. 부왕은 국가 규모의 연회나 중요한 행사가 아니고서야 쉽게 움직이는 분이 아니야. 왕의 걸음이 향하는 곳에 권력이 모인다는 걸 모르지 않을 테고. 가뜩이나 후계 싸움이 치열해졌는데…… 샤트린이 아무리 떼를 써도 부왕을 움직일 수는 없을걸."

"만약에 공주님께 묘수가 있다면요?"

"묘수?"

"공주님이 연회에 참석한 가문의 남성과 결혼하겠다는 말을 흘리면……."

율리아가 말을 끝내기도 전에 레위시아가 물고기처럼 몸을 들썩거렸다. 코코도 들고 있던 찻잔을 콱 소리가 나도록 받침대 위에 올려놓았다.

율리아가 한결 단호해진 얼굴로 말했다.

"국왕 전하와 왕비 전하, 최소한 두 분 중에서 한 분은 공주님의 연회에 참석하셔야 할 거예요."

그게 샤트린의 노림수였다. 코코가 드물게 샤트린에게 감탄했다며 중얼거렸다.

"공주님은 진심이구나. 이 싸움에서 질 생각이 없어. 이거, 1왕자와 마조람 쪽에서 어떻게 나올지 벌써 기대가 되는데?"

율리아는 그 이후의 일까지 예측했다.

"그야 같은 날 연회를 열겠죠. 그쪽엔 왕비 전하와 후작 부인이 있잖아요. 1왕자는 공주님의 연회를 어떻게든 망치고 싶을 테고, 크리스틴은 이번 기회에 가문의 힘을 과시하고 싶을 테니까요."

율리아의 말이 옳았다. 샤트린이 주최한 연회에 국왕 부부가 등장한다는 건 1왕자에게 상당히 기분 나쁜 일이었다.

가뜩이나 레위시아의 지지 선언으로 화제의 중심에 선 샤트린이 명예 결투 경연에서 승리하면서, 1왕자가 샤트린에게 위협을 느끼고 있다는 소문이 돌았다.

그는 크리스틴을 불러 어떻게든 해보라고 윽박질렀다.

"마조람 후작이 너를 내게 데려올 때, 뭐라고 말했는지 아느냐? 총명하기가 이루 말할 데 없어서 단 한 번도 실망한 적이 없는 여식이라고 했다. 그런데 이게 무엇이냐! 네가 바실리 대신 내 곁을 지키게 된 뒤부터 되는 일이 하나도 없질 않으냐!"

"전하, 화를 거두세요."

"하루에 얼마나 많은 이야기가 내 귀에 들리는지 아느냐? 말해 봐, 크리스틴. 브레웨 아카데미 4년 수석이라는 게 조작됐을 수도 있다는 건 무슨 소문이지?"

1왕자의 일갈에 크리스틴의 얼굴이 새파랗게 질렸다.

언젠가부터 율리아가 크리스틴에게 일부러 져준 게 아니냐는 소문이 돌고 있었다. 특히 또래 귀족들 사이에선 그 이야기가 은밀한 화젯거리였다. 입술을 깨문 채 부들부들 떠는 크리스틴을 보고, 1왕자가 깊은 한숨을 내쉬었다.

"물론 내가 그딴 헛소문에 휘둘린다는 말은 아니야. 브레웨 아카데

미가 아무리 대단하다 한들, 그 평민이 마조람 후작이 오르테가 최고
의 스승만을 붙여 가르친 너보다 뛰어날 리가 없으니."

뛰어났다. 율리아는.

"샤트린이 부왕에게 정성스러운 초대장을 보냈다고 하더군. 이번
연회에 참석하는 귀족 중에서 남편감을 고르겠다고, 은근슬쩍 그런
농담까지 해가면서 말이다. 어머니도 말씀은 안 하셨지만 두 분 중에
한 분은 그 연회에 참석하실 생각인 것 같고."

"전하, 그런 일은…… 일어나지 않을 것입니다."

"그러니까 그런 일이 일어나지 않도록 해보란 말이다. 샤트린 그
망아지 같은 것이 유치하게, 이 나를 연회 따위에 안달하게 만들다
니."

1왕자는 지난 경연에서 샤트린에게 패배하고도 여전히 여동생을
우습게 여겼다. 크리스틴은 그 점을 지적하려다가 그의 드높은 자존
심을 건드려선 안 된다는 생각에 입을 다물었다.

크리스틴은 율리아를 떠올리고 있었다.

이번 연회가 율리아의 머리에서 나온 생각은 아닌 것 같았다. 빈틈
이 많기 때문이다. 아마도 샤트린과 공주의 시녀들이 함께 머리를
맞대고 생각해낸 것이리라. 그래도 율리아를 완전히 배제할 수는 없
었다. 레위시아 2왕자가 샤트린 공주를 지지한다고 선언한 뒤부터,
크리스틴은 늘 율리아를 염두에 두어야만 했다.

자꾸만 그 흉측한 꽃바구니가 생각났다. 그건 분명 선전포고였다.
크리스틴에게 있어 이 싸움의 상대는 레위시아 왕자나 샤트린 공주
가 아니었다.

율리아 아르테였다.

"아직도 생각하고 있나?"

1왕자가 보채듯 물었다. 크리스틴은 가슴에서 차오르는 불쾌한 기운을 갈무리하고, 그를 향해 고개를 들어 올렸다.

"연회를 여세요, 전하."

사실 그리 어려운 문제도 아니었다. 이건 그냥 정면 돌파하면 되는 일이니까.

"연회라니?"

"저희 어머니와 왕비 전하께 부탁해서, 큰 연회를 여세요. 샤트린 공주 전하께서 주최하는 연회와 같은 날, 같은 시각에."

"뭐? 그게 무슨…… 애들 싸움도 아니고."

바로 그거였다. 이번 일을 애들 싸움으로 만드는 것. 크리스틴은 샤트린의 노림수를 유치한 애들 다툼으로 만들어버려야 한다고 말했다.

"그래야 국왕 전하와 왕비 전하께서 공주님의 연회에 참석하는 걸 막을 수 있어요. 왕비 전하께서는 당연히 전하의 연회에 오실 테고, 국왕 전하는 두 분의 다툼에 끼어들 수 없으니 차라리 아무 데도 가지 않겠다고 말씀하실 거예요."

"귀족들은 이 일을 진지한 후계 경쟁이 아니라 단순 화풀이 정도로 여기겠지."

"바로 그거예요."

유치하지만 확실한 방법이었다. 샤트린이 반격할 수도 없을 만큼 단순한 정면 돌파. 1왕자가 떨떠름한 얼굴로 고개를 끄덕였다.

며칠 뒤, 샤트린의 연회 날짜가 확정되었다. 공주가 보낸 초대장이 오르테가 전역을 들썩이게 했다. 왕궁도 크게 다르지 않았다. 애교 많은 샤트린이 국왕의 침전을 들락거리며 매일 그의 비위를 맞춘다는 소문이 돌았다.

국왕은 하나뿐인 딸의 정성에 크게 기뻐했다고 전해졌다. 그는 바실리 마조람과의 파혼 이후 결혼에 부정적이었던 샤트린이 먼저 말을 꺼냈다는 사실을 가장 기꺼워했다. 이대로라면 국왕이 샤트린의 연회에 참석하는 건 기정사실인 것처럼 보였다.

귀족들은 각을 재기 시작했다. 이쯤 되니 1왕자의 눈 밖에 나더라도 공주의 연회에 참석하는 편이 낫겠다고 판단하는 자들이 많았다. 특히 결혼 적령기의 아들이 있는 귀족들은 어떻게든 공주의 초대장을 구하려 안달이었다. 덕분에 공주궁의 시녀들은 매일 즐거운 비명을 질렀다. 통상 왕족의 초대장을 관리하는 건 측근 시녀였기에, 그들에게 바쳐지는 뇌물의 양이 어마어마했다.

곧이어, 1왕자와 왕비가 같은 날 연회를 연다는 소식이 전해졌다.

"네 말대로 됐네."

레위시아가 이제 놀랍지도 않다며 율리아를 바라보았다. 코코도 그럴 줄 알았다는 얼굴이었다. 유일하게 알렉사만이 감탄에 감탄을 더하며 율리아를 치켜세웠다.

"도대체 어떻게 알았습니까? 율리아에겐 예지 능력이라도 있는 건가요?"

"그냥 남들보다 크리스틴에 대해 더 많이 알고 있을 뿐이에요."

상대의 절박함을 평가절하해 별것 아닌 것으로 만들어버리는 것. 크리스틴이 좋아하는 방식이었다. 율리아는 샤트린이 연회를 연다고 했을 때부터 크리스틴이 이 유치한 대처법을 쓸 거라고 확신해왔다.

딸과 아들의 신경전에 피곤해진 국왕은 어느 쪽의 연회에도 참석하지 않겠다고 선언했다. 샤트린이 아침저녁으로 찾아가 졸랐지만 왕의 마음을 돌릴 수는 없었다.

"귀족들은 공주님의 연회에 참석하지 않을 거예요."

율리아가 말했다. 사실 말할 필요도 없는 일이었다. 저쪽엔 왕위 후계에 가장 가까운 1왕자와 왕비, 마조람 후작 가문이 버티고 있다.

샤트린의 지지 세력이라고 해 봐야 레위시아 왕자와 시녀들이 다였다. 숫자로 비교하면 절반도 안 될 거라고, 율리아가 냉정하게 평가했다.

"그래도 취소할 수는 없어요. 이미 초대장도 다 돌렸고, 공주 전하는 패배를 인정하고 싶지 않을 테니까요."

"당분간 아픈 척이라도 해야 하나."

레위시아가 골치 아프다며 머리를 감싸 쥐었다. 그는 샤트린의 화풀이를 받아줄 자신이 없었다. 성질 더럽기로는 둘째가라면 서러운 샤트린이었기에, 얼마나 분개하며 날뛸지 벌써 걱정이 되었다.

샤트린에게는 이 위기를 타개할 방법이 없었다.

하지만 율리아에겐 있었다.

'카루스.'

'네가 원하는 때, 원하는 장소에 나타나주겠다'고 했던 그의 말이 떠올랐다.

그날 밤 율리아가 맥스웰을 찾았다.

"어이구, 안 그래도 찾아뵈려고 했는데. 시녀님하고 나, 마음이 통했나 봅니다?"

"무슨 일 있어요?"

"황제 폐하의 전령이 티타니아를 넘었다고 합니다. 오래 걸리지 않을 거예요. 카루스 님이 그 소식을 전해주라고 하셨죠."

그랬구나. 율리아가 입꼬리를 살짝 올려 미소 지었다. 안 그래도 그 일 때문에 와달라고 한 거라며, 그녀가 맥스웰에게 말했다.

"카루스 님께 전해주세요."

"뭐라고 하면 될까요."

"황제의 전령이 불쾌한 등장을 할 예정이라면, 카루스 님은 오르테가의 손님이 되어야 한다고요."

"그게 무슨…… 그냥 그렇게만 전하면 됩니까?"

"국왕을 직접 찾아 전령이 올 거란 예고를 해주세요. 황제에게 잘 보이고 싶으면 카루스 님을 통해야 하는 것처럼 착각하게 만드세요. 친제국파인 마조람 후작의 세력 확장을 막으면서, 국왕이 후작에게서 독립적으로 제국과 소통할 수 있는 줄이 되어주시는 거예요."

"허…… 허허."

"연회는 일주일 뒤예요."

맥스웰이 너털웃음을 터뜨렸다.

"이런 말은 좀 그렇긴 한데, 우리 대장보다 시녀님을 먼저 만났으면 분명 동업 제안을 했을 것 같네요. 이제 시녀님이 시키는 일은 절대 의심하지 말고 따라야겠어요."

"그런가요. 안 그래도 부탁이 하나 더 있는데."

"말씀만 하십시오."

"오르테가 외곽 동쪽 부둣가로 가면 작은 보육원이 있어요. 거기 가면 원장이 귀족들에게 보여 주기 위해 만든 작은 공부방이 있거든요."

"보육원이요?"

맥스웰의 눈동자가 반짝 빛났다.

"네. 거기서 뭘 좀 찾아서 어떤 사람에게 가져다주세요."

율리아가 맥스웰에게 가까이 다가가 속삭였다. 그녀의 말이 길어질수록 맥스웰의 얼굴에 참을 수 없는 웃음기가 솟아났다.

━ • ♦ • ━

연회 당일이 되었다. 율리아는 뒤늦게 도착한 초대장을 손에 들고 망연자실한 얼굴로 코코를 바라보았다.

"이게 뭐예요?"

"똑똑한 애가 알면서 뭘 물어. 연회 초대장이잖아. 샤트린 공주가 이제야 너를 초대해야겠다고 생각한 거지."

"제가 거길 왜 가요? 평민으로라도 머릿수를 꼭 채워야겠대요?"

"애가 지금 뭐라는 거야. 왕궁 공식 연회가 아니니까 초대장만 있으면 아무나 참석할 수 있어. 왕궁 규율에 평민은 연회장에 얼씬도 하지 말라는 조항이 있는 것도 아니고…… 너는 레위시아 전하의 측근 시녀니까, 사실 자격이야 충분하지."

"전 안 가요."

"가야 할걸."

"왜요?"

"알렉사는 가잖아. 온갖 승냥이들이 그 애 옆에 달라붙어서 침도 흘리고, 코도 흘리고, 온갖 끈적끈적한 욕망을 질질 흘리고 다닐 텐데. 누가 그걸 막아줘?"

"코코가……."

"그럼 네가 왕자님 파트너 해."

"갈게요."

아무래도 혼자 빠지는 건 안 될 일인 것 같았다. 코코의 말대로 연회에서 공주를 제외하고 가장 많은 관심을 받는 건 알렉사일 텐데, 귀족들의 사교 문화에 무지한 그녀가 어떤 해코지를 당할지 모르니 누군가는 동행하는 게 좋을 것 같았다.

율리아는 하녀 트루디의 도움을 받아 드레스를 입었다. 언젠가 코코에게 선물받은 짙은 녹색에 검은색 레이스가 아름다운 드레스였다. 트루디가 입에 발린 칭찬을 쏟아냈다.

"율리아 시녀님, 너무 아름다워요. 다들 깜짝 놀랄 거예요. 매일 수수한 크림색 원피스만 입으시다가 이렇게 예쁜 드레스를 입으니까 꼭 다른 사람 같아요!"

율리아는 굳이 대답하지 않았다. 드레스를 다 입은 그녀는 샤트린에게 선물받은 장신구를 하는 게 좋을 것 같다는 생각이 들어, 보석함에 손을 뻗었다. 거기엔 자신이 하기엔 너무 화려한 것들이 많았다. 굳이 남들 눈에 띄어 좋을 게 없다고 생각한 율리아는, 그중에서 가장 단순해 보이는 검은색 귀걸이와 얇은 목걸이만을 챙기고 보석함을 닫았다.

"준비 다 했니? 가자."

코코가 벌컥 문을 열고 들어왔다. 그녀는 평소처럼 화려한 드레스에 반짝반짝 빛나는 장신구로 한껏 치장하고 있었다. 율리아가 예쁘다고 칭찬하자 코코는 쑥스러웠는지 코웃음 치며 못 들은 척했다.

"알렉사는요?"

"말도 마. 내 옷 고르는 것보다 개 옷 고르는 데 시간을 더 썼어. 내가 진짜 뭘 입혀도 똑같아 보이는 애는 보다보다 처음 봤어."

코코가 투덜거릴 때마다 그녀의 뒤에 서 있던 하녀들이 동시에 고개를 끄덕였다. 율리아는 도대체 왜 그런가 싶어서 눈을 둥그렇게 떴다가, 하녀들 뒤에 삐딱하게 서 있는 알렉사를 발견했다. 그러곤 저도 모르게 신음을 흘리고 말았다.

"으음."

알렉사는 아름다웠다. 굳이 말하자면, 아름다운 편에 속했다. 하지만 귀엽거나 사랑스럽거나, 어여쁘지는 않았다.

그녀는 길고 하얀 머리카락을 한쪽으로 넘겨 늘어뜨리고, 몸에 적당히 달라붙으면서 아래로 자연스럽게 떨어지는 드레스를 입었다. 어깨부터 가슴까지는 실루엣이 드러나고, 그 아래로는 그냥 뚝 떨어지는 옷이었다. 짙은 피부에 어울리는 은빛 천에 상처투성이인 팔엔 긴 장갑을 꼈다. 화장을 진하게 하지 않았는데도 눈매가 독특해 나른하고 농염한 분위기를 풍겼다.

누가 쟤를 스무 살이라고 생각하겠냐고, 코코가 중얼거렸다.

준비를 마친 율리아가 몸을 일으켰다. 세 명의 시녀가 연회장에 가기 위해 걸음을 옮겼다.

"시녀님들……."

하녀들의 눈동자가 쉴 새 없이 떨렸다.

불꽃처럼 화려한 빨강에 번쩍거리는 장신구를 휘감은 코코, 어두운 녹색과 검은색으로 무장한 율리아, 그리고 사교 연회가 처음인 주제에 백 년 묵은 구렁이처럼 여유로워 보이는 알렉사까지.

우리 궁의 시녀님들이 한데 모여 있으면 다른 궁의 시녀님들이 백명 정도 몰려와도 이길 수 있을 것 같다. 하녀들은 모두 그런 생각을 하고 있었다.

샤트린 공주의 연회장은 한적했다.

예상했던 일인데도 차마 웃음이 나오지 않았는지, 레위시아가 어색하게 굳은 얼굴로 연회장을 가로질렀다. 인형처럼 무표정한 얼굴을 한 코코가 그의 뒤를 따르고 있었다.

"이 빌어먹을 것들이……."

샤트린은 잔뜩 화가 나 있었다. 그녀의 연회에 참석하기로 했던 귀족들이 전부 1왕자와 크리스틴이 주최한 연회에 가 있다는 사실을 알았기 때문이었다.

"……백작과 그의 두 아들이 1왕자궁으로 갔다고 합니다."

"……일가의 귀족들이 모두 그쪽으로 갔다고 합니다. 이쪽으로 선물을 보내긴 했는데."

"버려."

샤트린이 이를 갈았다.

"내 궁에 온다고 해놓고, 감히 날 엿 먹여? 이것들이 왕족을 우습게 봐도 분수가 있지."

"진정해, 샤트린."

"레위시아, 너 같으면 진정하게 생겼어? 형제라는 인간이 하는 짓이 고작 이 정도라고? 내가 사람을 잘못 봐도 한참 잘못 봤어. 왕위 후계? 웃기지 말라고 해."

잔뜩 흥분한 샤트린이 귀족들 앞에서 오빠인 1왕자에게 악담을 퍼부었다.

"여동생이 친구들이랑 파티 좀 즐기겠다는데, 어머니 치맛자락에 매달려서 이따위 장난질을 해? 하! 경연에서 한 번 이겼다고 이 정도면, 내가 그 위치까지 올라가면 아주 볼만하겠어. 안 그래?"

"말조심해. 여기 너만 있는 거 아니니까."

"도대체 누가 생각한 거지? 오빠는 이런 유치한 방식을 좋아하지 않아. 그 잘난 자존심 때문에라도 다른 방법을 썼을 거라고."

샤트린의 분노가 방향을 잃고 헤매고 있었다. 율리아는 공주에게 길을 알려줘야겠다고 생각했다. 그래서 자신을 흘깃 바라보는 레위시아에게 고개를 끄덕여주었다. 레위시아가 피식 웃으며 정보를 흘렸다.

"그걸 몰라서 묻냐. 1 왕자궁에 누가 들락거리는지 몰라?"

"뭐, 크리스틴 마조람?"

"왕비 전하를 움직인 건 1 왕자이지만, 마조람 후작 부인을 움직인 건 그 딸이겠지. 오르테가 사교계에서 마조람 후작 부인보다 입김이 센 여자가 어디 있다고. 부왕은 물론이거니와 귀족들까지 빼앗으려면 같은 날 같은 시각에 연회를 열어야 한다고 설득했겠지. 뻔하잖아."

"빌어먹을 마조람!"

샤트린이 들고 있던 술잔을 집어 던졌다. 아름다운 유리잔이 벽에 부딪히며 산산조각 나고, 잔뜩 겁에 질린 하녀들이 그걸 치우기 위해 종종걸음으로 움직였다.

"전하, 진정하세요."

"크리스틴 마조람이 재수 없는 게 하루 이틀 일도 아니잖아요. 가문만 믿고 저가 무슨 왕족이라도 되는 양 으스대는 게 영 꼴불견이긴 했죠."

율리아는 샤트린의 시녀들이 공주를 달래는 모습을 신기한 눈으로 바라보았다. 크리스틴이 친구가 많은 타입이 아닌 건 알고 있었지만, 공주궁의 시녀들에게까지 저런 평가를 받고 있을 줄은 몰랐다.

"이게 다 그 재수 없는 마조람 계집애 때문이란 말이지……."

그 순간 샤트린의 머릿속에서 크리스틴은 천하에 재수 없는 계집애가 되었다.

뜻밖의 성과였다. 율리아는 샤트린을 레위시아가 자라는 동안 방패가 되어줄 왕족으로 골랐다. 한데 다시 생각해보니 단순 방패막이로만 쓰다가 버리기엔 아까운 사람이라는 생각이 들었다. 이러니저러니 해도 샤트린은 국왕의 사랑을 듬뿍 받는 딸이었고, 그녀의 불같은 성격을 추종하는 자들도 적게나마 거느리고 있었다.

"이제 좀 진정해. 네가 화내는 건 이해하는데, 그래도 1왕자를 버리고 너한테 와준 귀족들을 위해 연회를 진행해야 할 거 아냐. 주최자가 계속 유리잔이나 집어 던지고 있어서 되겠냐."

"레위시아."

"왜?"

"이리 와."

샤트린이 불쑥 손을 내밀었다. 꼭 빌려간 돈을 달라는 것 같은 모양새라, 레위시아가 눈살을 확 찌푸리며 한걸음 뒤로 물러섰다.

"왜?"

"오늘 내 파트너는 너야."

"뭐? 왜!"

"이렇게라도 눈길을 끌어야 할 거 아냐. 평생 사이가 나빴던 이복 남매가 서로를 파트너 삼아 춤이라도 춰야지. 레위시아, 설마 말로만

날 지지하려던 거야?"

"춤을 왜 춰. 너랑 왜. 난 널 지지하려는 거지, 춤을 추려는 게 아니었다고."

"나도 싫어. 그래도 참아. 왕족은 철들자마자 싫어하는 사람이랑 춤추는 것부터 배우잖아."

그건 그래. 레위시아가 중얼거렸다. 그는 결국 모든 걸 포기하고 샤트린의 손을 잡았다.

샤트린이 레위시아를 데려가버리는 바람에 한가해진 코코가 알렉사와 율리아 곁에 나란히 섰다. 악마 시녀 코코의 악명을 익히 아는 귀족들은 알렉사의 곁을 맴돌면서도 점잖게 인사를 건넬 뿐, 짓궂은 농담이나 무례한 질문을 건네지 못했다.

"샤트린 오르테가 공주 전하와 레위시아 오르테가 왕자 전하께서 입장하십니다!"

빈말로도 닮지 않은 두 왕족이 나란히 연회장에 들어서자, 몇 되지 않는 귀족들이 과장되게 기뻐하며 손뼉을 치고 인사를 건넸다. 연회장에 있는 모든 사람이 샤트린의 비위를 맞추기 위해 무진 애를 쓰고 있었다. 그리고 하필이면 그때, 1왕자궁에서 시종이 도착했다.

"샤트린 오르테가 공주 전하께 보내는 1왕자 전하의 전언입니다."

시종은 샤트린에게 다가가 예의 바르게 허리를 숙였다. 그의 두 손 위엔 황금색 문양이 번쩍거리는 초대장이 들려 있었다.

"이게 무엇이냐."

"초대장입니다."

"뭐라고?"

샤트린의 눈동자에 가늠할 수 없는 분노가 들끓기 시작했다.

그녀의 손을 잡고 있던 레위시아가 입 모양으로 '큰일 났다'라고 중얼거렸다.

"양쪽에서 연회가 열려 귀족들이 혼란스러워하니, 공주 전하께서 넓은 마음으로 양보하길 바란다고 하셨습니다. 공주께서 1왕자님의 궁으로 오시면, 이번 연회는 더욱 뜻깊은 행사가 되리라고도 말씀하셨습니다."

"닥쳐라! 나보고 박쥐처럼 거기 끼어 놀다 가란 말이냐?"

샤트린이 버럭 고함을 질렀다. 그녀의 목소리가 연회장에 쩌렁쩌렁 울렸다. 1왕자가 보낸 시종은 잔뜩 겁에 질려 있으면서도 주인이 내린 명령을 충실하게 수행했다.

"……하여 이 초대장을 보내노라고……."

철썩! 더는 참지 못한 샤트린이 결국 손찌검을 했다. 손가락마다 반지를 낀 샤트린의 손이 시종의 얼굴을 거세게 후려쳤다.

뺨에 긴 상처가 남을 만큼 세게 얻어맞은 시종은 어쩔 줄을 몰라 하며 샤트린을 바라보았다.

"이리 다오."

샤트린이 시종의 손에서 초대장을 빼앗았다. 그러곤 박박 소리가 나도록 잘게 찢어 바닥에 내동댕이쳤다. 그러고도 분이 풀리지 않아 구둣발로 짓밟았다.

시종의 얼굴이 새파래졌다. 이건 초대장을 보낸 1왕자에게도 크나큰 모욕이었다.

"가서 전해라. 마조람의 계집애가 내 형제의 귀에 어떤 말로 속살거렸는지는 몰라도, 이 샤트린 오르테가를 적으로 만든 걸 반드시 후회하게 해주겠노라고!"

난 몰라.

레위시아가 살려 달라는 얼굴로 자신의 시녀들을 바라보았다.

━ •✦• ━

아들과 딸이 개처럼 서로를 물어뜯으며 싸우고 있을 때, 국왕은 자신의 집무실에서 큰 충격에 빠져 있었다.

"다시 말해보아라."

"전하."

"다시 말해봐!"

왕의 발치에는 한 남자가 심각한 얼굴로 부복해 있었다. 그는 왕의 보좌관 중 가장 뛰어난 자로, 왕에게 최근 남부 함대의 제독이 바뀌었다는 비보를 전하고 있었다.

"황제가 직접 내린 결정이라고?"

"그렇습니다. 황제의 전령이 국경을 통과했다고 합니다. 아직 공식적인 서한을 받은 것은 아니니, 그냥 다음 기회에 만나자고 하시면······."

"지금 나더러 무혈 제독을 쫓아내란 말이냐?"

왕이 버럭 소리를 질렀다. 보좌관은 차마 대답하지 못하고 질끈 눈을 감았다.

조금 전, 카루스 란케아라는 이름의 남자가 왕에게 접견을 신청했다. 처음엔 잘못 들은 줄 알았다. 황제의 두 번째 기사이며 리바이어던 함대와 기사단의 우두머리이고, 무혈 제독이란 칭호로 이름 높은 바이칸의 영웅이 이 남쪽 오르테가에 왜 나타났단 말인가. 그래서 몇 번이나 확인했다. 이름과 생김새는 물론이거니와 그가 성가셔하는 데도 이런저런 질문을 던져 수차례 신원을 확인했다.

한데 진짜 카루스 란케아였다.

무혈 제독이었다.

그가 품에서 리바이어던 기사단의 단장이자 함대의 지휘관임을 증명하는 문서와 패를 꺼내었을 때, 왕의 보좌관은 그 자리에서 기절하고 싶었다.

"중앙 접견실을 열어라. 서기관도 셋 이상 불러. 그가 하는 모든 말과 행동을 기록하게 해라."

"알겠습니다, 전하."

"도대체…… 이게 무슨 일인지."

국왕의 등에 식은땀이 흥건했다. 그는 바이칸 제국의 전쟁 영웅이 오르테가 왕궁에 나타났다는 말을 들었던 순간부터 시커먼 낯을 하고 있었다. 꼭 황제의 검 끝이 목젖을 누르고 있는 기분이었다.

그런 와중에도 국왕의 머릿속은 바쁘게 돌아가고 있었다.

황제의 심기를 거스르지 않으면서 카루스 란케아를 오르테가 왕국에 호의적인 상대로 만들려면 어떻게 해야 하는지, 그의 등장을 이용해서 얻어낼 수 있는 건 없는지, 이 일이 국왕인 자신에게 호재인지 악재인지, 마음이 복잡해 머리가 어지러웠다.

카루스는 중앙 접견실 소파에 느긋하게 앉아 있었다.

그는 짙은 색의 해군 제복 위에 검은 망토를 걸치고 있었는데, 소파 한쪽에 검대를 풀어놓곤 그 위에 한 손을 올리고 있었다. 햇살 쏟아지는 아름다운 접견실에 배부른 맹수가 한 마리 갇혀 있는 것 같은 모습이었다.

　문 앞을 지키는 병사들의 얼굴이 긴장으로 딱딱하게 굳었다. 그들은 카루스와 함께 나타난 바바슬로프와 덩치 큰 기사들 때문에 심장이 입 밖으로 튀어나올 것 같은 기분이었다.

　그들은 대륙에서 가장 이름 높은 리바이어던 기사단의 일원이었고, 오르테가의 병사들은 감히 쳐다도 볼 수 없을 만큼 대단한 실력자였다.

　"제독님, 차를……."

　나이 지긋한 왕의 시녀들이 나타나 그에게 다과를 권했다. 카루스는 굳이 입을 열어 대답하지 않았다. 그는 노련한 시녀들의 접대를 받으며 느긋하게 왕을 기다렸다.

　'율리아는 어디서 뭐 하고 있으려나.'

　카루스는 국왕을 기다리면서도 율리아를 생각하고 있었다. 맥스웰에게 들은 바에 의하면 왕궁 안에서 두 왕족이 유치한 알력 싸움을 하고 있다는 것 같았는데, 정확히 무슨 일인지는 몰랐다.

　'율리아라면 분명 뒤에서 누군가를 조종하고 있겠지.'

　그게 레위시아 2왕자인지, 아니면 샤트린 공주인지는 알 수 없었다. 율리아는 카루스가 내민 손을 잡았지만, 그녀가 왕궁 안에서 정확히 무슨 일을 꾸미고 있는지 자세히 말해준 적이 없었다.

　"국왕 전하께서 오셨습니다."

　왕의 보좌관이 먼저 들어와 머리를 조아렸다. 카루스는 그에게 고개를 까딱여 보이곤 접견실 입구로 시선을 돌렸다.

　오르테가의 국왕이 들어오고 있었다.

　"어서 오시오."

"처음 뵙겠습니다. 카루스 란케아입니다."

카루스가 소파에서 일어나 국왕이 내민 손을 잡고 악수했다. 그의 손은 거칠고 큰데, 국왕의 손은 나이답지 않게 부드러웠다. 두 번의 헛기침을 내뱉은 국왕이 뻣뻣한 자세로 상석에 앉았다.

카루스는 같은 자리에 앉아 긴 다리를 꼬았다.

"소식은 들었소. 황제 폐하께서…… 남부 함대의 책임자를 새로이 결정하셨다고."

"그렇습니다."

"혹시 연유가 무엇인지 알 수 있겠소? 전의 제독도 무척 성실하고 훌륭한 지휘관이었던 것으로 기억하고 있소만."

국왕은 아무것도 모르고 한 소리였으나, 하필 그 말로 카루스의 비웃음을 사고 말았다.

"훌륭한 지휘관은 아니었지요. 비자금을 착복하고 있었으니까."

"뭐라고? 그게 정말이오?"

"이제부터 조사해볼 예정입니다. 폐하께선 남부를 아주 중요하게 여기시니, 왕께서도 흔쾌히 협조해주시리라 믿습니다."

"그야 당연한 일이오."

국왕이 고개를 주억거렸다.

카루스는 그런 왕의 일거수일투족을 샅샅이 훑어보고 있었다. 겁이 많은 자라고 듣긴 했는데, 황제에 대해 말할 때마다 정도가 지나치다 싶을 정도로 위축되는 모습을 보였다.

바이칸의 황제는 황도에서 거의 움직이지 않기에 두 사람이 마주쳤던 건 꽤 오래전의 일일 텐데, 왕은 아직도 황제를 과거와 똑같이 두려워하고 있었다. 신기한 일이었다. 카루스는 황제를 주군이라 여기며 믿고 따랐으나, 한 번도 두려움에 지배당한 기억은 없었다.

"그럼 앞으로는 제독이라 부르겠소."

"오늘 방문한 건 다름이 아니라, 폐하의 전령이 도착하는 날에 맞춰 남부 함대 출정식을 하기 위함입니다. 미리 말씀드리는 게 좋을 것 같아서 말이지요."

"그래, 그렇지. 여기는 오르테가 해상이니까……."

그렇게 말하면서 슬쩍 카루스의 눈치를 보던 왕이 갑자기 생각났다는 듯, 고개를 빼고 물었다.

"환영 연회야 출정식 이후에 제대로 하면 될 테지만…… 오늘 일정은 어떻게 되오?"

"왜 그러십니까?"

"지금 연회가 한창이라 그렇소이다."

연회라. 카루스가 다시 율리아를 떠올렸다.

"왕자궁과 공주궁에서 연회가 한창일 텐데, 제독 또래의 젊은이들도 많을 테고."

"그렇습니까."

뻔하지만 효과적인 수였다. 카루스는 국왕의 노림수를 알면서도 흔쾌히 넘어가주었다.

"이왕이면 공주궁으로 가보겠습니다."

율리아가 맥스웰을 통해 말했다.

'연회가 있는 날, 샤트린 공주의 궁으로 와주세요.'

카루스가 한쪽 뺨으로 웃었다.

1왕자의 초대장을 가져온 시종은 샤트린에게 뺨을 얻어맞은 채 공주궁에서 쫓겨났다. 덕분에 연회 분위기는 거의 파탄 지경에 이르렀다. 귀족들은 어찌할 바를 몰라 저들끼리 모여 눈치만 살폈고, 샤트린의 분노는 쉬이 가라앉을 생각을 하지 않았다.

바쁜 건 결국 시녀들이었다. 샤트린의 시녀들이 곁에 바짝 붙어서 온갖 감언이설과 다정한 위로로 공주를 달랬다.

코코가 그걸 보며 이죽거렸다.

"안 봐도 뻔하네. 1왕자궁에선 분명 샤트린 공주가 난데없이 시종을 폭행했다고 떠들어대고 있을 거야. 크리스틴 그 영악한 계집애가 이 좋은 먹잇감을 놓칠 리가 없으니. 공주는 왕위 후계로 거론되기에는 폭력적이고, 참을성이 부족하다는 말이 나오도록 유도하면서 말이지."

코코의 말을 주의 깊게 듣던 알렉사가 율리아에게 물었다.

"그럼 이제 어떻게 해야 합니까?"

"글쎄요."

다른 사람은 불안해하거나 불편해하고 있는데, 유독 율리아만은 평소와 조금도 다르지 않은 담담함을 유지하고 있었다.

그냥 어쩌다 한 번씩 연회장 입구를 슬쩍 바라볼 뿐이었다.

그때였다.

연회장 바깥에서 파도처럼 소란이 밀려왔다.

처음엔 당황한 병사들의 목소리가 들리고, 이내 귀족들이 내뱉은 기쁨 섞인 비명이, 마지막엔 감격에 겨운 시종이 목청껏 외치는 소리가 들렸다.

"국왕 전하께서 오셨습니다!"

화들짝 놀란 코코가 욕설을 내뱉었다가 재빨리 부채로 얼굴을 가렸다. 알렉사의 게슴츠레한 눈도 휘둥그렇게 뜨여 있었다. 물론 그들이 아무리 놀랐다고 해도, 샤트린과 레위시아만큼은 아니었다.

"아버지!"

시녀들에 둘러싸여 씩씩거리며 화를 삭이던 샤트린이 드레스 자락을 휘날리며 연회장 입구로 달려갔다. 레위시아는 믿을 수 없다는 얼굴로 그쪽을 노려보고 있었다.

진짜 국왕이었다.

왕은 울먹이며 달려온 샤트린이 팔에 달라붙자, 평소보다 훨씬 다정해 보이는 얼굴로 딸을 달랬다. 누가 봐도 사이좋은 부녀처럼 보이는 모습이었다. 샤트린은 왕의 팔을 꽉 끌어안고 보란 듯이 턱을 들어 올렸다.

샤트린 공주의 연회를 택한 걸 후회하던 귀족들의 얼굴에도 화색이 돌았다. 그들은 왕의 곁으로 모여들어 어떻게든 한마디라도 말을 걸려 애썼다. 장례식장이나 다를 바 없었던 연회장의 분위기가 한순간에 반전되었다.

그렇게 모두가 왕과 그의 딸을 바라보고 있을 때, 율리아만은 다른 사람을 응시하고 있었다.

'카루스.'

눈이 마주쳤다.

검은 눈이 슬쩍 웃음을 머금었다. 미소가 드문 사람이라 눈을 떼기 어려웠다. 그린 듯 어울리는 제복에 검은 망토, 국왕보다 머리 하나는 큰 키. 카루스가 왕의 뒤에서 한 걸음 앞으로 걸어 나오자마자 연회장에 있던 모든 사람이 그를 바라보았다.

존재감이란 건 타고나는 것일지도 모른다.

율리아는 눈앞에서 펼쳐진 불공평한 광경에 할 말을 잃고 말았다. 샤트린의 화려한 드레스나 국왕의 권력, 레위시아의 외모도 그의 상대가 되지는 않았다.

카루스 란케아에게는 설명할 수 없는 인력이 있었다.

왕궁에서 만난 카루스 란케아는 양 떼 사이에 등장한 한 마리 맹수 같았다. 그가 움직일 때마다 그림자를 드리우며 흔들리는 망토가 시선을 사로잡았다. 불같은 성미의 샤트린조차 카루스를 앞에 두고서는 겁 많은 고양이처럼 움츠러들었다.

공주가 왕에게 바짝 달라붙어서 물었다.

"아버지, 이분은……."

"인사해라. 카루스 란케아, 바이칸 제국의 무혈 제독이다."

카루스 란케아.

바이칸의 무혈 제독.

누군가 작게 비명을 지르고, 이내 연회장이 불편한 침묵으로 가득 찼다.

카루스는 그 고요를 기꺼운 눈으로 훑어보았다. 바이칸에 비할 바는 아니었으나, 이제부터 한동안 그가 상대해야 할 오르테가의 귀족들이 화려한 차림새를 뽐내며 무리를 이루고 있었다.

그날 샤트린 공주의 연회장은 극적인 변화를 두 번이나 겪었다.

국왕과 제독의 등장으로 한 번, 그리고 1왕자궁에서 공주궁으로 넘어온 귀족들에 의해서 한 번.

박쥐 같은 귀족들이 무혈 제독의 얼굴을 보겠다며 공주궁으로 몰려들었을 때, 샤트린은 연회장의 문을 닫고 그들을 받아주지 않으려고 했다. 하지만 그래선 안 된다는 레위시아의 설득에 못 이겨 문을 열고 짧게나마 환영 인사를 던졌다.

우스운 일이었다. 경연도 아닌데 승자와 패자가 있었다. 승자는 당연히 샤트린이었고, 패자는 1왕자였다. 하지만 귀족들은 그 일에 대해 거의 떠들지 않았다. 그들의 관심은 온통 카루스에게 쏠려 있었다. 남부 함대의 신임 제독이란 건 그만큼 오르테가에 중요한 자리였다. 바이칸 제국이 왕국을 어떻게 생각하는지, 어떤 방식의 외교를 하려 하는지 가늠할 수 있는 유일한 단서였기 때문이다.

"인사하게. 내 하나뿐인 딸이자, 이 나라의 유일한 공주일세."

국왕이 샤트린의 손을 잡고 카루스에게 이끌었다. 공주에겐 한 톨의 관심도 없던 카루스가 그제야 시선을 내려 샤트린과 눈을 마주쳤다.

"샤트린 오르테가입니다."

"카루스 란케아입니다."

딱히 존중해줄 필요 없는 속국의 공주지만, 카루스는 예의를 지켰다. 국왕이 은근히 기뻐하는 게 피부로 느껴졌다. 멀리서 율리아가 그를 보고 있었다.

"제 연회에 와 주셔서 감사합니다. 제독님, 실례가 안 된다면 춤을 신청해도 될까요?"

그래서 샤트린이 그를 홀린 듯 풀린 눈으로 바라보고 있다는 것도 눈치채지 못했다. 카루스는 보란 듯이 고개를 들고, 율리아가 있는 방향에다 대고 말했다.

"기꺼이."

그건 그녀가 그에게 했던 대답이었다.

카루스가 샤트린의 손을 잡고 연회장 한가운데로 자리를 옮겼다. 샤트린도 작은 키는 아니었는데, 카루스의 곁에 서니 한없이 여리게 만 보였다.

국왕은 자연스럽게 레위시아의 곁에 남았다. 아들을 어색해하는 아버지와 아버지를 증오하는 아들이 두 걸음만큼 떨어져서 한마디 말도 없이 연회장을 지켰다.

바이칸의 신임 제독이 오르테가 왕국에 호의적인 사람이라면 그건 분명 좋은 일이었다. 제국이라면 치를 떠는 반제국파를 온건하게 만들거나, 뒤에서 손가락질당하는 친제국파에게 힘을 실어줄 수도 있었다.

카루스는 등장만으로 오르테가 왕궁을 들썩이게 했다.

"무혈 제독이 우리 공주님과 춤을 추다니. 내 생에 이런 걸 구경하게 되는 올 줄이야."

"남부는 황제의 관심에서 멀어진 지 오래된 거 아니었나? 왜 갑자기 제독을 바꾼 거지?"

"그나저나 정말 대단한 남자로군. 숨이 막혀서 가까이 다가갈 수가 없어."

귀족들이 카루스를 흘깃거리며 수군댔다. 그들은 이 모든 게 한 사람의 시녀 때문에 일어난 일인 줄은 꿈에도 모르고 있었다.

해가 지고 연회가 무르익어갈 무렵이었다.

"전하! 큰일 났습니다."

한 기사가 다급히 나타나 왕의 귓가에 이렇게 속삭였다.

"해방군이 왕궁 앞에서 대대적인 시위를 벌이고 있습니다. 오르테가 바다에서 제국군을 쫓아내고 왕국을 진정한 독립의 길로 이끌어야 한다며……."

"뭐라고?"

기사는 최대한 목소리를 낮추었지만 카루스가 그걸 놓칠 리가 없었다. 샤트린의 손을 잡고 느리게 춤을 추던 그가 왕을 향해 몸을 돌렸다. 그러곤 아주 낮은 소리로 물었다.

"해방군이라니, 그게 무슨 소리입니까?"

왕의 얼굴에서 핏기가 사라졌다.

왜 하필이면 오늘이란 말인가.

(다음 권에서 이어집니다)

작가의 말

좋아서 시작한 일입니다. 너무 좋아서, 죽을 때까지 하고 싶어요.

한데 아직도 매번 갈피를 못 잡고 헤매곤 합니다. 신작을 낼 때마다 얼마나 많은 원고를 버리는지 몰라요. 초고는 그래서 초고인가 봅니다. 버리고, 버리고, 또 버리다 보면 꼭 아슬아슬한 순간에 툭 나와주곤 하더라고요. 『나쁜 시녀들』도 그랬습니다.

저는 연재하면서 흥겨워하는 편입니다. 도파민에 중독돼서 몸이 아픈 줄도, 힘든 줄도 잘 몰라요. 그래서 완결하고 나면 항상 앓아눕는 게 일인데, 『나쁜 시녀들』을 끝내고 나서는 곧장 바다에 갔습니다. 속초 앞바다요. 닭고기를 먹으면서 카루스를 떠올리고, 새우튀김을 먹으면서 코코를 생각했어요. 그러곤 율리아가 그랬던 것처럼 사흘 동안 내내 바다만 보고 있었습니다. 다행히 아프지 않더라고요.

그 후엔 댓글을 읽었습니다. 열심히. 그 글자들은 모두 자양분이 됩니다. 제 열정이 부풀고 뚝심이 자라요. 여물이 되어 소처럼 일하게 하고, 탄수화물이 되어 행복해집니다.

요즘 다시 대학에 다니고 있습니다. 말씀드렸듯이 오래오래 글을 쓰고 싶거든요. 지금보다 더 좋은, 재밌는 소설을 쓰고 싶은데 어떻게 해야 좋을까 고민하다가 내린 결정입니다. 꽤 즐거워요. 사고는 유연해지고 식견이 넓어지는 느낌이랄까요. 이 또한 자양분이 되리라고 생각하면서 소가 여물 먹듯이 우물우물 씹고 있습니다.

흰머리에 주름 가득한 할머니가 돼서도 계속 쓸 수 있다면 얼마나 행복할까요.

그러기 위해 처음을 떠올립니다. 빌린 책을 산처럼 쌓아놓고 읽던 시절, 공책마다 깨알 같은 글씨로 소설을 쓰던 시절, 첫 작품으로 데뷔했을 때와 『나쁜 시녀들』의 첫 문장을 쓰던 순간. 그래도 아무것도 떠오르지 않을 때는 몰래 댓글을 읽곤 합니다. 그곳엔 율리아를 응원하는 사람들이 잔뜩 있거든요.

외로웠던 율리아의 손을 잡아주셔서 고맙습니다. 이야기의 바다에서 헤매던 제게 율리아라는 보석을 줍게 해주셔서, 정말 고맙습니다.

자야子夜

나쁜 시녀들 1

ⓒ 자야

2024년 5월 10일 초판 1쇄 발행

지은이 자야
펴낸이 김재범
펴낸곳 (주)아시아
출판등록 2006년 1월 27일 제406-2006-000004호
주소 경기도 파주시 회동길 445 (서울 사무소: 서울특별시 동작구 서달로 161-1, 3층)
전자우편 bookasia@hanmail.net

ISBN 979-11-5662-703-6 04810
       979-11-5662-697-8 (세트)